黒い太陽

新堂冬樹

祥伝社

黒い太陽

目次

装幀　佐藤孝洋（ソニックバン）

第一部

［1］

ミラーボールが回転し、フロアに極彩色《ごくさいしき》の照明が入り乱れる。鼓膜《こまく》に流れ込むアップテンポのダンスミュージックに、酔客の大声とキャストの嬌声《きょうせい》が交錯する。噎《む》せ返る熱気に、アルコール臭と煙草《たばこ》の紫煙が絡《から》みつく。

立花《たちばな》は、腕時計に視線を落とした。午後九時十分。遅出のキャストが出勤して約一時間が経《た》つ。この時間から終電が気になり出す十二時頃までが、ミントキャンディのピークタイムだ。

十二時を過ぎれば、客層がガラリと変わる。時間に拘束《こうそく》された生活を送るサラリーマンに代わって、時間に余裕のある自営業者が一時に店を跳《は》ねる早出のキャストとのアフター狙《ねら》いで勇《いさ》んで来店する。

気取り澄《す》ましている客、喋《しゃべ》りまくる客、無言で黙々とグラスを傾《かたむ》ける客、つまらないギャグを連発する客、説教モードに入る客、隙《すき》あらばキャストの肉体を触《さわ》ろうとする客……。

キャストに接する客のタイプは千差万別だが、ひとつだけ共通していることがある。

それは、いかにしてキャストを落とそうかと考えている、ということだった。

ゆいの挙げた片手が、立花の視界の隅《すみ》を掠《かす》める。立花は、十二番テーブルの千鶴《ちづる》を意識しながら、機敏な動きで三番テーブルに歩み寄る。

ホールの役目は、キャストと客の一挙手一投足を見逃さないことだ。

「アイスチェンジお願いしまぁす」

小首を傾《かし》げたゆいが舌足らずの口調で、小さくなった氷が浮くアイスペールを差し出してくる。

化粧室でのゆいは、こんな喋りかたをしない。もっと、はきはきとした口調をしている。

客の前では、百八十度違った自分を演出する。それは、ゆいにかぎったことではない。

どのキャストも、程度の差こそあれ、いつもと違う自分で客に接している。

しとやかな女、献身的な女、コケティッシュな女、天然惚《ぼ》けの女、天真爛漫《てんしんらんまん》な女、蠱惑《こわく》的な女。

キャストによって、仮の姿は様々だ。そして、仮の姿は一種類だけではなく、客の好みによってタイプを使い分けている。

キャストは決して、素《す》の顔を客の前ではみせようとしない。ひとり目の客が店内に入ってきた瞬間に、自分を殺して客好みの人形になりきってしまう。

――キャバクラ嬢は、みな女優だ。お前ら男性スタッフは、言わば付き人だ。営業時間中は、彼女達のことだけを考え、彼女達だけのために尽《つ》くせ。いかに彼女らが快適に芝居できるかの環境作りに専念しろ。

キャスト達が出勤する三十分前の午後五時半から始まる、男性スタッフだけのミーティングの席で、店長の大滝《おおたき》が決まって口にする言葉が、立花の脳内に谺《こだま》する。

「失礼します」

真紅の絨毯《じゅうたん》に片膝《かたひざ》をつき、立花はアイスペールを受け取った。

十二番テーブルに視線が行きそうになる。どのテーブルにいても、なにをやっても、彼女のことが気になった。

立花は、意識を無理やり十二番テーブルから三番テーブルに引き戻した。

客はゆいに話すことに夢中になり、ゆいは客の話すことに夢中になったふりをする。


――ここは、客に時間を売る場所だ。疑似《ぎじ》恋愛という時間をな。


ふたたび、大滝の声が蘇《よみがえ》る。

そう、この店にくる客は誰も彼もが疑似恋愛を愉《たの》しんでいる。そして、疑似恋愛を本物の恋愛へと昇華させようと夢をみる。

女を落とす。男を誑《たぶら》かす。ゲーム感覚の恋愛。媚《こ》びた微笑。卑《いや》しい下心。

考えただけで、反吐《へど》が出そうだった。立花は、水商売や風俗に勤める女を嫌悪《けんお》していた。水商売や風俗の店に通う客を軽蔑《けいべつ》していた。

「ツメシボお願いしまーす」

まりんの溌剌《はつらつ》とした声が、洗い場に向かおうとした立花の背中に追い縋《すが》る。

立花は踵《きびす》を返し、六番テーブルに向かった。

「でね、来週の土曜は七夕《たなばた》デーなのぉ。宮地《みやじ》さんに、まりんの浴衣《ゆかた》姿をみせたいから、絶対にお店にきてね」

童顔を売り物にしている甘え上手なまりんが、客の太腿《ふともも》の上に掌《てのひら》を乗せて営業に入っていた。

キャストに躰《からだ》の一部を触《ふ》れられた客は、このコは俺に気があるのではないか？と錯覚《さっかく》する。

店側が客に夢をみさせるために、キャストにボディタッチをするよう指導しているのは言うまでもない。

ミントキャンディでは、七夕デー以外にも、ニューイヤーデー、節分デー、バレンタインデー、雛《ひな》祭りデー、ホワイトデー、お花見デー、サマーバカンスデー、クリスマスデー、年越しデーと、時節に合わせたイベントを催《もよお》している。

時節に関係のない、ビンゴデー、カラオケデー、ドレスアップデーなどもあり、キャスト個人のイベントとしては、誕生日デーや入店一ヵ月デーなど、とにかく、なんでもイベントとして成り立たせようとする。

キャバクラにとってのイベントは、一にも二にも客を店に呼ぶためのツールに過ぎないのだ。

もちろん、だらしなく頬肉を弛緩《しかん》させてうんうんと頷《うなず》く六番テーブルの客は、まりんが営業しているとは気づいてはいない。

「よろしくぅ」

小首を傾げたまりんが、温《ぬる》くなったおしぼりを持った両手を立花に差し出した。

化粧室で、担当のサブ・マネージャーを相手にくわえ煙草のまま客のことをグチる彼女とは大違いだった。

店内では、立花と同じホールと呼ばれるウエイター達が、キャストが手を挙げるたびに氷やチャーム《おつまみ》を運び、灰皿を取り換え、床に零《こぼ》れた水割りを拭《ぬぐ》ったりと、所狭しとフロアを駆け巡っている。

傍観者的立場で彼らをみていると、大滝の言うように男性スタッフはキャストの付き人……いや、奴隷《どれい》のようだった。

立花は、込み上げる苦々《にがにが》しさを呑み下し、六番テーブルを離れた。

「なかなか、板についてきたじゃないか」

洗い場へと続くフロアの隅《すみ》に佇《たたず》む小柄《こがら》な男……店内に隈《くま》なく視線を巡らせていたラッキーの神崎《かんざき》が、擦《す》れ違い様に腹話術師のように唇を動かさずに言った。

ラッキーとは、言わば司令塔のようなものだ。ラッキーの仕事は多岐《たき》に亘《わた》っているが、中でも重要なのはフリー客をいかにして常連客にするかということだった。

場内指名と本指名。キャバクラには、ふた通りの指名法がある。

常連客も、例外なく最初はフリー客だ。

中には、少数だがインターネットや風俗情報誌で目当ての女性を決めてから店を訪れるフリー客もいる。

だが、たいていは、入れ替わり立ち替わり席に着く顔見せのキャストの中から、気に入った女性を選ぶものだ。これを、場内指名という。

客の好みは様々だ。この顔見せの際に、二十人前後いるキャストの中から誰を席に付けるかが、ラッキーの腕の見せ所となる。

ラッキーは、フリー客が店に足を踏み入れ席に着くまでの僅《わず》か一、二分の間に、好みのタイプを推断することを強《し》いられる。

ポッチャリ系の女性が好みの客にスレンダー系の女性を付けたり、かわいい系の女性が好みの客に美人系の女性を付けたり、逆もまた然《しか》りだが、見当違いのキャストをあてがえば、二度目の来店が見込めなくなる。

顔見せにきたキャスト以外を指名できる勇気のあるタイプであれば問題はないが、ほとんどの客は、時間一杯を気に入らないキャストと過ごすことになり、次からはほかの店へと足を向ける。

次にきたときに気に入ったキャストを指名すればいいではないかといえば、そう簡単なものではない。

キャバクラは銀座《ぎんざ》のクラブほどではないにしろ、やはり指名替えというのは気まずいものなのだ。

フリー客を常連客にするには、一にも二にも気まずい思いをさせないことが重要であり、だからこそ、ラッキーの手腕が問われるのだった。

常連客になったからといって、安心はできない。

最初にお気に入りのキャストに出会えた客は、二度目の来店からは出迎えてくれた男性スタッフにその女性の名を告げる……これを本指名というのだが、ここからがまたひと苦労なのだ。

客からすればキャストはひとりでも、キャストからすれば客は多くの指名客の中のひとりに過ぎない。当然、指名が重なればひとりの客に付きっきりというわけにはいかなくなる。

キャストの指名客が同時間に四人来店すれば、単純計算でひとりの客を相手にできる時間は十五分だ。キャストの躰はひとつなのだから無理もない話なのだが、客のほうはおもしろくない。

客は、そのキャストを目当てに、一時間のセット料金のほかにサービス料金やら指名料金やらで、二万前後の金を店側に落としているのだ。

そこで店側は、残る四十五分間に別のキャスト……ヘルプを付けて場を繋《つな》ぐわけだが、ここでまたラッキーの手腕が問われる。

ただでさえ不機嫌な客に、肌の合わないヘルプを付けるのは火に油を注ぐようなもので、結果、常連客を失ってしまう可能性が高い。

反対に、肌の合うヘルプを付けた場合には、客は新しい女のコと愉しい時間を過ごせ、得をした気分になり満足して帰ってくれる。

店が繁盛《はんじよう》するのも衰退するのも、ラッキーの能力次第といっても過言ではない。

客の好みはどんなタイプか？　退屈していないか？　キャストに飽《あ》きていないか？　会話が弾《はず》んでなくはないか？

ラッキーは、気配りと洞察力と素早く的確な判断力を兼ね備《そな》えた人間でなければ務まらない。

「いえ、まだまだです」

立花は、遠慮がちに言った。

「その調子で頑張《がんば》れば、すぐにホール長になれる」

神崎は、立花に話しかけながらも、視線を灯台のように店内に巡らせていた。

ホール長とは、四人いるウエイターのトップのことだった。

「ありがとうございます」

礼を言ったものの、立花にはまったく興味のない話だった。

学歴、経験、年齢不問。寮完備。三食付き。求人広告誌に掲載されていたミントキャンディの募集要項は、高校中退で宿無しの立花にとって願ったり叶《かな》ったりの条件だった。

一ヵ月前に高校をやめなければならなくなった。すぐに金を稼《かせ》がなければならなくなった。金を稼ぐには仕事をみつけなければならなくなった。

それだけの話だ。ミントキャンディで伸《の》し上がってやろうなどという野心は、立花には皆無《かいむ》だった。

「ホール長になれば、視界が違ってみえる。この世界は、実力がすべてだ。実力さえあれば、高学歴だろうが年上だろうが顎《あご》で使える。俺も、お前と同じ中卒組だ。サブ・マネージャーの俺の指示に、大学出の嶋《しま》が従う。昼の世界じゃ、まずありえないことだ」

相変わらずキャストと客に視線を流浪《るろう》させながら、神崎が言った。

四番テーブルに酒を運んでいるホールの嶋は、偏差値が七十を超える慶心《けいしん》大学の出身だった。

嶋は二十六歳。神崎は二十四歳。嶋がどうして夜の世界に身を落としたのかはわからないが、中卒で年下の神崎に顎で使われているのは動かしようのない事実だった。

店によって異なるが、ラッキーの役職はサブ・マネージャークラスであることが多い。

社長を頂点とするミントキャンディの組織図は、店長、チーフ・マネージャー、サブ・マネージャー、ホール長、ホールで構成されている。

半年前に、社長の藤堂《とうどう》が直々《じきじき》にスカウトしたという神崎は、もとは福岡、中洲《なかす》のキャバクラで店長をしていた。

店長からサブ・マネージャーでは格下げかといえば、それは違う。

店長といっても、神崎が以前勤めていた中洲のキャバクラは男性スタッフが三人でキャストが七、八人の小箱クラスであり、たいするミントキャンディは、ホール四人を含めた男性スタッフが七人でキャストが二十人を超える中箱クラス……つまり、規模が違うのだった。

藤堂は、ミントキャンディ以外にも都内に三十二軒のキャバクラ、三十軒のイメクラ、二十六軒のデリバリーヘルス、二十三軒の性感マッサージ店、二十軒のピンサロ、十軒のアジアンエステ、八軒のファッションヘルス、七軒のSMクラブ……二十九歳という若さで、合計百五十七軒の風俗店を経営している。

総従業員数二千百二十人。年商百九十四億八千三百万、年収三億四千万。

業界では、藤堂のことを風俗王と呼んでいた。

その藤堂に引き抜かれる、というのは、風俗業界に身を置く者にとって最高の名誉と言われている。

じっさい、神崎はチーフ・マネージャーである菊田《きくた》と次期店長の座を争う有望株だった。

「頑張ります」

頭を下げ、立花は洗い場へと向かった。

「奈緒《なお》だよ。昨日はどうも、ごちそうさま」

冷蔵庫に寄りかかりながら、奈緒が営業コールを入れていた。

店名を名乗っていないので、電話の相手は常連客に違いなかった。

相手が常連客でなければ、まずは店名を名乗る。なにより、こんなに馴々《なれなれ》しい喋りかたをしない。

尤《もっと》も、客からすればキャストに親しげに話しかけられることで、恋人気分を味わえ満更《まんざら》でもない。ナンバークラスのキャストは地位を維持するために、そうでないキャストはナンバーを目指して日に最低でも十本の営業コールをかけている。

客の自宅や会社にかけるわけにはいかないので、必然的に携帯電話にかけることになり、彼女達の通話料金は月に四、五万に達するという。

営業コールのほかには、営業メールという方法もある。メールのほうが料金がかからなくて済むのだが、どうしても店に足を運んでほしいときには、やはり電話でなければだめなようだった。

「ううん。特別に用事はないんだけど、奈緒ね、急に佐藤《さとう》さんの声が聞きたくなったの」

端《はた》からみれば奈緒の魂胆《こんたん》はみえみえだが、声が聞きたくなったの、という魔法の言葉は客を恋人気分にさせるに十分な効果があった。

ほかにも、あなたの顔がみたくなった、相談したいことがある、などの、客を来店させるための魔法の言葉は無数にあった。

営業コールは、店側が強制的にかけさせている場合もあるが、ほとんどはキャストが自主的に行っている。

理由は明白だ。指名が多ければ多いほど査定ポイントが上がり、彼女達の給与に跳ね返ってくるからだ。

当然、指名が取れなければ給与が下がることは言うまでもない。

「まったく、あんなキモい奴の声なんて聞きたいわけないじゃない」

電話を切った奈緒が、それまでの甘ったるい鼻声とは一転した声音《こわね》で吐き捨てた。

「あれ、立花君。氷?」

立花の存在に気づいた奈緒が、ストラップを人差し指にかけて携帯電話をプロペラのように回しながら歩み寄ってきた。

奈緒は立花より三つ上の二十一歳で、小悪魔的な顔立ちとグラマラスなプロポーションを武器に高指名率を誇るナンバー2のキャストだった。

もちろん、ルックスとスタイルだけでは、二十三人のキャストの中でナンバー2にはなれない。

水商売は、モデルのようにビジュアルがよければ澄まし顔でもOKというわけにはいかず、客を愉しませ、虜《とりこ》にさせてナンボの世界だ。

さっきの営業コールを聞いてもわかるとおりに、奈緒には客をその気にさせる話術と貪欲《どんよく》な向上心があった。

いまも、フロアには自分の指名客がいるにもかかわらず、彼女は席を抜け出してまで営業コールをかけていた。

ナンバークラスのキャストになると、書き入れ時の金曜日の夜のピークタイムは、最低でも三本の指名が入る状態でなければ現在の地位を保《たも》てないのだ。

「はい」

立花は、奈緒に背を向けたまま振り返らずに返事をし、シンクに水をぶちまけ、空《から》になったアイスペールにフリーザーから掬《すく》った氷を詰め、冷蔵庫からよく冷えたオシボリを取り出した。

キャストは嫌いだが、だからといって奈緒を避《さ》けているわけではない。

ホールからキャストにかけていい言葉は、おはようございます、お疲れ様でした、と、幹部スタッフや客からの伝言だけで、それ以外は自分から一切口を開いてはならないのだった。

この業界は、キャストがいなければ成り立たない。言わば、大事な商品、というわけだ。男性スタッフと恋仲に落ちたキャストは、店側のコントロールが利《き》かなくなる。つまり、男の言うことしか聞かなくなってしまうのだ。

男性スタッフからしても、自分の恋人がほかの男と親しげに話しているのをみるのが耐え切れなくなり、店を辞《や》めさせようとする。

この悪循環は店側にとって百害あって一利なしで、そうならないために、日頃から男性スタッフとキャストの接触には厳しく眼を光らせているのだった。

ホール長から上の幹部スタッフがキャストとの会話を許されているのは、店側の人間だと認められているからであった。

万が一過《あやま》ちを起こしても、店側の人間であればキャストと別れることを選択する、または、別れないにしても最低限店を辞めさせるようなことはしない、という物の見方をされているのだ。

じっさい、ホール長以外の幹部スタッフは時給ではなく、総売上にたいする完全歩合《ぶあい》給……サブ・マネージャーが五パーセント、チーフ・マネージャーが十パーセント、店長が十五パーセントになっているので、業績が伸びれば自身の懐《ふところ》も潤《うるお》うというシステムになっており、店に貢献しているキャストであればあるほどに、辞めさせたりはしない。

男性スタッフの頂点である店長には、月の総売上がノルマに達すれば特別報奨金という臨時ボーナスが与えられる。

売れっ子キャストがいなくなること即《すなわ》ち、自分の給与にダイレクトに響いてくるからこそ、幹部スタッフは商品を大事に扱う。

加えて、幹部スタッフはそれぞれ五、六人ずつのキャストを担当している。

担当の主な仕事は、隙あらば様々な理由をつけて店を休もうとするルーズなキャストを出勤させ、何事にも投げやりなキャストのモチベーションを高めて接客に当たらせる、というものだ。

キャストが起こしてくれと言えば目覚し時計となり、浮かない顔をしていればカウンセラーとなり、風邪《かぜ》を引いて寝込めば世話係になる。

そのほかにも、マンション探しや引っ越しの手伝い、ストーカーと化した恋人への対応に至るまで、担当の業務は芸能人のマネージャーさながらに多岐に亘る。

幹部スタッフは店の総売上以外に、担当しているキャストの売り上げからも十パーセントのコミッションが入るシステムになっているので、必死になって彼女達の管理と雑用に当たるのだった。

逆に、キャストの出勤率が悪かったり、売り上げや指名数がノルマに達しなければ罰金を取られるのは言うまでもなかった。

因《ちな》みにミントキャンディでは、ホールがキャストに話しかけたことが発覚した場合、一万円の罰金を取られるペナルティがある。

高給取りのキャストと違って、ホールの時給は千五百円。午後四時に出勤して午前三時に上がるまでの十一時間みっちり働いて、ようやく稼《かせ》いだ一万六千五百円の大部分が消えてしまう計算だ。

尤も、キャスト嫌いの立花にとっては、この禁則はむしろ好都合だった。

「立花君さぁ、ずいぶんとサマになってきたじゃない？　今日で、十日目だっけ？」

神崎と同じセリフを口にする奈緒に、立花は曖昧《あいまい》な笑みを浮かべて頷《うなず》いた。

本当は二週間目だったが、いちいち否定する気はなかった。

奈緒のほうから声をかけてきたとはいえ、ピークタイム中に洗い場でドル箱のキャストと私語をしているところを誰かにみられたら、間違いなくペナルティを食ってしまう。

たとえ一万円さえも無駄にはできない理由が、立花にはあった。

「ねえ、今夜さぁ、私とアフターしない？」

奈緒が立花の腕に手を置き、鼻にかかった声で言った。

まるで、自分が誘えば誰も断ることができないとでもいうような自信に満ちた顔で立花をみつめた。

じっさい、奈緒に同伴やアフターを誘われて断る客はいない。

ただし、客ならば、の話だ。

「でも……」

「大丈夫。チーマネの車降りたあとに、立花君の携帯に連絡入れるからさ」

キャストはみな、居住地域ごとに何組かに分かれて、担当の男性スタッフの車で自宅まで送ってもらう。

店側はひとりから五百円を徴収《ちょうしゅう》するが、タクシーを使うより安上がりだ。

店側の建て前は、若い女性が夜道をひとり歩きするのは物騒《ぶっそう》だから、というものだが、本当の目的は、キャストがホストクラブに行ったり客と深い関係になるのを避けるため……管理の意味合いがあった。

尤も、いまの奈緒のように、チーフ・マネージャーの菊田を出し抜こうとするキャストもいるので完璧《かんぺき》とは言えないが、それでも、自宅まで送るというシステムになってからは、彼女達の生活もかなり規則正しくなった。

「いえ、そういうことじゃないんです」

「なによ、千鶴じゃないとだめなわけ？」

不意に、奈緒の口から出た名前に、立花の鼓動は早鐘《はやがね》を打った。

「知ってるんだよ。立花君が千鶴ちゃんのこと、いつも気にしてるのを」

からかい口調だったが、彼女の眼は笑っていなかった。

図星《ずぼし》だった。立花は、千鶴に惚《ほ》れていた。彼女は、ミントキャンディのナンバー1キャストであり、眼を見張るほどの美貌の持ち主だった。

しかし、立花が千鶴に惹《ひ》かれたのは、それが理由ではなかった。

立花は、この業界に身を置く夜の住人を軽蔑していた。

二枚舌を使い、ルーズで、軽薄で、金に汚く……とにかく、信用ならない人種の坩堝《るつぼ》であるこの業界にあって、千鶴だけは違った。

化粧室でほかのキャストが客の悪口話に花を咲かせているときでも、彼女は醜《みにく》い女狐《めぎつね》達の輪からひとりだけ離れている。

それだけではない。千鶴が営業コールをかけているところもアフターにつき合っているところもみたことはないし、客に媚びることもなかった。

ただ、客の話にじっと耳を傾け、話題が途絶えたら、今度はさりげなく話し役に回る。

芸能人やドラマといった、多くのキャストが自分に興味のある楽な話題に終始するのにたいし、千鶴は相手の趣味……釣りやゴルフといった、たとえ興味のない話であろうが、客の蘊蓄《うんちく》にいやな顔ひとつせずに聞き役に徹し、また、好奇に満ちた瞳で質問をする。

千鶴の振る舞いのひとつひとつが自然体であり、彼女のいる席は常に笑顔が絶えない。

表面的に千鶴のまねはできても、ほかのキャストならば、どうしても退屈そうな顔になったり、無理に話を合わせているのがみえみえになるものだ。

酒で赤らんだ顔をだらしなく弛緩させていても、客はそういったキャストの表情の変化には敏感だ。

千鶴のまね事をしても内面が伴っていないため、場はシラけ、中には馬鹿にされていると感じ怒り出す客もいる。

故《ゆえ》に、千鶴以外のキャストは、色をちらつかせたり思わせ振りな態度で客の気を引くしかないのだ。

奈緒にしても、色仕掛けや営業コールの連発でナンバー2の座にいるものの、逆を言えば、そこまでしても千鶴には敵《かな》わない。

奈緒の客は卑しい笑いや馬鹿笑いはしても、千鶴の客のように心底愉しそうな笑顔をみせはしない。

奈緒の客はアフターにつき合わなければ不貞腐《ふてくさ》れるが、千鶴の客は彼女と会話するだけで満足する。

ようするに、奈緒の客は肉体目当てで店に足を運び、千鶴の客は千鶴目当てで足を運ぶ。

そのことを誰よりも知っているのが奈緒であり、だからこそ、彼女は千鶴をなにかと目の敵《かたき》にするのだ。

立花は、奈緒が自分を誘った理由が納得できた。

彼女は、千鶴に向く眼をすべて自分に向けなければ、すべてにおいて千鶴の上を行かなければ気が済まない性格だった。

「いえ、そんなことないです」

立花は、否定した。認めたら、奈緒が千鶴への嫌がらせで店長にチクるのは眼にみえていた。

ミントキャンディの稼ぎ頭《がしら》の千鶴に思いを寄せている、などと店側に知れたら、危険分子とみなされてクビを切られる恐れがあった。

くだらないキャストの嫉妬の犠牲になるのは、ごめんだった。

「あんな気取り澄ました女の、どこがいいわけ？　しょせん、私達と同じキャバ嬢じゃない。あの女、きっと裏で客と寝てるわよ。じゃなきゃ、あんなに指名取れるわけないじゃない」

奈緒が眉尻《まゆじり》を吊《つ》り上げ、吐《は》き捨てるように言った。

「フロアに戻らなければならないので、失礼します」

お前とは違う。

立花は、喉もとまで込み上げた怒声《どせい》を呑《の》み下し、洗い場を出た。

三番テーブルにアイスペールを、六番テーブルにオシボリを運んだ。

十二番テーブルに視線を投げた。恰幅《かっぷく》のいい躰を高価そうなスーツに包んだ五十絡みの男の横で微笑む千鶴。

立花は、彼女の透《す》けるような白肌に、絹の光沢《こうたく》を放つ薄茶に染めた髪に見惚《みほ》れた。それ以上に、優《やさ》しい眼差《まなざ》しに、おくゆかしい人柄に惹かれた。

——たいしたもんだよ、あのコは。彼女の親父さんは、借金残して蒸発したんだよ。いまどき珍しい訳《わけ》あり入店ってやつよ。ホストやエルメスのために働いている女とは、気合いが違うよな。


入店二日目の営業前。男性スタッフのロッカールームで、菊田と神崎の会話を耳にした立花は、千鶴に自分と同じ匂いを感じた。

上司の噂話《うわさばなし》を鵜呑みにして、千鶴に興味を持ったわけではなかった。

新人のホールなど小間使い程度に見下しているキャストが多い中、千鶴だけは違った。

キャストの雑用、酔客のあしらい、酒と氷の運搬、店内の掃除、呼び込み……通り過ぎるたびに千鶴は、尽きることのない業務に忙殺される立花に、優しく微笑み、労《ねぎら》いの言葉をかけてくれた。

彼女は、他人《ひと》の心の痛みがわかる女性だった。哀切や苦痛を経験してきた人間でなければ、あの笑顔をみせることはできない。

「おい。なにボーッとしてるんだ?」

立花は、千鶴から声の主……神崎に慌《あわ》てて視線を移した。

「十番テーブル。延長かどうか訊いてこい」

「はい」

弾かれたように、立花は踵を返した。

ミントキャンディは自動延長システムを採《と》っているので、セット時間が終了する間際《まぎわ》に教えてほしいとリクエストした客だけに、ホールが伝えに行くことになっている。

「ちょっと待て」

神崎の声に、立花は歩を止め振り返った。

「十番テーブルの客の名前は？」

「あ……」

言葉に詰まる立花に、神崎が鋭い視線を向けてくる。

「角田《つのだ》さんだ。もう、三回目の来店の客だぞ」

二度目の来店からは客を名前で呼ぶことを、キャストも男性スタッフも徹底して教育されている。名前で呼んでもらえれば、自分は特別だ、と客は思うものだ。

「すみませんでした」

立花は神崎に頭を下げ、十番テーブルへと向かった。

「角田様。お時間まであと十分ほどになりましたが、延長のほうはどうなさいますか？」

「ああ、今夜はいいや。ちょっと、飲み過ぎたようだし」

「えー。もう帰っちゃうのぉ。まだ、話したいこと一杯あるのにぃ」

ケイが、角田の腕を取り駄々《だだ》をこねてみせる。これくらいの演技ができなければ、キャバクラ嬢は務まらない。

「ごめんね。俺もそうしたいんだけど、なんだか調子が悪くてね。今度きたときは、必ず延長するから」

キャストに延長をせがまれたときに、この手の細い客が必ず口にするセリフ。苦し紛《まぎ》れのセリフ。

お金がないから。そのひと言を、客は口が裂けても言えない。

そして、次の来店時には、出張費を浮かせたり前借りで手にした金を持ってキャストとの約束を果たそうとする。

くだらない見栄《みえ》と体裁《ていさい》のために、裏で自分を馬鹿にする女狐に金を浪費する。

「ほんとに？　約束だよ」

ケイが上目遣《うわめづか》いで角田をみつめながら、小指を突き出した。

「ああ、大丈夫だって。会議をすっぽかしてでも、ケイちゃんの顔をみにくるって」

やにさがった顔で小指を絡める角田をみて、立花は激しい怒りを覚えた。

ホールの先輩である嶋から聞いた話によれば、角田の娘は大学生だということだった。

客は、キャストには決して家族の話をしないものだが、親しくなった男性スタッフにはぽろりと本音を零すものだ。

自分の娘とそう変わらない歳の女にうつつを抜かす角田の鼻面に、できることなら一発お見舞いしてやりたかった。

「では、ごゆっくり」

立花はぐっと怒りを噛《か》み殺し、テーブルを離れた。

一番テーブル……愛子《あいこ》が手を挙げた。愛子の隣では、板前風の若い客が胃を押さえて顔をしかめていた。

愛子は、ミントキャンディに入店する前は巣鴨《すがも》で売れっ子のランパブ嬢だった。菊田に引き抜かれて先々月から働いているのだが、ボディタッチなし、露出はせいぜい胸の谷間と太腿程度、といったキャバクラでは、ナンバークラスにもなれずに苦戦していた。

ランジェリーパブは、エクストリーム系と呼ばれるセクシーパブの一種で、もともとは、過当競争のキャバクラ業界で生き残るために、ホステスが全員下着姿で、ボディタッチもOKという風俗系のエッセンスを加えたキャバクラから派生した。

その後、セクシーパブは細分化が進み、ランジェリーパブのほかに、アニメキャラクターの衣装や制服を身につけたホステスが接客するコスチュームパブが出現した。

セクシーパブとキャバクラの違いは衣装だけではなく、ダウンタイムと呼ばれる、二、三十分間に一回訪れるお触りタイムがあることだ。

ダウンタイムになれば店内の照明が絞《しぼ》られ、対面座位になったホステスの肉体を客は好きなだけ触ることができる。

基本的に性器へのタッチはNGであるが、最近ではOKの店も増えている。

とはいえ、ヘルスやピンサロのように射精まではいかないのが、別称、生殺しパブと呼ばれる所以《ゆえん》だった。

ランジェリーパブではトップを張っていた愛子が、ミントキャンディで指名が伸びない理由のひとつに、キャバクラという職種の特殊さがあった。

ランジェリーパブやコスチュームパブといったピンク系産業や、ファッションヘルスや性感マッサージといった抜き系産業は、顔かスタイルか技術か、そのうちのどれかひとつが抜きん出ていればナンバー1になれる可能性は高い。

が、キャバクラはそうはいかない。

誰もが振り返るような美人であっても、モデル並みのスタイルの持ち主であっても、性格がよく話術に長《た》けていても、そのうちのひとつでも欠けていたら決してナンバー1にはなれない。

それは、客がキャバクラになにを求めて訪れているかに関係している。

ミントキャンディのセット料金は、開店直後の暇《ひま》な時間帯を除けば一時間一万円で、ハウスボトルのウイスキーやブランデーは飲み放題、乾き物のチャーム類は食べ放題である。

しかし、このセット料金には、指名料やキャストのドリンク代やサービス料金は含まれていない。平均すると、ひとりの客がワンセットで二万円ほどかかる計算だ。二万円も出せば、ヘルスやピンサロにだって行ける。

露出度も少なく、肉体に触れさせてはくれず、当然、抜いてもくれないキャバクラ嬢に客が大枚をはたくのは、キャストを落とすまでの過程を愉しみたいから、疑似恋愛の世界に浸《ひた》りたいから、店に居場所を求めたいから、というのが代表的な理由だった。

キャバクラの客層は、独身の若者よりも家庭持ちの中年層が多いのが特徴だ。

金銭的余裕はなくてもエネルギーに満ち溢《あふ》れている若者は、性欲を処理してくれないキャストに何万もの金を使わないし、疑似恋愛などしなくても若い女との出会いも頻繁《ひんぱん》にあるし、癒《いや》しよりも刺激を求めているのでピンク系産業や抜き系産業に流れる。

その点、若い女とつき合う機会に恵まれず、会社では上司と部下の板挟みにあい、家庭では女房に小言《こごと》を言われ子供には疎《うと》まれる中年層の客にとって、金さえ払えば若く美しいキャストが酒を作ってくれ、お酌《しゃく》をしてくれ、トイレに立てばオシボリを持って出迎えてくれ、つまらない話でもいやな顔ひとつみせずに真剣に耳を傾けてくれ、俗に言うおやじギャグにもウケてくれるという空間は、大《おお》袈裟《げさ》ではなく天国だった。

キャバクラ嬢は、性の対象である前に、疲れた心と躰を癒してくれる存在でなければならないし、その上で、容姿もハイレベルでなければならない。

五大風俗と言われるヘルス、デリヘル、イメクラ、アジアンエステ、性感マッサージで働く風俗嬢のトップになるには、性の対象としての条件を兼ね備えていればいいのであって、客の居場所を作ってやる必要も心を癒してやる必要もない。

キャバクラ嬢のトップクラスが風俗で働けば高い確率でナンバー1になれるのにたいし、その逆はかなり難しいのが現実だ。


立花は愛子に小さく頷いてみせ、化粧室に向かった。

飲み過ぎた客の頭痛薬や胃薬を運ぶのも、数多いホールの仕事のうちのひとつだ。

「そんなの納得《なっとく》できないいっ。私とあのコの指名数は、たった一本しか違わないのよ!」

化粧室のドアを開けた瞬間……形のよいアーチ眉を吊り上げたひなのの金切り声が鼓膜に飛び込んできた。

「たしかにそうだけど、先月は奈緒ちゃんのほうが同伴の本数が多かったんだよ」

暴れ馬の気を鎮《しず》める調教師のようにひなのを宥《なだ》めていた菊田が、ちらりと立花に視線を投げた。

ミントキャンディのナンバー2であるチーフ・マネージャーは、事務室に籠《こも》りっきりで売り上げの管理に当たる店長に代わって現場を取り仕切り、キャストや男性スタッフの採用から教育、店内でのあらゆるトラブル処理を一手に引き受けている。

一般企業で言えば、店長が役員で、チーフ・マネージャーは部長といったところだ。

立花は菊田に軽く頭を下げ、チェストの抽出《ひきだし》を開けて胃薬を探した。

「同伴が少なくても指名がたった一本しか違わないんだから、私のほうがいい仕事をしてるってことでしょう!?　なのに、どうしてあのコの時給が七千円で私が六千円なわけ?」

モデル並みの長身に纏《まと》った数十万のブランドスーツ、切れ上がった目尻、つんと尖《とが》った鼻。括《くび》れた腰に両手を当て、挑戦的な眼差しで菊田を睨みつけるひなのは六本木《ろっぽんぎ》のクラブ上がりで、ミントキャンディでナンバー3のキャストだった。

二ヵ月前に菊田が引き抜いてきたのだが、さすがにクラブに勤めていただけあり、プライドの高さは半端《はんぱ》ではなかった。

会話の内容から察すると、ナンバー2の座を争う奈緒が自分より高待遇なことがおもしろくないのだろう。

キャストの給与は、指名本数、同伴本数、出勤率、客単価、接客態度など、様々な査定ポイントを加味した上で算出される。

日に二十本前後の指名を受け、六十万の売り上げを弾き出す千鶴の時給は一万円に達しているが、一、二本の指名で二、三万の売り上げしかないキャストだと二千円程度だった。

時給に加えて、キャストの注文する飲物代……ドリンクバックが五十パーセントに指名ノルマや売り上げノルマを達成すれば報奨金が入る。

千鶴ほどの売れっ子キャストになればドリンクバックだけでも月に二十万を超え、二百万前後の給与を稼いでいた。

尤も、報奨金があれば罰金があるのもこの世界の常識だ。

罰金には数種類あるが、一番重いのが無欠……無断欠勤のペナルティだ。

無欠の場合はキャストも男性スタッフも、三日分の日給を徴収される。つまり、三日間はただ働きになる。

目当てのキャストのために高い金を払って店に訪れた客を待ち惚《ぼう》けさせるという、その日を境《さかい》に上客を失うかもしれないことを考えると当然の結果だった。

当日に欠勤の連絡を入れる当欠は、無欠より罰金は軽いが、それでも日給の半額がペナルティの対象となる。

この業界は、遅刻にも厳しい。遅刻にたいしてのペナルティは細分化されており、三十分ごとに日給の十パーセントの金額が徴収される。遅刻が一時間なら二十パーセント、二時間なら四十パーセント、という具合だ。

「指名は一本しか違わないけど、客単価はかなり開いてるんだ。なぜだかわかるか？　奈緒ちゃんは積極的に同伴するから、お客さんとの親密度も深まる。親密度が深まるから、お客さんももうひと押しだと思って延長を重ねる。ひなのちゃんは指名は多いけど、ワンセットのお客さんも多いだろう？」

菊田が、言葉を選ぶように慎重《しんちょう》な言い回しで諭《さと》した。

菊田は男性スタッフには厳しいことで有名だが、ひなのには気を遣っている。それは店長も同じだ。

店で一番偉いのはキャストであり、その中でもナンバー1のキャストが一番偉い。

キャストがいなければキャバクラは成り立たないのだから、当然の話だった。

だが、千鶴はそんな素振《そぶ》りをまったくみせない女性だった。奢《おご》らず、気取らず、偉ぶらず……という控《ひか》え目なところが、客だけではなく幹部スタッフの人気を集めている。

「延長しないのは、私のせいだって言いたいわけ?」

「そうは言ってない。だけど、奈緒ちゃんに比べてお客さんとの距離があるのは事実なんじゃないかな。お客さんは、もしかしたらこのコとつき合えるかもしれないって期待を抱《いだ》くから、足繁く店に通うし、延長もしてくれるんだよ」

菊田が言いたいのは、ひなのが高嶺《たかね》の花だということ……つまり、客はひなのを手の届かない女だと思っているということだ。

ステイタスが売り物の高級クラブならそれでもいいのだろうが、キャバクラに客が求めるのは大衆性だ。

お高くとまっているタイプのひなのは、美人なだけではトップを取れないキャストの典型的なパターンだ。

「とにかく、あのコと一緒の時給じゃなければ、私、店を辞めるから」

伝家の宝刀を抜くひなのに、明らかに菊田は狼狽《ろうばい》していた。

店側にとって一番こたえるのは、キャストがいなくなることだ。

菊田が苦言を呈《てい》していたのは、それはあくまでも千鶴や奈緒と比べての話であり、愛想が悪いだなんだと言っても、ミントキャンディのナンバー3のキャストが抜けるのはダメージが大きい。

「ちょっと、待ってよ。ひなのちゃんがいなくなったら、ウチが困るのわかってるだろう?」

「そんなの知らないわ。あんな頭が悪くて下品な女より扱いが下なら、ほかの店に行ったほうがましよ」

ひなのが、吐き捨てるように言った。

「扱いが下だなんて、とんでもない。ひなのちゃんは、ウチのエース級のキャストなんだから。店長だって、君には期待してるんだ」

菊田が揉み手をしてひなのを持ち上げた。

四日前には、客とトラブルを起こして店に出ないと駄々をこねる別のキャストに、同じようなことを言っていた。

自我の塊《かたまり》のような女達をまとめなければならないのだから菊田も大変なのはわかるが、自分ならばひなのはクビにする。

たとえそれで店の売り上げが落ちようが、卑しい八方美人にはなりたくなかった。

「だったら、私の時給を上げるように店長に言ってよ。じゃないと、私、本気だからね」

「わかった、わかった。今日、店が跳ねたら店長と話してみるから、とりあえず席に戻ってくれないか」

一包の胃薬を手にした立花は、菊田の白旗を上げる声を背中に聞きながら化粧室を出た。

一番テーブルに胃薬を運んだ。愛子が甲斐甲斐《かいがい》しい手つきでミネラルウォーターのペットボトルからグラスに水を注ぎ、胃薬とともに客へと渡した。

グラスを渡す際に豊満な乳房を客の肘《ひじ》に押しつける愛子を、立花は蛇蝎《だかつ》視した。

——私は、これまでの人生で初めて、誰かを許せないと思った。お前の、母さんのことだよ。

父、真一《しんいち》の最後の言葉が不意に蘇る。

「どうして、だめなんだよ！」

立花の脳裏に広がりかけた暗鬱な記憶を、男の怒声が打ち消した。

背後を振り返った。出入り口で、客が店内に入ろうとするのを遮《さえぎ》る神崎。

短く刈り込んだ髪。派手なダブルスーツに派手なネクタイ。左腕に金無垢《むく》のロレックス。右腕にごつい金ブレス。

立花には、神崎がなぜ客を店に入れようとしないのかがすぐにわかった。

「とにかく、外に出ましょう」

神崎が、熱《いき》り立つ客を店外へと促《うなが》した。サブ・マネージャーの迅速な対応と大音量のダンスミュージックのおかげで、キャストやほかの客達の中で騒ぎに気づいている者はいなかった。

「おい、これだろ？　チーフを呼んできたほうがいいぞ」

ホールの橋爪《はしづめ》が立花に駆け寄り、頬に傷を作る仕草をしながら言った。

パンチパーマに細い眉。二十一歳の橋爪は自称元ヤクザだが、臆病な小心者だった。

「俺が話をつけたいところだが、生憎《あいにく》、いま手が離せなくてね」

橋爪が、ビールの空き瓶《びん》や吸い殻《がら》が山となった灰皿に埋め尽くされたトレイを宙に翳《かざ》し言い訳がましく言った。

立花は無言で踵を返し、ふたたび化粧室へと向かった。勝ち誇ったような顔で室内から出てきたひなのと入れ替わるように、室内へと入った。

「なんだ。また胃薬か?」

菊田が、不機嫌そうな顔で訊ねてくる。どうやら、時給値上げの交渉はひなのの圧勝に終わったらしい。

「いいえ。黒がきて、いま、サブマネが表で話をしています」

ヤクザのことを、ミントキャンディ独自の隠語で黒と呼んでいる。因みに、白は覚醒剤の粉末の色からジャンキーのことを指す。

「まったく……今夜はツイてねえな。たまには、店長が行ってくれればいいのによ」

菊田が舌を鳴らし、化粧室を飛び出した。立花もあとに続く。橋爪は、いつもはみせないような機敏な動きでフロアを駆け回っていた。

立花は、菊田とともに階段を駆け上がった。ミントキャンディは、地下一階に店舗を構えていた。

「申し訳ございませんが、当店の決まりですので」

「てめえ、それじゃ差別じゃねえかよっ、おお!」

「申し訳ございませんが、当店の決まりですので」

「おい、こらっ。てめえ、ナメてんのか!」

ミントキャンディの入るビルのエントランスで、壊れたテープレコーダーのように同じ言葉を繰り返す神崎に業《ごう》を煮やしたヤクザが胸ぐらを摑《つか》んで怒声を飛ばした。

フロアでは冷静な神崎が、珍しく顔を強張《こわば》らせていた。

「お客様。お待ちください」

菊田が、ヤクザと神崎の間に割って入った。

「なんだ、てめえは？」

ヤクザの三白眼が、菊田を睨《にら》みつけた。

「私は、当店でチーフ・マネージャーをやっております菊田と申します」

菊田が、慇懃《いんぎん》な物言いで頭を下げた。

「おう、なら話ははええ。このガキが、俺を店に入れねえんだよ」

「その件でございますが、当店の決まりでございまして……」

「うらっ、それじゃこいつと同じだろうが！」

ヤクザが神崎から離した手で、今度は菊田の胸ぐらを摑んだ。

「お引き取り願えないのなら、警察に行くことになります」

怯《おび》えて声をうわずらせながらも、さすがに現場を取り仕切るチーフ・マネージャーだけあり、菊田は一歩も退《ひ》かなかった。


――ヤクザには、毅然《きぜん》とした態度が必要だ。へたに足代なんか払ってその場を丸くおさめても、奴らは味を占《し》めて何度もたかりにくるからな。


入店したばかりのときに、菊田に言われた言葉が脳裏に蘇る。

「上等じゃねえかっ。おおっ、警察でもなんでも……」

ヤクザの肩を摑む男。ヤクザが怒声を呑み込み、ゆっくりと振り返った。

「営業妨害だ。騒ぐんなら、ほかの店の前でやれよ」

鮮《あざ》やかな芥子《からし》色のダブルスーツ。メドゥーサ柄の薄ピンクのネクタイ。茶髪のオールバック。切れ上がった涼《すず》しげな眼。

立花は、ヤクザの背後に立つ長身の男に眼をやった。瞬間、ほかの組の人間か、と思ったが、男はヤクザにはみえなかった。かといって、堅気《かたぎ》にもみえなかった。

「藤堂社長」

菊田と神崎が、ほとんど同時に口を開いた。

立花は、ふたりの呼びかけで、目の前の男がミントキャンディの社長であることを初めて知った。同時に、百五十店舗以上の風俗店を経営する業界の王が、抜き打ちで各店の偵察に現れる、という神崎から聞いた話を思い出した。

立花は、藤堂を前に驚きを隠せなかった。

風俗王と呼ばれるからには、もっといかつい男を想像していた。クールな顔でヤクザを見据える藤堂は、ホストと言っても通用するような洗練された容貌をしていた。

「てめえが、この店のトップか？　ずいぶんと、でけえ口叩《たた》いてくれんじゃねえかよ、おお！」

ヤクザが菊田を突き飛ばし、藤堂に向き直ると片眉を下げた顔で凄みながら詰め寄った。

「聞こえなかったのか？　店先で騒がれると、迷惑なんだよ」

藤堂の抑揚《よくよう》のない口調に、ヤクザの顔が瞬時に気色《けしき》ばんだ。

「俺を誰だと思ってるんだ？　あぁ！　てめえ、あんまし調子こいたことばかり言ってやがると……」

「俺を殴るか？　それとも刺すか？　どっちでもいいから、四の五の能書き垂れてないでかかってこいよ」

ヤクザの言葉尻を受け継いだ藤堂が、ぞっとするような冷たい眼で睨みつけながら逆に詰め寄った。

「いまの言葉、覚えてろ。今夜はおとなしく退いてやるが、一度吐いた唾は呑み込ませねえからな」

藤堂の勢いに気圧《けお》されたヤクザが後退し、お決まりの捨て台詞《ぜりふ》を残して背を向けた。

「申し訳ございませんでした」

菊田と神崎が、弾かれたように頭を下げた。

「お前らは役目を果たしている。それより、店長は?」

藤堂が、平板な声音で訊ねた。

変化のない表情といい、冷めた瞳といい、高低差のない喋りかたといい、感情が欠落しているのではないかと思うほどに藤堂は冷淡な男だった。

立花が尊敬する真一とは真逆のタイプ……藤堂は、最《もつと》も嫌いなタイプの男だった。

「事務室で、売り上げの計算……」

「今日からお前が店長だ。大滝に伝えてこい」

菊田を遮った藤堂の言葉に、立花は耳を疑った。

少々機転が利《き》かない部分はあるにしても、大滝は朝から晩まで店の利益のことばかりを考えているような仕事熱心な男だった。

「わかりました」

瞬間、絶句してはいたものの、藤堂の指示に質問のひとつも返さない菊田の返事に、ふたたび立花は耳を疑った。

「あの、どうしてですか？」

「おいっ。なにを言ってるんだ、お前は」

慌てて、神崎が立花に駆け寄り咎《とが》めた。

「いいから、続けさせろ」

神崎を制した藤堂が立花にゆっくりと歩を詰め、葉巻のような細長い煙草を取り出した。穂先を、菊田が素早くデュポンの火で炙《あぶ》った。

「どうして、店長が代わるんですか？」

「店を管理できない者は、店長とは言えない」

「それって、いまのトラブルのことを言ってるんですか？　だったら、店長に責任はありません。チーフを呼びに行ったのは、俺ですから。それに、お客さんとの揉め事をおさめるのはチーフの仕事だと聞いてます」


——正しいと思ったことは、どんな犠牲を払ってでも押し通しなさい。正直に生きていれば、必ず報《むく》われるときがくる。

脳内で聞こえる真一の声に、立花は心で頷いた。

一ボーイの分際《ぶんざい》で社長に意見するという行為が、どんな結果をもたらすかくらいは立花にもわかった。

正直、店を解雇されるのは困る。だが、自分に嘘を吐《つ》いてまで店にしがみつくつもりはなかった。

「赤ん坊の面倒をみるのは母親の役目だからといって、注意を払わないのは父親とは言えない。もし、赤ん坊が猫に眼を引っ掻《か》かれて失明したら？　それでも、母親の役目だから仕方がない、で済ませるのか？　もうひとつ。お前が呼びに行く行かないは関係ない。なんのために、店長室にモニターテレビがあると思っているんだ」

「しかし、たった一回で……」

「その一回が致命傷になることもある。有能な奴は、その一回のミスも犯《おか》さない。ここは俺の店だ。無能な人間を情やしがらみでトップに置くほど俺はお人好《よ》しじゃないし、お前が口を挟む問題でもない。ほかに、言いたいことは？」

紫煙をくゆらせながら、藤堂が冷めた口調で言った。

立花は奥歯を嚙み締め、小さく顎を引いた。

たしかに、ミントキャンディは藤堂の店であり、自分の店ではない。

悔《くや》しいが、返す言葉がなかった。

「ところで、名前は？」

「立花です」

「お前が、神崎が見所があると言っていた立花か。たしかに、この業界に向いてるな」

「どこがですか？」

立花は、むっとした顔で訊ねた。

普通、仕事に向いていると社長に褒《ほ》められれば、喜ぶべきことのはず。

だが、立花には、夜の仕事に向いていると言われるのは、侮辱《ぶじょく》されたことと同じだった。

「その気の強いところと、頭の回転のはやさだ」

「初めて会ったのに、どうしてそんなことがわかるんですか？」

藤堂の背後で、神崎が唇に人差し指でバッテン印を作っている。

いまさら殊勝《しゅしょう》にしたところで、ここまで反抗的な態度を取った以上、クビは免《まぬが》れないだろう。

「腕のいい猟師なら、その犬が優《すぐ》れた猟犬になるかただのバカ犬かの区別くらいすぐにつくもんだ。だがな、本当に優秀な猟犬は、正しい指示にだけ従う犬のことじゃなくて、主人に利益をもたらすためなら、正しくない指示にも従う犬のことを言うんだ」

藤堂は薄く笑い指先で煙草を弾き飛ばすと、もう興味がないとでもいうように立花から視線を逸《そ》らし店に入った。

金魚の糞《ふん》のように、藤堂のあとに続く菊田と神崎。

「猟犬だと？　ふざけやがって……」

立花は、同じビルに入っているクラブの電飾看板を蹴《け》り飛ばし、地階へと向かった。

藤堂は、フロアの片隅にある待機用のテーブルから鋭い視線を各テーブルに巡らせていた。藤堂と同じ席には、五人のキャストが緊張した面持ちで座っている。

雲上の存在の社長が同じ席に着いているのだから、無理もなかった。

彼女達は、このテーブルで指名客の来店やヘルプの指示を待つ。つまり、テーブルに長くいればいるほど、うだつが上がらないキャストということになる。

社長の視線を意識しているのだろう、接客中のキャストはいつにも増してテンションが上がり、ホールは機敏に動き回り、神崎はオーバーアクションで橋爪になにかを指示していた。

普段の何倍増しの熱気を孕《はら》み活気に満ちた店内の空気に触れた立花は、藤堂の影響力の凄さを思い知らされた。

いつもは気取り澄まして接客しているひなのも、珍しく大声を上げて笑い、客の肩を叩いていた。

視野の片隅でなにかがちらついた。首を巡らせる。待機用のテーブルで手招きをする藤堂。

立花は、まさに猟犬のように駆け出す自分に気づき心で舌打ちをした。

「奈緒に渡してこい」

藤堂が、九番テーブルに視線を投げながら、名刺サイズのメモ用紙を差し出した。

「二番テーブルに指名あり……」

立花は、メモ用紙に書かれた文字を呟《つぶや》きつつ首を傾げた。

二番テーブルの客は根本《ねもと》。根本はマリの指名客だったはず。そのマリは今日は当欠している。

代わりに、奈緒を指名したのだろうか？　しかし、マリにぞっこんの根本が、浮気をするとは思えなかった。

「あの……根本さん、奈緒さんを指名したんですか？」

「いいや」

藤堂が、にべもなく言った。

「だったら……なぜ奈緒さんを？」

「奈緒の客はあと十分でセット時間が終わる。奈緒を外せば、客は延長する。客ってのは不思議なもんで、最初と最後にお目当てのキャストがついていれば、途中ほかのテーブルに移っても満足してくれる。だが、途中についていてくれてても、お見送りしてもらえなければ損した気分になるもんだ。だから、奈緒を外す」

藤堂が、淡々と言った。待機用のテーブルは接客用のテーブルと離れているので、藤堂の声が客に聞こえることはない。

「ほら、突っ立ってないで行ってこい。セット時間が終わるだろうが」

立花は、喉《のど》もとまで込み上げた不満を呑み下し、九番テーブルに向かった。

「失礼します」

客に頭を下げ、奈緒にメモ用紙を渡した。奈緒はメモ用紙にちらりと視線をやっただけで、すぐに客との話を再開した。

九番テーブルを離れる立花の脇を神崎が駆け抜ける。藤堂に耳打ちされ、なにかを指示された神崎が三番テーブル……ゆいのテーブルへと走った。

立花は、二番テーブルの灰皿をいつもよりゆっくりとした手つきで取り替えながら聞き耳を立てた。

「奈緒で〜す。私、前から根本さんの席に付きたかったんだよねぇ。でも、マリちゃんじゃなくてがっかりでしょう？」

藤堂の指示で九番テーブルから移ってきた奈緒が、根本の膝に手を置きあわよくば指名替えを狙《ねら》った営業を開始した。

さすがは、ナンバー2のことだけはあり抜け目がない。

「そんなことないよ。奈緒ちゃんのほうこそ大勢の指名客に囲まれてるから、俺のことなんて眼中にないでしょ？」

「とんでもない。奈緒ね、いっつも根本さんのテーブルが気になってたのぉ。だって、根本さんのゴルフの話、すっごく面白くて」

「え？　奈緒ちゃん、俺の話を聞いてくれてたんだ。ゴルフに興味あるの？」

奈緒の罠《わな》に嵌《は》まった根本が、瞳を輝かした。

奈緒が根本の話を聞いていたのは本当だ。奈緒とマリが根本の話題を出すときには、あのゴルフ馬鹿は、で始まる。

「やりたいな、って思ってるんだけどぉ、奈緒は運動音痴だから、だめかな……って」

ミニスカートから露出した太腿の上でハンカチをいじりながら根本を上目遣いでみつめる奈緒。

「大丈夫。ゴルフは運動神経は関係ないから。よかったら、今度、俺が教えてあげるよ」

「え！　本当に？　嬉《うれ》しいっ」

黄色い声を上げ、奈緒が根本の手を握る。

「お客さん。悪いけど、帰ってくれないか？」

神崎の剣呑《けんのん》な声。聴覚の意識を、くだらない会話で盛り上がる二番テーブルから三番テーブルへと移した。

「ちょっと、やだぁ。サブマネ、怖い顔して、どうしたんですか？」

場を和《なご》ませようとしてはいるが、ゆいは明らかに困惑していた。

立花も、同感だった。なぜに神崎が、男を追い出そうとしているのかがわからなかった。

「そうですよ。私、なにか悪いことしました？」

男が、狐に摘《つま》まれたような顔で神崎を見上げた。

歳の頃は三十ちょっと。緩《ゆる》くパーマのかかった髪にノーフレイムの眼鏡《めがね》。地味な色だが仕立てのよさそうなスーツ。

どこかの商社マン。立花はそう見当をつけた。

「あんた、同業だろ？　水商売、風俗関係者は出禁《できん》だって、入り口のドアに貼《は》ってあるだろ？」

神崎の言葉に、立花は驚きを隠せなかった。

キャストの引き抜き防止のために、同業者が出入り禁止であることは知っていた。

だが、まさかこの男が同業者だとは思えない。

たしかに、眼つきや身なりが独特のヤクザと違って同業者を容姿でみわけるのは難しいが、それでも、よく観察していれば崩れた雰囲気《ふんいき》や話の運びかたのうまさといった、ある種の共通点がある。

しかし、男には、同業者の匂いがまったく感じられなかった。

「え？　なに言ってるんですか？　違いますよ」

男が、心外だ、というふうな顔で否定した。

立花には、それが演技にはみえなかった。

「じゃあ、そのバッグの中をみせてもらおうか」

「どうして、そんなことしなければならないんですか？」

「お前が同業じゃなかったら、それくらいなんてことないだろうが？」

「そこまで疑いをかけといてなんにも出てこなかったら、責任を取ってくれるんでしょうね？」

男の自信たっぷりな態度に、不安になったのだろう神崎が背後を振り返り窺《うかが》うように藤堂をみた。

藤堂が、小さく頷いた。

「ああ。そのときは責任取ってやるから、さっさとバッグを渡せよ」

神崎が手を差し出しながら詰め寄ると、男の表情から余裕がなくなり黒目が不規則に泳ぎ始めた。

「なんなんだ、この店は。ゆいちゃん、悪いけど帰るよ」

「待てよ」

神崎が、ソファから腰を上げた男の前に立ちはだかった。

「どけよ」

「おい、立花。手を貸せ」

神崎を押し退《の》けようとする男の腕を、立花は摑んだ。

「なにすんだよ」

神崎とふたりで、抵抗する男を両脇から挟み込むようにしてフロアの奥……男性スタッフのロッカールームへと連れてゆく。

「ほら、入れよ」

男の背中を押し、神崎がロッカールームのドアを閉める。

「こんなことして……」

「警察に訴えてやる、か？」

閉まったばかりのドアが開いた。藤堂が、冷笑を浮かべながらロッカーを背にする男に歩み寄る。

「あ、あんたは？」

「お前みたいな寄生虫に名乗る必要はない」

言い終わらないうちに、藤堂が男の手からバッグをひったくるように奪い、ファスナーを開けると中身を床にぶちまけた。

「ホットボディの人事主任？　俺の記憶に間違いないなら、ホットボディっていうのは新宿《しんじゅく》のキャバクラだ。つけ加えると、人事部っていうのは、キャストをスカウトする部署だったような気がするんだがな」

財布やらキーケースやら煙草とともに散らばる名刺を拾い上げた藤堂が、惚《とぼ》けたような口調で言うと男を見据えた。

この男が、キャバクラのスカウトマンだったとは……。

立花は、藤堂の眼力に驚きを禁じ得なかった。

「たしかに、俺は同業です。嘘を吐いたことは謝ります。でも、今夜はプライベートで飲みにきたんです。本当です。信じてください」

「ほう。プライベートねぇ」

藤堂が、視線を男からテーブルの上のモニターテレビに移した。

モニターテレビは、ロッカールームのほかにも社長室と事務室に設置してあり、フロアの動きが一望できるようになっている。

「そ、そうなんです」

男が頭を掻きながら、ほっと安堵《あんど》の表情を浮かべた。

「一番テーブルが弾けてない。愛子を外して俊美《としみ》を入れろ」

藤堂が、神崎に指示を出す。

テーブルが弾けていないとは、客が盛り上がっていないという業界の隠語だ。

客が盛り上がらない理由は、大別してふた通りある。

ひとつは、客とキャストの関係が古い場合。お気に入りのキャストでも、いつも顔を合わせていれば夫婦と同じで新鮮味も刺激もなくなるものだ。

もうひとつは、もっと好みのキャストがほかに現れた場合だ。

キャバクラはクラブと違って基本的に指名替えは自由だが、後々《のちのち》の気まずさを考えて実行する客は少ない。

だが、愛子の指名客……あの板前ふうの客はそのどちらでもない。

「社長。一番テーブルのお客さんは、胃が痛いんです」

「だから？」

藤堂が、モニターテレビに顔を向けたまま立花に問いかけた。

「だから、テーブルが弾んでないのは、愛子さんのせいではないと思います」

「腹が痛かろうが頭が痛かろうが、キャストに魅力があればそんなもんは吹っ飛ぶものだ。それに、あの客も新しいキャストがついて嬉しいだろう。神崎。愛子をここへ呼べ」

神崎が頷き、脱兎《だっと》の如くロッカールームを飛び出した。

大滝のことといい愛子のことといい、売り上げを伸ばすためならスタッフやキャストを使い捨ての駒程度にしか考えない男……情けのかけらもない藤堂のやりかたに、立花は激しい反発を覚えた。

「あの……」

男が、恐る恐る声をかけた。モニターテレビから視線を切った藤堂が無表情に振り返り、男に歩み寄った。

「もう、帰ってもよろしいです……」

藤堂の右肩が沈んだ。男の躰がくの字に曲がった。腹を押さえて前屈《かが》みになる男の顎を藤堂の靴先が蹴り上げた。

甲高《かんだか》い衝撃音が鳴り響く。ロッカーに背中を打ちつけた男が、リノリウムの床に腰から崩《くず》れ落ちた。

「引き抜きかけるときには、誰の店かをよく調べてから動くんだな」

藤堂が革靴の底で男の顔を踏みつけつつ、氷のように冷たい瞳で見下ろした。

「どうして……同業だとわかったんですか?」

立花は、からからに干上《ひあ》がった声で訊《たず》ねた。

「酒だ」

「酒?」

「そう。こいつは、ゆいが作った水割りに口をつけていない。酒が入れば、並の女でもいい女にみえてしまう。つまり、商品鑑定に狂いが出るってわけだ」

「酒が飲めなかっただけかもしれないじゃないですか?」

「ゆいからグラスを受け取るときの慣れた手つきは、下戸《げこ》のものじゃなかった。ま、ほかにも、キャストに巡らす視線やゆいがハンカチを落としたときの拾いかた……いろいろと理由はあるが、最終的な判断は理屈じゃない。嗅覚《きゆうかく》だよ、嗅覚。神崎やお前らのように、俺と同じ光景をみてても気づかない奴は気づかないわけだからな」

人間的な好き嫌いは別として、瞠目《どうもく》せずにはいられなかった。

藤堂の言うとおり立花は、ほぼ同じ光景を眼にしていながら男が同業などとは夢にも思わなかった。

「そっくりだ」

藤堂が、口もとに薄い笑みを浮かべながら呟くように言った。

「え？」

「お前と話してると、昔の俺をみているようだ」

藤堂の言葉に、躰が熱くなる。もちろん、感激しているわけではなかった。

「俺のことよく知らないのに、勝手なことを言わないでください」

立花は、藤堂の瞳をまっすぐに見据えながら言った。

「ほらほら、そういうところだ。まるで世の中すべてを敵に回したように、なんでもかんでも嚙みつこうとする。それだけなら、ただの反抗期のガキだが、お前は違う。嚙みつくと同時に、知ろうとしている。キャストの給与体系、同伴、アフター、指名ノルマ、客の心理、ラッキーの仕事……いま俺に、どうしてゆいの客が同業だと見抜いたかを訊ねてきたようにな。無意識のうちに、お前はこの業界に興味を持っている。違うか？」

藤堂が、窺うような視線を投げてくる。

公衆の面前で丸裸にされたような羞恥《しゅうち》と家に土足で踏み込まれたような屈辱《くつじょく》が、脳内でごちゃ混ぜになり唇がわななないた。

「興味を持っているわけではありません。もともとの、性格です」

嘘ではなかった。昔から、そうだった。中途半端は嫌いで、物事をとことんまで突き詰めなければ気が済まない性格だった。


小学生のときに、隣家にテツという雑種犬がいた。テツはとても温和で、子供好きな犬だった。立花も暇をみつけては、テツと遊んでいた。

事件は、ある日突然に起こった。テツが、近所の少年の足を噛んで大怪我《けが》をさせた。

その少年は立花のクラスメイトで、学級委員長をやっている優秀な生徒だった。

親は町内会の会長をやっており、事件は大問題に発展した。被害を受けた少年は十数針を縫《ぬ》う傷を負い、住民の猛抗議の末にテツは保健所に連れ去られ処分された。

立花はどうしても納得できずに、退院して登校するようになった少年のあとをつけた。

探偵もどきの生活を始めて三週間が過ぎた頃、下校途中の少年を尾行していた立花は信じられない光景を眼にした。

通学路の途中にある人気《ひとけ》のない公園に繋がれていた柴犬をみつけた少年は、ランドセルから取り出した縦笛で頭や脇腹を殴り始めたのだった。

立花は、すぐに少年を取り押さえ、しばらくしてから戻ってきた飼い主に突き出した。

飼い主が学校に訴え出たために、少年の化《ば》けの皮は剝《は》がされた。

だが、少年がどれだけの責め苦を受けようとも、処分されたテツは生き返りはしない。

その一件が、立花の何事にも徹底する性格になんらかの影響を及ぼしているのかどうかはわからない。

ただひとつ言えるのは、真実は他人から聞かされるものではなく、自分の眼で確かめるものだと、あの少年が教えてくれたということだった。


「その性格のことを言ってるのさ。さっき教えてやったろう？　お前の気の強さと頭の回転のはやさは業界向きだって。立花。負けん気が強くて頭の切れる男が例外なく持ち合わせているものがなんだかわかるか？」

藤堂が、男の顔を踏みつけたまま煙草をくわえた。

「わかりません」

立花はライターの火を差し出しながら言った。

媚びているわけではない。これも仕事のうち……真一のためだ。

「野心だ。そして野心は、風俗界で伸し上がるのに一番の武器になる」

「お言葉ですが、俺はこの仕事で伸し上がろうとか考えたことはありません。ある事情があって、お金が必要なだけです」

「訳あり入店ってやつか。千鶴と同じだな」

千鶴の名前を耳にしただけで、立花の心拍が跳ね上がった。

「お前と千鶴には、もうひとつ共通点があったな」

立花は、藤堂の言葉の続きに聴覚の神経を集中した。

「本人の意思とは関係なしに、夜の世界でしか生きてゆけない者がいる。まるで、黒い太陽に向かって歩いているようにな」

「俺と千鶴さんが、そうだと……」

ノックの音が、立花の言葉を遮った。

「入れ」

ドアが開き、大滝と愛子が現れた。ふたりとも緊張した面持《おもも》ちで頭を下げた。

「裏口から摘み出せ」

床に転がる男の背中を爪先で蹴り飛ばし、藤堂は不満げな顔で立ち尽くす立花に命じた。

立花は腰を屈め、散乱する男の持ち物をバッグに詰め始めた。

「俺が呼んだのは、愛子なんだがな」

「社長。チーフから話は聞きました。申し訳ございませんでした」

大滝が、沈痛な表情で膝を折り、藤堂の足もとに土下座した。

生《は》え際《ぎわ》の後退した髪に落ち窪《くぼ》んだ眼窩《がんか》。大滝は四十二歳。十以上年下の上司に平伏《ひれふ》すのは屈辱に違いない。

年功序列と学歴が通じないこの世界では、珍しくもない光景だ。

「チーフから聞いたって、お前のことか？」

大滝が、凍《い》てついた視線で藤堂を見上げた。

「あの……社長。以後、二度と今日のようなことがないように気をつけますので、どうか、降任の件をお考え直し頂けませんでしょうか？」

「勘違いするな。今夜の一件だけが、店長を降ろされた理由だと思っているのか？」

「え……？」

「はっきり言おう。お前は、店長の器《うつわ》じゃない。千四百五十九万二千円、千三百四十二万八千円、千三百五万六千円。ここ三ヵ月間の総売りの推移だ。お前が店長になってから、総売りが下降線を辿《たど》りっ放しだ」

大滝は三ヵ月前に、本社の部長に昇任した前店長の後釜《あとがま》に任命されたのだった。

「社長……」

大滝が、縋《すが》る瞳で藤堂をみつめた。

「チーフのポストでもありがたいと思え。不満なら、ホール長から出直しさせたって構わないんだぞ？」

ガックリとうなだれる大滝の髪が落ち武者のように床に垂れ、水滴が手の甲に落ちて弾けた。

立花は、堪《たま》らず大滝から視線を逸らし、失神している男の腕を取ると背中に担《かつ》いだ。

「失礼……します」

震え声を残し、大滝がロッカールームを飛び出した。

立花も、大滝のあとを追うようにドアへと向かった。

「愛子。お前、ウチのヌキ系に行け」

立花は、歩を止めた。

「そんな……。私、裸になるのがいやだからこの店にきたんです」

「顔は十人並み。会話はへた。頭はトロい。取り柄《え》と言えば、その肉体だけ。キャバクラじゃ、いつまで経っても二軍だ。ヌキ系に行けばそこそこは通用する。だが、ウチの系列はヌキ系といえどもレベルが高い。お前がトップを取ってた巣鴨の三流店とはわけが違う」

愛子の啜《すす》り泣きが立花の背中に追い縋る。立花は、拳《こぶし》をきつく握り締めた。振り返りたい衝動を堪《こら》え、ロッカールームをあとにした。

通路をフロアと反対方向に進み裏口へ出た。西一番街の路地裏。大滝がビールケースに座り、虚《うつ》ろな視線を宙に漂《ただよ》わせていた。

立花は、通りに出てタクシーを拾った。

「新宿のホットボディってキャバクラまでお願いします」

怪訝《けげん》そうな表情の運転手に告《つ》げながら、男を後部座席へと放り込んだ。

「ちょっと、お客さん、新宿のどこです?」

運転手の問いかけを、立花はドアを閉めて遮断した。

裏口の脇。立花は、大滝に目礼してビルへと戻った。

「おい、立花。みろよ、あれ」

フロアに出ると、橋爪が卑しい笑いを浮かべつつ立花の肩を叩いて四番テーブルを指差した。

橋爪の指先を視線で追った。十二番テーブルから四番テーブルに移った千鶴が、珍しく困惑した表情をしていた。

四番テーブルの小太りの中年男は、初めてみる顔だった。千鶴が困惑している理由は、すぐにわかった。

中年男が、千鶴の肩を無理やり抱き締め胸に触れようとしていた。

千鶴は、ミントキャンディのマニュアル通りに、中年男の手をさりげなく握って胸へのタッチを防御していた。

手を振り払われれば気を悪くする客も握られれば悪い気はしない、という理由でキャスト達はみな店側からそうするように教育されている。

たいていの客は、キャストに手を握られれば満足して諦《あきら》めるものだが、中には出入り禁止覚悟で執拗《しつよう》に躰に触れようとする客もいる。

ちょうど、四番テーブルの客のように。

「ありゃ、会社や家で相当ストレス溜め込んでいるスケベじじいだな。ああいう奴にかぎって、てめえの娘にゃ厳しい……あ、立花、どこ行くんだ」

気づいたときには、駆け出していた。

「おい、あんた、やめろよ。彼女が、嫌がってるだろう?」

立花は中年男の腕を摑み、千鶴から引き離した。

千鶴が、びっくりしたように眼を見開いて立花を見上げた。

「なんだ？　このガキっ。千鶴の男でもないくせに、邪魔すんな」

中年男が、立花の胸を突いた。脳内で、なにかが弾ける音がした。無意識に、躰が動いていた。赤く覆われた視界でグラスが砕け散り、水飛沫《しぶき》が拡散した。

甲高い破損音と悲鳴が鼓膜を搔き毟《むし》る。いつの間にか、立花は中年男の上に乗っていた。中年男の顔は、鮮血に染まっていた。

「やめろ、立花っ」

振り上げた右手を、神崎に摑まれた。

「離せっ」

立花は、床を蹴り、躰を捩《よじ》り、必死に抗《あらが》った。

「立花君、やめなさい」

頬を弾く千鶴の右手が、立花を正気に引き戻した。

真紅の絨毯にきらめくグラスのかけら。散らばるカシューナッツに煙草の吸い殻。横倒しになったテーブルに仰向《あおむ》けに倒れる中年男。しんと静まり返った客。凍てつくキャスト。表情を失うホール。

立花は、フロアに巡らせていた視線を血に塗《まみ》れた両の拳に落とした。自分のしでかしたことの重大さに初めて気づいた。

「馬鹿野郎が。こっちへこいっ。社長がお呼びだ」

血相を変えて飛び出してきた菊田が、立花の腕を引いた。

立花は、フロアの奥へと引き摺《ず》られながら、今度こそクビを覚悟した。

ごめんな。親父……。

立花は、絶望の闇に支配された心で真一に詫《わ》びた。

［2］

鼓膜からフェードアウトするダンスミュージック。色を失う視界で、菊田が眉尻を吊り上げなにかを怒鳴《どな》っていた。嶋と橋爪が血塗《まみ》れの中年男に駆け寄り介抱《かいほう》していた。神崎がフロアの客ひとりひとりに頭を下げて回っていた。

立花は菊田に腕を引かれ、フロアの奥へと歩を進めた。

「せっかく馴《な》れてきたってのに、馬鹿なことしやがって」

社長室、とプレイトのかかったドアの前で立ち止まった菊田が振り返り咎《とが》めるように言った。

立花はうなだれ、唇を噛《か》んだ。

後悔はしていない。時間を巻き戻し同じシチュエーションになっても、立花はやはりあの中年男を殴《なぐ》りつけることだろう。

だが、あんなつまらない客のためにクビになることが悔《くや》しくてたまらなかった。

「社長は、営業妨害をなによりも嫌う。肚《はら》を括《くく》ったほうがいいぞ」

冷たく言い残し、菊田がドアをノックする。

「入れ」

無意識に、藤堂の声のトーンで機嫌を窺っている自分がいた。そんな自分を、立花は激しく嫌悪した。

「失礼します」

九十度に躰を折り曲げる菊田に続き、立花は社長室に足を踏み入れた。

「どういうことだ?」

室内の最奥。白い大理石造りのデスクに両足を投げ出した藤堂が、抑揚《よくよう》のない口調で訊ねてくる。

「あ、いいえ、お客さんが、千鶴さんの躰にしつこく触《さわ》ろうとしたので、それで……」

「そんなんでいちいち客を殴ってたら、きりがないだろうが?」

藤堂が煙草をくわえ、無機質な瞳を向けてくる。菊田がライターの炎を差し出し穂先を炙《あぶ》る。

「すみませんでした」

立花は眼を逸らしたい衝動を堪《こら》え、藤堂の双眼をしっかりと見据えながら頭を下げた。

「でも、あのお客さんにはちっとも悪いとは思っていません」

「なら、なぜ詫びた？」

「どんな事情があろうと、店に迷惑をかけたからです」

「そう。お前の取った愚《おろ》かな行為は、店に甚大な被害を与えた。みてみろ」

言って、藤堂が机上のモニターテレビを指差した。

四つの画面に映し出されたフロア。何人かの客が出口に向かっていた。必死に場を盛り上げようとするキャスト達の努力も虚《むな》しく、席に残っている客も通夜《つや》のように静まり返っていた。

「今夜の一件で、あの中年男はもちろんのこと、確実に何人かの客を失った。ボッタクリの店じゃあるまいし、目の前で客があれだけボーイに殴られたら腰を引くのは当然だ。立花。キャバクラでの、キャストと客の関係は？」

「疑似恋愛の関係です」

「そうだ。俺らは、客に夢を売る商売だ。お前は、その夢をぶち壊した」

「しかし、あの客のやったことは許されることじゃありません」

千鶴の胸に触れようとする中年男の卑しい顔。思い出しただけで、はらわたが煮え繰り返った。

「それは、一ボーイのお前が決めることじゃない。キャストの器量で捌《さば》き切れないと判断したときに、菊田なり神崎が処理する問題だ。続きがある。黙って聞け」

口を開こうとする立花を制した藤堂が、デスクの抽出《ひきだし》から取り出したファイルを床に放った。

「そのファイルは、顧客の個別データだ」

立花は、ファイルを拾い上げた。色別にわかれた付箋《ふせん》に、アカサタナの文字が振ってある。ア行のページを開いた。

氏名　相川修《あいかわおさむ》　職業　会社員　指名キャスト　奈緒　好み　セクシー系　来店日　5／3　in20：30　out21：30　5／7　in20：15　out21：15　5／11　in22：05　out23：05　5／13　in20：10　out22：10

氏名　阿部広也《あべひろや》　職業　自営業　指名キャスト　ひなの　好み　美人系　来店日　6／8　in19：40　out20：40　6／9　in19：25　out20：25　6／11　in20：30　out21：30　6／14　in23：45　out24：45　6／21　in19：20　out20：20

氏名　雨地康友《あめいけやすとも》　職業　会社員　指名キャスト　マリ　好み　ポッチャリ系……。

「今夜の騒ぎで、五人の客を失ったとしよう」

立花は、視線をファイルから藤堂に移した。

「ミントキャンディの顧客の来店率は平均して月に八回だ。何事もなければそれぞれの客が最低三ヵ月は通ったはずだ。ワンセット二万として一度の来店で五人が落としていく金は十万、月にして八十万、三ヵ月で二百四十万だ。これだけの損失を、お前の稼《かせ》ぎから埋《う》めることができるのか？」

「それは……」

立花は言葉に詰まり俯《うつむ》いた。素早く脳内の電卓を弾く。二百四十万を作るには、ミントキャンディで半年はただ働きをしなければならない。

「店長。フロアに行って、今日のセット料金は無料にすると客に伝えてこい」

「はい」

菊田が踵を返して社長室を飛び出した。立花は弾かれたように上げた顔を藤堂に向けた。

「この池袋《いけぶくろ》に、何軒のキャバクラがあると思ってるんだ？　客の浮気を食い止めるには、目先の利益を捨てるしかない」

糸のように立ち昇る紫煙を遠い眼で追いながら、藤堂が言った。

「本当に、すみませんでした」

ふたたび、立花は詫びた。一度目よりも心を込めて。クビを免《まぬが》れようというわけではない。自分の取った軽率な行為が、想像以上に店に迷惑をかけていることに気づいたのだった。


――人様に迷惑をかけてしまったときには、お前のできる最大限の誠意を以《もっ》て相手に接しなさい。


真一の声に促《うなが》されるように、立花は深々と頭を下げた。

「お前がいくら謝ったところで、一円にもならん」

「二週間ぶんしかありませんが、俺の給料を充《あ》ててください」

「そんなはした金は焼け石に水だ」

藤堂は吸差しの煙草を灰皿に押しつけ、素《そ》っ気《け》なく言った。

「足りないぶんは、どこかからお金を借りてでもお返しします」

そう言ってはみたものの、立花に当てはなかった。

店をクビになれば、二百四十万どころか真一のために支払う金さえもなくなってしまう。

「未成年のお前が、どうやって金を集める？　サラ金だって保証人がいなけりゃ相手にしてはくれない」

「じゃあ、どうすれば……」

「明日から一週間の謹慎《きんしん》だ。謹慎が明けたらホール長だ」

「え!?」

立花は、藤堂の言葉に思わず頓狂《とんきょう》な声を上げた。

「一週間の謹慎が明けたら、ホール長に昇任と言ってるんだ」

「俺は店に迷惑をかけたのに昇任だなんて……意味がわかりません」

立花は、混乱していた。解雇は、百パーセント免れないことと思っていた。

一週間の謹慎でさえ軽過ぎるペナルティだというのに……藤堂の考えが、まったく読めなかった。

「ホール長は時給が二千円だ。しかも、担当のキャストがノルマを達成すれば売り上げの十パーセントがお前の懐《ふところ》に転がり込む。金を稼ぎたいんだろう？」

藤堂が爪《つめ》を切りつつ、窺うような視線を投げた。

たしかに、金は必要だし、給与が上がるのは願ってもない話だ。

だが、立花は、こんな不自然な形での昇任にたいして、そして、夜の世界へどっぷりと浸《つか》るような気がして激しい抵抗を感じた。

「俺には、そんな資格はありません」

「勘違いするな。お前のためじゃない。ホール長になれば、楽ができるとでも思ったのか？　言っておくが、いままでの何倍も仕事はきついし頭も使う。ホールと違って、やればやるほど結果が眼にみえるポストだ。お前の腕次第でキャストの売り上げも伸ばせるし、そうなれば、必然的に店の売り上げも伸びるというわけだ。しょぼい給料で返すより、遥《はる》かに効率的だと思わないか？」

藤堂が、ヤスリで研《と》いだ人差し指の爪に息を吹きかけ、口もとだけで薄く笑った。

「ホール長の大西《おおにし》さんはどうなるんですか？」

「ホール長はふたりいらない。大西はホールに降任だ」

「問題を起こした俺が昇任で、まじめにやってる大西さんが降任だなんて周りが納得しません」

「たしかに奴はまじめだが、大滝同様にそれだけの男だ。大西のことなんて気にするな。この世界はな、自分さえよければばって奴の吹き溜まりだ。同情なんて尻拭《ふ》き紙ほどの価値もない」

藤堂が、冷え冷えとした口調で吐き捨てるように言った。

「とにかく、俺にはそんな自信はありません」

本音《ほんね》だった。が、それだけではない。ホール長になれば、完全に店側の支配下に置かれそうな気がしたのだ。

「逃げるのか？」

挑《いど》むような藤堂の視線に、胃の裏側がチリチリと焼けた。

「そうじゃありません。俺はまだ店に入って二週間です。いきなりホール長になって店の売り上げを伸ばせと言われても……」

「俺は最初の店で一週間で主任になった。一ヵ月でマネージャーになり、三ヵ月で店を任された。重要なのは、働いた日数じゃない。才能だ」

あんたと俺は違う。

口には出さなかった。いや、出せなかった。

店に与えた損害を、利益を上げることで穴埋めする。

癪《しゃく》に障《さわ》る男だが、藤堂の言っていることは的《まと》を射ている。

「謹慎期間中に、考えさせてください」

「自惚《うぬぼ》れるな。お前の才能は認める。だがな、ダイヤも磨《みが》かなけりゃただの石ころだ。謹慎期間中は、俺と行動をともにしてもらう。お前がホール長として通用するかどうかは、俺が判断する。明日の四時に、赤坂《あかさか》の本部にこい。場所は店長に訊け」

「ちょっと、待ってください」

立花の足もとに、数冊のファイルが投げ出された。

「この半年間の顧客データだ。明日までに名前と指名キャストと好みのタイプを頭に入れておけ」

「社長……」

「四時だぞ。時間厳守だ。今夜はもう上がっていい。フロアには顔を出すな」

立花の言葉を遮《さえぎ》った藤堂が受話器を取り、どこかに電話をかけ始めた。

立花は心で舌を鳴らし、ファイルを拾い上げると踵を返した。

両腕一杯にファイルの山を抱え、社長室を出た。

「立花君」

ロッカールームに向かおうとした立花を呼び止める声。跳ね上がる心拍。早鐘を打つ鼓動。顔をみずとも、声の主が誰なのかがわかった。

立花は歩を止め、ゆっくりと振り返った。

「ごめんね。ぶったりして」

フロアに続く細い通路に佇《たたず》む千鶴が、申し訳なさそうに言った。

「いえ……俺が悪いんです」

頬《ほお》が熱を持つ。心拍が跳ね上がる。千鶴の前に出ると、肉体と精神のコントロールが利《き》かなくなる。

「もしかして、クビ?」

千鶴が、切れ上がった目尻を大きく見開き立花の持つファイルをみた。

彼女の美しさに見惚れた。甘い香水の匂いが、鼻孔に忍び込む。

この二週間、毎夜のように千鶴と顔を合わせているが、こんなに近くで彼女をみるのも会話をするのも初めてのことだった。

「いいえ。一週間の謹慎です。とりあえず、今夜は帰るように言われました」

「そう、よかった。店が終わったら電話するから、携帯の番号を教えて」

「え……?」

「ぶったお詫びに、お酒でもごちそうするわ」

「お詫びだなんて、そんな……」

「いいから、いいから。はやく教えて。私と話しているところをみられて、罰金を取られてもいいの?」

千鶴は悪戯《いたずら》っぽい口調で言うと、携帯電話を取り出した。

立花は、うわずる声音《こわね》で十一桁《けた》の番号を口にした。電話帳に登録しているのだろう、ボタンの上を這《は》う彼女の細い指先をみつめた。

「一時過ぎには、連絡できると思うわ。また、あとでね」

右手をヒラヒラとさせながらフロアへと戻る千鶴の背中を、立花は放心状態で見送った。

千鶴にアフターに誘われるなど、夢のようだった。

肩を叩かれた。立花は、弾かれたように首を後方に巡らせた。

「おい、どうだったよ？」

オシボリで手を拭いながら、神崎が訊ねてくる。

「一週間の謹慎です」

「その程度で済んで、よかったじゃないか。なんやかんや言っても、社長はお前を買ってるからな。だがな、仏の顔も一度までだ。次はないぞ」

「すみませんでした」

「ところで、そのファイル……顧客データじゃないか。そんなもの、どうすんだよ？」

神崎が、訝《いぶか》しげに眉をひそめた。

「社長から、お客さんのデータを頭に入れてこいと言われました」

「客のデータを？　なぜ？」

神崎の質問が続く。立花は、昇任の件を話すべきかどうかを束《つか》の間《ま》迷った。

「謹慎が明けたらホール長だと、社長に命じられました」

自分のことをなにかと気にかけてくれる神崎ならば……と思い立花は打ち明けた。

「なんだって⁉」

神崎の顔がみるみる強張《こわば》った。

「どうして、あんな騒ぎを起こしたお前が昇任するんだよ？」

つい数秒前とは打って変わった剣呑《けんのん》な声音。


――この世界はな、自分さえよければばって奴の吹き溜まりだ。


藤堂の声が鼓膜に蘇る。

話すべきではなかった。立花は、はやくも後悔した。

「さあ……。それは、社長に訊いてください」

「ほぉう。ずいぶんと、偉そうな口を利くようになったじゃないか？　社長の後ろ盾《だて》があるから、恐れるものはなにもないってか？」

皮肉っぽく唇を歪《ゆが》める神崎。怒りよりも、哀《かな》しい気分が込み上げた。

「失礼します」

踵を返しロッカールームに向かう立花の背中を神崎の舌打ちが追ってくる。

「噂」は、店が跳ねる頃までにはスタッフ全員に伝わっていることだろう。

千鶴に誘われ明るく弾んだ心が、暗鬱な闇に覆われた。

［3］

外苑西通《がいえんにし》り。西麻布《にしあざぶ》の交差点近くで立花はタクシーを降りた。池袋から五千円のタクシー代は痛かったが、千鶴と会うためなら惜《お》しくはない。

交差点の角。立花は、千鶴に教えられた青い看板の店……ナイトテーブルを探した。

青白い光を放つ看板を、通りの向こう側にみつけた。

立花は交差点を渡り、ビルのエントランスに入ると地階に続く階段を下りた。腕時計に眼をやる。

午前一時五十分。待ち合わせの時間まで、あと十分あった。

自動ドアを潜《くぐ》る。薄暗い店内に低く流れるジャズ。チェット・ベイカーの歌うエンジェル・アイズ。個別にわかれた三十脚ほどのテーブルは、半分ほど埋まっていた。

客のほとんどが、カップルだった。場所柄や時間帯が関係しているのだろう、水商売ふうの女性と地味な身なりの男性……アフターと思《おぼ》しき組み合わせが目立った。

ナイトテーブルは、お洒落《しゃれ》な洋風居酒屋、という趣《おもむき》の店だった。

立花は、首を巡らせ店内を見渡した。最奥の席。すぐに千鶴はみつかった。

たとえどんなに込んでいても……どんなに広くても、千鶴を見失うことはない。

千人の女性の中からでも、千鶴を見つけ出せる自信があった。

いつも、彼女だけをみつめているのだから……。

千鶴も立花に気づき、微笑《ほほえ》みながら手を上げた。あの笑顔を眼にすると、思考の機能が停止しそうになる。

「待ちました？」

立花は訊ねつつ、席に着いた。

テーブルは円形のガラス製になっており、足もとに置かれたブラックライトの明かりが妖《あや》しい光を滲《にじ》ませている。

壁のそこここには、ノーマン・ロックウェルの絵が飾られていた。

「ううん。私も、いまきたばかり。誰にも、みつからなかった？」

重ね合わせた手に顎《あご》を乗せた千鶴が、立花の瞳を覗《のぞ》き込む。

「はい」

うわずる声。千鶴の瞳に吸い込まれそうになる。デニムの上着にデニムのミニ。普段着の彼女も魅力的だった。

「よかった。ごめんね。わざわざこんな遠くにまで呼び出して」

「あの、千鶴さんの家って、この近くなんですか？」

「そうよ。あ、でも、勘違いしないでね。楽しようと思って麻布に呼んだわけじゃないから。池袋だと、誰かにみつかる恐れがあるでしょう？」

「そんなこと、思ってません。俺も、店から離れていたほうが安心だし……」

「焼酎《しょうちゅう》の梅割りです」

ウエイターが千鶴の前にグラスを置いた。

「立花君、なに飲む？」

「俺は、ビールを」

「お腹《なか》は？」

「大丈夫です」

遠慮しているわけではない。今夜はあんな事件があり、食欲がなかった。それに、千鶴を目の前にすると胸が一杯になってしまう。

「じゃあ、適当に軽い物を頼んじゃうわね」

枝豆、タコサラダ、ムール貝のワイン蒸し……。

立花は、千鶴が注文している間、彼女の滑《なめ》らかな唇の動きに、瞬《まばた》きするたびに優雅に上下する長い睫《まつげ》に、肩に触れる毛先に、じっと視線を注いだ。

近くにいるのに、遠い存在だった。いつもは、その瞳は客に向けられ、その唇は客に語りかけられ……どんなに羨《うらや》ましく思っていたことか。

でも、いまは違う。千鶴の時間は自分のためだけにある。自分だけに微笑みかけ、自分の話だけを聞いてくれる。

「私の顔に、なにかついてる？」

立花の視線に気づいた千鶴が、グラスを傾けながら訊ねてくる。

「いいえ……」

立花は慌てて視線を逸らし、キャメルをくわえる。目の前に、千鶴の細い手が伸びてくる。ルージュと同じパールピンクのマニキュアに塗られた指先。

「すみません」

揺らめくライターの炎に穂先を炙り、頭を下げる。千鶴に煙草の火をつけてもらえるだなんて、信じられなかった。

「おやじ臭《くさ》いと思ってるんでしょう?」

千鶴が、焼酎のグラスを翳《かざ》しながら窺うように言った。

「思ってません」

嘘ではなかった。

むしろ、ラムやリキュールの違いもわからないくせにファッションだけで小洒落たカクテルを飲む女よりも好感が持てる。

「お待たせしました」

ウエイターがスリムなタンブラーとハイネケンのボトルをテーブルに置く。

いつもの癖《くせ》で、ウエイターの動きを観察している自分が……周囲の客の仕事を推察し、会話の内容に耳を傾けている自分がいた。


――無意識のうちに、お前はこの業界に興味を持っている。

藤堂の声が鼓膜を不愉快に舐《な》める。立花は、つけたばかりのキャメルの吸差しを荒々しく灰皿に押しつける。

「ねえ。どうして、あんなことしたの?」

千鶴が、立花のグラスにビールを注ぎながら訊ねる。

「千鶴さんが嫌がっているのに、許せなかったんです」

「私も嫌だったけど、ああいう人は珍しくないのよ」

「社長にも、言われました」

「なんて？」

「あれくらいでいちいち殴っていたら、きりがないって」

「彼らしいわね」

彼、という言いかたに、立花は嫉妬を覚えた。

「でも、嬉しかったわ。こういう仕事をしているとね、世の中で正しいと言われることをやっても、白い眼でみられてしまうことが多いのよ。だって、普通の会社なら、いくら大事なお客様だからっていきなり胸を触ろうとしたら大問題になるでしょう？　だけど、この世界じゃ、挨拶《あいさつ》代わりみたいなものなの。減るもんじゃなし、それでお店に通ってくれるなら我慢しろ、みたいなね」

千鶴が下唇を突き出し、肩を竦《すく》めた。

「そういってもらえると、救われます」

嬉しかったわ。千鶴の言葉に耳朶《みみたぶ》が赤く染まる。

「私ね、ずっと立花君のことが気になっていたの」

「え？　俺のことが……ですか？」

鼓動が胸壁を乱打し、血液が体内で暴走する。

「うん。どうして、この人こんな店で働いてるんだろうって」

千鶴が、白い喉を上下させて焼酎を流し込む。立花も、緊張に干上がった喉をビールで潤《うるお》した。

「俺の親父、脳出血で入院しているんです。だから、お金が必要で……」

あっさりと思いのままを口にする自分に、立花は驚いていた。

真一のことは、面接時に仕方なしにマネージャーの菊田に話しているだけだった。

千鶴ならわかってくれる。そんな気がした。

「まあ、そう……。お母さんとか、兄弟は？」

グラスを口もとに運びかけた手を止め、千鶴が訊ねてきた。

「俺と親父だけです」

千鶴から逸らした視線をタンブラーに落とし、立花ははやロに言った。

母……霧子《きりこ》のことは、千鶴にも話したくはなかった。

「ごめんね。つらいこと訊いちゃった？」

さすがにナンバー1キャストだけのことはあり、立花の微妙な心の動きを千鶴は見逃さなかった。

「いいえ。そんなことないです」

立花は顔を上げ、微笑んだ。取り繕《つくろ》ったわけではない。千鶴と向き合っていると、自然に笑みが零《こぼ》れる。

「ある日、バイトから帰ってきたら、ヤクザみたいな男の人達が家の中にいたの。旦那《だんな》はどこに行った……って、大の男が寄ってたかって、病弱な母さんを小突き回していて……。気づいたときには、今夜の立花君みたいに男の人達に殴りかかっていたわ。もちろん、すぐに弾き飛ばされちゃったけどね。あいつが、私と母さんに残したのは借金だけ」

唐突に切り出した千鶴は、珍しくきつい視線でグラスを睨みつけていた。

「チーフとサブマネが話しているのを聞いたんですが、千鶴さんは、お父さんの借金を返すためにミントキャンディに入ったんですか？」

「あいつの借金なんてどうだっていいんだけど、母さんがかわいそうで……」

千鶴が、沈んだ声で呟くように言った。

「あの、どんなバイトをやってたんですか？」

立花は、慌てて話題を変えた。ウエイターがつまみ類をテーブルに置く。

「レンタルビデオ店の店員よ」

「え？『TSUTAYA』とか、そういうのですか？」

「あんな大チェーン店じゃなく、ちっちゃな店だけどね。意外でしょう？」

枝豆を口の中に放り込み、千鶴がおかしそうに笑った。

「結構、似合ってるかもしれません」

たしかに、ナンバー1キャストという現在の千鶴のイメージからは懸け離れているかもしれないが、彼女は、キャスト特有の崩《くず》れた感じがしない。

本人に言ったとおりに、昼間の仕事のほうが案外似合っているかもしれないと立花は思った。

「それ、褒《ほ》めてるの？」

「はい。俺がこんなこと言うのはおかしいですけど……」

立花は言葉を切り、ビールをひと息に呷《あお》った。

「千鶴さんは、夜の仕事、あんまり向いてないと思います」

そして、勢いをつけて切り出した。

父親の借金を返すため。立花と同じ訳あり入店。そんなことを言ったところで、どうにもならないのはわかっていた。が、言わずにはいられなかった。

「ある人からは、まったく逆のことを言われたわ。お前ほど、夜の世界が似合っている女はいないって」

「もしかして、黒い太陽とかなんとかって言われました？」

千鶴が、立花のタンブラーに注ぎかけたハイネケンのボトルを持つ手を止め、びっくりしたような顔を向けた。

「立花君も、社長に言われたの？」

「ええ」

「そっか……。立花君さ、社長に気に入られているみたいだね？」

「どうしてです？」

「だって、嶋さんとか橋爪さんがああいう騒ぎを起こしたら、謹慎程度じゃ済まないわよ」

「気に入られているかどうかはわからないんですけど、昔の自分に似ているって言われました。俺は、ちっともそうは思わないんですけど……」

「でも、似てるかもしれない」

「え？」

千鶴の言葉に、立花は耳を疑った。

全然似てないわよ。

そう言ってほしかった。予想外の千鶴の反応に、立花は狼狽《ろうばい》していた。

「どんなところが、そう思います？」

恐る恐る、訊ねてみた。千鶴の言葉なら、素直に受け入れられるかもしれない。

「そうねぇ……。たとえば、純粋なところかな」

「純粋？　社長が、ですか？」

立花は、思わず訊ね返した。

もちろん、自分が純粋であると思っているわけではない。だが、藤堂よりは汚れていない自信があった。

「彼ね、いまでこそああだけど、立花君と同い年くらいのときは、すごく優《やさ》しい青年だったのよ」

立花は、二十歳の千鶴が二十九歳の藤堂の青年時代を過去形で語ることに違和感を覚えた。

「まるで、その頃の社長を知っていたような言いかたですね？」

「知ってたわ。だって、彼とは幼馴染《おさななじ》みだから」

千鶴の衝撃的な告白に、立花はビールに噎《む》せた。

「社長と千鶴さんが、幼馴染み!?」

立花は、眼を白黒させて訊ねた。

「驚いた？」

ムール貝のワイン蒸しをフォークで突っつきながら、千鶴が悪戯っぽく笑った。

「いまも、なにがなんだかわけがわかりません」

「だよね。私、静岡の生まれなんだけど、八歳のときにあいつの転勤の関係で横浜のマンションに引っ越してきたの。そのマンションのオーナーが、彼のお父さんだったってわけ」

「つまり、社長は大家さんの息子だったんですか？」

「そう。当時、彼は高校生で、同じ建物の最上階に住んでいたの。私、こうみえても人見知りするタイプだったから、引っ越してきたばかりでなかなか友達ができなくて。それで、よくひとりでマンションの近くの公園で遊んでいたの。よっぽどつまんなそうな顔をしていたのか、どうしたの？って、学校帰りに彼が声をかけてくれて、それから、いろんなことを話すようになったんだ」

昔話に思いを馳《は》せる千鶴の遠い眼差しに、立花は胸がキリキリと痛んだ。

藤堂が、小学生の千鶴を「後楽園《こうらくえん》ゆうえんち」に連れて行ってくれたこと、公園でバドミントンの相手をしてくれたこと、宿題を手伝ってくれたこと……。

千鶴の語る十七歳の藤堂は、冷血で酷薄な印象を与える風俗界のカリスマと呼ばれる現在の彼からは、とても想像がつかなかった。

立花はビールを流し込む。苦々《にがにが》しいだけの喉越し。

「どうして、あんな冷血漢になっちゃったんでしょうね？」

軽い冗談のつもりだった。だが、千鶴は笑うどころか、表情を曇《くも》らせた。

「高校を卒業する前に、彼のお父さんが交通事故で亡くなって……。で、彼は高校を辞めて働くようになったの」

「でも、マンションは社長のお父さんのものだったんでしょう？」

「そうなんだけど、ほかにもいろいろ事業をやっていたみたいで、借金のほうもかなりの額があったらしいわ。働きに出てからの彼はすっかり無口になって、私のこともあまり相手にしてくれなくなったの。髪を染めて、服装も派手になった。なにより、あんなに温かくて優しい眼をしていたのに、とっても冷たく鋭い眼になってしまって……。彼のお父さんが亡くなって、半年くらい経った頃かしら。突然、オーナーが代わって、彼とお母さんは引っ越すことになったの。マンションを出て行く日、初めて彼が私の家を訪れたわ。いままでは、いつも外ばかりで会っていたから」

千鶴の言い回しが、まるで藤堂と恋人同士だったように聞こえ、立花は不愉快な気分になる。

「彼はなにも言わず、メモ用紙だけを渡して立ち去ったわ」

「なんて、書いてあったんですか？」

立花は、タコサラダを乱暴に箸《はし》で突っつきながら訊ねた。

「なにか困ったことがあったら、いつでも電話してくれ、って」

千鶴が、懐《なつ》かしそうに眼を細めつつ言った。

「それで、ミントキャンディに入るときに、社長に相談したってわけですか？」

酔いが回り始めたせいもあり、無意識に皮肉っぽい口調になっている自分がいた。

「うん。それまでは、ずっと彼に連絡を取っていなかったの。子供心にも、彼が違う世界の人になったってわかってたし。でも、あいつのせいでヤクザが取り立てにきたときに、すぐに彼の顔が浮かんだの。期待はしていなかったわ。だって、約十年振りよ？　引っ越しているかもしれないし、そうじゃなくても、私のことなんか覚えてないと思っていたし……」

「でも、覚えていたんですよね？」

立花は、ビールを呷りながら話の続きを促した。

知りたかった。幼馴染みのふたりが再会したその後を……。

「そう。声を聞いただけで、千鶴ちゃん、久しぶり、って。あ、私、源氏名《げんじな》じゃなくて本名なの。正直、感激したわ。まさか、覚えていてくれたとは思わなかったから。でも、感激はそこまで。十年振りに会った彼は、別人のようだった……」

千鶴が、グラスの縁《ふち》を指先でなぞりながら虚《うつ》ろな視線で言った。

立花は、立て続けに煙草に火をつけては、長いまま灰皿に押しつけることを繰り返した。

悔しいが、千鶴の初恋の相手が藤堂なのは間違いない。それは、藤堂を語るときの彼女の表情や声のトーンでわかる。

重要なことは、いま現在、千鶴が藤堂をどう思っているのかだ。

「お父さんが死んで働くようになったときから、違った感じになっていたんじゃないんですか？」

「そうなんだけど、そのときまでは、まだ、優しいお兄ちゃんの面影《おもかげ》はあったの。でも、私の前に現れた彼は、もう、内面からまったくの別人になっていて、本当にこの男性があのお兄ちゃんと同一人物だということが信じられないほどに変わってしまっていたわ」

そりゃそうだろう。

立花は、心で呟いた。

だいたい、あの非情と無情の間に生まれたような冷徹な男が、優しいお兄ちゃんだったなどということ自体が信じられなかった。

「新宿の喫茶店で会ったんだけど、彼の第一声、なんだと思う？」

「さあ」

「問題はなんだ？　よ。信じられる？　普通、十年振りに幼馴染みに会ったら、大きくなったな、とか、いまなにしてるんだ、とか、もっと、ほかに言うことはいくらだってあるはずでしょう？」

現在の藤堂しか知らない立花に、驚きはなかった。

話の要点にいきなり切り込む彼からは、コミュニケーションを図ろうなどという気持ちは微塵《みじん》も窺えない。

十年振りが三十年振りだろうが、藤堂は変わらないだろう。

問題なのは、藤堂の態度に不満を持っている千鶴の気持ちだ。

不満を持つことイコール、なにかを期待しているということに繫《つな》がる。

やはり、千鶴はいまでも藤堂のことが好きなのだろうか?

「それで、どうしたんです?」

「しようがないから、席に座ってすぐにあいつの借金のことを話したわ。そしたら、彼、黙って私の前に名刺を置いて、ウチのキャバクラで働くなら借金は肩代わりしてやるって」

「社長の誘いに乗ったのは、借金の肩代わりをしてくれると言われたからですか?」

それとも、慕《した》っていたから? の言葉の続きを吞《の》み込んだ。

千鶴と向き合ってから僅《わず》か二十分そこそこで、十何本目かの煙草に火をつけた。

灰皿に溢《あふ》れるくの字に折れ曲がった吸差しの山が、立花の心境を代弁していた。

「それだけじゃないわ。多分、まったく知らない人の店に入るよりは安心感があったんだと思う。彼とは初対面みたいなものだったけど、一応、幼馴染みだし」

「最初から、ナンバー1だったんですか?」

「うん。面白いほど指名が入って、自分でも驚いちゃった。私は、なにも特別なことはしていないのよ。強《し》いて言えば、お客さんの話を聞くのが苦にならないってことくらいかしら」

「それが、人気の秘訣だと思います。奈緒さんやほかの人達は、自分が話してばっかりですから。千鶴さん、お客さんからもスタッフからも、すごく評判がいいですよ」

ようやく、藤堂の話題から離れて立花は胸を撫で下ろした。

「そう言ってもらえると嬉しいな。ほら、私のウチって、あいつが自分勝手な男だったから会話なんてなにもなかったの。家族揃って食事をした記憶もないし……だから、お客さんの話を聞くのは苦にならないどころか、とても愉しいの」

無邪気に破顔《はがん》した千鶴は手を上げウエイターを呼ぶと、空《から》になった焼酎のグラスを振った。立花も新しいハイネケンを注文する。

吐息《といき》が肌に届く距離。ふたりだけの空間。自分だけに向けられる千鶴の眼差し。

ずっと、このままでいたかった。千鶴を、ほかの男達と共有する空間へと返したくはなかった。

「でもね、ナンバー1になれたのは私ひとりの力じゃないの。社長が、サブマネに命じてフリー客をたくさんつけてくれたからよ。俺がその気になれば、ナンバー1を一週間で作り上げることができる。それが、彼の口癖」

ひとりのキャストに集中的にフリー客をつけて人為的にナンバークラスを作るという話は、立花も神崎から聞いたことがあった。

この業界では、百枚の名刺を集めれば二十人が指名客になると言われている。

どんなに大規模な店でも、二十人の指名客がつけばナンバー5にはなれる。

「社長も、優しいところがありますね」

燃え上がる嫉妬心。千鶴に嫌われないために堪《こら》えた。

「本当に、そう思う？」

運ばれてきた新しい焼酎のグラスを傾けながら、千鶴が窺うように立花の顔を覗き込む。

「だって、千鶴さんの売り上げを伸ばしてあげようと思ったから、フリー客をつけてくれたんでしょう？」

本当は、藤堂のことなど庇《かば》いたくはなかった。

自分の欲求を満たすために誰かを欺《あざむ》いたり貶《おとし》めるのは最低の人間のやること。これも、真一の教えだった。

「私の売り上げが伸びれば、彼もはやく貸し金を回収できるでしょう？　立花君。藤堂猛《たけし》は、誰かに情をかけるような甘い男じゃないのよ」

千鶴が、それまでとは一転した真顔を立花に向けた。

好きなのか？　嫌いなのか？

立花は、千鶴を問い詰める。むろん、心で。

「社長と会ったのは今日が初めてですけど、それはわかっているつもりです」

「なら、いいの」

千鶴は二杯目の焼酎を飲み干し、三杯目をウエイターに注文した。彼女の眼の縁が、仄《ほの》かに赤らんでいる。

自分のことを心配してくれている。そんな気がして、胸が弾んだ。

「ねえ、ひとつ提案が……」

「あの、俺……」

立花と千鶴が、同時に口を開いた。

「すみません。お先にどうぞ」

「ううん。立花君、先にどうぞ」

「それじゃあ……。俺、謹慎明けたらホール長になるんです」

不意に、打ち明けたくなった。夜の世界で出世しても嬉しくはないが、千鶴にだけは褒めてほしかった。

「え……ホール長に？」

「はい。それで、明日からの謹慎期間中は、社長のお供をすることになりました」

千鶴の表情が強張ったような気がした。運ばれてきた焼酎のグラスに見向きもせず、テーブルの上で重ね合わせた手にじっと視線を落としている。

「千鶴……さん？」

立花は、怖々《こわごわ》と声をかけつつグラスを千鶴の前に滑らせた。

「ありがとう……」

顔を上げた千鶴が、繕ったような笑みを浮かべてグラスを宙に翳した。

「どうしたんです？」

「どうもしないよ。それより、ホール長昇任おめでとう」

「ありがとうございます」

立花は、釈然としない思いで千鶴のグラスにタンブラーを触れ合わせた。

「俺に提案がなんとかって、言ってませんでした？」

「いいのいいの。たいしたことじゃないから。ねえ、これから、私のウチにこない？」

「え？　千鶴さんの家に？」

立花は、耳を疑った。心音が耳孔内で谺《こだま》し、動悸《どうき》が激しくなった。

「あ、いま、エッチなこと考えてたでしょう？　飲み直すだけだからね」

千鶴が、からかうように笑った。

「そんなこと……」

羞恥心に、耳朶と頬が熱を持った。

「ほら、赤くなった」

「いじめないでくださいよ」

口内の唾液は干上がり、声がうわずっていた。

「ごめん、ごめん。じゃあ、これ飲んだら出ましょう」

言うと、千鶴が焼酎のグラスを傾けた。

軽快なメロディが鳴り響く。立花は、テーブルの上の携帯電話に眼をやった。

サブディスプレイに浮かぶ名前。立花の視線が凍《い》てついた。千鶴が慌てて携帯電話を手に取った。

「もしもし？　はい。いまですか？　友達と食事してるんです。女の子です」

社長のキャストにたいする管理コール。珍しくはないことなのかもしれない。でも、この電話は違う。真夜中に携帯電話を鳴らし、食事の相手を訊ねるのは行き過ぎだ。

千鶴も千鶴だ。相手をボーイというのはまずくても、女だと嘘を吐《つ》く必要はない。

それとも、ミントキャンディのキャストは恋人を作ってはいけないとでもいうのか？

「はい。わかりました」

「社長ですか？」

千鶴が携帯電話を切るのを見計らって立花は訊ねた。

「そうなの。呼び出しを食らっちゃった。今日のことで、話を聞きたいんですって」

「こんな時間にですか？」

「まったくよね。他人の迷惑をちっとも考えないんだから。そういうことだから、今夜は……」

言いづらそうに言葉を濁《にご》す千鶴。

「俺は平気ですよ。気にしないでください」

立花は、ビールの残りを飲み干し腰を上げた。

嘘。落胆と嫉妬が、頭蓋内で渦巻いていた。

「私が払っておくから」

伝票に伸ばした立花の手を千鶴が押さえた。

「じゃあ、ごちそうになります」

「立花君」

頭を下げ踵を返した立花の背中を千鶴の声が追う。

「ごめんね」

「千鶴さんが、謝る必要はないですよ」

振り返らずに言うと、立花は出口へと向かった。

ありがとうございました、の声に背を押されるように自動ドアを潜り地上へと出た。

生温《なまぬる》い夜風が、ほろ酔い気分を吹き飛ばす。

吐瀉物《としゃ》に塗れるアスファルトに生ゴミを漁《あさ》る野良猫……。

急に、現実世界に引き戻された。

馬鹿な夢をみた。一介《いっかい》のボーイを、ナンバー1キャストが本気で相手にするわけがない。

心優しい千鶴が、今夜の事件を気にかけフォローしてくれただけの話。

足もとに転がる空き缶をゴミ袋に頭を突っ込む野良猫に向けて蹴り飛ばし、立花は星ひとつない漆《しっ》黒《こく》の空を仰いだ。

――本人の意思とは関係なしに、夜の世界でしか生きてゆけない者がいる。まるで、黒い太陽に向かって歩いていているようにな。

「俺が一介のボーイじゃなかったら……」

思考を止めた。闇に浮かぶ赤い空車のランプ。立花は、頭に過《よぎ》った馬鹿げた思いを打ち消すようにさっと右手を上げた。

［4］

ウイスキー、バーボン、ブランデー、ワイン……様々なミニボトルが詰まったミニ・バー。キャメル色の革ソファ。毛足の長いモスグリーンの絨毯。超薄型の液晶テレビ。グラスが並ぶ小型キャビネット。そしてカラオケ……。

立花は、初体験のリムジンにカルチャーショックを受けた。

高価な調度品が揃う広々とした空間は、へたなホテルの部屋よりも居心地《いごこち》がよさそうだった。少なくとも、立花があてがわれているミントキャンディの寮……狭苦しいワンルームの室内よりは、確実に豪華だった。

立花の向かいのソファに座る藤堂は、ミニ・バーから取り出したバーボンをあけたグラスを片手に、ひっきりなしに電話をかけ、また、ひっきりなしにかかってくる電話を受けていた。

腕時計に眼をやる。午後六時ちょうど。本部事務所……赤坂の藤堂観光に顔を出したのが四時五分前。

来客中の藤堂を三十分ほど応接室で待ったのちに社長室に通され、宿題だった顧客ファイルの暗記テストに一時間を費《つい》やし、五時半に本部ビルの一階に入る焼き肉屋の個室へと連れて行かれた。

——スタミナをつけておけ。

藤堂はそのひと言以外は口を開かず、黙々《もくもく》とレバ刺しや特上のカルビを生ビールで流し込んでいた。

テーブルに並ぶ肉はどれもこれもが最高級だということはひと目でわかったが、藤堂を目の前にゆっくりと味わっている余裕はなかった。

店を出るときに、支配人らしき男と昨夜の売り上げについて話している藤堂をみて、焼き肉屋が彼の店であることを初めて知った。

店の前に横づけしていた漆黒のロールス・ロイスのリムジンに乗り込んでから藤堂はずっと電話をかけっ放しなので、立花はどこへ連れて行かれるのかを聞かされていなかった。

「現時点で指名が三本以下の女は？　じゃあ、今週中にそいつらふたりのクビを切れ。ツラが悪くてテクも悪けりゃ、どうしようもないだろう？　巣鴨のローズハウスからイメクラ嬢をひとり回すから、心配するな。ふたり合わせて指名が五、六本の女に三千六百円の時給を払うより、ひとりで十本の指名を取れる女に二千五百円の時給を払うほうがいいに決まっている」

「同じ立地で同じ商売やってて負けてるんじゃ話にならん。一日に、向かいの店に流れる客を三人ずつでも引っ張れば、月に九十人の新規客を開拓できる。向かいは呼び込みが立ってないんだろう？　だったらお前んとこはそこらの半グレを雇《やと》って、向かいの店に入ろうとする客に、この店はブスとババアしかいないとか、ヤクザが経営してるとか、なんでもいいから片端《かたっぱし》から噂《うわさ》を流せ」

「リリのバンスは、積極的に受けてやれ。ただし、二百万までだ。あいつは、キャバクラよりイメクラやデリヘルのほうが向いている。借金漬けにして、ヌキ系への移店を納得《なっとく》させるんだ」

違う相手に次々と電話で指示を出す藤堂を改めて目の前にすると、やはり、彼が千鶴の言う心の優しい青年だったとは信じられなかった。

リムジンが、信号待ちで停車した。立花は、窓に貼られたスモークフィルム越しの外に視線をやった。

平行して停《とま》っている車のドライバーの男性が、通行人の学生らしきグループが、一様に驚いたような眼を向けてくる。

注目を浴び、少しだけ心地好《ここちよ》くなっている自分がいた。そんな自分を、立花はすぐに戒《いまし》めた。

「この世界で成功すれば、お前も数年で乗れるようになる」

いつの間にか電話を終えていた藤堂が、ロック・グラスを傾けつつ、立花の心を見透《みす》かしたように言った。

「車に、あんまり興味ないですから」

立花は、素《そ》っ気《け》なく返した。

「まあ、金が入れば、いろんな物に興味が出てくるさ」

「社長。どこへ行くんですか？」

立花は、話題を変えた。

リムジンは、富久《とみひさ》町の交差点から靖国《やすくに》通りへと入ったところだった。

「戸川治《とがわおさむ》の指名キャストは？」

「え？」

「テストの続きだ」

「その前に、どこへ行くのか教えて……」

「戸川治の指名は？」

藤堂が、立花の言葉を無視して繰り返した。

「ひなのさんです」

奥歯を噛み締め、いら立ちを遮断した。

「舞岡敏《まいおかさとし》の好みのタイプは？」

「セクシー系です」

「鈴木《すずき》信一《しんいち》の指名は？」

「マリさんです」

「鈴木信一の好みのタイプは？」

「ポッチャリ系です」

矢継《やつ》ぎ早《ばや》に訊《たず》ねる藤堂。澱《よど》みなく答えていた立花は、藤堂が顧客ファイルを手にしていないことに初めて気づいた。

つまり、藤堂も数百人に及ぶミントキャンディの顧客の名前、指名キャスト、好みのタイプをインプットしているということ……少なくとも、立花に質問する数だけは頭に刻まれているということだ。

昨夜、千鶴と別れてから一睡もせずに顧客ファイルの暗記を始めた。もともと暗記は得意だったのだが、それでもすべてを覚えるのに十時間……昼過ぎまでかかった。

ああだこうだと、偉そうに他人に言うだけのことはある男だ。

そんなことを考えながら、立花は藤堂の質問に答え続けた。

本部でのテストと合わせると、彼の口から出た顧客の名前はもう二百人は超えていた。

スモークフィルム越しの景色《けしき》が猥雑《わいざつ》になった。リムジンは区役所通りを奥に進み、風林《ふうりん》会館の手前でスローダウンする。

「山根《やまね》恵一《けいいち》の指名は？」

「千鶴さんです」

ナンバー1キャストが故《ゆえ》に千鶴の名前を口にすることが一番多く、そのたびに立花の胸はせつなく疼《うず》いた。

昨夜、あれから千鶴と藤堂はどこで会い、どんな話をしたのだろう。

訊ねたい思いを堪えた。それを訊いてしまえば、プライベートで千鶴と会っていたことがバレてしまうからだ。

「よし。ここまでは完璧だ。続きは実地研修が終わってからだ」

「実地研修って、なんです？」

「百聞《ひゃくぶん》は一見にしかず。百時間のスパーリングより一時間の実戦ってやつだ。とにかく、ついてこい」

ドライバーズシートから降りた屈強《くっきょう》そうな躰をした男が、リアシートのドアを開く。

百九十近い長身。短く刈り上げられた頭髪に刻まれる幾筋ものライン。薄い眉毛《まゆげ》の下で剣呑《けんのん》な光を宿す瞳。グレイのダブルスーツの肩口や胸もとを隆起させる鍛《きた》え上げられた躰。

男は、本部事務所でも藤堂の傍《かたわ》らに影のように張りついていた。恐らく、藤堂のボディガードも兼ねているのだろう。

立花は首を傾《かし》げつつ、颯爽《さっそう》とリムジンを降り立つ藤堂に続いた。鋭い視線を周囲に巡らせながら先導する男のあとを、藤堂と立花は並び歩いた。

「旦那、いまから出勤ですか？」

通行人を物色していたカーキ色のジャンパー姿の胡麻《ごま》塩坊主のポン引きが、蠅《はえ》のように手を擦《こす》り合わせながら近づいてくる。

「どうだ？　引けてるか？」

藤堂が歩を止めず、サラリーマンふうのふたり組を顎でしゃくりつつポン引きに訊ねた。

「いやぁ……あれがついてから、やりにくくってね」

ポン引きが、ある雑居ビルの壁面に備《そな》えつけられたカメラを恨《うら》めしそうに見やった。

カメラの存在は、立花も知っていた。二〇〇二年に警視庁が運用を始めた「防犯カメラシステム」により、コマ劇場の周辺を中心に歌舞伎《かぶき》町一、二丁目に五十台以上の小型カメラが設置された。

防犯とは名ばかりの監視目的のこのシステムは、歌舞伎町の住人の間で悪評が高かった。

因みに、この小型カメラは、十メートルの距離ならば表情の動きまで鮮明にわかるという代物《しろもの》だ。

「防犯カメラシステム」が採用されて以来、ポン引きの数も一時の十分の一にまで減少した。

「あ、そうそう。この前、旦那んとこの女の子が、プレリュードのボーイと歩いてましたぜ」

「たしかか？」

藤堂が歩を止めた。

「もちろん。ほら」

言って、ポン引きが折り畳《たた》み式の携帯電話を開き、液晶ディスプレイを藤堂の顔前に翳《かざ》した。

ディスプレイには、いま立花達が立っている区役所通りを、派手な顔立ちをした女と若い男が連れ立って歩いている写真が映し出されていた。

瞬間、険《けわ》しく眉根を寄せた藤堂が携帯電話を取り出し、番号ボタンをプッシュした。

「店長か？　俺だ。プレリュードのボーイが千春《ちはる》に接触しているようだ。千春に事情聴取して、場合によったらプレリュードの店長を呼び出せ。退《ひ》かないようだったら、携帯に電話をくれ」

一方的に告げ、終了ボタンを押す藤堂。

好き嫌いは別にして、その対処のはやさと一切の無駄を省《はぶ》いた指示に立花は感心した。

「また、頼んだぞ」

藤堂はポン引きの肩を叩き五千円札を渡すと、歩を踏み出した。

歌舞伎町の情報屋として、彼ら以上に最適の人材はいない。

「社長」

五メートルも歩かないうちに、今度は名刺を配っていたホストが藤堂を認めて駆け寄ってくる。

「この前、ドンキーレディのキャストに勧めときましたから」

「上玉《じょうだま》か？」

「もちろんっすよ。俺の客の中では、五本指に入りますから」

ホストが、プラチナブロンドの長髪を掻き上げながら人工的に灼《や》けた童顔を綻《ほころ》ばせる。軽薄な笑顔。手首で鈍《にぶ》い光を放つシルバーのブレス。

歳は、立花よりふたつか三つ上といったところか。

「感触は？」

「上々っすね。彼女、月に指名を三十本以上取ってるのに、時給が三千円らしいんすよ。社長んとこなら四千円はイケるって言っときましたけど、いいっすよね？」

笑顔に負けない軽薄な口調。みているだけで、虫酸《むしず》が走った。

「ウチの店でも、同じだけ指名が取れたらな」

ホストが頭を下げ、もとの場所へ戻ると名刺配りを再開した。

「あのホスト、自分の客に店替えを勧めているんですか？」

立花は、驚きを隠さずに訊ねた。

ポン引きと違っていい金を稼《かせ》いでいるだろうホストが、小遣《こづか》いほしさに藤堂に協力しているのが不思議だったのだ。

「顧客のキャストの時給が上がると、奴らの懐《ふところ》も潤《うるお》う。ホスト狂いのキャストは、稼いだぶんだけ金を注《つ》ぎ込んでしまうからな。持ちつ持たれつってやつだ」

疑問は氷解した。

しかし、自己中心的な男だ。他店からの引き抜きにたいして厳しい姿勢で臨むのはいいとしても、自分は平気で他店のキャストを引き抜くというのは立花にはどうしても納得がいかなかった。

急ぎ足で店へ向かうキャスト、店先で一服しているパチンコ屋の店員、濁声《だみごえ》でがなり立てるヘルスの呼び込み、段ボール箱を運び込む裏ビデオ店の店員……僅か十数メートルを進む間に、様々な業種の人間が藤堂に頭を垂れる。

藤堂の顔の広さを、いやというほどに思い知らされた。

が、それだけのことだ。立花には、藤堂が歌舞伎町の住人にどれだけ顔が利こうが、羨《うらや》ましくもなんともなかった。

「どこまで歩くん……」

「一軒目はここだ」

藤堂が、風俗店ばかりが入るビルの前で歩を止めた。

「一軒目……って、どういう意味ですか？」

「このビルの七階に、ウチの系列の性感ヘルスがある。指名ナンバー1の水葉《みずは》という風俗嬢が相手をする。店長に立花と名乗れば、話はわかるようになっている」

「ちょっと、待ってください。どうして俺が、性感ヘルスに行かなければならないんですか？」

あまりにも突拍子《とっぴょうし》もない命令に、立花は唖然《あぜん》とした。

「お前、風俗は初めてだろう？　さっきも言ったように、百聞は一見にしかずだ。一週間後にはミントキャンディのホール長になるんだから、幹部研修だと思え」

「しかし、俺が勤めているのはキャバクラです。性感ヘルスになんか行っても、なんの勉強にもなりません」

たしかに立花は、風俗に行ったことはないし、行く気もなかった。

だが、乗り気でないのは、風俗嫌いということばかりが理由ではなかった。

藤堂に言ったとおり、業種違いの性感ヘルスに行ったところで、キャバクラのホール長になるための勉強になるとは思えなかったのだ。

「俺の知り合いのキックボクサーは、相撲《すもう》部屋に行き、テニススクールにも行く。一見、無駄なことのように思えるかもしれないが、奴が言うには四股《しこ》を踏むことで軸足が安定しキック力が増し、サーブを受けることで動体視力が鋭くなり相手のパンチがよくみえるようになったそうだ。性感ヘルスもキャバクラも、女が男にサービスをする仕事に変わりはない。得るものは、必ずあるはずだ」

「でも……」

「なら、店をやめてもらうことになる。どうする？　俺は、どっちだって構わない」

藤堂が、涼《すず》しい顔で立花の瞳を見据えると二者択一を迫ってきた。

まったく、忌《い》ま忌ましい男だ。だが、イニシアチブが藤堂の手にある以上、立花に残された道は、性感ヘルスに行くか店をクビになるかだ。

「わかりました。行けばいいんでしょう？」

立花は、不貞腐《ふてくさ》れたように言った。

「水葉には、お前がウチの従業員だとは教えてない。よそ行きの接客になったら困るからな。じゃあ、俺は車で待ってる。愉しんでこい」

言うと、藤堂は立花の背を叩き、いまきた道を戻り始めた。

立花は深いため息を吐き、歩を踏み出した。

☆　☆

階数表示のランプが、2、3、4の番号をオレンジ色に染める。緊張に鼓動が高鳴り、喉《のど》が干上がった。

やはり、なんとか理屈をこねて断るべきだった。

風俗に行く男の気が知れない。立花は、いまでもそう思っていた。

それなのに……。

込み上げる後悔。そんな立花の気持ちとはお構いなしに、オレンジのランプが上昇してゆく。

エレベータのドアが開いた瞬間、ボディソープの匂いが鼻孔に忍び込んだ。

性感ヘルス……フルーツタイムは、エレベータからフロアに直結しており、立花の目の前にいきなり受付カウンターが現れた。

立花は思わず、クローズボタンを押しそうになった。

「いらっしゃいませ」

髪を後ろに縛《しば》った小太りの男が、ふくよかな笑みを投げてきた。

「あの、店長さんはいらっしゃいますか？」

エレベータを下りた立花は肚を決め、小太りの男に訊ねた。

受付カウンターの背後の壁は、ビキニ姿の女のパネルで埋め尽くされていた。パネルにはそれぞれ源氏名とスリーサイズとひと口コメントが書かれている。ざっと、二十枚はあるだろうか。

どの女も扇情《せんじょう》的なポーズを取り、屈託のない笑顔を向けている。パネルの女達はルックスもスタイルもよく、かなりの粒揃《つぶぞろ》いだ。

しかも、風俗嬢でございます、というような玄人《くろうと》っぽい感じではなく、渋谷《しぶや》あたりを歩いているような、ちょっと派手目な女のコ、といった外見だった。

藤堂の店が特別なのか、それとも最近の風俗店はみなこうなのか、立花には経験がないからわからない。

ひとつ言えるのは、立花の頭にあった、風俗嬢イコール陰のある女、というイメージは瞬時に打ち砕《くだ》かれたということだ。

風俗嬢だけではない。カウンターの花瓶に挿《さ》された薄ピンク色のバラ、そこここに点在する観葉植物の鉢、熱帯魚が優雅に泳ぐ水槽。

フルーツタイムの洗練された雰囲気は、薄暗くむさくるしい店内に充満する精子の匂い……といった、立花が頭の中で考えていた風俗店の映像を覆《くつがえ》すに十分だった。

「立花様ですね？　店長の塚田《つかだ》と申します。お話は、藤堂社長から伺《うかが》っております」

柔和《にゅうわ》な笑顔。慇懃《いんぎん》無礼にならない程度の腰の低さ。

これも、意外だった。風俗店の店長というからには、よくいえば砕けた、悪くいえば横柄《おうへい》なタイプを想像していた。

正直、立花は、風俗店にたいして様々な偏見を持っていた。ほかの店は偏見通りなのかもしれないが、少なくとも藤堂の息のかかった風俗店は違うということがわかった。

「水葉さんをご指名ということでよろしかったですね？」

立花は頷いた。

「こちらへどうぞ」

塚田が右手を投げながら、カウンターの奥へと立花を促した。立花は塚田の背中に続き、グレイのピータイルの細長い廊下を進んだ。

廊下の両側には、いくつものカーテンが向かい合っていた。カーテンにはそれぞれ、さくらんぼやイチゴなどの果物の絵が描かれていた。

塚田が、パイナップル柄《がら》のカーテンの前で立ち止まった。

「このパイナップルルームでお待ちください。六十分のフルコースをご用意させて頂きました。料金は頂いております。ベッドの上にガウンが用意してありますので、お着替えになってお待ちくださ い。では、ごゆっくり」

恭《うやうや》しく頭を下げた塚田が、踵を返した。

立花は、怖々とカーテンを捲《まく》った。

三坪から四坪ほどの空間の壁紙は、すべてパイナップル柄に統一されていた。壁際には、鮮《あざ》やかな黄色のビニールシーツが敷《し》かれたベッドが設置されていた。普通のベッドシーツでは、精液が染み込み清掃が大変なのだろう。

プレイを観賞できるように鏡が嵌《は》め込まれたヘッドボードには、ティッシュペーパーとウエットティッシュ、それから、シャンプーのような円筒型のボトルが置かれていた。

ベッドの脇にはこぢんまりとしたテーブルがあり、灰皿と卓上ライター、そしてご丁寧《ていねい》なことに栄養ドリンクが用意されている。

ベッドの足もとに設置してあるガラス張りの簡易シャワーをみて、おさまりかけていた鼓動がふたたび高鳴った。

立花はベッドに腰かけ、気を落ち着けるために煙草に火をつけた。換気はあまりよくないらしく、プレイルームはすぐに紫煙で白く覆われた。

ベッドの上の白いガウンに手を伸ばした。煙草を灰皿に置いて立ち上がり、Tシャツとジーンズを脱いだ。靴と靴下も脱ぎ、スリッパに履き替えた。

「俺は、なにをやってるんだ……」

トランクスひとつで佇む自分が情けなく、手にしていた靴下を床に叩きつけた。

立花は、灰皿で火の消えていた煙草の穂先をライターで炙り、ベッドに腰を戻した。

勢いよく煙を吸い込んでは吐き出すことを繰り返しながら、ヘッドボードのティッシュペーパーに眼をやった。

たしかに、藤堂の言うとおり、夜の世界で生きてゆくには、風俗経験はあったほうがいいのかもしれない。

だが、それは、ずっと夜の世界で生きてゆく者にとってだ。

真一は、必ず全快する。それまでの繋ぎ。そう、立花にとってミントキャンディは、腰かけの場に過ぎなかった。

立花は腰を上げ、ガウンを脱いだ。

藤堂もきっと、話せばわかってくれるはず。ようするに、ホール長になって結果を出せばいいだけの話だ。

わかってくれないのなら、そのときはそのときだ。ミントキャンディの損害を穴埋めするのは大変だが、屈辱《くつじょく》を受けるよりはましだ。

女嫌いなどと、言うつもりはない。それなりに、女性経験は積んできたつもりだ。

しかし、風俗嬢だけはごめんだ。

真一を奈落の底に突き落とした、夜の女だけは……。

ジーンズを手にしたときに、カーテンが開いた。

「ご指名ありがとうございます。水葉です」

スカイブルーのビキニを着た細身の女……水葉が笑顔でちょこんと頭を下げつつ、水色と若草色がグラデーションになった名刺を差し出した。

整った目鼻立ちにショートカットがよく似合う。こぶりだが形のよい乳房に、くびれた腰のラインで。静脈が透けるような白い肌から、立花は眼を逸らした。

「あ……どうも」

立花は脱いだばかりのガウンを羽織《はお》り伏し目がちに名刺を受け取ると、ふたたびベッドに腰を下ろした。

心で舌打ち。帰るタイミングを逸《いっ》してしまった。

「この名刺の色はね、私の名前にひっかけて水と植物をイメージしたの」

水葉が無邪気に笑いながら、ワンドアの冷蔵庫から缶ビールとペットボトルのウーロン茶を取り出し、躰を密着させるように立花の横に座った。

「どうぞ」

二の腕と太腿《ふともも》が触《ふ》れ合い、立花はどぎまぎとした。

「ありがとうございます」

立花は頭を下げながら缶ビールを受け取り、プルタブを引いた。

そう歳の変わらない風俗嬢を相手にそんなに硬《かた》くなって、恥ずかしくないのか？

立花は、ぎこちない言動を繰り返す自分自身に怒りを覚えた。

「お名前、なんて言うの？」

「立花です」

「立花君は、なにをやっている人？」

水葉の質問に、立花は言葉に詰まった。

藤堂の店で働いているということは、口止めされていた。

「レンタルビデオ店でバイトしてます」

咄嗟《とっさ》に、でたらめが口をつく。

――レンタルビデオ店の店員よ。

ミントキャンディに入る前はなにをやっていたのかという立花の問いかけに答える千鶴の声が鼓膜《こまく》に蘇る。

不意に、激しい罪悪感に襲われた。

千鶴とは、恋人同士でもなんでもない。自分が風俗に行こうが、彼女が気にするはずもない。

それでも、こうやって水葉と向かい合っていることに、これからやろうとしていることに、立花は罪の意識を感じずにはいられなかった。

「へぇ、そうなんだ。ねえ、好きな映画はなに？」

水葉の手が、さりげなく太腿に置かれた。

大滝や菊田は合同ミーティングの席で、ミントキャンディのキャストにたいして、客の躰の一部に触《ふ》れながら会話し、スキンシップを深めることを口を酸《す》っぱくして指導していた。

じっさい、こうして太腿に水葉の掌《てのひら》が触れると、彼女との距離がぐっと縮まったように錯覚《さっかく》しそうになるから不思議だ。

自分が、キャスト達の素顔を知らない一般の客なら、恋愛気分に陥《おちい》ったことだろう。

藤堂が実地研修を命じた理由が、少しはわかったような気がした。

立花はビールを呷《あお》りつつ、水葉の質問に適当なアメリカ映画の名前を口にした。

水葉もその映画をみているらしく、ストーリーや主演俳優についてあれやこれやと語り出した。

客の好きな話題に焦点を絞《しぼ》ることで場を盛り上げ、緊張をほぐそうとしているのだろう。

キャバクラのキャストに通じるものがある、と立花は思った。

映画のヒロインは、本当は別の女優がやるはずだった。主演の俳優はまだ二十三歳で、一本十億円のギャラを取っている。監督は少女趣味で、彼の作品には必ずローティーンの美少女が出演している。

水葉の話術は巧《たく》みで、適当に相槌を打っていた立花も、いつの間にか彼女の話に聞き入っていた。

「あ、ごめんね。長話しちゃって。そろそろ、シャワーを浴びようか?」

リラックスしていた全身の筋肉が、水葉のひと言で硬直した。

水葉が、立花の手を握り立ち上がらせた。そしてガウンを脱がせ、トランクスをゆっくりと下ろす。

立花は慌てて、右手で股間を覆った。そんな自分をみて、水葉がくすりと笑う。

馬鹿にされたとは、思わなかった。ただ、羞恥心《しゅうちしん》に顔から火が出そうだった。

水葉に促され、シャワールームへと入った。彼女は、水着をつけたままノズルを手に温水で立花の躰を濡らした。立花は相変わらず、右手を股間に当てたままだった。

シャワーを止めた水葉が、ボディソープを掌で泡立て立花と向き合うように躰を密着させた。

彼女の柔らかな乳房が、水着越しに立花の胸に押しつけられる。背中を這《は》っていた水葉の手が、ゆっくりと下がる。臀部《でんぶ》で円を描く掌。割れ目をなぞる指先。

立花は、ビクリと躰を硬直させた。

「びっくりした?」

悪戯っぽく微笑む水葉から逸らした視線を、立花は照れ隠しに天井へと逃がした。

水葉の手が、背中から腋《わき》の下を通って前へとくる。首筋、胸、脇腹、下腹……彼女の躰が段々と沈んでゆく。

新しいボディソープで泡立てた掌が、右足の太腿から足首へと滑る。左足に移った。今度は逆に、足首から太腿へと這い上がる掌。

もう既に、水葉の愛撫で立花のペニスは硬度を増していた。

「手をどけてくれる?」

立花を見上げる水葉。

「いえ……そこは、自分で洗いますから」

立花は、消え入りそうな声で言った。

こんなに変化したものを、みられたくはなかった。

「大丈夫。恥ずかしがらないで」

水葉が笑みを湛《たた》えながら、優しく立花の右手を股間からどけた。

「わぁ……元気ね」

勢いよく跳ね上がるペニスをみて、水葉が声を上げる。

顔面の毛細血管が破裂してしまいそうに恥ずかしかった。

「ほら、力を抜いて……」

水葉は言いながら、片方の掌で陰嚢《いんのう》を揉むように、もう片方の掌でペニスをしごくように丹念に洗い始めた。

立花は、快感に抗《あらが》うように歯を食い縛《しば》った。

ほどなくして、水葉が立ち上がった。立花は、ほっと胸を撫で下ろす。

泡立つボディソープをシャワーで洗い流した水葉が、バスタオルで全身に付着した水滴を隈《くま》なく拭《ぬぐ》い取る。なされるがままに立ち尽くす立花は、子供に戻ったような気分に襲われた。

水葉が、シャワールームに備えてあったプラスチックのコップに水を入れ、数滴のイソジン液を垂らした。

「はい」

茶褐色に染まったコップを受け取り、立花はうがいした。

「先に、ベッドに行っててくれる？」

シャワールームを出た立花は、屹立《きつりつ》したペニスを両手で覆いながらベッドに腰を下ろした。

軽くシャワーを浴びた水葉が、湯気に煙《けむ》るガラスの向こう側で水着を脱いでいる気配があった。

昂《たか》ぶる神経を静めるために煙草を吸いたかったが、我慢した。ペニスを勃起させた全裸姿で煙草を吸うのは、あまりにもまぬけ過ぎる。

「お待たせ」

胸にバスタオルを巻いた格好で、水葉がシャワールームから出てくる。タオルの胸もとの隆起から逸らした視線を、意味もなくテーブルの上の栄養ドリンクに移した。

水葉が正面に立ち、立花の膝《ひざ》の上に座る。細い両腕が首に絡みつき、温かく濡れた唇が押しつけられる。

立花の舌を吸いながら、バスタオルを取り去る水葉。白く弾力のありそうな乳房に視線を奪われた。

水葉が、そっと肩を押す。ベッドに仰向《あおむ》けになる立花の上に覆い被さった彼女の舌が、首筋から胸にゆっくりと這う。乳首の周囲を舌先でなぞられ、吸われた。

くすぐったさと気持ちよさがない交《ま》ぜになった不思議な感覚に肌が粟立《あわだ》った。男も乳首を吸われると感じることを立花は初めて知った。

左右の乳首を交互に吸っていた水葉が、立花の右手を取ると親指から順番にしゃぶり始めた。思わぬ心地よさに、立花は眼を細めた。

指にまで性感帯があるとは意外だった。

水葉は、左手の五指も同じようにしゃぶり上げたのちに、みぞおち、脇腹、臍《へそ》にかけてねっとりと、執拗に舌を這わせた。

水葉の絶妙な舌遣《づか》いに、立花はベッドの上で激しく身を捩《よ》じらせた。

性器のほかにも、躰のそこここに快楽のツボがあることに、立花は驚きを隠せなかった。

水葉が上体を起こし、妖艶《ようえん》な笑みを浮かべつつ立花の右足を抱きかかえた。踵《かかと》に、柔らかな乳房をぐいぐいと押しつけてくる。せつなげな吐息を漏らし乳首を突起させる水葉が、足の指の間に舌先を捩《ね》じ込んでくる。

くすぐったさは相変わらずだが、さっきまでと比べて快楽の度合いは確実に昂まっていた。

手と同じように丹念に足の指を舐め上げた水葉が、細い五指でペニスをそっと包み込み、上下に動かしながら陰嚢を吸った。そして口一杯に頬張った睾丸《こうがん》を、片方ずつ舌先で転がす。

下半身に、痺れるような快感が走った。水葉のやることなすことのすべてが、立花には初体験だった。

いままで、それなりに女性経験はあったが、愛撫することはあっても受け身に回ることはなかった。

水葉が、ペニスの裏側を舌でなぞり始めた。その間も、上下に動く右手は止まらない。蛇《へび》のように這いずり回っていた舌が亀頭に上昇し、尿道口をノックする。鋭く、しかし甘美な刺激が立花の罪悪感を麻痺させる。

歯を食い縛る立花に、水葉が潤《うる》んだ上目遣いを投げてくる。尿道口を舌先で突っついていた水葉の唇に、亀頭が吸い込まれる。湿潤な口内で、ペニスの怒張に拍車がかかる。水葉の頬がへこむたびに、立花は呻き声を漏らしそうになる。

立花は、プレイルームに響き渡る淫靡《いんび》な音に耳を傾け、蕩《とろ》けるような快感に身を任せた。

水葉がペニスをくわえたまま、時計回りに躰を移動させた。

目の前に、薄い繁みが現れる。腹の上を、柔らかな乳房が愛撫する。どうしようかと躊躇《ちゅうちょ》する立花の唇に、湿り気を帯びた陰部を押しつける水葉。

立花は肚を決め、ぬかるむ亀裂に舌を差し入れた。水葉が喘ぎ、太腿で顔を締めつけてくる。

互いに、競うように貪《むさぼ》り合った。水葉の吸引力と舌遣いが激しくなる。下半身に押し寄せる快感が背骨を駆け抜け中枢神経を刺激する。

舌の動きを止め、きつく眼を閉じる。嚙み締めた奥歯から漏れる呻き声とともに、立花は水葉の口腔で果てた。

立花は、荒い息を吐きながら薄目を開けた。アヒル座りをした水葉が、ティッシュに白濁した液を吐き出している。

なんてザマだ。

立花は、ふたたび眼を閉じ自責した。

萎《な》えたペニスに、なにかが触れた。弾《はじ》かれたように眼を開けた。

「まだ時間があるから、もう一ラウンド、ね？」

水葉が、ペニスにパールピンクのマニキュアの塗られた五指を上下させつつ首を傾《かし》げ、コケティッシュな微笑を浮かべる。

「あ、もう、十分です」

上体を起こし腰を引こうとする立花の胸を押し返す水葉。

「なに言ってるの。これからが本番よ」

言うがはやいか水葉がペニスを口に含み、手をローリングさせながら頭を上下させる。いま放出したばかりなのに、すぐに勢いを取り戻す自分に、立花は自己嫌悪に陥った。

「四つん這いになってくれる？」

恥知らずにも猛々《たけだけ》しく脈打つペニスから口を離した水葉の言葉の意味が、すぐにはわからなかった。

「オプションのアナルマッサージよ」

水葉が、疑問符を顔に貼りつかせる立花の腕を取り身を起こさせると屈託のない口調で言った。

「え……それは、いいです」

「いいから、いいから。ほら、はやく」

急《せ》き立てられるように立花は、俗に言うワンワンスタイルという格好を取らされた。

顔を横に向けた。ヘッドボードの鏡に映る自分の滑稽《こっけい》な姿が羞恥心を煽《あお》った。

水葉が右手の人差し指に、ゴムサックを嵌《は》めた。そして、プラスチックボトルを手に取り逆《さか》さにすると、とろりとした液体……ローションをゴムサックを嵌めた指に垂らした。

無防備な格好が、立花の不安感を増殖させた。水葉の左手が臀部へと伸び、指先で肛門の周囲を揉み始めた。立花は悲鳴を上げ、前へと逃げた。

「動いちゃだめ」

優しく諭《さと》しながら、声音《こわね》同様にソフトな指遣いで肛門を揉み続ける水葉。むず痒《がゆ》く苦痛しか感じなかった立花に、次第に変化が現れた。

むず痒さを堪えているうちに、ペニスを愛撫されているときのような気持ちよさが下半身に広がった。

不意に、肛門に鋭い刺激が走った。水葉が立花の腰を抱え、臀部に顔を埋《うず》め、舌先を捩じ込んでいた。

天を仰いだ。奥歯がギリギリと不快な音を立てる。無意識に、腰をくねらせていた。気を抜けば、大声を上げてしまいそうだった。

水葉が舌を動かしながら、腰に当てていた手で陰嚢を揉み、もう片方の手でペニスをしごく。三つの性感帯を同時に刺激された立花は、あまりの快感に意識が遠のきかけた。

これが、プロの業《わざ》というものなのか?

立花は、自分がいままで経験してきたセックスが、ままごとのように思えた。

「じゃあ、そろそろいくわね」

すべての攻撃を中断した水葉が、鏡越しに立花をみつめた。それから、右手の人差し指をゆっくりと、ゆっくりと肛門に侵入させた。

このプレイルームで感じたどの刺激とも違った強烈なオルガスムスが、躰の奥を脳天へと物凄い勢いで貫《つらぬ》いた。

肌が粟立ち、乳首が突起した。視界が青ざめ、脳みそが感電したように痺れた。

「あっ！」

立花は、恥も外聞《がいぶん》もなく身をのけ反《ぞ》らせて絶叫した。

石のように固くなったペニスが脈打ち、大量の粘液がビニールシーツにどろりと垂れ落ちた。

立花は、四つん這いのままガクガクと手足を震わせた。

手も触れられていない状態で絶頂に達した事実が、立花を激しく混乱させた。

そして、ショックだった。ひとりの風俗嬢に、これほどまでに狂わされたという事実が……。

立花は、どっと俯《うつぶ》せに倒れ、自己嫌悪と後悔の海に溺れた。

☆　☆

リノリウムの廊下。消毒液の匂い。せわしなく動き回る看護師。車椅子の老婆。花束と千羽鶴を持った中学生くらいの四人グループ。

毎日のように訪れても、立花は病院独特の雰囲気が好きになれなかった。

だが、見舞いが終われば外の空気が吸える自分はまだましだ。

真一は、どれだけ気が滅入《めい》っても、この建物から出ることができないのだから。

立花真一のプレイトのかかったドアの前で佇んだ立花は、大きく深呼吸をした。

いつになく、立花は緊張していた。真一に会うのに、気が引けた。

原因は、わかっていた。

昨夜へ、記憶を巻き戻す。水葉によって、軽蔑すべきもうひとりの自分を発見した。

いままで嫌悪していた風俗嬢の前で、いままで侮蔑《ぶべつ》していた客同様の痴態をみせてしまったことへの屈辱。

できることなら、昨夜の自分を抹殺《まっさつ》したかった。

衝撃のアナルプレイに続き、素股プレイで三回目の放出を終えてフルーツタイムをあとにした立花は、藤堂の命令により、イメクラとランジェリーパブを梯子《はしご》した。

イメクラでは白衣を着た看護師に騎乗位で責め立てられ、ランパブでは半裸の女の乳房で往復ビンタをされ……。

考えただけで脳みそが煮え立ち、自分自身を目茶目茶に殴《なぐ》りつけてやりたかった。

立花は深呼吸を繰り返し、荒ぶる気を静めた。ドアノブを回した。

「今日も暑いね」

立花は、室内に足を踏み入れるとベッドに向かって無理に作った笑顔で語りかけた。

もちろん、返事は返ってこない。真一には、感情を表現する手段がなかった。

だが、立花にはわかる。真一の顔をみるだけで、喜んでいるのか、怒っているのか、哀しんでいるのかが……。

「具合はどうだい？」

立花はベッド脇の丸椅子に腰を下ろし、持参したバラの花束を膝の上に置くと、真一の手を握り締め、無表情に眼を閉じる横顔に語りかけた。

昔に比べて細くなった手首をみて、立花は胸を痛めた。

手首だけではなく、指も、首も、胸も、足も……以前の逞《たくま》しい真一からは見る影もなく痩せ衰えてしまった。

真一は喋ることも動くこともできないが、息子が見舞いに訪れていることを、そして語りかけられている内容をわかっている……そうでないはずがない。

「あ、そうそう、昨日、巨人がまた勝ったぜ。これで四連勝だ」

立花は、四つ折りに畳んだスポーツ紙をヒップポケットから抜き、真一の顔前に広げると明るい声音で言った。

野球に、興味はなかった。

真一が倒れるまでは、セ・リーグとパ・リーグの違いもよくわからなかった。

テレビの前で茄子《なす》やキュウリの漬物を肴《さかな》に、ビールを呷り、野球観戦をするのが真一の唯一の愉しみだった。

勝敗がどうであれ、真一が歓声を上げたり不機嫌になることはなかった。

ただ、野球に興味のない立花にも、ビールの空き瓶《びん》が一本か二本かで、巨人軍の勝敗の結果はわかった。

いつも、同じ場所に座り、物静かにグラスを傾ける父の背中をみるのが、立花は好きだった。

いまでは、テレビ観戦ができなくなった真一のために、試合のあった日の翌朝にスポーツ紙をチェックするのが立花の日課となっていた。

——人を騙すな。いつだって、まっ直《す》ぐな男でいろ。


真一の口癖だった。

浅草《あさくさ》で社員四人ほどの小さな建設会社を経営していた真一は、二年前……立花が十六歳のときに脳出血で倒れた。

口癖通り、謹厳実直を絵に描いたような真一は誰にたいしても誠実で、情に深く、決して人を欺《あざむ》くようなまねはしなかった。

真一は人望が厚く、誰からも慕《した》われ、頼りにされていた。

近所の独り暮らしの老人が風邪《かぜ》で寝込めば、玉子酒を片手に駆けつけ、徹夜で看病することも珍しくはなかった。

人情家なだけではなく、荒くれ者が集《つど》う炭鉱夫の息子として生まれた真一は腕も立った。

いつもは寡黙《かもく》でおとなしい男だったが、社員が現場のトラブルに巻き込まれてヤクザに拉致《らち》されたときには、単身で組事務所に乗り込む勇敢さもあった。

真一の人柄と経営手腕で会社の業績は右肩上がりに上昇し、すべてが順風満帆のようにみえた。

だが、ある出来事を境《さかい》に、真一の行く手に暗雲が垂れ籠《こ》めた。

二十歳の頃から十七年間連れ添った真一の妻であり、立花の母である霧子が、ある日突然に男と蒸発した。

霧子の勤める上野《うえの》のスナックの常連客と、駆け落ちしたのだった。

立花が生まれたときから、霧子は夜の女だった。授業参観などでひと際《きわ》目立つ妖艶な母は、幼い頃は立花の自慢だった。

ホステスと客として出会ったという流れもあり、真一は、結婚後も妻の夜の勤めを黙認していた。

もっとも、寛大な真一は、細かいことにああだこうだと注文をつけるような小さな男ではなかった。

そしてなにより、妻を信じていた。

だが、母は違った。


ごめんなさい。篤《あつし》を、よろしくお願いします。勝手な私を、許してください。


あまりにも一方的な内容の置き手紙を最初に発見したのは立花だった。

不思議なことに、立花にはそれほどのショックはなかった。

立花の知っている母は、学校から帰ったときに派手な服に派手なメイクを施《ほどこ》し出て行く女であり、学校に行く前にノーメイクで泥のように眠る女だった。

物心ついてからというもの、立花は、彼女に母親の匂いを嗅いだことがなかった。

立花の胸に去来《きょらい》していたのは、哀しみでも狼狽《ろうばい》でもなく、この手紙を真一にみせるかどうかということだった。

真一が帰宅するまでの間、立花は迷いに迷った。

なぜなら、あんな妻でも、父が深く愛していたことを知っていたから。

遅かれ早かれ、いずれわかること。

立花は、いつものようにビールと漬物の晩酌で野球をテレビ観戦していた真一に、意を決して手紙を差し出した。

身勝手なセリフが並ぶ便箋《びんせん》の文字を視線で追っていた真一は、その優しく柔和な眼を少しだけ見開いたのちに、手紙を丁寧に四つ折りに畳むと、ふたたびテレビへと顔を戻した。

普段となにも変わらないふうにみえた真一だったが、その夜、巨人軍が大勝したにもかかわらず、ビール瓶には三分の二以上の中身が残っていた。

翌日、真一は零時を過ぎても家に戻ってこなかった。

真一は、どんなに遅くとも野球のテレビ放映が始まる七時までには帰宅する男だった。

起きて待っているつもりが、いつの間にか眠り込んでしまった立花は、肩を揺すられて眼を覚ました。

寝ぼけ眼《まなこ》の霞《かす》む視界に、立花を見下ろす真一の姿が飛び込んできた。

——二十五歳の、若造だそうだ。

絞り出すような声で呟く真一が、最初、なにを言っているのかわからなかった。

――店の常連客と、母さんは逃げた。

続けて口を開いた真一の言葉で、立花はようやく話の筋を理解した。

母が店に通っていた若い客と逃げた。つまり、それだけのことだった。

驚きはなかった。母にたいして、立花は真一よりも冷めた眼でみていた。

――私は、これまでの人生で初めて、誰かを許せないと思った。お前の、母さんのことだよ。

最後にそう言い残し、真一は部屋から立ち去った。

その後、真一はめっきりと元気がなくなり、酒浸《びた》りの生活を送るようになった。

退廃的な生活、というわけではなかった。酒を浴《あ》びるように飲んでも、仕事には必ず出た。というより、なにかに憑かれたように働いた。まるで、母の面影《おもかげ》を吹っ切るとでもいうように……。

明け方まで酒を飲み続け、空が白み始める頃に家を出て、深夜に帰宅して酒を飲み始める、という生活の繰り返し。

そんな生活が三ヵ月ほど続いたある日の夜、真一は会社のトイレで昏倒し病院へと担《かつ》ぎ込まれた。

医師から伝えられた脳出血という病名は、十六歳の立花には馴染みが浅くピンとはこなかった。

手術で一命は取り留めても、脳に障害が残り喋ることも動くこともできなくなる可能性……つまり、植物状態になる可能性が高いと聞かされたときに初めて、事の重大さを知った。

脳出血とは文字通り、脳の血管が破裂し、出血することをいう。

医師は、ろくに睡眠も取らずに、深酒と激務を繰り返すことによって生じた過度なストレスが引き金になったのだろうと言っていた。

五時間に及ぶ脳血腫除去の大手術を終え、真一は死を免れた。

しかし、医師の懸念《けねん》通りに、手術後に再会した真一は、立花の呼びかけにピクリとも反応せず、ただ、横たわっているだけだった。

立花は、動かぬ父の傍らで泣き崩れた。一生ぶんの涙を流すとでもいうように号泣した。が、哀しみに打ちひしがれてばかりはいられない現実が、立花に忍び寄った。

それは、金の問題だった。

手術費、集中治療室料、検査料など、高校生の立花は、みたこともないような莫大な金を作る必要を強《し》いられた。

立花家には父方も母方も金の相談ができるようなつき合いのある親戚はおらず、仕方なく立花は、真一の会社で片腕として働いていた専務の渡辺《わたなべ》を頼った。

専務といっても渡辺は、社員数僅か四人の零細企業のナンバー2であり、窮地に陥った社長の息子に手を差し延べられるだけの経済的余裕はなかった。


――篤君。言いづらいんだが、家を売るしかないんじゃないか？

立花家に貯《たくわ》えがないことを知った渡辺は、苦渋の表情でそう切り出した。

設計から建築まで真一自《みずか》らが手がけた家を他人に売り渡すことに、抵抗がなかったと言えば嘘になる。しかし、立花に選択の余地はなかった。

建設業という仕事柄、多くの不動産会社にパイプを持つ渡辺が売却に関するすべての手続きを代行してくれた。

買い手は、すぐに現れた。

ローンの残債を相殺《そうさい》し、病院へ手術費、集中治療室料、検査料を支払い、アパートを借りても高校を卒業するまで生活してゆく金は楽に残る計算だった。

甘かった。植物状態になった真一の治療費や個室料などもろもろを含めると、毎月の出費が三十万以上になった。

つまり、その金が払えなければ、真一の生命が維持できない、ということだった。

家の売却費で手にした金は、二年で底をついた。稼ぎがなく出る一方の生活だったので、それも無理はなかった。

高校三年の三学期を迎える前に……卒業まであともう少しというところだったが、立花はなんの躊躇《ためら》いもなく高校を中退した。

立花にとって学校は唯一、日々の煩《わずら》い事を忘れさせてくれる息抜きの場だったが、父の命には代えられなかった。


立花はスポーツ紙を閉じると、花束を手に窓辺へと向かった。花瓶から萎《しお》れた花を抜き、水を替え、新しいバラを挿した。

真一が入院して以来、常に花は欠かさなかった。無機質で陰気な病室を、少しでも華《はな》やかにしたかったのだ。

窓の外に眼をやった。

八階の病棟から遠くに望む常緑樹の森。コバルトブルーの空に浮く綿菓子のような積乱雲。電線に列をなし囀《さえず》る雀《すずめ》の群れ。

真一は、この心地好い景色を瞳に焼きつけることができない。

「あ、そうだ。俺、今度昇格するんだ」

立花は椅子に戻り真一の手を取ると、故意に弾ませた声で言った。

「なんだか、社長にひどく気に入られちゃってね。ある部署を、俺に任せてくれるそうなんだ。社員の業績が伸びれば、俺の給料も上がるらしい」

込み上げる罪悪感。もちろん真一には、キャバクラのボーイをやっていることを話してはいない。言えるわけがない。真一を地獄に落とした夜の女に諂《へつら》い、客を騙して金を稼いでいることなど……。

「俺以外は、みんな年上ばかりなんだ。十代で管理職なんて、凄いだろう?」

屈託なく言うと、立花は微笑《むし》んだ。

罪悪感の悲鳴が胸を掻き毟る。じっさいはキャバクラのホール長。管理職が聞いて呆《あき》れる。

「嫉妬とかやっかみとかいろいろあるだろうから、これからが大変だけどね。いまは社長について、仕事のノウハウを直々《じきじき》に教えてもらってるんだ」

そう、教えてもらっている。どうやって客の卑しい欲望を満たすのかを……どうやって客を欺き金を吐き出させるのかを……。

風俗嬢の舌戯《ぜつぎ》に身悶《みもだ》える無様な姿が脳裏を掠《かす》める。

強張《こわば》りかける頬の筋肉を懸命に従わせ、微笑みを保った。

「だから、親父は、なんにも心配することはない。俺に任せて、安心して休んでくれよ」

真一の知らない自分になっていくのが、怖かった。

親父、ごめん……。

立花は心で詫《わ》びると、唇を嚙み締めて俯いた。

ベッドシーツに、水滴が落ちて滲んだ。

［5］

メタルカラーの冷蔵庫、衣服を収納する透明なクリアケース、超薄型のプラズマテレビ、壁際に設置されたパイプベッド、淡《あわ》いベージュ色のフローリング。

最初にきたときにも思ったことだが、千鶴の部屋は女性にしては驚くほどにシンプルだった。

だが、店では窺えない千鶴の素顔を知るほどに、彼女が外見からは想像のつかない男っぽい性格をしていることに気づいた。

もちろん、それはいい意味でだ。

ひとつに、千鶴は他人の悪口を絶対に言わない女性だった。

女性というのは、ただでさえ人の噂話が好きな生き物だ。それがキャストとなれば、なおさらだ。

複雑な人間関係といやな客にも笑顔で接さなければならない日々に蓄積されたストレスは半端《はんぱ》では

なく、ふたり以上寄り集まれば耳を覆《おお》いたくなるような罵詈雑言《ばりぞうごん》のオンパレードだ。

だからといって、千鶴が竹を割ったような性格というのとは違うし、姉御肌《あねごはだ》というのとも違う。控え目で、思いやり深く、さっぱりとした……千鶴の魅力をうまく言い表すことはできないが、とにかく、そんな彼女に立花は益々《ますます》惹《ひ》かれていった。

室内に入ってすぐに千鶴は、パスタを作るから、と言い残し隣のダイニングキッチンに消えたきりだった。

立花は脚のないクッションタイプのソファに座り、煙草をくわえた。

コンパクトでシンプルにまとまった部屋を見渡す。

キャバクラのナンバー1キャストが住むには、1DKのスペースはいかにも手狭《てぜま》だった。

瀟洒《しょうしゃ》な外観はそれなりに高級感の漂うマンションではあったが、月に二百万以上を稼《かせ》ぐ千鶴なら、もっと広くて豪華な部屋に住めるはずだった。

尤も、父親の借金を肩代わりした藤堂への返済もあるのだろうが、たとえそれがなくても、きっと彼女はいまと同じマンションに住んでいるに違いなかった。

千鶴の部屋を訪れるのはこれで三度目。藤堂から謹慎を言い渡された初日に千鶴と洋風居酒屋で飲んだ翌々日……フルーツタイムの水葉に屈辱を与えられた次の日の昼に、彼女に誘われて麻布に建つマンションに行ったのが最初だった。

それから一日置きに、千鶴は立花を部屋へと招いた。


——お昼を食べにおいでよ。

謹慎期間中は、藤堂の事務所に四時までに顔を出さなければならないことを知っている千鶴から電話がかかってくるのは、決まって朝の十一時頃だった。

ミントキャンディで働き始めてから生活のサイクルが夜型になった立花には、十一時は一般人の早朝に当たる時間帯だった。

だが、それは千鶴も同じ。なにより、彼女に呼び出されれば眠気も疲れも吹き飛んでしまう。

不謹慎な期待に胸をときめかせていた立花だったが、千鶴は、本当に食事をするだけのつもりで誘っていたのだ。

正直、最初は少し落胆したが、彼女の家で手料理を振る舞われ、取留めのない話をしていることに幸せを感じた。

いま思えば、千鶴に肉体関係を迫られたならば、逆に失望していたかもしれない。

毎日のように顔を合わせているといっても、それはキャストとボーイとしての立場であり、ふたりだけで会うようになってまだ一週間しか経っていないのだ。

千鶴が夜の女であるにもかかわらずに惚れたのは、ほかのキャストとは違う匂いを感じたから……彼女の純真さに惹かれたからだった。

だが、いまの自分に、風俗嬢やキャストにたいしてとやかく言う資格があるのか?

昨日までの六日間は、性感ヘルスを皮きりに、イメクラ、ランパブ、デリヘル、ヘルス、ピンサロと、連日に亘って風俗店を梯子する毎日だった。

風俗経験を重ねるごとに麻痺していった屈辱と反比例するように、自己嫌悪は激しくなった。

同時に、自分が薄汚れた男になっていくような気がした。

藤堂の言うとおり、風俗店を回ることによっていままでみえなかった発見は多かった。

たとえば、最近の風俗店の清潔さや従業員のサービスのよさ、そしてなにより、風俗嬢のレベルの高さには驚いた。

水葉もそうだったが、服を脱がなくても十分に客を集められるようなキャバクラのナンバーレベルの風俗嬢も大勢いた。

そんな彼女達が裸になり、キャバクラとそう変わらない値段で躰の隅々《すみずみ》にまで甲斐甲斐《かいがい》しく奉仕をしてくれるのだから、服を脱がないキャスト達は相当な努力が必要になる。

つまり、藤堂の言いたかったことはそういうことなのだろうと立花は思った。

確実に快楽を得ることのできる風俗店に行かずに、一時間で二万の金を使い会話だけのキャバクラに足を運ぶ客を満足させるには、キャストだけではなくボーイにもそれなりのクオリティーが求められる。

疑似恋愛という名の偽《いつわ》りの夢をみせる彼女達を軽蔑していた立花だったが、ヌキもなしにそれだけの金を使わせるのだから、ある意味、当然なことなのかもしれなかった。

立花は、慌てて頭を振った。

なにを考えている？　藤堂に毒されてしまったのか？　真一の憐れな姿を思い出せ。

「お待たせ」

ドアが開き、皿を載《の》せたトレイを持った千鶴が現れた。

黄色のタンクトップとデニムのショートパンツ姿に、店に出ているときとは違うロングヘアをポニーテイルにまとめた髪型がよく似合う。

「お腹《なか》、減ったでしょう?」

言いながら、千鶴がペペロンチーノと、タコと海藻のサラダをテーブルに置いた。

一度目にきたときにはシーフードドリアで、一昨日はフレンチトーストとマカロニグラタンだった。

「おいしい?」

麦茶のグラスを立花の前に差し出しながら、千鶴が訊ねた。

「はい。すごく、うまいです」

お世辞ではなかった。千鶴は、本当に料理がうまい。

「よかった」

トレイを胸に抱いた千鶴が嬉《うれ》しそうに口もとを綻《ほころ》ばせた。

料理はひとりぶんだった。

初めて千鶴の部屋を訪れたときに、ダイエットのために昼食を抜いていると聞かされていた。

千鶴は十分にスリムだったが、彼女に言わせればミントキャンディに入ってからは生活が不規則になり、三キロ太ったらしい。

立花がパスタをフォークに絡め、また、サラダをつっ突く姿を眼を細めてみつめる千鶴。

水葉がどれだけ刺激的なテクニシャンでも、この胸の高鳴りは味わえない。

たしかに最初の頃はよからぬ期待をしたのも事実だが、いまは、こうして千鶴と一緒に過ごせるだけで幸せだった。

しかし、なぜ千鶴が自分を部屋に誘ってくれるのかが疑問だった。

「俺に親切にしてくれるのは、社長の若い頃に似ているからですか？」

立花は、自分の言葉に驚いていた。それは、長い睫《まつげ》をパチパチとさせて口をぽっかりと開く千鶴も同じだった。

「どうしたの？　藪《やぶ》から棒に」

「あ……すみません。いまの、聞かなかったことにしてください」

立花はしどろもどろに言うと眼を伏せ、パスタを啜《すす》った。

「彼は、初恋の人だったわ」

千鶴が麦茶のグラスの縁を指の腹でなぞりながら、唐突に言った。

立花はパスタに噎《む》せ、慌てて麦茶を流し込んだ。

「でも、勘違いしないでね。それは、もう、遠い昔のことだから」

もし千鶴が立花を安心させるために言っているのならば、まったく説得力がなかった。

立花の頭の中では、初恋の人、という言葉が呪文《じゅもん》のように繰り返されていた。

「正直に言って、最初にあなたのことが気になったのは、彼の影をみたからよ。だけど、何度か立花君と話してみて、それは違うってわかったの。彼は純粋で優しかったけれど、いま思えば、昔から冷めたところがあって……。よく言えば大人っぽかったというか、とにかく、彼の考えていることがわからないときがあったの。立花君は、彼よりわかりやすいし……あ、馬鹿にしているんじゃないよ。そういうあなたの真っ直ぐな部分が好き……」

千鶴が、顔を朱に染め口を噤《つぐ》むと俯いた。

立花は、寸前のところで麦茶を噴き出しそうになった。

千鶴が、自分のことを……？

パスタを消化するために胃袋周辺に集まっていただろう血液が体内を上昇し、頭の中が熱に浮かされたようにぼうっとした。

夢のような話だった。そしてこれが夢ならば、二度と目覚めたくはなかった。

「俺を……からかってるんじゃないですよね？」

掠れた声……うわずった声で立花は訊ね、水分を失い張りつく喉に無理やり捻り出した唾液を流し込む。

千鶴が顔を上げ、細く尖った顎を小さく引いた。

「彼の影をあなたに重ねたのは最初だけよ。信じてくれる？」

今度は、立花が顎を引いた。

夢でも妄想でもない。これは紛《まぎ》れもない現実だ。

千鶴の潤んだ瞳が、薄く浮き出た鎖骨が、透き通る白肌が……手を伸ばせば届く位置にある。

憧《あこが》れの女性が、自分を好きだと言ってくれている。

「でも、麻布で飲んでいた日に社長と……」

幸福感に満たされた心に顔を覗かせる嫉妬。あの夜、千鶴は藤堂に携帯電話で呼び出された。

「ああ、あれは、なんでもないのよ。ほら、あの日、私のお客さんの件で揉め事があったでしょう？　立花君が殴っちゃったお客さん、製薬会社の社長さんなんだって。いい金蔓《かねづる》だから営業かけて呼び出して、アフターでつき合え。会うなり、彼にそう言われたわ」

安堵《あんど》と入れ替わりに、新しい不安が込み上げる。同時に、金のためならばあんなろくでなしをふたたび店に呼び戻そうとする藤堂にたいして、激しい怒りを覚えた。

「で、千鶴さんはなんて？」

恐る恐る、訊ねた。

「もちろん、断ったわ。私は娼婦じゃありません、ってね。たしかに彼には父の借金の肩代わりをしてもらって感謝はしているけど、だからって、私は奴隷じゃないんだから」

そのときのことを思い出したのか、千鶴が怒ったような口調で言った。

「社長は、納得したんですか？」

「お前なら、娼婦になればいい金を稼げるぞ、だって」

今度は、怒りを通り越して呆れたように千鶴が肩を竦めてみせた。

立花は、乱暴に麦茶のグラスを呷り氷を含むと音を立てて嚙み砕いた。

もし、藤堂が自分の目の前で冗談でも千鶴にそんなことを言ったら……理性を保てる自信が立花にはなかった。

「だめよ、変な気を起こしたら」

立花の心を見透かしたように、千鶴が厳しい顔で言った。

「千鶴さん……あの、ミントキャンディなんか辞めて、昼間の仕事をやったらどうですか？」

意を決して、立花は言った。

千鶴が、きょとんとした表情で首を傾《かし》げた。

初めて彼女を眼にしたときから、ずっと胸の内にあったこと。千鶴が自分を好きだと言ってくれたのが後押しとなり、思いきって切り出したのだった。

「また、レンタルビデオ店とか?」

「ほかにも、千鶴さんだったら、なんだって仕事の口はあると思います」

「立花君。ひとつ、訊いてもいい?」

「なんです?」

「あなたは、どうしてミントキャンディで働いているの?」

「それは……親父の入院費が必要だからです」

千鶴の質問の意図が読めなかった。

「だよね。私も同じよ。言ったでしょう? あいつの借金を返済するためにキャストになったって」

千鶴に店を辞めてもらいたいことばかりに頭を囚われ、彼女が訳有り入店だということをすっかり忘れていた。

「社長に立て替えてもらった借金は、どのくらいあるんですか?」

「そんなこと訊いて、どうするつもりなの?」

まったくだった。それを聞いたところで、真一の入院費を払うことで精一杯の自分には、どうすることもできはしない。

だが、借金をカタに千鶴をいいように扱おうとする藤堂のもとに、彼女を置いておきたくはなかった。

「俺に、なにかできることはないかと思って……」

「ありがとう。気持ちは嬉しいけど、立花君の給料じゃ無理だわ。だって、毎月百五十万ずつ返したとしても、三年はかかる額だから」

毎月百五十万の返済でも三年……立花は、脳内で電卓を弾いた。

五千四百万……。

たしかに、自分の給料では手も足も出ない金額だ。

入院費を差し引き手もとに残ったかつかつの金を返済に充てたところで、十年はかかってしまう。

なにより、藤堂がそんなに長く待ってくれるはずがない。


——立花君の給料じゃ無理だわ。


脳裏に谺《こだま》する千鶴の言葉が立花の胸を刺す。

これほど、自分が小さな存在だと思い知らされたことはなかった。

もちろん彼女が、悪意を込めて言ったのでないことはわかっていた。

が、愛する人を救うこともできないなんて、男として情けなかった。

ホール長で業績を上げたなら、いくらの給料が貰えるのだろうか？　サブマネは？　チーフは？

店長は？

「それに、私、自分の力でなんとかしたいの。立花君なら、わかってくれるよね？」


——この世界は、実力がすべてだ。実力さえあれば、高学歴だろうが年上だろうが顎で使える。

千鶴の言葉が耳を素通りし、神崎の声が蘇る。

地位がほしいわけではない。ましてや、優越感に浸《ひた》りたいわけでもない。

金を稼ぎたいだけだ。千鶴を藤堂のもとから解《と》き放ってあげられるだけの金が……。

「立花君？　私の話、聞いて……どうしたの？　そんなに怖い顔して」

そのために伸し上がる必要があるのなら、全力でミントキャンディのトップを狙いにいくつもりだった。

☆　☆

「この一軒で、実地研修も終わりだ」

慣れ親しんだリムジンのリアシート。藤堂が、スモークフィルム越しにみえるビルに視線を投げながら言った。

すべてが飲食店関係の歌舞伎町のビルとは違い、一階にはブティック、上階には横文字の会社の看板がかかっていた。

腕時計の針は、午後十時を回っていた。

アジアンエステとコスチュームパブ。昨日までの六日間と同じように、立花は夕方から風俗店を連れ回された。

今日三軒目……巣鴨から移動したリムジンは、六本木のロアビルの近くに停車した。

昨日までは、仕方なしに風俗店を巡っていた。だが、今日は違う。

目の前の男から千鶴を救うために、立花は意思とプライドを捨てた。

アジアンエステでカタコトの日本語を使う女の愛撫《あいぶ》に情けない呻き声を上げても、コスチュームパブでセーラー服姿の女にフェラチオをされても、屈辱をぐっと我慢した。

その屈辱が夜の世界で伸し上がる糧《かて》になるのなら、苦にはならなかった。

「最後は、キャバクラだ」

藤堂の言葉を聞いた瞬間、実地研修の本当の目的がここにあったのだろうことを立花は悟った。

ミントキャンディを離れた一週間で、十四、五軒の風俗店を回った。

短い期間だったが、一週間前の自分より幅広い視野と客観的な眼で物事をみられるようになったという自信があった。

「店の名はピンクソーダ。ピンクソーダは、藤堂観光の三十二店舗のキャバクラの中で一番の売り上げを誇っている。装飾、キャスト、ホールスタッフ。すべてにおいて、ピンクソーダは一流だ。ミントキャンディも質は高いが、ピンクソーダは次元が違う。たとえば、千鶴。彼女がピンクソーダに移ったら、ナンバー1どころかベスト3に入ることも難しいだろう。逆を言えば、千鶴クラスのキャストはごろごろしているということだ。因みに、ピンクソーダのナンバー1キャストは、冬海《ふゆみ》という二十歳の女だ」

千鶴クラスのキャストがごろごろ……。

立花は、少なからずショックを受けた。

千鶴がキャバクラで勤めることには反対だが、立花の中には、どこのナンバー1キャストにも負けないでほしいという矛盾《むじゅん》した考えがあった。

「そんなに、そのキャストは凄いんですか？」

「冬海がテーブルに着けば、どんな客でもワンセットで虜《とりこ》になる。ミントキャンディのキャストでたとえるならば、ひなのの容姿と奈緒の話術、そして愛子の色気を兼ね備えているといえばわかるだろう？　しかも、冬海は、その三人の売りの部分をそれぞれ上回っている。俺の眼からみても、九十九点を与えられるキャストだ」

「マイナスの一点は、なんですか？」

立花はすかさず訊ねた。少しでも、冬海という女の粗《あら》を探したかった。

「冬海に足りないものがあるとすれば、千鶴の魅力だ」

「千鶴さんの？」

「そう。容姿、話術、色気のどれを取っても千鶴は冬海に敵《かな》わない。だが、千鶴には、口で言い表せない不思議な魅力がある」

立花には、藤堂のいわんとしている意味がよくわかる。

たしかに、千鶴より美しくスタイルのいい女はいるだろう。口がうまく、グラマラスな女もいるだろう。

しかし、彼女には、人を惹きつけ、魅了する特別ななにかがある。そのなにかが、なんであるのかはわからない。

ひとつだけはっきりしているのは、その魅力とは、着飾ったりエステに通って得られるものではないということ……容姿や話術を磨《みが》いても得られるものではないということだった。

藤堂が千鶴の魅力に気づいているのは嬉しい反面、複雑でもあった。

――彼は、初恋の人だったわ。

鼓膜にリフレインする千鶴の声を、立花は慌てて打ち消した。

「だが、それは欠点というほどのものじゃない。冬海の指名は日に平均して十五本はある。これは、千鶴のほぼ倍の数字だ。池袋と六本木の違いはあるが、箱の大きさもキャストの数も同クラスであることを考えると、この数字が、現時点でのふたりの差だ」

指名が十五本ということは、すべてがワンセットの客でも冬海ひとりで店の日計を三十万も上げていることになる。

そして彼女の月給はミントキャンディの査定をベースにすると、単純計算で五百万以上……信じられなかった。

五百万といえば、そこらのサラリーマンの年収とほぼ同等の金額だ。

「ピンクソーダが藤堂観光のキャバクラの中で一番の業績を上げているのは、冬海ひとりの力じゃない。冬海にそれだけの指名があるということは、同一時間にバッティングする常連客が多いということだ。ピンクソーダには、冬海の働きと同等の、いや、ある意味彼女以上に貢献している者がいる」

「ラッキーですか？」

鉢合わせた指名客にヘルプをあてがい場を繋ぐのはラッキーの役目だ。

ラッキーの采配《さいはい》ひとつで、店は繁盛《はんじよう》も衰退もする。

「いいや。ラッキーはたいしたことはないが、ピンクソーダにはスーパーホール長の長瀬《ながせ》という男がいる」

「スーパーホール長？」

立花は、鸚鵡《おうむ》返しに訊ねた。

藤堂が、細長い葉巻をくわえつつ頷いた。

立花は、藤堂から預けられているデュポンの火を差し出す。

「長瀬はお前よりひとつ上の十九歳だ。三ヵ月前まで同じ六本木のサパークラブのナンバー1だった。それまでもピンクソーダは全店舗中売り上げ一位だったが、彼が入店してからは月に八十人の新規客増と二百万の売上増を達成した」

「その長瀬ってホール長は、そんなに凄いんですか？」

自分と同じ十代の男が、月に八十人の新規客を確保し、二百万の売上増を達成したという事実が、立花の対抗心を激しく刺激した。

「ああ、凄いな。頭の回転、先見力、洞察力、機転、話術、客のあしらい……どれを取っても、超一流だ。職種を問わず、藤堂観光の全スタッフの中で長瀬は間違いなくナンバー1だ。彼なら、どこに行ってもいますぐに店長を張れる。長瀬を引き抜くのに二千万は使ったが、ゆくゆく何十倍になって返ってくることを考えると安い買い物だ」

「そんなに凄い人が、どうしてホール長なんですか？」

皮肉っぽい口調。藤堂にここまで言わせる長瀬に嫉妬する自分がいた。

「長瀬は、将来の社長候補だ。彼のことは、じっくりと育てて行きたい。どんなに優秀なサラブレッドでも、無理に使って足を傷《いた》めたら元も子もないからな。それともうひとつ。彼の能力を最大限に引き伸ばすには、ライバルの存在が必要だ。正直、いま彼を脅《おびや》かす者は誰もいない。競馬でたとえれば、遊びながら走ってぶっちぎりで勝っている状態だ。会社でもスポーツでも同じだが、競合相手がいるから伸びてゆく。競り合ってくる馬が現れたときに、長瀬は初めて全速力で駆けることだろう。俺は、彼が本気になった姿をみてみたい」

藤堂が葉巻のまったりとした紫煙をくゆらせながら、遠くに視線を泳がせた。

入店三ヵ月で十九歳の新人が、年商百九十億を超える藤堂観光の社長候補だと?

もし千鶴の彼氏が長瀬ならば、そう遠くない将来に藤堂への借金を返せるに違いない。

それに引き換え自分は……。

腹の中が、ぐつぐつと煮え繰り返った。皮下を走る血液が熱を持ち、頭部へと上昇した。

「そして、長瀬を本気にさせることができるのは、立花、お前しかいない」

「え……」

予期せぬ藤堂の言葉に、立花は弾かれたように顔を上げた。

「勘違いするな。あくまでもそれは、才能という意味だ。才能なんて、使わなければ無能なのと同じだ。お前と長瀬はひとつしか年は違わないが、現時点での実力差は天と地ほどの開きがある。長瀬が狼《おおかみ》なら、さしずめお前は、よちよち歩きの子犬ってところだ」

立花は唇を嚙み締め、拳を握り締めた。

悔《くや》しかった。腹立たしかった。が、入店三週間のおしぼりと氷運びのボーイに、返す言葉はなかった。

「だがな、この世界の天と地の距離は、気持ちの持ちかたひとつでいくらでも詰めることができる。頭の使いかたひとつで、子犬が一夜で狼になることもある。長瀬と冬海の動きをみて、その眼にしっかりと仕事振りを焼きつけ、自分のものにしろ。彼らは、東京中のキャバクラでも間違いなくトップクラスだ。ふたりの天才を、肌で体験してこい」

立花は、なにかを計るような藤堂の瞳を挑戦的な眼差しで見据えながら、力強く頷いた。

☆　　　☆

「いらっしゃいませーっ」

店に一歩足を踏み入れた瞬間に、大音響のダンスミュージックと複数のボーイの溌剌《はつらつ》とした挨拶が立花を出迎えた。

各々のテーブルで接客していたキャスト達の視線が立花に集まる。

自分の指名客かどうか？　自分を指名してくれそうな客かどうか？

彼女らは、来客のたびに必ず出入り口をチェックする。もちろん、相手にしている客に悟られないように、さりげなく、だ。

それがフリー客ならば、ほかのキャストよりどうしたら眼に留まりやすいかを考え、いかに魅力的に映るかを計算する。

キャストにとっては、フリー客をものにできるかどうかは死活問題なのだ。

客層を眼にせずとも、ミントキャンディと同じアップテンポの曲を耳にした時点で、ピンクソーダが懐《ふところ》に余裕のある年配者を相手にした高級志向の店ではなく、比較的若い層をターゲットにした経営方針であることがわかった。

まず最初に立花は、店内に視線を巡らせた。

フロアのスペースは三十坪から四十坪、テーブル数は二十前後、キャストの数は二十数人、男性スタッフは五、六人、一段高くなったステージにカラオケの機材……カラオケがある以外は、店の規模も、キャストと男性スタッフの数も、ミントキャンディとたいした変わりはなかった。

が、ひとつだけ大きく違うのは、八割方埋まっているどのテーブルも弾け、ボーイは笑顔を絶やさず機敏に動き回り……とにかく、店内には活気が漲《みなぎ》っていた。

若い客層といっても、新宿や渋谷《しぶや》あたりの大衆店とは違い、六本木という土地柄のせいか、どの客もファッショナブルな装いだった。

今日にかぎって藤堂が、立花のジーンズの上下を脱がせて自分のアルマーニのスーツを貸してくれた理由がよくわかった。

だが、六本木のキャバクラにありがちな芸能人やスポーツ選手御用達《ごようたし》、という気取った雰囲気でもない。

有名人も訪れるのかもしれないが、少なくとも、敷居《しきい》が高い印象はなく、フリー客が訪れるのに気《き》後《おく》れするような感じはないし、かといって、常連客をないがしろにしがちな大衆店の粗雑さもない。

「おひとり様ですか?」

黒いスーツで固めたガタイのいい男が、その屈強な体軀《たいく》とは好対照な柔らかな笑みを浮かべて立花に歩み寄ってくる。

胸につけられたネームをみなくても、男が長瀬でないことはわかった。

普通、フリー客を出迎えるのはラッキーの役目だ。ファーストコンタクトでフリー客を常連客にするには、客の好みのタイプを見抜き相性のいいキャストをあてがう必要があるからだ。

立花は頷いた。

「ご指名のキャストはお決まりですか?」

「冬海さんを、お願いします」

「かしこまりました。お席へどうぞ」

ラッキーが立花をテーブルへと促しながら、そばにいたひょろりと背の高いホールのひとりに冬海の名を囁《ささや》くように告げた。

ホールの胸もとに視線をやる。志賀《しが》。長瀬ではない。

志賀が、フロアの奥へと駆けてゆく。この時点で、ほとんどのキャスト達は誰が指名されたかをわかっている。

ラッキーの一挙手一投足に注目しているキャスト達は、読唇術の天才だ。

立花が案内されたのは、フロアの中央のテーブルだった。U字型のソファに腰を下ろす。

「少々お待ちください」

ラッキーがテーブルを離れるのと入れ替わりに、さっきのひょろりとしたホールが現れた。

長い膝を折り曲げてチャームのカシューナッツ&アーモンドの皿とハウスボトルのウイスキーのボトルを置き、ごゆっくり、と頭を下げて立ち去った。

立花は、煙草をくわえた。ライターをスーツのポケットから取り出したとき、顔前に差し出されたカラーストーンがちりばめられたスリムライターの火が穂先を炙った。

立花は顔を上げる。正面。ライターを両手に持ち前屈みになったホステスの笑顔が目の前にあった。

淡いピンクのスーツの襟《えり》もとから覗く白くふくよかな谷間に視線が吸い込まれる。

「冬海です。ご指名、ありがとう」

キャスト……冬海が微《かす》かに首を横に倒し、膝をちょんと曲げた。

百七十センチ近くありそうな長身、ミニからスラリと伸びた脚線美、肩先に触れる琥珀《こはく》色のロングヘア、涼しげに切れ上がった目尻、艶《つや》っぽく潤んだ褐色の瞳、妖艶に濡れた唇……立花は、理屈抜きに冬海の美しさに見惚れた。

藤堂が言っていたとおりに、冬海の美貌は次元が違った。ミントキャンディ一のモデル系キャストのひなのも、彼女の前では霞《かす》んでしまう。

「失礼しまーす」

人懐っこく笑い、立花の隣に太腿《ふともも》を密着させて座る冬海。トングで摘んだ氷を傾けたグラスに音もなく滑らせ、ウイスキーとミネラルウォーターを素早く注ぎ込み、マドラーを柔らかな手つきで回す。

クラブやキャバクラでは、その店の質はキャストの水割りの作りかたでわかると言われている。

水割りは、味が濃過ぎても薄過ぎてもいけない。たかが水割り、と思うかもしれないが、これが意外に難しい。

なにげないようにみえても、冬海の流れるような水割りの作りかたは、ミントキャンディのキャストではみたことがなかった。

「はい、どうぞ」

冬海がにっこりと笑い、片ほうの掌を底に添えながらグラスを渡す。彼女のひとつひとつの仕草には、気配りが行き届いていた。

「高くなっちゃうけど、私も飲み物を頼んでもいい？　店長に、ドリンクをおねだりしろって言われてるの。これ、内緒だよ」

声を潜《ひそ》めるように言うと、冬海が悪戯っぽく片目を瞑った。

立花は、大きく眼を見開き冬海の顔をまじまじとみつめた。

ドリンクバックのからくりを打ち明け飲み物をねだるキャストなど、東京中探してもいない。

キャバクラの内部事情を知っている自分でさえ驚いたのだから、一般の客ならばもっと衝撃を受けることだろう。

それも、いい意味での衝撃だ。

自分に不利になることなのに、なんて正直なコなのだろう。

客はみな、そう思うに違いない。

ミントキャンディに勤めていなければ、このひと言で冬海の虜になっていたかもしれない。

「ああ、いいよ」

「じゃあ、ウーロン茶を奢《おご》ってもらうね？　一番安いから」

彼女の屈託のなさに、思わず口もとが綻《ほころ》んだ。

もしかしたら、演技ではなくこれが冬海の素《す》ではないのだろうか？

いやというほどキャスト達の裏表を眼にしているくせに、なにを馬鹿なことを……。

立花は、慌てて思考を止めた。

「すみませーん。ウーロンお願いしまーす」

冬海が挙手する生徒のように細く長い手を元気よく上げ、ノッポのホールに明るく告げる。

彼女のひとつひとつの言動は、モデル並みの容姿からはあまりにもギャップがあり過ぎた。

そのギャップが、冬海の人気の秘密なのだろう。

立花は、以前に読んだ男性週刊誌の心理学を利用した「女の落としかた特集」の記事を思い出していた。

その記事には、第一印象と第二印象の差をつける、というのがポイントだと書いてあった。

たとえば、最初はわざと冷たく接し、ときおり、ふっと優しい笑顔をみせると、本当は温かい人なんだな、と女性の中で好感度が急速にアップするという。

というのも、人間は先入観に支配されやすい生き物で、初めに受けた印象で固定観念や見解が作り上げられ、そうなると、ほかの情報が入りにくくなるのだそうだ。

ゴリラは強そうだ、ヤクザは恐ろしい、などがいい例だが、もし、ゴリラが犬にあっさり負けたりすれば、本当のゴリラの実力以上に弱いという印象がインプットされてしまう。

コワモテの男が老人の荷物を持ってあげるのを目撃した者は、あの人って本当は優しくていい人なんだ、と、必要以上の好印象がインプットされてしまう。

ゴリラより弱い猫が犬に負けても、人はそこまで弱いという印象を抱かないし、ヤクザより優しいボランティアが老人の荷物を持ってあげても、そこまでいい人だという印象は抱かない。

つまり、猫が犬に負けるのもボランティアが老人の荷物を持つのもあたりまえだ、という意識があり、換言すれば意外性がないので特別な感情が湧かないのだ。

このたとえでは、ゴリラは猫よりも強いのに過小評価され、ヤクザはボランティアより優しくないのに過大評価されている、ということになる。

ようするに、ゴリラは損をしヤクザは得をしている。

冬海は、無意識なのか故意なのかはわからないが、意外性を武器にナンバー1の座に上り詰めたのだろう。

これほどの美人なのにとても気さくな女性だ……というふうに。

「お客さん、お名前は？」

冬海が、運ばれてきたばかりのウーロン茶のグラスを宙に翳しながら訊ねてくる。

「立花っていうんだ」

「かっこいい名前だね。立花さんのピンクソーダ初来店を祝して、乾杯！」

鼻梁にきゅっと皺を寄せ、立花のグラスに自分のグラスを触れ合わせる冬海。

さりげない褒め言葉。お世辞だと思っても、悪い気はしない。

「乾杯」

立花は小さく呟き、水割りを口に運ぶ。すっと通る喉越し。利き酒のプロではないが、絶妙なブレンドであることが立花にもわかった。

「立花さん。みててね」

冬海が、掌に載せたカシューナッツを天井に高々と放り投げ、大きく口を開く。くるくると回転しながら落下するカシューナッツが冬海の口腔にすぽりと入る。

立花は呆気《あっけ》に取られ、ぼりぼりと音を立ててカシューナッツを噛み砕く冬海をみつめた。

普通なら、乾杯のあとの最初の言葉は、「どうして私を指名してくれたの？」や「お仕事はなにをしている人？」などから入り、客の返事から枝葉を広げ会話を盛り上げていくものだ。

なのに、ここでも冬海はカシューナッツの投げ食いという変化球で攻めてきた。

これは彼女の手だとわかっていても、ついつい好感を抱きそうになる。

「へへへ。上手でしょ？　小学生の頃から、得意だったんだ」

嬉しそうに、そしてちょっぴり自慢げに冬海が言う。

ミントキャンディでも、ビジュアルではなくキャラで勝負しているキャストなら、似たような接客をするコもいる。

だが、頭抜《ずぬ》けた美貌とため息が出るようなスタイルを誇る冬海なら、そんな変化球を使わずとも、おしとやかに微笑み、客の話に相槌《あいづち》を入れてときどき質問をする程度の直球勝負で十分に指名を取れるはずだ。

「あのさ、冬海さんは、いつもお客さんの前でそういうことをやるの？」

質問しながら、立花は冬海の返答を頭に思い浮かべた。

「そうよ。みんな最初は驚くけど、慣れてきたらアンコールがかかるんだから。一週間前なんて、酔ったお客さんから連続でリクエストが入っちゃって、十個もカシューナッツを食べて鼻血が出そうになったわ」

言って、冬海がけらけらと笑った。

うぅん。あなたの前が初めてよ。

立花が予想していた冬海の返事。見事に外れた。

キャストはフリー客を指名客に……指名客を固定客にするために、あなただけは特別よ、というサインを視線で、言い回しで、行動で発するものだ。

なのに、冬海はあっさりとそのセオリーを覆《くつがえ》した。

ほかの客との親密さを露呈するのは、一歩間違えれば自殺行為だ。

キャバクラ通いをする客のほとんどは、自分はほかの客とは違う、という意識がある。また、キャストもそう思わせるように二枚舌を使う。

大前提は疑似恋愛。そうでなければ、どれだけそのキャストが魅力的であろうとも、みなの共有物に、月に十万も二十万もの大金を使いはしない。

「失礼します」

ノッポのホールが新しいミネラルウォーターのペットボトルをテーブルに置く際に、さりげなく冬海に紙切れを渡した。

指名の報《しら》せに違いなかった。

「ごめんね。すぐ戻ってくるから、待っててね」

「えーっ。いま、席に着いたばかりなのに」

立花は、冬海の反応をみるためにわざと言った。

ほかの指名客のテーブルに行く際に客をどうあしらうかで、ある程度キャストの能力がわかる。

「週に三回もきてくださってる大切なお客さんなの」

ここでも、立花の予想は大きく裏切られた。

多くのキャストはほかのテーブルに移るときに、「あの人、うるさいから」などと客のせいにして、仕方なく、というふうなポーズを取るものだ。

そのほうが、客も嫉妬心や不平不満が少なくなり優越感に浸ることができ、キャストにとっても都合がいいのだ。

なのに冬海は、大切なお客さんなの、ときた。

場合によっては客を怒らせることになるが、考えようによっては、効果的なセリフなのかもしれない。

ほかのテーブルの客を悪く言うことはたしかに目の前の客に優越感を与えるだろうが、同時に疑心を抱かれる恐れがある。

俺のことも裏では同じように悪く言ってるんじゃないのか？　という疑心だ。

その点、冬海のように言っていれば、なんて性格のいいコなんだ、と感激する客もいるだろう。

それでも、不満に思う客がいるのは事実だ。

立花は、その不満に思うタイプの客を演じることに決めた。

「なんだか、残念だな。せっかく、君を指名したのにさ」

立花は、荒々しく煙草を灰皿に押しつけ、不機嫌な声で言った。

さあ、どうする？

少し意地の悪い気持ちで、冬海の出方を窺った。

一瞬のことだった。冬海が小鳥のようにちょんと首を突き出し、立花の頬にキスをした。

その瞬間、頭に血が昇り、思考回路がショートした。

「いいコにしててね」

ソファで恍惚とした表情で固まる立花に言い残し、冬海がテーブルを離れる。立花は、彼女の背中を呆然と見送った。

初恋の相手に告白する思春期の少女のように、鼓動が高鳴っていた。

たかが、キスじゃないか？　しかも、頬にだ。

立花は、心で自分に言い聞かせた。

性感ヘルスの水葉には、キス以上のことをされたのに、これほど胸が高鳴ることはなかった。

客の不満を、四の五の言い訳を並べずに頬へのキスですべて吹き飛ばす。冬海のフレンチキスは、あなただけよ、の言葉よりも、何十倍もの優越感と説得力を立花に与えた。

さすがに藤堂観光の三十二店舗中でナンバー1の売り上げを誇るキャストだ。

ストリッパーがヌードになるよりも、顔見知りの女性がいきなり下着姿になるほうが衝撃が大きいのと同じで、冬海は男の心理をじつに巧《たく》みについている。

彼女はきっと、心理学を勉強しているに違いない。

立花は、必死に自分の狼狽と混乱を理屈づけようとしていた。


――冬海がテーブルに着けば、どんな客でもワンセットで虜になる。

藤堂の言葉が鼓膜に蘇る。

大袈裟《おおげさ》ではなかった。立花はワンセットどころか、ものの十分にも満たない時間で冬海に魅惑されそうになっていた。

「お客さん？」

誰かの声で、我に返る。フロアの奥のテーブルで別の客を接客していた冬海から声の主に視線を移す……いつの間にか、黄色のスーツに小柄な躰を包んだショートカットで童顔のキャストが立っていた。

「穂波《ほなみ》でぇーす。よろしくぅ」

穂波が、首を傾げながら鼻にかかった声で自己紹介をして膝を折る。

「あ、ああ、どうも」

「もう、ぼぉーっとしちゃって、どうしたんですかぁ？」

穂波が立花の隣に腰を下ろし、新しい水割りを作りつつ訊ねた。

「いや、別に」

立花は言葉を濁《にご》し、グラスを受け取り傾ける。水割りは、さっきより濃くなっていた。

「冬海さん、素敵でしょう？」

窺うように、穂波が立花の顔を覗き込む。

容姿も醸《かも》し出す雰囲気も冬海とは比べ物にならないが、それでも、アニメのヒロインを彷彿《ほうふつ》とさせる大きな瞳や高くはないが形のよい鼻やポッチャリとした肉づきの躰は、カマトト女が好きな輩《やから》にはたまらないだろう。

ピンクソーダではヘルプ要員の彼女も、ミントキャンディでは十分にレギュラーで活躍できるレベルにあった。

「なにか飲む？」

話題を変えるために、立花はメニューを穂波に差し出した。

どうせ、支払いは藤堂持ちだ。そして、その金は藤堂のもとへと戻るのだ。

「嬉《うれ》しぃー。そうやって言ってくれるお客さん、なかなかいないんですぅ。立花さんって、優しいんですね」

穂波が、子犬のように媚びた眼で立花をみつめた。

冬海のあとだと、キャバクラ嬢の常套句《じょうとうく》も白々《しらじら》しく聞こえてしまう。

「じゃあ、お言葉に甘えて、レモンサワーを頂きますぅ。ねえねえ、穂波ぃ、なんだかお腹が空いちゃったぁ。フルーツとかも、頼んでいい？」

緩《ゆる》い客と踏んだのか、舌足らずな声音で売り上げアップに貢献させようとする穂波。

立花は苦笑いを浮かべて頷いた。

しょうがないな、と穂波をかわいく思ったわけではない。

冬海と穂波のレベルの差が、笑いたくなるほどに開いていただけの話だ。

「すみませーん」

穂波が手を上げホールを呼ぶ。立花は、フロアの最奥……冬海のテーブルに眼をやった。

赤銅色《しゃくどういろ》に灼けた業界風の中年客の肩を親しげに叩き愉しそうに笑う冬海をみて、立花は水割りの氷を嚙み砕いた。

不愉快になっている自分に気づき、立花は狼狽した。

千鶴ではあるまいし、彼女は会って十分かそこらのキャストだぞ？　そんな女に嫉妬するなんて馬鹿馬鹿しい。お前は、どうかしているぞ。

厳しく自分を叱責《しっせき》する立花の視界に、ひとりのホールが現れた。

そのホールはにこにこと笑顔を振り撒《ま》き、冬海のテーブルに氷とミネラルウォーターを運ぶと、陽灼け業界男となにやら言葉を交わしていた。

やたらと、愛想のいい男だった。茶に染めた長めの髪、笑うとなくなる細い眼、女のように白く透き通った肌。

ネームをみるまでもなく、長瀬ではない。立花は、視線をフロアに巡らせた。

茶髪のホール以外の男性スタッフは、自分を出迎えたラッキーと背高ノッポの志賀というホール、そして、どうみても十九にはみえない老《ふ》け顔の男しかいなかった。

長瀬は、今夜は欠勤しているのだろうか？

「俺は、瑠璃《るり》を指名したんだよっ。どうして、こんなキャストを相手にしなきゃならないんだ！」

男の怒声。立花の右隣のテーブルで、黒いタンクトップを着た若い男性客がグラスの底をテーブルに叩きつけ、烈火の如《ごと》く怒っていた。

「申し訳ございません。もうすぐ、瑠璃さんは戻ってきますので……」

ラッキーが硬い表情で男性客を宥《なだ》めるように言った。

「立花さんは、大丈夫ですよね？　穂波、そんなこと言われたら、泣いちゃいますぅ」

穂波が、不安のいろを湛えた大きな瞳で立花の顔を覗き込んだ。

彼女の頭の中には、隣席のヘルプのことよりも、いかに自分が客の眼にかわいらしく映るか、ということしかないに違いない。

ほかのキャストの災難を利用して、ほかのキャストの指名客の気を引こうとする。

この、怯える小鳥ちゃん、の演技にころりと参ってしまう馬鹿な客が多いのも事実だ。

幼い顔立ちをしてはいるが、穂波はなかなかしたたかな女だ。

「ああ、もちろんだよ」

立花は愛想笑いを穂波に投げ、すぐに顔を隣のテーブルに戻した。

「もうすぐって、いったい、いつまで待たせりゃ気が済むんだよっ。俺は瑠璃のために高い金を払ってるんだ。これじゃ、詐欺《さぎ》だろうが！」

男性客が、泥酔《でいすい》しているふうはなかった。恐らく、キャバクラ通いを始めて日が浅いのだろう。

キャバクラに慣れている客なら、因縁をつける目的のチンピラじゃないかぎり、こんな馬鹿騒ぎはしない。

そしてこの男性客は、いまでいうところのイケメンふうではあるが、黒でないのは間違いない。

「では、ほかの女のコを呼びますので、いましばらくお待ちを……」

「ざっけんな！　ほかの女なんていらねえよっ。俺は、瑠璃を指名したって言ってんだよ！」

男性客を宥めるどころか、ラッキーの言葉は火に油を注ぐようなものだった。

男性客の隣では、ヘルプについているポッチャリ系のキャストが泣き出しそうな顔をしている。

キャストにとって、ヘルプチェンジほど屈辱的なことはない。

店側としては、ヘルプチェンジという対応自体は間違っていないが、これがだめならあれ、というようなラッキーの物言いでは男性客の怒りがおさまらないのも無理はない。

「お前じゃ話にならない。店長を呼べっ、店長を！」

「本庄様《ほんじょう》……」

「本庄様、どうなさいました？」

冬海のテーブルにいた茶髪のホールがいつの間にか現れラッキーの言葉を遮《さえぎ》ると、相変わらずのにこやかな表情で男性客……本庄に問いかけた。

「あ？　お前、誰だよ？」

「私、当店でホール長をやっております長瀬と申します」

立花は、眼と耳を疑った。

この男が、弱冠十九歳で藤堂観光の次期社長の御墨《おすみ》つきをもらった長瀬だと？

入店僅か三ヵ月で、二百四十人の新規客を開拓し、六百万の売上増を成《な》し遂《と》げた天才ホール長だと？

嫉妬や僻《ひが》みではなく、彼がそんなに凄い男だとは思えなかった。

元サパーのナンバー1の切れ者というからには、長瀬には、もっと鋭くクールな……そう、藤堂のようなイメージを持っていた。

ところが、目の前の男は人柄こそよさそうなものの、敏腕ホール長のイメージからは懸け離れていた。

「長瀬さんがくれば、もう安心ですぅ」

耳もとで穂波が囁いた。

「彼は、そんなに凄いのか？」

立花は、振り返らずに訊いた。

「はい。長瀬さんが間に入ってくれたら、それまで騒いでいたお客さんも、すっごくおとなしくなるんですよぉ」

ひそひそ話をしなければならないという状況を利用して、穂波が立花の背中に胸を押しつけ、耳朶《みみたぶ》に熱い吐息《といき》を吹きかける。

もちろん、偶然を装っているのは言うまでもない。

遊び慣れていない男なら、二回目の来店時には穂波を指名するに違いない。

ヘルプクラスでこれだけのキャストがいるのだから、さすがは藤堂観光でナンバー1のキャバクラだけのことはある。

「ホール長なんかに用はない。俺は、店長を呼べと言ったんだっ」

「わかっております。ですが、生憎《あいにく》店長は店を離れてまして。あの、お客様。瑠璃さんは、どのくらい席を離れているのですか?」

本庄の要求をさらりと受け流し、親身な口調で訊ねる長瀬。

要求を受け流されたことにたいしての怒りが湧く間を与えずに、すかさず質問を投げかける。

デパートのクレーム係も、まずは客の言い分を聞くことから始めるという。

これは相手の要求を呑むためではなく、不平不満を吐き出させることで怒りを静めるという狙いがあるのだ。

「どのくらいって、もう、三十分はいいねえよ。三十分だぜ!? 指名したキャストがセット時間の半分もいいねえってのは、どういうことなんだっ」

「三十分……。それはひどいな。お客様がお怒りになるのはごもっともです」

「だろう!? ほらっ、聞いたか? この人も、そう言ってるだろうがよ!」

相変わらず本庄のテンションは高かったが、それは、ラッキーに向けられた怒りであり、長瀬にたいしてのものではなかった。

本庄が長瀬を敵ではなく味方だと認識していることは、こいつ、ではなく、この人、という呼びかたに表れている。

「サブマネ。お客様は、ゆかりさんがいやでお怒りになってるんじゃないんですよ。ほかの誰がきてもそれは同じ。問題は、指名キャストが三十分も戻ってこないことに腹を立てているんです。そうですよね?」

長瀬がラッキーからヘルプのキャストに顔を巡らせ、最後に本庄に同意を求めた。

「ああ、この人の言うとおりだ」

本庄が釣られるように頷き、ラッキーが神妙な顔で俯き、ゆかりというキャストが安堵の表情を浮かべた。

立花は、長瀬の話の運びかたのうまさに瞠目《どうもく》した。

話を店側の非に持っていくことでゆかりの自尊心を守り、それでいながらヘルプのシステム自体は間違っていないと客側に認めさせる。

しかし、問題はここからだ。

日頃の教育が行き届いているのか、それともこういったトラブルに慣れているのか、内心はどうであれ、ほかのキャスト達が騒ぎを気にしている素振りはなかった。

だが、ひとりだけ、離れたテーブルから強張った表情で本庄の様子を窺っているキャストがいた。

目鼻立ちのくっきりとしたスリムな彼女が、恐らく瑠璃に違いない。

あの容姿ならば、冬海ほどではないにしろ指名が多いはずだ。いまはピークタイム。売れっ子キャストなら四、五人の指名客がダブっていても不思議ではない。

となれば、ワンセットの時間内にひとりの客につけるのは、せいぜい十五分がいいところだ。

が、キャバクラ慣れしていない本庄が一時間のうち十五分のサービスで納得するとは思えないし、また、ほかの上客を放り出して瑠璃を駆けつけさせるのは、店側としても示しがつかない。

このあと、どう話をまとめるのかお手並み拝見だ。

「本庄様。ご提案があるのですが」

長瀬が、本庄の前に膝をつき、窺うように切り出した。

「なんだよ？　提案って」

本庄が訝《いぶか》しそうに、しかし、興味深そうに訊ねた。

「本当は、こういうことをお客様に持ちかけるのは禁止されているのですが……」

長瀬が、珍しく深刻な表情で言い淀む。

「もったいぶらないで、はやく言えよ」

焦《じ》れたように、本庄が身を乗り出す。

長瀬の隠し玉がなにかはわからないが、完全にイニシアチブを握っていた。

「わかりました。ご提案というのは、延長です。あと一時間の延長をして頂けるのなら瑠璃さんの勤務時間は終わりなので、彼女とのアフターを特別にお約束致します」

「瑠璃とアフター!?　本当か？」

それまで仏頂面《ぶっちょうづら》だった本庄の顔が、パッと輝いた。

「ええ。もちろんですとも。その代わり、営業時間内は眼を瞑って頂けませんか？　ほかのお客様は、アフターはできないのですから」

長瀬が、声を潜《ひそ》めて言った。

「ああ、いいとも。瑠璃とアフターができるなら、それくらいお安いご用だ」

本庄がご満悦の表情で長瀬の肩を叩き、長瀬が人懐っこい笑顔で頷いた。

立花は、ただ、呆然と長瀬の顔をみつめた。

その手があったとは、考えもしなかった。

客にとって指名キャストとのアフターは念願の夢だ。だからこそ、店側もキャストもアフターの安売りはしたくない。

といって、ほかにこのトラブルをおさめるには、瑠璃を本庄のテーブルに戻すか、本庄を出入り禁止にするしかない。

前者はほかの指名客の不満を買い、後者はひとりの指名客を失う。

だが、長瀬の取った方法ならば、瑠璃は安心してほかの指名客の相手ができ、ゆかりというヘルプも接客を続けることができる。

それだけではない。長瀬が凄いのは、怒髪天《どはつてん》を衝《つ》く勢いで怒り狂っていた本庄を納得させ、その上、延長料金を払わせることに成功したというところだ。

見事というしかなかった。

正直、いまの自分が太刀《たち》打ちできる相手ではない。いや、太刀打ちもなにも、長瀬と同じ土俵に立つまでにも至っていなかった。

長瀬は、正真正銘の天才だった。

「サブマネ。勝手に決めちゃいましたけど、いいですよね?」

長瀬の問いかけに、ラッキーが弾かれたように頷いた。

これでは、どちらが上司か部下なのかわからなかった。

藤堂の言うように、長瀬とラッキーでは役者が違った。

「立花さーん。隣ばかり気にしないで相手にしてくれなきゃ、穂波、グレちゃいますよぉ」

背後で、拗ねたような声。すっかり、穂波の存在を忘れていた。

「あ、ごめん、ごめん」

立花は、頬を膨らませる穂波に向かって顔前に手刀を作って詫びた。

「立花さんって、お仕事はなに……」

「あの、立花様」

穂波の質問に割って入る、自分の名を呼ぶ声。振り返った立花は、思わず声を出しそうになった。

柔らかな笑顔……いまのいままで華麗なる客あしらいをみせていた長瀬が、前屈みの姿勢で無邪気な微笑を湛えていた。

「なんだい?」

立花は、動揺を悟られぬように返事を返すと煙草をくわえた。すかさず、穂波がライターの火を差し出す。

「立花様に、お客様がおみえになっております」

「俺に？」

自分を指差す立花に、長瀬が穏やかな表情で頷く。

藤堂か？　いや、それはない。彼が現れれば、自分が同業だとバレてしまう。

「あー。もしかしてぇ、彼女なんじゃないんですかぁ？」

「まさか」

冷やかすように言う穂波に立花は曖昧な笑みを残して席を立った。

「こちらへどうぞ」

出入り口へと促す長瀬のあとに続く。自動ドアを抜け、階段を上る。エントランスには、来客どころか、人ひとり見当たらなかった。

「俺のお客って……」

振り返る長瀬。立花は、言葉尻を呑み込んだ。

吊り上がった目尻。射るような鋭い視線。

目の前で立花を睨みつけているのは、店内にいた人懐っこく物腰の柔らかな男とは別人のようだった。

「お前、どこの店だ？」

顔つき同様に一変した長瀬の声音に、立花の足は竦んだ。

「え？　どこの店って、なんのことだよ？」

立花は、精一杯の平常心を集めて白《しら》を切った。

謹慎前に、藤堂に命じられ神崎に問い詰められたゆいの客の狼狽ぶりが眼に浮かんだ。

内心、立花もあのときの客と同様に動揺していた。

同業だと見抜かれないように、振る舞いには細心の注意を払ったつもりだ。

なのに、長瀬はなぜ自分の正体を？

「惚《とぼ》けるな。お前が同業だということはわかっている」

声を荒らげることもなく、しかし、有無《うむ》を言わせない厳しい口調で長瀬が言った。

逸らしそうになる眼。堪え、長瀬の瞳をじっと見据えた。ここで視線を外してしまえば、肯定していることになってしまう。

が、それだけではなかった。同業だと認めれば、長瀬に負けるような気がしたのだ。

「勝手に、決めつけないでほしいな。客に、そんな態度を取ってもいいのかよ？」

立花は、反撃を開始した。

天才だかスーパーホール長だか知らないが、一歳しか変わらない若造にいいようにやり込められるわけにはいかなかった。

「偽者の客にはな。白を切っても、俺にはすべてわかっている。さあ、言うんだ。どこの店だ？」

一切を見通しているような長瀬の自信たっぷりな物言いに、丸裸にされているような不安感に襲われた。

だが、たじろぐことはない。

長瀬がなにを言おうと、証拠などどこにもない。スーツのポケットにも財布の中にも、ミントキャンディの存在がわかるものはなにひとつ入れてなかった。

「あんた、客を嘘つき呼ばわりして、見当違いだったらどうする気なんだ？　ごめんなさいじゃ、済まないんだぜ?」

菊田にしても神崎にしても、客に居直られたならば、少しは不安になるものだ。

しかし長瀬からは、立花の言葉にもまったく動じる気配はみられなかった。

「心配するな。見当違いなんてことはありえない。万が一俺のフライングだとすれば、責任を取ってこの店を辞めてやるさ」

憎らしいほどの落ち着きぶり。長瀬のこの自信は、いったい、どこからくるというのだ?

「いいのかよ? そんなこと言って」

「ああ。その代わり、見当違いじゃなかったら、お前が店を辞めろ。どうだ? この条件、呑めるか?」

挑戦的な眼差しで、長瀬が言った。

瞬間、立花は返事に詰まった。が、すぐに口角を吊り上げ顎を引いた。

「さあ、好きなように調べろよ」

立花は、ボディチェックを受けるときのように両手を高々と上げた。

どれだけ調べても、なにひとつ出てくることはない。

「その必要はない」

言いながら、掌を上に向けた右手を長瀬が差し出した。

「なんのまねだ?」

「携帯を出せよ」

「え……」

予想外の要求に、立花は絶句した。

「携帯だよ。そこに、入っているだろう？」

長瀬が、立花のスーツの胸ポケットを指差した。

まさか、その手でくるとは思わなかった。

携帯電話のメモリ機能には、藤堂を始めとするミントキャンディの幹部スタッフの連絡先が登録してある。

ピンクソーダとミントキャンディは同系列の店なので、この長瀬が、藤堂はもちろんのこと、大滝や菊田と顔見知りだという可能性は十分に考えられた。

藤堂に電話をかけられれば、一巻の終わりだ。

もっとも、同業とわかったところで、あとから藤堂が事情を説明してくれるので、自分が店を辞めることにはならない。

が、負けは負けだ。長瀬に同業だと見抜かれ、証拠を突きつけられたという事実に違いはなかった。

「なんで、俺がお前に携帯を渡さなきゃならないんだよ」

立花は、話にならない、とばかりに首を小さく横に振り、薄笑いを浮かべてみせた。

が、頬の筋肉は強張り、バリバリと音を立てるようだった。

「同業じゃないんなら、それくらい、なんてことないだろう？　それとも、俺に携帯を渡せない理由でもあるのか？」

長瀬が唇の端を吊り上げた。

自分と違い余裕たっぷりの笑みを浮かべる長瀬に、全身の血が沸騰した。

「ずいぶんと、傲慢《ごうまん》な男だな。自分の言うことを聞かない相手は、すべて犯人扱いか？　あんたの言ってることは、万引きしてないなら全裸になって証明しろってのと同じだ」

立花は、必死の抵抗を試《こころ》みた。

同業である以上、強気にはなれない。かといって、弱気になれば疑われてしまう。

ここはとにかく、正論に聞こえる屁理屈《へりくつ》で長瀬を丸め込み、携帯電話の話をうやむやにしなければならない。

「たしかに、全裸になるのは抵抗があるだろうが、携帯電話を渡すのに恥も屈辱もない。俺はこうみえても忙しくてね。お前の詭弁《きべん》につき合っている暇《ひま》はない。さあ、さっさとそいつを渡せ」

長瀬が右手を差し出しながら、立花に歩み寄った。

絶体絶命。立花は、動転する脳内で起死回生の言葉を模索した。

これは藤堂の描いた絵だということを話せば、長瀬が納得するだろうことはわかっている。

だが、それを出すこと即ち、口を割ったことと同じだ。

意地でも、認めるわけにはいかない。

「つまり、あんたは俺に喧嘩を売ってるってわけだな？　だったら、話ははやい。力ずくで、携帯を奪ってみろよ」

立花は、拳を握り締めて身構えた。

仕事では太刀打ちできなくても、喧嘩は違う。

「ほう、その手できたか。いいだろう。荒事は、苦手なほうじゃない」

言い終わらないうちに、長瀬が踏み込んできた。立花が右腕を振りかぶったそのとき……。

「そこまでだ」

エントランスに響き渡る聞き覚えのある声。長瀬と立花の動きが静止画像のようにピタリと止まった。

「大事な商品が傷ついたら困るからな」

ポケットに手を突っ込み、藤堂が薄い笑みを浮かべながらエントランスの出入り口から現れた。

「あ……社長。お疲れさまです」

藤堂の姿を認めた長瀬が、弾かれたように頭を下げた。立花は、安堵と困惑が綯《な》い交ぜになった瞳を藤堂に向けた。

「こんなことになってるんじゃないかと心配になってな」

「心配に？」

長瀬が怪訝そうな表情で訊ねた。

「長瀬。こいつはな、ミントキャンディのホールなんだよ」

藤堂が、立花の肩を叩きながら言った。

「ミントキャンディの……？　じゃあ、社長が？」

長瀬の問いに、藤堂が頷いた。

「立花は期待の新人でな。ウチのナンバー1ホール長とナンバー1キャストの仕事振りをライブでみせて、勉強させようとしたってわけだ」

「なんだ、そうだったんですか」

いままでの剣呑《けんのん》な雰囲気から一転して、長瀬は無邪気に破顔すると頭を掻いた。

「いや、しかし、さすがに社長が見込んだだけのことはありますね。俺があそこまで詰めても、口を割らなかったんですからね」

褒められているのだろうが、格上のような長瀬の物言いに素直に喜べなかった。

「お前のほうこそ、入店十分そこそこで同業だと見抜くのはたいしたもんだ。どうしてわかった？」

藤堂が、立花のずっと疑問に思っていたことを代弁してくれた。

「彼の眼ですよ」

「俺の眼？」

立花は、思わず訊ね返した。

「ああ。俺がトラブった客を宥めているときに、君はキャストをほったらかしにして、一部始終を食い入るようにみつめていただろう？　普通の客なら、野次馬《やじうま》精神で顔を向けることはあっても、すぐにその眼はキャストに戻るもんだよ」

立花は、舌を鳴らした。

熱《いき》り立つ客を相手にしていたというのに、よく隣席の自分の観察ができたものだ。

「なるほどな。だが、読み違いってことは少しも考えなかったのか？」

藤堂が感心したように頷きつつ訊ねた。

立花も、同じ気持ちだった。

かぎりなく疑いが強くても、それはあくまで疑いであり、確証にまでは至らない。

もし自分が逆の立場なら、店を辞める辞めないの話に持っていくことはできなかった。

「ええ。百パーセント同業だという自信がありました」

「ほう、それはなぜだ？」

興味津々《しんしん》の顔を長瀬に向ける藤堂。

「彼の匂いですよ」

長瀬が、真剣な表情で言った。

どうやら、冗談のつもりではないらしい。

「匂いって、なんだよ？」

立花は、不快感を隠さぬ刺々《とげとげ》しい口調で訊ねた。

獣でもあるまいし、自分に、どんな匂いがするというのだ？

「そうだな。ずっと夜の世界で生きてきた者の匂い。新人の君に、どうしてそんなことを感じたんだろうな」

長瀬が、首を傾げながら立花をまじまじとみつめた。

馬鹿げている。立花は、喉もとまで込み上げた言葉を呑み込んだ。

なんとなく、長瀬の言うことがわかるような気がしたのだった。

「まあ、とにかく、俺と君は同志ってことだ。じゃあ、改めて。ピンクソーダの長瀬です。よろしく」

明るい声で言うと、長瀬が右手を差し出した。

立花はそっぽを向き、握手を拒否した。

「社長。どうやら俺、彼にフラれちゃったみたいですね」

長瀬が、行き場を失った右手を藤堂に掲《かか》げてみせ、おどけた口調で言った。

「こいつはな、この業界でお前をぶち抜こうと思っている。長瀬。うかうかしていると、足を掬《すく》われてしまうぞ」

一週間前に藤堂が同じ言葉を言ったなら、立花はすぐさま否定したことだろう。

が、いまは違った。

「おお、こわ。立花君に抜かれないように、俺も頑張ろうっと」

長瀬が肩を竦め、白い歯をみせた。

長瀬の余裕が、癪《しゃく》に障《さわ》った。

その余裕を、近い将来根こそぎ奪ってやる、と立花は心に誓った。

第二部

〔1〕

フロアのボックスソファに座るキャストと男性スタッフ。

普段は客好みの女を演じているキャスト達も、足を組んだり、煙草を吸ったり、貧乏揺すりをしたり、だらしなく頬杖《ほおづえ》をついたり……みな、素《す》の彼女達だった。

童顔を売り物にしているカマトトまりんは、くわえ煙草でマニキュアを塗っている。

こんな彼女の姿を指名客が眼にしたならば、幻滅するのは間違いない。

営業前のミーティングは、一週間振りのことだった。

新店長の菊田が、昨夜のキャストの指名本数と同伴本数を読み上げ、今夜の店の売り上げノルマを告げ、客への営業のかけかたを説《と》き、ここ数日間に起こった事件や芸能、スポーツ関係の話題を会話のネタとして与え、ドリンクやフルーツを勧めるように指導した。

指名の取れないキャストや新人キャストが菊田の話を真剣に聞いているのにたいし、ナンバークラス……ひなのはファッション誌をパラパラと捲《めく》り、奈緒《なお》は客の前では決してみせないような大口を開けて欠伸《あくび》をしていた。

菊田は気づいているが、みてみぬ振りをしている。

毎晩のように三本から五本の指名があり店に貢献しているふたりがなにをしようが、なにも言えないのだった。

もちろん千鶴は、彼女らと違い菊田の話に真剣に耳を傾けていた。

菊田の左隣では店長からマネージャーへと格下げになった大滝が覇気《はき》のない顔で座り、右隣では神崎が売上表を難しい表情で睨んでいた。

大滝からすれば、ついこないだまで自分が行っていたミーティングのセリフを隣で聞かなければならないのは、さぞかし複雑な気分に違いない。

立花は、離れた位置に座る大西《おおにし》に視線を投げた。

自分がホール長に昇任したことを知っているのは、幹部スタッフ三人と千鶴だけ。

大西は、あと数分後に大滝の気持ちが痛いほどにわかることだろう。

一週間前の立花なら、大西に同情したに違いない。が、いまは違う。

一日でもはやく、自分もミーティングの際に目の前の三人が座る席へと腰を下ろせる立場になり、実績を積み、あの男と同じ土俵に立ちたかった。

無邪気な微笑みを浮かべる天才……長瀬と同じ土俵で向き合い、そして、いつの日か追い抜きたかった。

「いやな客でも、顔に出しちゃいけない。どんな客でも自分の給料に繋がると思えば、素晴らしい男性にみえるはずだ。たくさんの給料を払ってくれる社長の言うことだったら、性格が悪かろうが顔がまずかろうが、笑顔で従うだろう？　だから、いやな客を接客するときには……」

「店長〜、まだですか？　はやく終わってくれないと、お化粧も営業コールもできないんですけど」

奈緒が、気怠《けだる》げに手を上げながら言った。

たしかに、奈緒の言うとおりに営業開始の七時まで三十分を切っていた。大滝の時代のミーティングは、特別な問題が起こったとき以外は、六時半を過ぎたことはなかった。

菊田は、店長になり張り切っているのだろう。

奈緒のような売れっ子キャストになると、オープンと同時に指名が入るのでなにかと忙しいのだった。

「ああ、そうか。わかった。じゃあ、最後にひとつだけ報告事項がある。立花」

菊田が椅子から立ち上がり、立花に手招きをした。キャストと男性スタッフが何事かという顔を向けてくる。

立花はフロアの中央へと歩み出し、菊田の隣に並び立った。神崎のいつもとは違う厳しい視線が背中に突き刺さる。

神崎は恐れているのだ。入店三週間そこそこのグリーンボーイが、自分との距離を一気に詰めたことを。

この数日間、店長の椅子を争っていた菊田には先を越され、後輩には追い上げられ、神崎にとってはさぞやはらわたが煮え繰り返る日々だったことだろう。

「えー、今日から復帰する立花は、ホール長に就任することになった。新しいホール長を、みなで手助けしてやってくれ」

菊田が発表した瞬間、店内にどよめきが起こった。

ミーティングが長いと文句を言っていた奈緒がびっくりしたように眼を見開き、ファッション雑誌を捲る手を止めたひなのもぽっかりと口を開け、男性スタッフの嶋も橋爪も狐に摘まれたような顔をしていた。

とりわけ、現ホール長の大西は、気の毒になるくらいに青褪《あおざ》め、唇をわななかせていた。

無理もない。問題を起こして謹慎を食らっていた社員が、復帰と同時に昇任するなど、なんでもありのこの世界でも前代未聞《みもん》に違いなかった。

「店長。それ、本当ですか？」

奈緒が菊田に訊ねる。菊田が頷くと、奈緒が立花に艶《つや》っぽい視線を投げてきた。

奈緒だけではない。恵美《えみ》、まりん、ゆい、ケイ、俊美《としみ》、千香《ちか》、リリ……ほとんどのキャストが、媚びるような眼で立花をみつめた。

入店三週間かそこらの十八歳の新人がホール長に抜擢《ばってき》。

なるほど、考えようによっては、将来性十分な金の卵だ。

少しでも、得になりそうな相手には色目を使う。自分が一ホールのときには見向きもしなかったくせに、現金な女達だ。

キャストの中では千鶴がただひとりだけ、複雑な表情をしているだけだった。

ほかの女狐《めぎつね》どもが脳内で、「立花」という商品を目の前にそろばんを弾く音が聞こえてくるようだった。

それに引き換え、男性スタッフ……嶋と橋爪の眼は敵意に満ちていた。

それはそうだろう。この前まで顎で使っていた後輩が、これからは自分の上役になるのだから。

「店長。俺は、どうなるんですか？」

ようやく忘我状態から脱した大西が、震え、うわずる声で菊田に問いかけた。

「ああ、お前は、今日からホールとして出直してもらう」

「そんな……」

にべもない菊田の答えに、大西が絶句した。

「どうして、問題を起こした立花がホール長に昇任して、まじめにやってきた大西が格下げになるんですか？　そんなこと、道理に合いませんよ」

大西の胸内に渦巻いているだろう不満と激憤の声を、神崎が代弁した。

いや、神崎は大西の気持ちを代弁したのではなく、先を越されたライバルと急追する部下にたいしての鬱積《うっせき》をぶつけただけに過ぎない。

「道理に合おうが合うまいが、社長が決めたことだ。この世界が実力主義だということくらい、お前も知っているだろう？」

菊田が、蹴落とした大滝と水を開けた神崎に勝ち誇った眼を向けた。

「実力主義って、こいつにどんな実績があるっていうんですか？」

神崎が、立花を指差しながら執拗《しつよう》に菊田に食い下がった。

「そうですよ、店長。これじゃあ、大西さんがあんまりです」

普段は年下の上司である神崎にいい思いを抱《いだ》いていないはずの嶋が、珍しく賛同した。

「俺も嶋さんと同意見です。いくら社長命令でも、大西さんがかわいそうじゃないっすか？」

橋爪が、人情家を気取って大西を擁護する。

立花は、三人の茶番劇に心で鼻を鳴らした。

大西の心情を慮《おもんぱか》っているような綺麗事を並べてはいるが、三人の本音は自分がホール長に就任することが面白くないだけの話……ようするに、嫉妬だ。

そう、彼らは、大西を出しに使ってなんとか社長命令を覆そうとしているに過ぎない。

「だったら、社長に面と向かってそう言ってみたらどうだ？ なんなら、いまから抗議してみるか？」

菊田が携帯電話を取り出し、神崎、嶋、橋爪に顔を巡らせた。

菊田の視線が回ってくると、三人が次々と俯いた。

いつもながら思うことだが、菊田のキャストにたいする……とくにナンバークラスにたいする弱腰ぶりと男性スタッフへの厳しい姿勢は、まさにジキルとハイド並みのギャップがある。

「誰も電話をかけないっていうのなら、納得したと受け取らせてもらう。おい、立花。時間もないことだし、はやいとこホール長就任の挨拶をしろ」

菊田に促され、立花は一歩前へと踏み出した。

「あの、今日から、ホール長として一生懸命頑張りますので、よろしくお願いします」

たどたどしい立花の挨拶に、何人かのキャストから、かわいい、という声が上がった。

もともと、人前で喋ることが苦手な立花は、顔から火が出る思いだった。

千鶴と眼があった。とても心配そうな瞳。挨拶を切り上げ席に戻ろうとしていた立花だったが、考えが変わった。歩を止め、踵を返すとふたたび菊田の横へと並び立った。

「ひとつ、言い忘れていました。俺の目標は、ミントキャンディを日本一の店にすることです」

立花の言葉に、キャストと男性スタッフがざわめいた。奈緒と恵美がうっとりした視線を……大西と神崎が憎々《にくにく》しげな視線を投げてきた。

立花は、彼、彼女らの視線を受け流し、千鶴だけをみつめた。

立花がそう心に誓い宣言したのは、藤堂のためでも誰のためでもない。

千鶴のため。彼女を真っ当な世界に戻してやるために誓ったことだった。

千鶴が、なにか言いたげな顔で立花をみつめ返した。

俺に任せろ。

立花は、瞳に思いを込めて微かに頷いた。

☆　　☆

「いらっしゃいませーっ」

自動ドアが開いた。立花は、誰よりも大きな声で客を出迎えた。

声の出しかたひとつでも、ピンクソーダの連中には負けたくなかった。

アルコールに頬を上気させたふたり連れ。ひとりはまりんの指名客の飯塚《いいづか》、もうひとりは俊美の指名客の久保木《くぼき》だった。

「サブマネ……」

振り返った立花は、言葉の続きを呑み込んだ。

神崎は、ふたりが現れる直前に来店した四人連れのフリー客を相手にしていた。

いまは午後十時二十二分。客が一番混み合うピークタイムだ。

既に、店内のボックスソファは三分の二以上埋まっていた。

立花が神崎を呼ぼうとしたのは、飯塚に付くヘルプを決めるためだ。

飯塚の指名キャストであるまりんは、別の客を接客中だったのだ。

本来は、ヘルプを誰にするかの割振りはラッキーの役目だ。が、ラッキーの手が空《あ》かないときはホール長の役目となる。

「お席へどうぞ」

立花は、脳内にしっかりと刻んだ顧客ファイルを呼び出しつつ、ふたりを三番テーブルへと案内した。

飯塚の好みのタイプは童顔のポッチャリ系。早速《さっそく》、藤堂に出された宿題を活《い》かすときがきた。

「少々お待ちください」

言って立花はテーブルから離れると、橋爪を目顔で呼んだ。不満そうな表情で、橋爪が歩み寄ってくる。

「俊美さんの御指名と砂弥《さや》さんのヘルプをお願いします」

「砂弥さんがヘルプだと？　そんなこと、勝手に決めていいのかよ？」

「サブマネの手が空いてませんから」

「だったら、手が空くまで待てばいいじゃねえか」

橋爪は、客のことよりも、自分にたいしての反発心を優先させていた。

「お客様は、一分でもはやく女のコに席に着いてもらいたいんです。店の都合で、お客様に迷惑をかけるわけにはいきません」

「偉くなったもんだな」

皮肉を残し、橋爪が踵を返した。

「飯塚様。まりんさんはただいま接客中ですので、その間、ほかの女のコを付けさせて頂きます。久保木様。俊美さんは、すぐに参りますので」

立花は、恭《うやうや》しく頭を下げげつつ言った。

五番テーブルでまりんが小首を傾げながら手を上げる。テーブルの上。空のビール瓶が二本。

視線を、テーブルから使用済みのおしぼりをトレイに載せて厨房《ちゅうぼう》へと運ぶ嶋へと移した。

立花は五番テーブルへと急いだ。

「ツービアお願いしまーす」

「かしこまりました」

いつもは鼻につくまりんの甘ったれた仕草《しぐさ》も、癪に障る舌足らずな喋りかたも、気にはならなかった。

立花の頭の中は客の様子を窺うことで一杯で、いちいちキャストに腹を立てている余裕はなかった。

立花は、二本のビールを取りに厨房へと足を向けた。

使用済みのおしぼりを籠に放り込んだ嶋が、擦《す》れ違いにフロアへ戻ろうとしていた。

立花は冷蔵庫から急いでビールを取り出し、厨房を出た。

「嶋さん」

通路で、立花は声をかけた。嶋が振り返る。嶋の向こう側で開いたおしぼりを掌に載せて佇む千鶴と眼が合った。

客がトイレから出てくるのを待っているのだろう。

「なにか用か？」

「まりんさんが手を上げたの、気づかなかったんですか？」

「俺は、おしぼりを運んでたんでね」

「テーブルには、常に注意を払ってもらえますか？　それに、テーブルバックの必要がないときは、キャストの用事を最優先しろといつも言われているでしょう？」

「なんだ？　お前。偉そうな口利いてんじゃねえよ」

嶋が眉間に縦皺《たてじわ》を刻み、立花に詰め寄った。

「俺に言われて納得できないのなら、店長に注意してもらいますか？」

立花は、一歩も退《ひ》かずに嶋を見据えた。これで喧嘩になるのなら、それでも構わなかった。

入店歴が三ヵ月浅く、しかも八つ年下の後輩に注意されて面白くない気持ちはわかるが、ここで退いてしまえばあとあともっと大変なことになる。

何事も、最初が肝心だ。

「はいはい、すみませんでした、ホール長さん。これで、満足だろ？」

憎々《にくにく》しげに吐き捨て、嶋が踵を返した。

「一日目から、凄い風当たりですよ」

立花は、事の一部始終をみていた千鶴に笑いかけた。

てっきり笑い返してくれると思っていた千鶴は、にこりともせずに視線を逸らした。

気になったが、立花は歩を踏み出した。五番テーブルの客を待たせてはおけない。

ビールを五番テーブルへと運んだ立花は、三番テーブルに視線をやった。

飯塚の隣に付くキャストから、反射的に視線を待機用のテーブルに座るキャスト達に移す。暇そうに毛先を指に絡ませる砂弥をみて、立花は舌を鳴らした。

ふたたび、顔を三番テーブルに戻す。ダンスミュージックを掻き消すようなリオナの高笑い。強張った愛想笑いを返す飯塚。

立花は、十番テーブルにフルーツを置いて戻ってくる橋爪の肩を摑む。

「なんだよ？　ホール長さん」

挑戦的な眼で立花を睨む橋爪。

「橋爪さん。俺は、三番テーブルには砂弥さんをヘルプに付けてくださいと言ったはずですよ？　どうして、リオナさんが付いているんですか？」

「知らねえよ、そんなこと」

橋爪が立花の手を振りほどいた。

「知らないはないでしょう？　いったい、どういう……」

「俺が、リオナをヘルプに付けるように言ったのさ」

背後から聞こえる声が、立花の詰問に割って入った。

振り返る。腕を組み、厳しい顔で佇む神崎。

「サブマネ。どうしてですか？」

「その言葉、お前にそっくり返してやるよ。ヘルプを割振りするのはラッキーである俺の役目だ。勝手に砂弥を客に付けるようにホールに指示なんか出しやがって、どういうつもりだ？」

「サブマネが接客中のときにヘルプを付けるのはホール長の役目です」

立花は、神崎から眼を逸らさずに言った。

「それは、キャリアを積んだホール長の場合だ。入店三週間のお前に、そんな権利があると思ってるのか？」

「キャリアは関係ありません。重要なのは、そのお客さんの好みのホステスをテーブルに付けるということです。飯塚さんが好きなタイプは、まりんさんのように童顔でおとなしい女のコです。リオナさんは元気系で売っているキャストでしょう？」

「お前、俺の選択にケチをつける気か？」

視界の端でちらつく影。四番テーブルの千香が手を上げる。

「四番テーブルをお願いします」

神崎の言葉に頷いていた橋爪に、立花は言った。不服そうな顔で渋々と、橋爪が踵を返した。

「二番テーブルの灰皿を交換してください」

遠巻きに自分と神崎のやり取りをみていた嶋に、立花は指示を出した。

嶋が立花にガンを飛ばしつつ、二番テーブルへと向かう。

「おい、立花。よそみばっかりしてないで、俺の質問に答えろっ」

神崎が苛立《いらだ》ったように言った。

「サブマネこそ、客席から眼を離すなんてラッキーとして失格じゃないんですか？」

立花は、押し殺した声で抗議した。

本当は、怒鳴りつけてやりたかった。が、ここで声を荒らげてしまえば、客に気づかれてしまう。

「なんだと!?」

神崎が血相を変えて、立花の胸ぐらを摑んだ。

「場を考えてください。お客さんにみられたらどうするんですか?」

立花は、神崎の手を払った。なにか言いかけた神崎だったが、周囲を見渡し口を噤《つぐ》んだ。

「それに、飯塚さんにリオナさんを付けるのは納得できません」

「おい、おとなしくしてりゃ調子に……」

「あれを、みてください」

立花は、神崎の言葉を遮《さえぎ》り三番テーブルを指差した。

飯塚の肩を馴々《なれなれ》しく叩き、ハイテンションで喋りまくるリオナ。リオナのマシンガントークに、終始飯塚は圧倒されていた。

「お客さんの指名キャストにできるだけ近いタイプの女のコをあてがうのが、ラッキーの仕事じゃないんですか? サブマネは、俺への怒りでお客さんのことを二の次にしています。あれじゃ、飯塚さんはウチから離れますよ?」

神崎が唇を嚙み、じっと三番テーブルをみつめていた。

「チェンジしてきます」

立花は頭を下げ、踵を返した。神崎は、止めることもなく立ち尽くしているだけだった。

「お話し中、申し訳ありません。リオナさん、ちょっと、よろしいでしょうか?」

「えーっ。せっかく盛り上がっていたのにぃ。ねえ？」

リオナが大声を上げ、飯塚に同意を求めた。飯塚が、強張った顔で頷いた。

しかし、瞬間、飯塚が安堵の表情を浮かべたのを立花は見逃さなかった。

渋々といったふうにリオナが腰を上げる。これは、演技ではなく本心だ。

ナンバークラスのキャストと違い、彼女のようなヘルプ要員はこういうときに自分を売り込むことでチャンスを摑むのだ。

売り込みがうまく行けば、目当てのキャストが休んでいるときやほかの客席に付いているときに、次からは自分を指名してくれることもある。

「三番テーブルにヘルプに付いてください」

立花はリオナを引き連れ更衣室に向かう途中で、待機用のテーブルに寄り砂弥に耳打ちをした。

飯塚のもとに向かう砂弥をみて、リオナの顔が険《けわ》しくなった。

「ちょっと、立花君。どういうことよ!?」

更衣室に入るなり、リオナが嚙みついてくる。

「すみません。砂弥さんを呼ぶように橋爪さんに言ったのですが、手違いがありまして」

「なにが手違いよ！　サブマネが私にヘルプに付くように言ったんだからっ」

さすがに元気系で売っているキャストだけあり、物凄い声量で捲し立ててきた。

「俺がいない間に、サブマネが勝手にリオナさんにヘルプを命じたんですよ。ご迷惑をおかけしたことは謝ります」

立花は、感情的にならないように心がけ、平板《へいばん》な声音で言った。

「俺がいない間にって……立花君、ずいぶんと偉くなったものね」

リオナが、皮肉っぽい口調で言った。

そう言われたのは、今夜ふたり目。気にはしない。藤堂にホール長に任命されたときから、覚悟していたこと。

「とにかく、サブマネが決めたことだから。私、行くわ」

「サブマネには、ヘルプチェンジの許可を取ってあります」

フロアに向かいかけたリオナが、足を止めた。

「なんですって……。サブマネが、私と砂弥のチェンジを納得したっていうの!?」

夜叉《やしゃ》の表情で振り返るリオナ。もともと吊り気味の眼が、いっそうきつくなった。

「どうして、あんな下賤《しもぶく》れの女に客を譲らなきゃならないのよ? 私のテーブル、弾けてたじゃない!?」

立花は、呆《あき》れて物が言えなかった。

想像以上に、自己中心的な女だ。自分が愉しめれば、それでいいというタイプなのだろう。これでは、指名が取れなくても当然だ。

こんなとき、長瀬はどうするのだろうか? あの男なら、我儘《わがまま》なキャストでも見事に手懐《てなず》けるに違いない。

「砂弥さんの接客より、リオナさんが劣《おと》っているというつもりはありません」

「そんなの、あたりまえじゃない」

リオナが腕を組み、プイと横を向いた。

待機専門のキャストでも、プライドだけはナンバークラス並みということか。

「飯塚さんの好みが、たまたまリオナさんとは違うタイプってだけの話ですよ。彼がいつも指名しているのは、まりんさんですからね。まあ、逆もあるわけだし」

立花は言いながら、フロアの光景を脳内に呼び起こした。指名キャストが付いていない客の顔と名前を一致させた。

「それ、慰《なぐさ》めてるつもり?」

「そんなんじゃないですよ。一番テーブルの三宅《みやけ》さんに付いてもらえますか?」

「三宅さんに?」

リオナの眼が、微かに輝いた。

立花は頷いた。

三宅の指名キャストは千香。千香は、どちらかというとリオナと同じ元気系のキャストだ。

だが、千香には、押すばかりでなく相手の話を聞くという姿勢がある。それが、ナンバー4のキャストとヘルプ要員のキャストの違いだ。

厳密に言えば微妙に違うが、まりんの穴埋めをするよりはましだ。

なにより、いま大事なことは、リオナを腐《くさ》らせないということだ。

指名が取れないキャストでも、店が混み合っているときには必要だ。

「だって、三宅さんには優子《ゆうこ》ちゃんが付いてるじゃない?」

千香が別の客のテーブルに行っているので、三宅には優子がヘルプに付いていた。

「三宅さんには、優子さんだけではちょっとテーブルが寂《さび》しいかなと思うんです」

「立花君。なかなか、よいしょがうまくなったじゃない。でも、私には通用しないわよ」

言葉とは裏腹に、リオナはまんざらでもなさそうだった。

「おだててなんかいませんよ」

嘘ではなかった。

飯塚とは違い、三宅はお祭り騒ぎが好きなタイプで、優子のようなおとなしいキャストは合わない。

一ホールのときは完璧にみえた神崎の手腕も、客の好みを頭に入れた状態でヘルプの配置に気を配ると穴が目立った。

この程度なら、近いうちに抜ける。立花は確信した。

が、問題はそういうことではなかった。

仕事を覚えるほどに、自分が卑しい人間になっていくようで怖かった。

「ま、いいわ。立花君の顔を立ててあげる」

恩着せがましく言うと、リオナが更衣室を出た。

立花は小さくため息を吐き、リオナのあとに続いた。

視界が縦に流れた。四つん這いになった立花の視線の先。革靴。

「おいおい、気をつけろよ」

薄笑いを浮かべながら見下ろす橋爪。離れた場所から様子を窺っていた嶋が、唇に手を当て笑いを嚙み殺していた。

立花は膝をはたきつつ立ち上がり、橋爪を睨みつけた。

「あんた……」

視界を掠める影。一番テーブルの千鶴。橋爪に詰め寄ろうとした足を止めた。踵を返す。

「アイスチェンジお願いします」

立花は、千鶴の差し出すアイスペールに眼をやる。氷は、ほとんど溶けていない。

千鶴のアイコンタクト。熱くならないで。彼女の瞳は、そう訴えているようだった。

立花は小さく頷き、アイスペールを受け取った。

「でさ、釣り上げようとしたときに船が揺れてさ。寸前のところで大物を逃がしちゃったんだよ。五十センチはあったな。五十センチだぞ、五十センチ」

でっぷりとした躰をグレイのスーツに包んだ男……千鶴の指名客の尾花《おばな》が、脂《あぶら》ぎった顔を酒に赤らめ呂律《ろれつ》の回らない口調で、五十センチだぞ、と執拗に繰り返していた。

「そのお魚、五十センチもあったんですか？　凄い！」

千鶴が立花から尾花に視線を移し、びっくりしたような口調で言った。

ほかのキャストと違い、千鶴のリアクションにはわざとらしさがない。

そこが、彼女の人気の秘訣だろう。

立花はテーブルを離れた。厨房へ。

千鶴のおかげで、事を荒立てずに済んだ。あのままだと、確実に橋爪と喧嘩になっていた。

自分には、前科がある。謹慎が明けたばかりでトラブルを起こしてしまえば、ホール長の椅子を奪われるのは間違いない。

そう、橋爪の狙いはそれだ。

新しい氷を詰めたアイスペールをトレイに載せ、立花は一番テーブルへと急いだ。

不意に目の前に大西が現れた。横に避け、ふたたび歩を踏み出そうとした立花の肩に衝撃が走った。

バランスを崩し、尻餅《しりもち》をつく。アイスペールが宙に舞い、氷が飛散する。

「なにやってんだよ、まったく」

吐き捨てる大西。口調こそ怒ったふうを装《よそお》っているが、眼は笑っていた。

故意にぶつかってきたのは明らかだ。

「ちょっと」

舌打ちを残し立ち去ろうとする大西を立花は呼び止めた。

「なんだよ?」

なにかを期待するような大西の眼。

沸騰しかけた脳内に、千鶴の瞳が蘇る。

熱くならないで。

そうだ。ここで大西の挑発に乗ったら、彼らの思うつぼだ。

「いいえ……なんでもないです」

霧散しそうになる理性を掻き集め、立花は床に散乱した氷をアイスペールに戻し腰を上げた。

立花は、ふたたび厨房に行き新しい氷をフリーザーから掬《すく》った。

「立花。ホール長になったからって、地に足がついてないんじゃないのか?」

背後から嘲るような声。

「サブマネ。大西さんに注意してください。俺への嫌がらせのつもりかもしれませんが、お客さんに迷惑がかかるでしょう？　こんなんじゃ、客足が遠のきますよ」

立花は振り返り、神崎に訴えた。

彼も自分のホール長就任を快《こころよ》く思っていないうちのひとりだが、大西達と違って曲がりなりにも店側の人間だ。

「そうなったら、お前にゃまだ荷が重過ぎたってことの証《あかし》になるな」

神崎がいやな笑いを片頬に貼りつけた。

どうやら、神崎もまた、店の利益よりも自分を引き摺《ず》り下ろすことを優先しているようだ。

「わかりました」

立花は、神崎に背を向けた。

「なにがわかったんだよ？」

拍子《ひょうし》抜けしたような神崎の声が背中に追い縋《すが》る。

「あんたらみたいな奴がいるから、ピンクソーダに勝てないってことさ」

振り返った立花は吐き捨て、ふたたび歩を踏み出した。

「おいっ、上司に向かってその言い草はなんだ！　立花、待てっ」

神崎の怒声。今度は、立ち止まらなかった。

俺の目標は気が遠くなるくらいに高い。あんたらに、つき合っている暇はないんだよ。

立花は心で呟き厨房をあとにした。

［2］

熟睡したように静まり返った店内。つい二、三時間ほど前まではどのテーブルも埋まり、酔客の大声とキャストの嬌声に溢れ返っていた。

立花は、キャストの待機用のテーブルに腰かけ、無人のフロアを見渡した。

午前三時半。ホール長としての初仕事はなんとか乗り切った。キャストも男性スタッフも、とっくに店を上がっている。

今夜の来客数は五十四人。二十二人のフリー客のうち、立花は四人にキャストをつけた。

神崎に、任せてはおけなかった。

ポッチャリ系の好きな客にスレンダー系のキャスト、セクシー系の好きな客にロリ系のキャスト……といった具合に、いまの彼は菊田や自分への憎しみが優先し、客のことは二の次だった。

本当は、自分がもっとフリー客にキャストをつけたかった。店は混雑しチャンスはいくらでもあったのだが、嶋、大西、橋爪の三人が、フリー客が来店するたびに別のテーブルで接客している神崎を呼びに行ったのだった。

それ以外にも、足をかけたりわざとぶつかってきたりと、小学生でもやらないような稚拙《ちせつ》な嫌がらせを仕かけてきた。

いままでの自分なら、ぐうの音《ね》が出ないほどに叩きのめしていただろう。

しかし、彼らの狙いは自分に問題を起こさせ、ホール長から引き摺り下ろすことだ。

それがわかっている以上、みえみえの挑発に乗るわけにはいかない。

かといって、このまま三人を放置していると、売り上げアップどころの話ではない。

今夜は客に感づかれずに事無きを得たが、いつかは大きな騒ぎになってしまうだろうことは眼にみえている。

「おい、なにしてるんだ？」

売上計算を終えて店長室から出てきた菊田が、立花に問いかけた。

「お疲れさまです」

立花は腰を上げ、菊田に頭を下げた。

「ちょっと、お話があるんですが」

「なんだ、改まった顔して。ま、座れよ」

菊田が立花の正面に腰を下ろし、缶ビールのプルタブを開けた。

「お前も飲むなら、取ってこい」

「いいえ。俺は結構です」

「そうか。で、話っていうのは？」

「サブマネ達のことです」

「神崎がどうした？」

菊田が缶ビールを呷りながら言った。

「仕事をそっちのけで、俺の妨害をするんです」

「妨害？」

「はい。お客さんの前で足をかけたり、わざとぶつかってきたり。神崎さんにしても、俺がつけたヘルプをおもしろくないってだけで外し、お客さんにまったく合わないコをあてがうんです」

「たとえば？」

「飯塚さんです。店長、飯塚さんに砂弥さんかリオナさんをヘルプにつけるとしたら、どっちを選びますか？」

立花は、質問を質問で返した。

自分の選択は間違っていない。立花には、絶対的な自信があった。

「そりゃあ、砂弥に決まってるだろうが」

「俺もそうしました。でも、サブマネはリオナさんをつけたんです」

「リオナを？」

菊田が驚いたように眼を見開いた。

「ええ。俺が砂弥さんをつけたのに、わざわざサブマネがひっくり返したんです」

「まだまだだな」

「まったく、同感です」

さすがは菊田。人をみる眼がある。店長になるだけのことはあった。

菊田が苦笑いを浮かべつつ、小さく首を横に振った。

「まだまだって言ったのは、神崎のことじゃない。お前のことだよ」

立花は、耳を疑った。

「店長も、飯塚さんにはリオナさんよりも砂弥さんのほうが合うって言ったじゃないですか？」

「俺が言いたいのは、そういうことじゃない。入店三週間。十八歳。謹慎明け。そんな男が、ホール長に任命された。妨害ややっかみがあって当然だろう？　俺だって、一ホールからいまの立場になるまで、平坦《へいたん》な道程ばかりを歩いてきたわけじゃない。それこそ社長なんて、俺の比じゃないだろうさ。なあ、立花。社長は、どうしてお前をホール長に選んだと思う？」

菊田が、窺うように顔を覗き込んできた。

「さあ」

立花は、首を傾げた。惚けたわけではない。

藤堂は、自分には才能があると言った。

が、そうは思わない。いまだに、藤堂がなぜ自分に眼をかけてくれているのかがわからない。

「ゆくゆくは、お前を後継者にって考えてるのさ」

「俺を後継者に？　そんな馬鹿な。俺なんかよりも仕事のできる人は一杯います」

菊田の口から、そんな言葉が出るとは驚きだった。

自分が後継者候補ということ即ち、菊田は抜かれるということ。

神崎や大西の例をみてもわかるように、この世界は野心家の吹き溜まりで悪意と妬《ねた》みが渦巻いている。

もし藤堂が本気でそんなことを考えているのなら、菊田とていい気分はしないはず。

だが、菊田からは、自分にたいしての敵愾《てきがい》心や嫉妬心は窺えなかった。

「いいや、本当のことさ。お前のホール長就任を告げられたときに、はっきりと言われたのさ。正直、最初は俺も納得できなかった。だがな、あの人の眼力は信用している。これまでに、社長の読みが外れたことはない」

菊田が、ポマードでテカる長めのオールバックの髪を掌で撫でつけながら淡々と言った。

藤堂が菊田に……。

俄《にわ》かには、信じられなかった。

が、なによりの驚きは、自分自身の心の変化だった。

一週間前に才能があると言われたときには反発心を覚え、激しい怒りが込み上げた。

いまは違う。反発や怒りどころか、喜びさえ感じている自分がいる。

しかし、それは、藤堂に認められたことが嬉しいというわけではない。

出世の階段を上るほどに、千鶴を救える日が近づく。藤堂を出し抜くためなら、その藤堂の犬になることも厭《いと》わない。

「多分、なにかの間違いだと思います。社長は、もう、後継者を決めてますから」

無邪気な微笑みを持つ天才ホール長……藤堂が、彼より自分を選ぶとは思えなかった。

また、千鶴の借金を返せるだけの金を手にできれば、後継者の椅子などどうでもよかった。

「長瀬のことか？　たしかに、あいつは完璧だ。俺もここに辿り着くまでにいろんな店を渡り歩いてきたが、長瀬ほどできる男はみたことがない。俺はあいつを……」

菊田が言葉を切り、ラークのメンソールを薄い唇に挟んだ。

整った鼻筋、涼しげに切れ上がった目尻、シャープな顎のライン。

立花の差し出すライターの炎に穂先を炙る菊田の横顔を、こうやってじっくりみるとなかなか整った顔立ちをしていた。

「サパー時代から知っていた」

菊田がうまそうに紫煙を吸い込み、言葉を繫いだ。

「店長、もしかして、ホストだったんですか?」

立花の問いに、菊田が頷いた。

長瀬のことは藤堂に聞かされて知っていたが、菊田が元ホストだったとは意外だ。

しかし、よく考えてみれば、案外、似合っているのかもしれない。

「こうみえても、俺はナンバー1ホストだった。長瀬が入ってくるまではな。あいつは、入店一ヵ月で俺を抜いた。しかも長瀬は、当時、十七歳になったばかりだった。あとからわかったことだが、入店時に歳をごまかしていたのさ。キャストもそうだが、新人はなかなか客をつけてもらえない。普通、最初の月は顔を売るだけで精一杯だ。が、あいつは、天性の接客術と持ち前の人懐っこさで、先輩ホストの客を次々と指名替えさせた。ホストの世界っていうのは、ああみえてバリバリの体育会系でな。嫉妬ややっかみは半端《はんぱ》じゃなかった。ロッカーに小便をぶちまけられる、スーツをズタズタに切り裂かれる、客に根も葉もない悪口を吹き込まれる、先輩ホストが雇ったチンピラに袋にされる……長瀬にたいする嫌がらせは、それはそれは陰湿でひどいものだったよ」

あの飄々《ひょうひょう》としている長瀬がいじめにあっていたなど、想像がつかなかった。

「もちろん俺は、そんなことはしていない。もともと、陰でこそこそってのは性分《しょうぶん》じゃないからな。俺は、正々堂々と戦って、あいつからナンバー1の座を奪い返そうと、それまで以上に努力した。しかし、長瀬を抜き返すことはできなかった」

缶ビールのラベルに視線を落としていた菊田の顔が、微かに歪んだような気がした。

「ナンバー2の座を明け渡すことはなかったが、俺はホストを辞めた。あのままホストを続けていても、長瀬がいるかぎり決して一番になれないとわかったのさ。そんなとき、社長に声をかけられた。風俗界のカリスマ。ホスト時代から、社長の噂は耳にしていた。適格な判断力。鋭い洞察力。迅速な決断力。抜群の行動力。俺は、彼をみて、鮮烈なカルチャーショックを受けた。そのときの社長はいまの俺と同い年だったが、既に風俗王と呼ばれていた。女を中心に回っているのは、ホストもキャバクラも同じだ。これからは、男性客を虜にしてみろ。社長の言葉に、迷わず俺は頷いた。ホスト稼業では長瀬に負けたが、この世界で名を上げて奴を見返す。そう心に誓った。男女の違いはあっても、客を店に呼んで金を落とさせるという基本はサパークラブもキャバクラも変わりなかった。それに、俺はほかの男性スタッフと違って、女の操縦術に長《た》けていた。ホスト時代の経験を活《い》かし、とにかくキャストを乗せた。キャストを奴隷のように服従させて働かせるなんて、時代錯誤もいいところだ。女っていうのはな、風俗嬢だろうが主婦だろうが、褒めて宥めてに尽きる。根っからの女王様体質なんだよ」

　菊田が、男性スタッフとキャストの前で人が変わったようになる理由がようやくわかった。

「最初に配属された店では、半年で店長になった。店長といっても、キャストが五、六人の小箱だったが、いままでやってきたことに間違いはなかったと自信がついたよ。それから、ミントキャンディに移り、サブ・マネージャーからスタートした。ちょうどその頃、神崎もほかの店から引き抜かれてきた。当時のミントキャンディは俺と奴がサブ・マネージャーで、大滝さんがチーフ・マネージャーだった。神崎は、最初っから俺に火花バチバチさ」

　ふたりは同期でサブ・マネージャーでスタート。神崎が、菊田に激しく敵愾心を燃やすのも無理はない。

「で、店長が神崎さんに競《せ》り勝ったってわけですね？」

立花は、菊田に灰皿を差し出しながら訊ねた。

「競り勝ったというよりも、奴は自分から落ちたって感じかな。優秀な男ではあるんだが、お前が言うように、負けず嫌いが高じて周囲がみえなくなるときがある。そこが、神崎の弱点だな」

このひと言を聞いて、立花は神崎よりも菊田のほうが遥《はる》かに大人だと思った。

自我を殺せない神崎ならば、わがまま放題のキャスト達を宥めすかしながら操縦することなどできないだろう。

「ま、とにかく俺はチーフ・マネージャーの座を勝ち取った。社長からの信頼も増し、すべてが順風満帆に運んだ。ある夜、社長に飲みに誘われた。社長から個人的に誘ってもらえるなんて、そうあることじゃない。もしかして店長に昇格か、なんて期待で胸を膨らませながら、俺は待ち合わせ場所の六本木のクラブへ向かった。ところが、だ。席に着くなり社長に言われたひと言で、天国から地獄へ叩き落とされた」

菊田が、当時の藤堂の言葉を思い出しているのだろう、冥《くら》く翳《かげ》った顔で言った。

「社長は、なんと言ったんです？」

「長瀬に渡りをつけてほしい、ってな。俺は、そのときすべてを悟ったよ。社長の目的は俺じゃなかった。ドラフトでいえば、超高校級のピッチャーを口説《くど》くために、同じ学校の先輩を一年先に指名する……そう、ようするに俺は、長瀬のスカウト要員だったのさ」

菊田が、寂しげに笑った。だが、そこには、藤堂にたいしての恨みつらみは感じられなかった。

「で、店長は社長の申し出を引き受けたんですか？」

「ああ。旧交をあたためるふうを装って、長瀬を飲みに誘った。別にあいつとは、ホスト時代から仲が悪かったわけじゃないからな。さりげなくキャバクラの話や社長の話を小出しにして、徐々にあいつの気を引いた。キャバクラの話にはたいして興味を示さなかった長瀬も、社長の名前を耳にしたときは目の色が変わった。その頃、東京一のホストになっていたあいつには、もう、同業者でなにかを得る相手はいなかった。が、二十代で風俗王と呼ばれるまでになった社長には、一目も二目も置いていた。天才は天才を知るってところだろう。社長と会ってみないかと言ったら、珍しく瞳を輝かせていたよ」

「なぜ、断らなかったんです？　彼が藤堂観光に入ることを、店長は望んでいたわけじゃないでしょう？」

「社長命令を、断れるわけないだろう？　ま、理由はそれだけじゃない。俺は、女房役になることを決めたのさ」

「女房役？」

「そうだ。俺は、自分の役割というものに気づいた。社長や長瀬のように、檜《ひのき》舞台に立つようなタイプじゃないってことがな。俺は、エースを守《も》り立てるキャッチャーの役目が合っているとわかったんだ」

菊田が煙草を灰皿に押しつけ、口もとを綻《ほころ》ばせた。

自嘲的な笑いではなく、なにかを吹っ切った者の笑顔だった。

「店長は、いま、ミントキャンディのトップを張っているじゃないですか？」

励《はげ》ましでも、慰《なぐさ》めでもなかった。

立花の眼からみても、菊田はキャストや男性スタッフをよくまとめていると思えた。

「トップといっても、雇われだ。俺が言っているのは、リーダーの意味でのトップだ。立花。社長は、ゆくゆくお前と長瀬をツートップとして考えている。そして、お前達を競い合わせ、勝ったほうを後継者にするつもりなのさ」

「社長が長瀬さんに目をかけるのは、わかります。でも、どうして俺なんですか？」

「社長は、長瀬にはない魅力をお前に感じているんだ。俺にも、それはわかるような気がする」

「社長は、後継者が決まったら引退するんですか？」

立花は、単純な疑問を口にした。

いくら長瀬ができる男でも、藤堂の跡を継ぐのは、どんなにはやくても十年はかかる。

が、その頃、藤堂はまだ三十九歳。隠居するには早すぎる年齢だ。

なにより、あの藤堂が第一線から退《ひ》くとは思えなかった。

「風俗界からはな。社長の次のターゲットは、政財界の王だ」

「なるほど」

立花は、思わず頷いていた。

納得した。政財界の王とは、藤堂らしい。

政財界の頂点を極めることは、風俗界のように簡単にはいかないだろう。

だが、藤堂なら涼しい顔でやってのけそうな気がした。

「あの、店長。店長は、俺のことを、その……」

「神崎のように、嫉妬しないのかってことを聞きたいのか？」

言い淀む立花の顔を、菊田が促すように覗き込んできた。

立花は、遠慮がちに頷いた。

「さっきも言ったろう？　俺は、女房役になると決めたってな。立花。お前ならできる。俺にはできなかったが、お前なら、長瀬に勝てる。だから、ちっぽけなことにこだわるな。お前には、藤堂観光を背負って立つという大目標があることを忘れるな」

今度は力強く、立花は頷いた。

「じゃあ、そろそろ行こうか。お前も、はやく帰って休め。明日からは、世話のかかる子供達の面倒をみなければならないから大変だぞ」

立花の肩を叩きながら、菊田が席を立った。

世話のかかる子供達……まりん、ゆい、恵美の三人が、ホール長となった立花の担当するキャストだ。

早速立花は、彼女達に頼まれた時間にモーニングコールをかける約束をしていた。

立花も腰を上げ、菊田のあとに続いた。

［3］

青山《あおやま》一丁目の交差点で信号待ちをする立花の首筋と背中を、容赦ない陽射しがじりじりと灼いた。

立花は瞼《まぶた》を細め、空を見上げた。いつの間にか、青く晴れ渡る空を眩しいと感じるようになった。

視覚的に、という意味ではない。心が、眼を背《そむ》けていた。

青空だけではなく、木々で囀《さえず》る小鳥も、道端に咲く草花も、母に手を引かれる幼子《おさなご》も……眩しい、と感じるようになった。

以前なら、空が白み始める頃にベッドに入る生活に抵抗があったが、いまは逆に、暗いうちは神経が冴《さ》えて眠れなかった。

蟬《せみ》の鳴き声で目覚め、顔を洗って歯を磨く。昼のバラエティ番組をみながらカップ麺を啜《すす》る。それからシャワーを浴び、ロバート・デ・ニーロやアル・パチーノのビデオを流しながらコーヒーを飲み、漫画や週刊誌を読み……といった緩慢な時間の流れに身を任せ、三時頃に家を出る。

そんな生活の繰り返し。

一分、一秒経つごとに、夜の世界に馴染んでゆく自分がいた。

なによりも大きな変化は、そんな自分に抵抗を感じなくなってしまったことだった。

近頃では、真一のことを意識的に考えないようにしていた。

真一の顔を思い浮かべると、罪悪感に押し潰されてしまいそうだった。

愛する女性を救うため。

理由はそうでも、父が忌み嫌う世界で伸し上がろうと……母のような女の尻を叩き金を稼ごうとしている事実に変わりはない。

歩行者用の信号が青に変わる。立花は、横断歩道を渡った。青山通りから奥へ進むと、瀟洒《しょうしゃ》なファッションビルの一階に、待ち合わせの約束をした、カフェ・ロンシャンの赤い看板がみえてきた。

「いらっしゃいませ」

蝶ネクタイ姿のウエイターが、恭しく頭を下げる。たかが喫茶店のウエイターだが、一流ホテルのドアボーイのようだった。

立花は、柔らかな陽光が射し込む店内に視線を巡らす。客のほとんどは、女性かカップルだった。フロアの中央のテーブルで手を振る千鶴に、立花ははや足で歩み寄った。

「ごめんね。急に呼び出しちゃったりして」

千鶴から、話がしたいと携帯電話に連絡があったのが朝の九時。立花には真夜中も同然だが、すぐに跳ね起きシャワーを浴びると家を飛び出したのだった。

「とんでもない。俺、千鶴さんに会えて嬉しいです」

立花は、椅子に腰を下ろしながら微笑んだ。

謹慎の最後の日……一昨日に千鶴の家に行ったばかりだが、彼女となら何度でも会いたかった。

それに、昨夜、終始浮かない顔をしていた千鶴のことが気になっていたのだった。

「昨日の、俺の仕事振りどうでした？」

立花は、ウエイターにアイスコーヒーを注文すると真っ先に訊ねた。

ホール長としての初仕事。藤堂でも菊田でもなく、千鶴の評価が聞きたかった。

「そのことなんだけど……嶋さんや橋爪さんとは、大丈夫なの？」

アイスティーをストローで掻き回す千鶴の瞳は、とても不安げだった。

「大丈夫もなにも、俺は、なにも悪いことはしていませんから」

「そうよね。立花君は、ホール長の仕事をまっとうしているだけだものね」

千鶴が眼を伏せ、力なく笑った。

「千鶴さん。なにか、心配事があるんですか?」

「心配事っていうか……」

「お待たせしました」

口を噤む千鶴。ウエイターがアイスコーヒーのグラスを立花の前に置く。

「立花君が、どこに行っちゃうんだろうって」

ウエイターがテーブルを離れると、千鶴がはや口に言った。

「どこに……って、どこにも行きませんよ」

「そういう意味じゃなくて、立花君が立花君じゃなくなっていきそうで、私、なんだか不安なの」

軽く下唇を噛む千鶴。いじらしいと思う反面、弓で射貫かれたような衝撃が胸を抉《えぐ》った。

千鶴の不安は、自分の不安でもあったから……。

「たしかに、ホール長になる前の自分とは違うかもしれない。神崎さんやみんなを、敵に回しているのかもしれない。でも、千鶴さんのためなら、後悔はありません」

「私のためって?」

「俺、はやく仕事を覚えて、千鶴さんの借金を肩代わりできるくらいの男になりたいんです」

千鶴が、微かに息を呑んだ。

「そうだったんだ……」

そして、独り言のように呟いた。

「すみません。肩代わりなんて、偉そうなこと言っちゃって」

立花は頭を下げた。

「どうして、謝ったりするの？」

「だって、月に二百万も稼ぐナンバー1の千鶴さんに、一介のボーイだった俺が……」

「そういうあなたが、好きなのよ」

アイスコーヒーのストローに口をつけようとした立花は、静止画像のように動きを止めた。

「一介のボーイでいいじゃない。この仕事は、お父さんの入院費を稼ぐためにやっているんでしょう？　私は、水商売には向いてないのかもしれないけれど、熱くてまっすぐな立花君がいいな」

カイロを巻きつけたように躰が熱く火照り、鼓動が胸壁を乱打する。憧れの女性が、そこまで言ってくれている。

が、嬉しい反面、靴底に貼りついたチューインガムのように立花の胸に釈然としないなにかがひっかかっていた。

わかっていた。千鶴に、「男」としてみられていないということが。

経緯はどうであれ、彼女は藤堂の肩代わりの申し出は受け入れた。

稼ぎや年齢、そして千鶴との関係を考えると、自分と藤堂を同一視することはできない。

しかし、藤堂も、溯《さかのぼ》れば泣きじゃくることしかできなかった赤ん坊であり、歳を取れば歯も抜け皺々《しわしわ》の爺《じい》さんになる。

ナイフで切れば赤い血が流れ、顔を殴れば腫《は》れ上がる。

ようするに、藤堂も同じ人間ということだ。

「俺は、大丈夫です。仕事ができる人間になっても、社長みたいにはなりませんから」

咄嗟《とっさ》に、立花は口走っていた。

ようやくわかった。千鶴の不安。藤堂の二の舞い。

彼女は、心優しき青年が氷の男になってしまったことと、自分を重ね合わせているに違いなかった。

「彼だって、そう思っていたんじゃないかな」

千鶴が遠くをみるような眼をし、呟いた。

「いい？　立花君。私が言うのもなんだけど、この世界で成功するっていうことは、そのぶん、純粋さを失うっていうことだと思うの」

「でも、千鶴さんは、トップになっても変わってないじゃないですか」

ウエイターが運んできたアイスコーヒーに口をつけ、立花は言った。

だからこそ、あれほど忌み嫌っていた夜の女に惚れたのだ。

「そう言ってくれるのは嬉しいけど、ずいぶんと、いやな女になったわ」

「そんなこと……」

「奈緒さんやひなのさんに指名が入ったら、気にしている自分がいる。お客さんがほかの女のコを褒めたら、不愉快になっている自分がいる。フリー客が入ってきたら、指名してくれないかと思っている自分がいる。どう？　いやな女でしょう？」

千鶴が、自嘲の笑みを浮かべた。

意外だった。千鶴が、ほかのキャストや客を気にしているとは、夢にも思わなかった。

が、当然といえば当然のことだった。

千鶴には莫大な借金がある。完済するには、多くの客の指名を取り、売り上げを伸ばさなければならないのだ。

「稼がなければならない理由があるから、仕方がありませんよ」

「そう、あなたもね。でも、理由があるからって、人間性が変わることの正当化にはならないでしょう？　それに、私や立花君だけでなく、夜の仕事に足を踏み入れる人には、みな、なにか理由があるものよ。そうやって、この世界の住人達は、知らず知らずのうちに昔の自分を失っていくの」

千鶴は、自分自身に言い聞かせているようだった。

耳が痛かった。既に自分には、僅か一日で千鶴が不安になるほどの変化の兆《きざ》しがみえていた。

「ねえ、立花君はなぜ、私の借金の肩代わりをしてくれようと思ったの？」

「それは、一日もはやく千鶴さんに店を……」

途中まで言って、立花は千鶴の質問の意図を察した。

「やめさせたかったんでしょう？　私も同じよ。誤解しないで。お店をやめてって言ってるわけじゃないの。ただ……」

携帯電話のベル……いや、設定していたアラーム音に、千鶴が口を噤んだ。

「すみません」

立花はメモリ機能からまりんの携帯番号を呼び出し、開始ボタンを押した。

二回、三回、四回……十回……十五回……。

『もしもし……』

ようやくコール音が途切れ、客の前では絶対に聞くことのできないまりんの不機嫌そうな声が受話口から流れてきた。

「おはようございます。立花です」

『なによ、こんな時間に？　まだ、十一時じゃない』

立花は、耳を疑った。

エステティックサロンに一時に予約をしているので起こしてほしいと頼んでおきながら、その言い種《ぐさ》はなんだ？

「今日は、エステに行くんでしょう？」

立花は、やんわりとした口調で言った。

『もう少し寝かせてよ。ベッドに入ったの明け方なんだから』

「でも、いま寝ちゃうと、起きられなくなっちゃいますよ？」

『うるっさいわねぇ、もう……』

キャストは女優。男性スタッフは付き人。

ミーティングのたびに繰り返し聞かされた言葉を脳内に呼び起こし、立花はささくれ立つ神経を静めた。

『五分後に起こして、五分後だからねっ』

まりんが吐き捨て、一方的に電話を切った。

これが、カマトトまりんの素顔だ。

「ごめんなさい。話の続きをどうぞ」

立花は深呼吸を繰り返し、荒ぶる気持ちをおさめると千鶴を促した。

「だから、私が言いたいのは……」

ふたたび、ベルが鳴る。今度は、アラーム音ではなかった。

立花は舌打ちをし、液晶ディスプレイに眼をやった。

ゆいからだった。

「本当に、すみません。すぐに切りますから。もしもし？」

千鶴に頭を下げ、立花は電話に出た。

『立花君？　あのさ、今日、具合が悪いから、お店休むね』

そう言っているわりには、ゆいの声には張りがあった。

「具合が悪いって……どうしたんですか？」

『風邪を引いちゃったみたい。熱が、三十八度もあるの』

男。立花は確信した。

キャストが仮病を使うときは、ほぼ間違いなく彼氏との予定を入れているときだった。

「ゆいさん。当欠も、日給の半分を罰金に取られるんですよ？　それに、今月は、ケイさんの追い上げが激しいですから、一日でひっくり返されることも十分にありえます」

現在、ゆいとケイはナンバー5の座を二十数万差で争っている。

基本的にミントキャンディでは、売り上げトップ5までをナンバークラスと呼んでいる。

六位と七位、五位と六位はひとつしか違わないのは同じだが、その差は、天と地ほどの開きがある。

ナンバークラスのキャストになれば、あらゆる意味で優遇される。

たとえば、風俗誌やインターネットの紹介でも、ナンバークラスの写真は、そうでないキャストのものよりも大きく扱われる。

大きく扱われれば客の眼に留まるし、客の眼に留まればそれだけ指名を受ける確率も高くなり、指名本数が増えればどんどん売り上げと順位が上がり、扱いもさらに大きくなり……というふうに、すべてに追い風が吹く。

もちろん、ゆいのためを思ってアドバイスしているのではない。

彼女にナンバークラスの座を維持させようとするのは自分のため……担当キャストの売り上げの十パーセントが、給与に加算されるからだった。

『私、熱があるって言ってるのよ？　それとも立花君、這ってでも働けっていうわけ？』

「そんなこと言ってませんよ。あ、そうそう。なにか食べたいものあります？」

方向転換。これ以上、追及しても無駄だ。

『え？　なんで？』

ゆいが、怪訝そうな声で訊ねた。

「いま、別件で用事があって大久保《おおくぼ》にきているんですよ。だから、お見舞いに寄ろうかと思って。ゆいさんのマンション、たしか、百人町《ひゃくにんちょう》ですよね？」

千鶴が、びっくりしたような顔で立花をみた。

立花には、千鶴がなぜそんなリアクションになったのかがわかっていた。

ここは青山。大久保ではない。

『い、いま、部屋が散らかってるし、それに、お化粧もしてなくてひどい顔だし……』

しどろもどろになるゆい。明らかに、彼女は動揺していた。

「気にしないでください。お見舞いの品を玄関先に届けたら、すぐに帰りますから。そうだな。あと、十五、六分で行けると思います」

『ちょ……ちょっと待って。夕方までに熱は下がりそうだし、なんとか店に出られそう。だから、お見舞いになんてこなくてもいいわ』

ゆいの焦《あせ》った顔と男の渋面《じゅうめん》が、眼に浮かぶようだった。

立花は、笑いを嚙み殺すのに苦労した。

「よかった。安心しました。でも、もし熱が上がって出られないときは、いつでも電話をください。すぐに駆けつけますから」

立花は、ゆいが心変わりしないようにダメ押しした。

好きな相手といる時間は、あっという間に過ぎ去るものだ。

ダメを押さずに電話を切っていたら、男に唆《そそのか》され、無断欠勤する可能性があった。

『わかったわ。少し休むから、もう切るわ』

携帯電話を切った立花はしてやったりの表情で微笑み、人差し指と親指で作ったOKサインを千鶴に向けた。

「ゆいさん、俺が見舞いに行くって言ったら、すごく慌ててました」

千鶴は立花を無視するように、アイスティーのストローをくわえたまま窓の外に眼をやった。

「千鶴さん、もしかして、怒ってます?」

「怒ってなんかないわ。失望しただけ」

千鶴の平板な声音が、立花にはショックだった。

「青山にいるのに大久保だなんて、嘘を吐《つ》いたのはまずかったと思います。でも、そうでも言わないとゆいさんが……」

「勘違いしないで。私は、嘘のことを言ってるんじゃないの。あなたが、藤堂猛に近づいたってことに失望したと言ってるのよ」

声の出しかたを忘れたとでもいうように、立花は絶句した。

「駆け引きするような喋りかたをしたり、相手の困ることを言って自分のペースに乗せようとしたり、女のコ同士を競い合わせようとしたり……。まるで、彼が目の前にいるみたいだわ。立花君、いつから、そんなふうになってしまったの？　いまのあなたは、いままであなたが軽蔑していた人間じゃないの？」

半開きの口……相変わらず、立花は言葉を返すことができず、ただ、千鶴をみつめるしかなかった。

彼女の言うことはすべてにおいて的を射ており、寸分の狂いもなく自分の罪悪感を代弁していた。

「俺は……俺は、千鶴さんに夜の仕事をやめてほしいから……だから……」

立花は、それだけ言うのが精一杯だった。

「私のことを思ってくれるのなら、ホール長をやめて。これ以上、あなたじゃないあなたになっていくのをみるのがつらいの」

千鶴が、哀しんでいる。彼女の笑顔をみたかったのに……いま、立花の目の前にいる女性は、とても不幸な顔をしていた。

「俺を、信じてください。千鶴さんを哀しませるようなことは……」

割り込むアラームのベル。まりんを起こす時間だ。いらついた指先でリダイヤルボタンと開始ボタンを連打した。

延々と繰り返されるコール音。はやく出ろ、はやく出ろ、はやく出ろ……心で念じた。

『もしもし……』

呆れたことに、まりんが電話に出たときにはコール音が二十回を超えていた。

「立花です。五分経ちましたよ」

『えーっ、もう？』

まりんの鼻息と寝起き特有の嗄《しやが》れ声が、立花の鼓膜を不快に刺激した。

「今度は、ちゃんと起きてくださいね」

千鶴の冷え冷えとした視線が立花の頬に突き刺さる。

「すぐに、戻りますから」

送話口を掌で押さえ、千鶴に言い残すと席を立ちトイレに向かった。

まりんとのやり取りを、彼女に聞かれたくなかった。

軽薄で醜い自分。言われなくても、わかっていた。

「もしもし？　まりんさん？」

受話口から流れる規則正しい息遣い。電話で話しながら、まりんは寝てしまったようだ。

「もしもし？　起きてくださいっ。もしもし？　もしもし！」

個室のドアが開き、中から出てきた若い男が眉をひそめて立花をみた。

『大きな声出さないでよ。もう、信じらんない……』

気怠《けだる》げな口調でぶつぶつと文句を言うまりん。

信じられないのはこっちだ。

「起きないと、エステに間に合いませんよ」

『やめた』

「え？」

『今日はエステに行かない』

まりんが、投げやりに言った。

「だって、予約してるんでしょう？」

『キャンセルしといてよ』

「俺が、ですか？」

『あたりまえじゃん。私は寝るんだから』

いったい、何様のつもりだ？　なぜ、自分がエステティックサロンにキャンセルの電話など入れなければならないのだ？

危篤状態の平常心……全身を、抑え難い激情が駆け巡った。

堪えろ。売り上げのため。これはビジネスだ。長瀬も、そして藤堂も乗り越えてきた道だ。

立花は金言を胸内で唱え、破裂寸前の堪忍袋の緒を締めた。

「わかりました。エステの連絡先を教えてください」

まりんがぶっきら棒に告げる電話番号を脳内に刻み、立花は終了ボタンを押した。すぐに開始ボタンを押し、いま聞いたばかりの番号にかけた。

トイレに籠《こも》り、キャストから命じられたエステティックサロンの予約取り消しの電話を入れる自分。


唾棄すべき男。千鶴には、絶対にみせられない醜態。

立花は洗面所の蛇口を捻り、冷水で顔を洗った。気分を入れ替え、トイレをあとにした。

フロアの中央。無人のテーブル。飲みかけのアイスティー。

トイレにでも、行ったのだろうか？

立花は席に着き、煙草に火をつけた。

なんとか、彼女との関係を修復しなければならない。

千鶴は、誤解している。本当は、生意気で自己中心的な女どもの世話などしたくはなかった。

しかし、この世界で伸し上がるには自分を殺すしかない。

千鶴の忌み嫌う男にならなければ、千鶴を幸せにはできないのだ。

問題は、どうやって気持ちを彼女に伝えるか……。

なにげなく投げた視線の先。テーブルに置かれたふたつ折りのメモ用紙を、立花は手に取った。


　これからは、なにもなかったことにしましょう。じっさいに、なにもなかったのだから。


「嘘だろ!?」

立花は、声を上げて席を蹴った。

文末に書かれた文字が、青ざめた視界で凍《い》てついた。

さようなら。

モノクロに染まる店内。客達のざわめきとウェイターがなにかを呼びかける声がフェードアウトしてゆく。

嘘だろ……。

今度は、声にならなかった。

［4］

「え……これ、俺にくれるの？」

五番テーブルの客……坂巻《さかまき》が、びっくりしたように眼を見開き、手もとの紙袋とまりんの顔を交互にみつめた。

「そう、坂巻さんへのプレゼントよ。開けてみて」

まりんが、ウキウキした子供のように声を弾ませ、小首を傾げながら上目遣いで坂巻をみつめた。

今朝、モーニングコールをかけたときの自己中心的な性悪女《しょうわる》とは別人のまりんがそこにはいた。

もどかしげな手つきで紙袋を開けた坂巻が、中から取り出したブルー系に黄色の柄の入ったネクタイをみて、真っ黒な陽灼け顔を歓喜のいろに染めた。

「いやぁ、嬉しいなぁ。こんなに洒落たネクタイを、まりんちゃんが買ってくれるだなんて。どう、似合う？」

坂巻がネクタイを首もとに当て、大きな濁声《だみごえ》で嬉しそうに訊ねる。

胡麻塩坊主《ごましお》に逞《たくま》しい猪首《いくび》……単一電池のような体型をした坂巻には、ネクタイ姿よりも作業着のほうが似合っている。

「わぁ、素敵……。まりん、男の人のネクタイなんて買ったことがないからぁ、どういうのがいいのかわからなくって、朝から何軒もデパートを回ったのぉ。でも、喜んでもらって、まりん、ほっとしちゃった」

まりんが瞼をパチパチとさせ、大袈裟な仕草で胸に両手を当てた。

まったく、女は恐ろしい。


——田舎《いなか》親父の坂巻にネクタイをプレゼントするから、お洒落っぽいの買ってきて。お金もったいないから、本当は彼氏の使ってないネクタイをあげようと思ったんだけど、どれも派手だからさ。どうせなに嵌めても似合わないんだから、色とか柄は適当に任せるわ。あ、五千円以上のはやめてよ。それから、できるだけ高級で上品っぽくみえるやつね。あいつ、センスないくせに高価な物だけはよくわかるのよ。


朝から何軒ものデパートを回った、が聞いて呆れる。

まりんが行く予定だったエステティックサロンの予約を取り消すように言われてから一時間後に、彼女から入った電話で立花は一方的に命じられた。

五千円以内で高級で上品なネクタイを探せという無理難題を言いつけられた自分のほうこそ、新宿や池袋のデパートを足を棒にして回ったのだった。

坂巻は茨城で工務店を経営しており、週末の土、日にはミントキャンディを訪れてまりんを指名していた。

時代錯誤の角刈り頭、大きな地声、エナメルの黒い靴。

たしかに垢抜《あかぬ》けているとは言い難《がた》いが、店にきては必ず延長を繰り返し、ヘルプのキャストにまでフルーツやドリンクを振る舞い確実に十万は落としてゆく彼は、まりんの指名客の中でも一番の上客だ。

しかも、エルメスのバッグだシャネルのコートだフェラガモの靴だと、まりんがおねだりをするたびに店以外でも大枚をはたいている。

キャストはみな、自分の指名客にランクづけをし、上位ランクの客には自腹を切ってお返しをしているのだ。

企業でいえば、上得意の取引先の部長を接待するようなものだが、彼女達の金銭感覚は非常にシビアだ。

お返しをするといっても、三千円から五千円の品……ネクタイやハンカチの類《たぐ》いがほとんどで、月に十数万、場合によっては数十万を落とす客からしたらスーパーの粗品みたいなものだ。

数万円ぶんの買い物をして溜めたスタンプと引き換えの福引きでポケットティッシュを貰う……そんな感覚に近いだろう。

だが、たとえ粗品であっても、貰った相手が愛する女性ならば、その客にとってのポケットティッシュは貴金属以上の価値を持つ。

百万の指輪のお返しが三千円のハンカチでも子供のようにはしゃぐ男は、つくづく馬鹿で単純な生き物だ。

客にたいしては出費を渋《しぶ》るキャスト達も、彼氏やホストには数ヵ月ぶんの給料に値《あたい》するほどの金をなんの躊躇《ためら》いもなしに使う。

それを知らずに、いま、まさに、天にも昇る面持《おもも》ちでプレゼントされたネクタイを大切そうにバッグにしまう坂巻は、憐れな男だった。

立花は、ヤニ下がる坂巻の顔から移した視線を、店内に巡らせた。

午後十時半。二十分前にフリーの団体客が三組も入り、待機用のキャストのテーブルには恵美とケイが残っているだけだった。

ヘルプ専属の恵美はともかく、ゆいとナンバー5の座を争っているケイに指名がかからないのは意外だった。

その宿敵のゆいは、仮病を使って出勤をごねていた電話のときとは別人のように、三人の指名客の間を飛び回っていた。

ケイは周囲の眼を意識して平静を装ってはいるが、肩に触れるプラチナブロンドの毛先をひっきりなしに指に絡め、テーブルの下ではカーペットをヒールで刻んでいた。

担当キャストの三人のうち、ゆいとまりんはいい滑り出しだった。問題は、恵美だけだ。

ひとりでもいいから、彼女に客をつけてやりたかった。

野球選手は、バッターは一本のヒットを打つまでが、ピッチャーは一勝を上げるまでが一番の地獄だという。

キャストも同じだ。一本の指名が入れば心に余裕ができ、表情も明るくなり、そうなると、不思議と指名が立て続くものだ。

担当キャストの売り上げが伸びれば、それだけ自分の懐も潤う。

立花の頭の中は、一日でもはやく……一円でも多く金を稼ぐことしかなかった。

恵美の仕事をみつけるために、テーブルを見渡した。

二番テーブルで常連客のひとりを相手にしていた千鶴と眼が合った。彼女がさりげなく、視線を逸らした。胸の奥が軋《きし》みを立てた。

今夜は、店がオープンしてからずっとこの調子だった。


さようなら。


千鶴が置き残した手紙の末尾に書かれた文字を頭から追い払い、立花はほかのテーブルに顔を巡らせた。

いまは、彼女のために、彼女より仕事を優先しなければならない。

千鶴、奈緒、ひなののトップ3の席に恵美が割り込む隙《すき》はない。

視線を、十番テーブル……三十代のサラリーマンと思《おぼ》しき三人連れのフリー客に移した。

リオナ、砂弥、舞《まい》で盛り上がっているところを、チェンジさせるわけにはいかない。

背後で自動ドアの開く音。くたびれたシングルスーツを纏《まと》った気弱そうな中年男が、スーツ同様に疲弊《ひへい》した顔を怖々と店内に巡らせた。

初めての客……運が向いてきた。

「いらっしゃいませーっ」

一番テーブルの客と談笑していた神崎より先に、立花は中年男を出迎えた。

「誰か、ご指名の女のコはお決まりですか?」

まだ、気は抜けない。一見《いちげん》客でも、ミントキャンディのホームページや風俗誌で、目当てのキャストを決めている場合がある。

「いいえ……」

蚊《か》の鳴くような声。中年男が眼を伏せる。

普通なら、ひとりでキャバクラを訪れるタイプではない。

会社か家庭で、あるいはその両方で抱え込んだストレスを発散するために一線を超えた……恐らく、そんなところだろう。

「とりあえず、お席へどうぞ」

立花は、険しい表情を向ける神崎を無視し、中年男を十一番テーブルへ促した。

「メニューをどうぞ。すぐに、女のコがきますので」

十一番テーブルから待機用のテーブルに向かおうとする立花を、小柄な影が遮った。

「おい、なんで俺に声をかけない?」

こめかみに怒張する血管。神崎が気色《けしき》ばむのも、無理はない。

昨日と違い、神崎は客と談笑こそしていたものの、テーブルを離れられない状況ではなかった。

確信犯。立花は、恵美を顔見せの一番手にしたかった。

フリー客には十分サイクルで二、三人のキャストが順番に付き、気に入られたら場内指名となる。

キャバクラで遊ぶことに慣れていない客ほど、最初に付いたキャストを指名する傾向にあった。

いい歳したおっさんが初体験の相手を強烈に覚えていたり……初恋の女性の思い出を大切にしていたりと、男というものは初物《はつもの》に弱い。

立花の推測では、この中年男はキャバクラバージンに違いなかった。

だからこそ、恵美を最初の相手にしたかった。

だが、昨日の神崎のように客の好みを無視してキャストを選んでいるわけではない。

恵美は飛び抜けた美人ではないが、母性を感じさせる雰囲気がある。

人生に疲れきっているふうな中年男は、ルックスはいいがいまふうのギャル丸出しのケイのテンションにはついていけない、と判断したのだった。

「話は、あとにしてください」

神崎の脇を擦り抜け、立花は恵美に十一番テーブルに付くように告げた。

「ちょっと、どうして彼女が先なのよ!?　立花君、あんた、自分の担当だからって、恵美を贔屓《ひいき》してるんじゃないの？」

恵美が席を離れた途端に、ケイが憤然とした表情で食ってかかってきた。

予期していたこと。対処法は、ちゃんと考えてあった。

「そんなこと、あるわけないじゃないですか」

「だったら、なぜ私をあと回しに……」

「あんな細い客で、満足なんですか?」

立花は身を屈め、ケイの耳もとで囁いた。

「え……? どういうことよ?」

「あの客、金持ってるようにみえますか? おおかた、出張費を切り詰めてやっとの思いで遊びにきたんでしょうよ。指名が取れたところで、次は数ヵ月後ってことも十分にありえます。そんな貧乏くじを引いてる間に、太い客が現れたらどうするんです? 今夜は客の入りがいいので、はやまらないほうが得策かと思いますよ」

ケイを、騙したつもりはない。

恵美を付けた客の金回りがよくないのは、踵の磨《す》り減った革靴と綻《ほころ》びたスーツの袖口でわかる。

が、問題なのは、いま、ケイの傍《かたわ》らで身を屈め説得している自分の姿を千鶴や父……真一にみせられないということ。

「そうね。ま、いいわ。その代わり、緩くて太いフリー客がきたら真っ先に私を付けてよ」

「わかりました」

緩い客がきても、彼女に合ってなければ付けはしない。そうなればケイは騒ぎ立てるだろうが、そのときは別の理由で納得させるだけの話だ。

ケイのテーブルを離れ、十番テーブルの灰皿を替えた。ひなのが、一本しか溜まっていない灰皿をみて、見事に弧《こ》を描くアーチ眉を怪訝そうにひそめた。

「お飲み物は、なになさいますか?」

「水割りを貰おうかな」

立花は、隣のテーブルの会話に聞き耳を立てた。

ハウスボトル……。やはり、金なしだ。サービスドリンクと乾き物のつまみで、日頃の鬱憤《うっぷん》を晴らすつもりに違いない。

恵美も恵美だ。喋りが硬過ぎるし、押しも弱い。これが奈緒クラスのキャストなら、あたりまえの顔をして売り上げに加算されるビールやカクテルを勧《すす》めたり、ドリンクバックが見込める自分の飲み物をねだることだろう。

また、それくらいの押しがなければ成績は上がらない。

「すみません」

恵美が手を上げる。すかさず十一番テーブルに移動した立花は片膝をついた。

「ハウスとウーロンをお願いします」

「かしこまりました」

立花は、含みを持たせた瞳で恵美をみつめた。目顔で訴え、テーブルを離れた。

顔見せの時間内に、ドリンクを奢《おご》らせることができるかどうかがポイントだ。

「おい、立花」

橋爪が、ロッカールームを顎でしゃくった。

神崎の使い。すぐにわかった。

「十一番テーブルには俺が運んどいてやるから、はやく行け」

立花は無言で踵を返した。

「調子に乗るのも、いい加減にしろっ」

ロッカールームに入るなり、腕組みをし待ち構えていた神崎の怒声が飛んでくる。

「サブマネに声をかけなかったことは謝ります。もう、戻ってもいいですか？」

「おい、なんだその態度は？」

フロアに戻ろうとする立花の肩に、神崎の五指が食い込む。

「フロアはピークの真っ最中です。俺への怒りと、店を回すことのどっちが大事なんですか？」

「なんだと!?」

立花は神崎の腕を払い、ロッカールームを出た。神崎が慌てて追い縋ってくる。

「待てや、立花」

通路に立ち塞《ふさ》がる影。パンチパーマを指先で梳《す》きながら、橋爪が青々とした眉尻を吊り上げた。

「なんですか？」

「なんですかじゃねえよっ。てめえ、サブマネより偉くなったつもりか！　ああ！」

橋爪の腕が立花の襟を摑んだ。

立花はうんざりとし、大きなため息を吐いた。

「また、ですか？　いまは営業中ですよ。わけのわからない言いがかりはやめてください」

一切の感情を排除し、平板な声音で言った。

それが、よりいっそう、橋爪の張り詰めた神経を逆撫でしたようだ。

「ざっけんじゃねえっ、おいっ、喧嘩売ってんのか!?」

「やめなさい」

橋爪の振り上げた拳が宙に止まった。背後で、珍しく険しい表情で佇む千鶴。

「こいつが、ナメたまねを……」

「お客さんを放ったらかしにして、なにやってるの？」

「すみません……」

立花にたいしての勢いとは打って変わり、うなだれる橋爪。

気性の激しい彼も、さすがに、ミントキャンディ一のドル箱キャストに逆らえはしない。

改めて、この世界は女性上位であることを思い知らされた。

「ほらほら、千鶴の言うとおりだ。お前ら、仕事へ戻った戻った」

自分が原因だということはすっかり棚《たな》に上げ、野良猫をそうするように神崎が手を振った。

彼もまた、ナンバークラスのキャストに頭が上がらないひとりだ。

フロアに戻った。恵美が待機用のテーブルに戻り、十一番の客にはケイがついていた。トレイに三本のビールを載せた嶋がケイの席に向かった。

ケイがテーブルに付いてから、まだ、四、五分といったところだろう。顔見せをしてすぐに、ドリンクの注文を取ったに違いない。

やはり、ナンバークラスを争うキャストは違う。

「ちょっと、いいですか？」

立花は恵美の肩を叩き、厨房《ちゆうぼう》へ促した。

「なに？」

恵美がか細い声で訊ね、伏し目がちに立花を見上げた。

よくみると、恵美はなかなか整った顔立ちをしている。ケイやゆいと並んでも、ビジュアル面ではまったくヒゲを取っていなかった。

ただ、男性スタッフやキャスト達の間で、そう思っている者は少ない。

その原因は、恵美の性格にあった。

ひと言で言えば、彼女は暗過ぎるのだ。

眼つきも、表情も、喋りかたも、声のトーンも……すべてに覇気がなかった。

それが、彼女が指名を取れない大きな理由のひとつなのは明白だった。

恵美の問いには答えず、フロアを奥へ進んだ。

厨房のドアを開く。シンクに寄りかかり、気怠げに煙草を吸う大滝と眼が合った。

菊田に店長の座を追われた男。彼には、神崎や大西のように、自分や菊田に嫉妬や嫌がらせをする気力もないようだった。

立花が目礼をすると、大滝はバツが悪そうにシンクに煙草を捨て、重い足取りで厨房をあとにした。

「恵美さん。もっと自信を持ちましょうよ」

大滝の背中がみえなくなるのを見計らい、立花はいきなり核心に切り込んだ。

「なにが言いたいの？」

「恵美さんは、いつもなにか遠慮しているような気がするんです。この世界って、自己主張が強い人達ばかりじゃないですか？」

「だから、なにが言いたいの？」

相変わらず伏し目がちな恵美の声は、耳を澄まさなければ聞き取れないほどに薄く掠れていた。

「恵美さんはルックスも性格もいいし、ナンバークラスを十分に狙《ねら》えると思いますよ。さっきのお客さんだって、ケイさんよりも絶対に恵美さんのほうがタイプです。でも、彼はケイさんを指名するかもしれない。なんでだか、わかります?」

「彼女のほうが魅力的だからに決まってるじゃない」

ぼそりと呟き、視線を靴先に落とす恵美。

「それは違います。恵美さんは、魅力の面でケイさんに全然負けてません」

「いいわよ、白々しいお世辞なんて言わなくても」

そう言いながらも、靴先から立花に移った恵美の瞳には、ほんの微かだが歓喜のいろが宿っていた。

「お世辞なんかじゃないですよ。正直、千鶴さん、奈緒さん、ひなのさんの三人は別格だと思いますが、ほかのキャストさんには、そんなに遜《へりくだ》る必要はありませんよ」

「別に、遜ってなんかいないわ。それに、あの三人のことだって、特別だなんて思わないし」

予想外の反応……嬉しい誤算。

言葉に説得力を持たせるために、敢えて千鶴達を別格だと口にした立花だったが、それが、女のプライドに火をつけたようだ。

女という生き物は世界の七不思議に匹敵する、と誰かがなにかの本で書いていたが、同感だった。

控え目で地味な彼女の口から、まさか、ミントキャンディが誇る売り上げ御三家にたいしてそんなセリフが飛び出すとは思わなかった。

「だったら、バンバン強気でいきましょうよ。さっきの話の続きですが、もしケイさんが指名を受けるとすれば、彼女が客のことを無視してるからですよ」

「無視？」

「そう、無視です。お金を使わせたら悪いかな、とか、ドリンクを勧めて断られたらどうしよう、とか、彼女は、否定的な声を一切無視してます。ケイさんだけじゃなく、みんなそうですよ。考えてみてください。ほとんどの客が、下心を持って来店してるんですよ？　家族や子供には内緒でね。あの客だって、恵美さんくらいの娘がいてもいい歳でしょう？　そんな客に、同情する必要なんてこれっぽっちもありませんよ。スケベ心を利用して、毟《むし》り取れるだけ毟り取ればいいんです。恵美さんなら気持ちの切り替えひとつで、すぐにナンバークラスになれますって」

立花は、ボクサーのセコンドさながらに恵美を鼓舞した。

恵美の指名が増えれば、ゆいもまりんもいままで以上に貪欲に売り上げを伸ばそうとするだろう。相乗効果で三人が切磋琢磨《せっさたくま》した結果……立花の懐も潤うことになる。

「なんだか、その気になってきちゃった」

恵美が珍しく明るい口調になり、八重歯を覗かせた。

笑うと、はっとするほどにチャーミングな顔になる。

「遠慮せずに、どんどんその気になってください。さ、行きましょう」

立花も微笑みを返し、彼女の肩を叩いた。

「立花君」

フロアに戻りかけていた恵美が、足を止め振り返った。

「君、変わったね」

恵美はそう言い残し、厨房をあとにした。

瞬時に、立花の笑顔が凍てついた。

その言葉に、悪意がないのはわかっていた。

が、彼女のひと言に、立花の心は枯渇《こかつ》した大地のように亀裂が入った。

重い足取りでフロアへ。キャストと客達の野心と欲望が混濁する熱気が躰に纏わりつき、大音量のダンスミュージックが鼓膜を掻き毟る。

立花は、十一番テーブルに眼をやった。ケイは、立花が厨房にいる間に来店したのだろう八番テーブルの常連客の接客に入っていた。

さっきのフリー客と言葉を交わしていた大西が下脹《しもぶく》れの顔を強張らせ、待機用のテーブルに歩み寄る。

「恵美さん、ご指名です」

大西の不満そうな声を聞き、立花の暗鬱な気分は一度に吹き飛んだ。

恵美が立花に目配せをし、十一番テーブルへ弾む足取りで向かう。大西の視線が、棘《とげ》のように頬に突き刺さった。

「担当キャストに指名がついて、してやったりの気分か?」

薄く後退した髪の生え際に血管を浮き立たせた大西が、皮肉っぽく口角を歪めた。

大西は神崎と同じ二十四歳だったが、寂しくなった髪の毛とぽっこりと膨らんだビール腹のせいか、四十近くにみえてしまう。

陰険と陰湿の間に生まれたような男——立花は、この元ホール長のことが好きではなかった。

「してやったりとか、そういう言いかたはやめてください」

「恵美はな、もともと俺の担当だったんだよ。彼女だけじゃない。ゆいも、まりんも……」

唇を噛み締めた大西の眼の下が、微かに痙攣していた。

「文句があるのなら、社長に言ってもらえませんか？」

「社長に、どうやって取り入った？　え？　なんでお前みたいなペーペーがホール長に抜擢されるんだよ。それとも、俺の悪口を社長に吹き込んだのか？　そうだろう？　いったい、どんな手を……」

「大西さんがホール長の器じゃなかった。それが理由だと思いますよ」

言った端から後悔が込み上げる。

「な……」

絶句する大西を置き去りに、立花は歩を踏み出した。


――いまのあなたは、いままであなたが軽蔑していた人間じゃないの？


脳内に谺《こだま》する千鶴の声を打ち消し、つまらなさそうにビールを呷る一番テーブルの沖田《おきた》に意識を集めた。

沖田の指名キャストであるゆいは、九番テーブルで別の客に接していた。

「もう、やだぁ、二宮《にのみや》さんったら、本当にエッチなんだからぁ」

ゆいが、九番テーブルの若い客……二宮の肩を叩いた。

「違う違う。カップのサイズを聞いたのは、職業病なんだって」

二宮が弛緩した顔で弁明しながら、ゆいの胸の膨らみにねちっこい視線を這わせていた。

女性下着メーカーに勤める二宮はモデル並みの容姿をしており、ゆいのお気に入りの客だった。

一番テーブルから九番テーブルの様子は窺えないが、はしゃぎまくるゆいの大声は沖田の耳に入っていることだろう。

客というのは、どれだけ大音量のBGMが流れていようと、周囲のキャストや客が騒がしかろうと、指名キャストの声を聞き分けることにかけては天才だった。

沖田に視線を戻した立花は、小さく舌を鳴らした。

一番テーブルを空《あ》けたゆいに腹を立てたわけではない。三本も指名が入っていれば、テーブル間を飛び回るのは当然のこと。

問題なのは、取り残された沖田にヘルプが付けられていないということだった。

振り返った。腰に後ろ手を組む神崎が、素知らぬ顔で客席を見渡していた。

まるで、一番テーブルだけは眼に入らないとでもいうように……。

「最近、客足のほうはいかがですか?」

立花は神崎への怒りを呑み下し、沖田の前に膝をつく。沖田は、タクシーの運転手をしている。

「そんなことより、この店は、客にひとりで酒を飲ます気か?」

口髭に付着した白泡を手の甲で拭いながら、吐き捨てるように沖田が言った。

危惧していたとおり、沖田はすこぶる不機嫌だった。

「申し訳ございません。ただいま、別の女のコをすぐに付けますので」

「俺は、ゆいを指名してるんだよ。別の女なんていいから、ゆいを呼び戻せっ」

沖田が、酒で赤らんだ顔をいっそう紅潮させ、グラスの底をテーブルに叩きつけた。

まずい展開になってきた。が、ここで試されるのがホール長の腕だ。長瀬は、同じような状況で見事に危機を脱したものだ。

「わかってます。ゆいさんも、そう時間はかかりません。その間、ちょっとだけ、ほかの女のコがお相手をするだけですよ」

立花は、沖田をできるだけ刺激しないように細心の注意を払った。

「ちょっとって、どのくらいだよ？」

「十五分くらいですかね」

即答した。間が開けば、それだけ客の不満が溜まる。

立花は、ヘルプに誰をつけるかを脳内で模索した。

「十五分？　お前、俺をおちょくってんのか？」

「え？」

予想外の沖田の反応に、立花は動揺した。

「俺のセット時間は、あと三十分で終わるんだよっ。席に付いて十分そこそこでほかの男のとこに行きやがって、あと十五分も戻ってこないんじゃ、残り十五分しか残ってないじゃねえか？　それともなにか？　この店は、一時間の料金を取っておきながら三十分しか目当てのキャストと遊ばせねえのか？」

沖田のもともと大きな地声は、酔いの勢いも手伝って店中に響き渡った。

騒ぎに気づいたほかのテーブルのキャストや客の視線が立花に集まった。

神崎が唇を掌で押さえ、橋爪が噴き出し、大西が口角を吊り上げた。嶋は表情こそ変えてはいないが、腹の底では笑っているに違いない。

立花は、思考をフル回転させた。あのとき長瀬は、アフターをちらつかせて延長を勝ち取るという裏技を使った。

ゆいは、アフターを納得するだろうか？　沖田は羽振りも悪ければ態度も悪い。たいした金も落とさないくせにやたらと上客ぶるところが、ゆいだけではなく、ほかのキャストにも嫌われている。

それに、沖田の強引な性格を考えれば、ホテルに連れ込まれる可能性もありうる。が、来店してくれているかぎり客は客だ。なにより、この場をうまくおさめなければ、神崎達の思うつぼだ。

そう、彼らは、こうなることを計算して、沖田を無視したのだった。

ゆいの気持ちがどうであれ、アフターを納得させるしかなかった。

「沖田さん。延長をして頂けませんか？」

「なんだと？　てめえ！　キャストを付けねえ上に、まだ金を払わせようってのかっ」

血相を変えた沖田が、憤然と立ち上がった。

「話の続きを、聞いてください。延長して頂ければ、ゆいさんを……」

「誰が聞くか！　こんなボッタクリの店、二度とこねえからなっ」

沖田は立花の肩を突き、二枚の一万円札をバラ撒きフロアをあとにした。

客、キャスト、男性スタッフの沖田に向けられていた驚愕の視線が、非難の視線となって立花に移った。

が、立花には、周囲の反応に気を回している精神的余裕はなかった。

長瀬にできて、自分にできなかったこと……。

わかっていた。

まずかったのは、延長の申し出の切り出し方だった。

ただでさえ熱《いき》り立っている客にたいしていきなり延長を頼むなど、荒れ狂う狂犬の尻尾《しっぽ》を踏むようなものだ。

人の命を救う狭心症の特効薬として有名なニトログリセリンも、扱いかたひとつで多くの人間を吹き飛ばすダイナマイトとなる。

同じようなシチュエーションで長瀬は客を宥め延長を承服させ、自分は客を怒らせ失った。

長瀬は店に利益を運び、自分は店に損失を与えた。

これが、現時点での長瀬と自分の差だった。

立花は沖田の飲み残したビール瓶とグラス、吸い殻が山となった灰皿をトレイに載せて厨房へ行くとシンクで顔を洗った。

頭を冷やし、仕事モードに切り換えた。

些細な躓きでいちいち立ち止まっていたらキリがない。

フロアに戻った。二番テーブル。手を上げる千鶴。

「はい。なんでしょ……」

「ツメシボお願いします」

駆け寄る立花を無視し、千鶴はわざわざ離れた位置にいる嶋を呼び寄せて言った。

立花は、呆然とその場に立ち尽くした。

千鶴との距離は二メートルもないというのに、彼女は、ただの一度も視線を合わせようとしなかった。

肩に衝撃。立花はよろめき、尻餅をついた。

「おいおい、なにぼさっと突っ立ってるんだ。そんなふうだから、大事な常連客を逃すんだろうが?」

神崎が薄笑いを残し、従業員用トイレへ消えた。

気づいたときには、神崎を追っていた。ドアを開けた。幸いなことに、ほかには誰もいなかった。

踏み込み、用を足している神崎の背後から近づき襟首を摑んだ。

「なにすんだ、立花……」

振り返った神崎が、顔を強張らせ、激しく狼狽した。

「あんた、ゆいさんの客にヘルプも付けないで、どういうつもりだっ」

立花は軽量の神崎を便器からあっさり引き剝《は》がし、壁へと押しつけ胸ぐらを摑んだ。

ペニスは縮み上がり、スラックスの股間には黒いシミが広がっていた。

「お、お前……自分で、なにをやってるのかわかってるのか?」

声をうわずらせながらも、神崎は必死にサブ・マネージャーとしての威厳を保とうとしていた。

「ああ。俺は、店のことはそっちのけで部下に陰湿ないやがらせを仕かけてくる上司の胸ぐらを摑んでるのさ」

わかっていた。千鶴のことがなければ、ぐっと堪えていただろうことを。ふたたび問題を起こし、上司に手を上げたとなればただでは済まないだろうことを……わかってはいたが、溜まりに溜まった鬱積が立花をつき動かした。

「社長に報告することになるぞ？」

「こんなときばかり、社長に頼る気か？　報告したけりゃ、すればいい。俺とあんたのどっちが店に迷惑をかけてるかを、判断してもらおうじゃないか？」

立花には自信があった。

非があるのは神崎達のほうだ。自分は、ホール長としての任務を全《まっと》うしているだけに過ぎない。

「謝るなら、いまのうち……」

「いいか、よく聞けっ。今度、おかしな妨害行為をしたら、あんたを叩きのめす。心配してくれなくても、俺はクビになったりはしない。知ってたか？　社長が求めているのは、あんたじゃなくこの俺だってことを。それをわかった上で絡んでくるのなら、好きにすればいい」

神崎を突き飛ばし、立花はトイレを出た。ドアに背を預け、天を仰ぎ眼を閉じた。

両足がずぶずぶと地面に呑み込まれ、躰が内側から腐敗してゆくようだった。

忌み嫌う男の威光を借り相手を恫喝する自分……誇りは、どこへ行ってしまったのだ？

立花は奥歯を嚙み締め、己の太腿に握り締めた拳を何度も叩きつけた。

☆　☆

路上駐車してあるバイクに腰かけた立花は、エントランスに向けていた視線を腕時計に移した。

午後四時五十五分。麻布の千鶴のマンションを訪れたのは約三十分前。早番のキャストの出勤は午後六時。あと五分ほどで、千鶴は現れるはずだった。

五時頃に家を出ることは、以前に彼女から聞いていた。

刑事の張り込みのまね事などしたくはなかったが、千鶴が自分を避けている以上、仕方がなかった。

昨夜、トイレで神崎を締め上げてから、まったく仕事が手につかなかった。

神経がささくれ立ち、集中力を欠き、ひどく落ち込んだ。

上司にたいしての罪悪感でも、常連客を怒らせたことへの落胆でもない。

すべての原因は、千鶴にあった。

一刻もはやく、彼女の誤解を解いておきたかった。このままでは、伸し上がって大金を手にするどころか、自滅してしまう。

こんなことで、潰れるわけにはいかない。

真一の……そして、千鶴のために。

エントランスの奥。エレベータの扉が開き、レモン色のスーツに身を包んだ千鶴が現れた。

背筋をピンと伸ばし、髪を靡《なび》かせ颯爽《さっそう》と歩くその姿に立花は、入店して初めて千鶴をみたときと同じ胸の高鳴りを覚えた。

エントランスの石段に足をかけた千鶴は、立花を認めて少し驚いた表情を浮かべ立ち止まりかけたが、すぐに眼を逸らした。

「千鶴さん」

立花はバイクから飛び下り、彼女の背中に呼びかけた。歩を止めてくれはしたものの、千鶴が振り返ることはなかった。

「千鶴さん。もう少し、待ってくれませんか？」

立花は、構わず言葉を続けた。

「いまは、なにからなにまでが初めてのことばかりで、俺自身、戸惑っているんです。店の売り上げを伸ばすためとはいえ、自分でも反吐《へど》が出そうな男になってることは、わかっています。あと一ヵ月……一ヵ月だけ時間をください。そうしたら、俺……」

「あなた、なにか勘違いしてない？」

千鶴が振り向き、いままで聞いたことのないような冷たい声音で言った。

声だけではなく、瞳も、彼女らしい温かさも柔らかさもなく、まるで人形のように、一切の感情が窺えなかった。

「え……？」

「どうして私が、あなたのことを待たなければならないの？　あなたが反吐が出そうな男であってもなくても、私にはなんの関係もないわ」

立花は、ひなのや奈緒と会話しているような錯覚に囚われた。

「いったい、どうしたんですか？」

「どうもしないわよ。つまり、あなたがどうなろうと興味がないってこと」

にべもなく答える千鶴の顔を、立花はまじまじとみつめた。

眼も鼻も唇も耳も頬も顎も、自分が愛した千鶴に間違いない。

「でも、千鶴さんは俺のことを……」

——そういうあなたの真っ直ぐな部分が好き……。

あのときの千鶴と、目の前の千鶴は別人だというのか？

「もしかして、私が前に言ったこと、信じてるんじゃないでしょうね？」

「どういう……意味ですか？」

立花の声は、情けないほどに掠れていた。

「まだ、わからないの？　あれは、あなたをちょっとからかってみただけよ。ナンバー1キャストの私が、ただのボーイを好きになるわけないじゃない」

「そんな……」

二の句が継げなかった。

千鶴の口から発せられるひと言ひと言が、立花の心を滅多刺《めったざ》しにした。

「私ね、まだ、社長と切れてないの」

「な……なんて？」

千鶴はいま、社長と切れてないと言わなかっただろうか？

が、そんなことが、あるはずはない。藤堂が彼女の初恋の相手だということは知っていたが、つき合っていたなどとは聞かされていない。

なにより、千鶴は藤堂のことを忌み嫌い、軽蔑していたのではないのか？

「だから、私と社長はつき合ってるっていうこと。つまり、男と女の関係よ」

千鶴と藤堂が、男と女の関係……。

「そんなの嘘だっ。俺に、社長みたいにならないでって、言ったじゃないですか!?」

立花は、絶叫した。

まだまだ、叫びたりなかった。本当は、喉が裂け、声帯が潰れるほどに、もっともっと、叫びたかった。

ほんの微かに残った理性と、冗談に決まっているという淡い期待が、ギリギリの線で立花を踏み止《とど》まらせていた。

「馬鹿ね。本気で、そんなこと言うわけないじゃない。地位もお金も名誉もある彼と、地位もお金も名誉もないあなたと、同じ男として比べられると思って？　わかったなら、迷惑だから、もう話しかけたりしないでね。じゃあ、私、時間がないから」

吐き捨てるように言うと、千鶴が歩を踏み出した。

「嘘だ……頼むから、嘘だと言ってくれ……」

視界が、縦に流れた。立花は跪《ひざまず》き、遠ざかる千鶴の背中を抜け殻の瞳でみつめた。

なんのために……なんのために自分を殺してまで、汚穢《おわい》の中に飛び込んだというのだ……。

「くそったれ！」

掌を、地面に叩きつけた。どこからか、気味の悪い啜り泣きが聞こえてきた。自分の嗚咽だとわかるまでに、束の間、時間がかかった。

哀しいほど無機質なアスファルトに、大粒の滴《しずく》が落ちて弾けた。

［5］

窓の外はすっかりと陽が落ち、漆黒で塗り潰されていた。丸椅子に腰を下ろした立花は、動かぬ父の横顔をみつめため息を吐《つ》いた。

午後八時二十分。本当はいま頃、ミントキャンディで働いている時間だった。

立花は、六時から同じ場所で、同じ体勢で座っていた。

マナーモードにしている携帯電話には、十三件の不在着信が入っていた。そのうちの五件が神崎、八件が菊田からだった。

病院だから電話を取らない、というわけではなかった。

――地位もお金も名誉もある彼と、地位もお金も名誉もないあなたと、同じ男として比べられると思って？

千鶴の侮蔑の籠った眼と嘲笑交じりの声音が、脳裏と鼓膜に蘇る。

悪い夢ではなかった。つい数時間前に起こった現実だった。

これが夢ならば、どんなに救われることだろう……。

「俺は、なんのために、親父をこんな目に遭《あ》わせた女達のもとで働いてきたんだ……」

立花はうなだれ、髪を掻き毟った。

もちろん、真一が返事をすることはなかった。


——つまり、男と女の関係よ。


信じられなかった。それが、ひなのの言葉ならばわかる。奈緒の言葉でも納得する。が、間違いでもなんでもなく、立花の心を砕いたそのセリフは、千鶴の口から発せられたものだった。

「親父……金のある奴が、そんなに偉いのか？　金さえあれば、心なんかどうだっていいのか？　俺は、恥ずかしくて、悔《くや》しくて、もう、店に顔を出すことができねえ……」

ヒップポケットの中で、携帯電話が震えた。十四回目の電話。携帯電話を引き抜く。液晶ディスプレイに浮かぶ文字……菊田。

出る気はなかった。また、その必要もなかった。

「親父、俺、店を……」

真一の手をそっと握り締める。掌に、父の温かさが伝わった。

自力で動けず、食事を摂《と》れず、排泄《はいせつ》ができず、喋ることができず……たとえ皮膚を切られようが、骨を砕かれようが、きっと、身動《みじろ》ぎひとつしないことだろう。

だが、真一は生きている。伝えることができないだけで、腹も減れば、痛みも感じる。

自分が職を失えば、誰が真一の面倒をみるのだ？　真一が生きるには、毎月膨大な金がかかる。

だからこそ、夜の世界に飛び込んだのではないのか？

が、この先、毎晩のように千鶴と顔を合わせるのは耐えられなかった。

「どうすればいい？　親父……なんとか言ってくれ。俺は、どうしたらいいんだ、どうしたら……」

立花は真一の胸に突っ伏し、うわ言のように繰り返した。

わかっていた。

真一がなにも答えないだろうことを。

そして、答えは、自《みずか》らが出さなければならないことを。

［6］

「いらっしゃいま……」

ドアを開けたのが客でないとわかった瞬間、神崎の顔から笑顔が消えた。

立花は、なにか言いたげな神崎を無視し、フロアの奥へ進んだ。

大西、橋爪、嶋、大滝が動きを止め、立花を眼で追った。閉店間際にジーンズの上下姿で現れたホール長を認めたキャスト達が、好奇の貼りつく視線を投げてくる。

五番テーブルで接客している恵美だけは、ほかのキャストとは対照的に心配そうな顔を向けてきた。

連夜の指名。昨日客が付いたことで、なにかが吹っ切れたのだろう。これから、彼女は大化《おおば》けする可能性がある。が、いまの自分には、もう、関係のないことだった。

フロアのどこかにいるだろう千鶴のことは、敢《あ》えて捜《さが》さなかった。また、捜す必要もなかった。

店長室の前で歩を止め、立花は浅く息を吸った。

「立花です」

ダンスミュージックの洪水に抗《あらが》うような大声を出しながら、ノックした。

間を置かず開いたドアの向こう側に、渋面《じゅうめん》を作った菊田が現れた。

「お前、連絡もしないでなにやってんだ」

「すみません。店長、ちょっとお話が……」

「ホール長になったばかりで、無断遅刻か?」

菊田の背後。息を呑んだ。応接ソファで足を組み風俗誌を捲っていた藤堂が、手招きをする。

なぜ藤堂がここに?

予期せぬシチュエーションに、立花は動揺した。

「店長から連絡が入ってな。期待の星の携帯が繋がらないって」

藤堂が、立花の心を見透かしたようにおどけ口調で言った。

「突っ立ってないで、社長に挨拶しろ」

菊田に促され、ぎこちない足取りで店長室へ踏み入った。

「失礼します」

どうして、こんな奴に……。

立花は深々と頭を下げながら、そんな自分に腹を立てた。

「座って、仕事に穴を開けた理由をきちんと説明しろ」

菊田に肩を押され、ソファに腰を沈めた。

「女か？　金か？　それとも、いじめに耐え切れなくなったか？」

立花が席に座るなり、風俗誌から顔を上げた藤堂が訊ねてきた。

「え……」

「店を辞めたくなった原因だ」

瞬間、菊田が大きく眼を見開き立花をみた。立花も、菊田に負けないくらいに驚いていた。

「どうして、それを？」

脳裏に千鶴の顔が浮かぶ。すぐに打ち消した。もしそうならば、金といじめを口にするはずはない。

「やっぱり、図星《ずぼし》か」

薄く微笑む藤堂。が、その眼は笑っていなかった。

「おい、立花。店を辞めるって、どういうことだ？」

菊田にしては珍しく、動揺していた。らしくない彼の反応を、少しだけ嬉しく感じた。

「理由はなんだ？」

藤堂の声音は、菊田とは対照的に落ち着いていた。

「言いたくありません」

張本人を目の前にして、言えるわけがなかった。

「俺は、問題を起こしたお前をホール長に抜擢した。理由を聞く権利くらいはあると思うがな」

藤堂が煙草をくわえる。立花は、ポケットに伸びようとした手を止めた。精一杯の抵抗。もう、火をつける義務はない。

菊田が立花を睨みつけ、ライターの炎を藤堂に差し出した。

「俺が、ホール長にしてほしいと頼んだわけじゃありません」

「立花っ、お前……」

「やめろ。立花、どこかの店から、引き抜きでもあったか？」

菊田を制し、藤堂が窺うような視線を投げてくる。

「そんなんじゃありません。ミントキャンディで働く気がなくなっただけです」

「だから、それはなぜだと訊いているんだ」

立花は、答える代わりに藤堂の眼を見据えた。

「どうやら、原因は俺にあるようだな」

藤堂が煙草を消し腕を組むと、眼を閉じた。入れ替わるように、今度は立花が煙草に火をつけた。

息苦しい沈黙が続く。

五分、十分……まるで眠っているかのように、藤堂は微動だにしなかった。

「どうしても、気持ちは変わらないか？」

藤堂が口を開いたのは、灰皿に四本の吸差しが溜まった頃だった。

立花は、藤堂の冷々《ひえびえ》とした瞳を見据えたまま頷いた。

「わかった。残念だが、仕方がない。ただし、半年はこの業界に戻ってくるんじゃない」

「面子《メンツ》ですか？」

「ああ、そうだ。お前も、少しは夜の世界を齧《かじ》ったんだから、わかるだろう？」

「申し訳ありませんが、それはお約束できません」

「ほう、それは、どういうことだ？」

藤堂の眉尻が、ピクリと上がった。

「いつどこで働こうと、俺の勝手だということです」

臆《おく》せずに言った。

「口を慎《つつし》めっ」

菊田の声に、耳を貸すつもりはなかった。それは、藤堂にたいしても同じだ。

自分と藤堂は、もう、上司と部下の関係ではない。ひとりの男と男……対等な立場だ。

「なにが不服かは知らんが、言うとおりにしたほうがいい」

氷だけになっていたロック・グラスにワイルド・ターキーを手酌《てじゃく》で注《つ》いだ藤堂が、無表情に言った。

「なぜ、あなたの言うことを聞かなければならないんです？」

「それが、お前のためだからだ」

「意味が、よくわかりませんが」

「なら、教えてやろう」

不敵な笑みを浮かべグラスを傾けた藤堂が、吸差しを灰皿に押しつけた。

「お前が抜けたところで、俺は少しも困らない。藤堂観光には、ホール長の代わりはいくらでもいるからな。だが、お前には、どこの店に行っても俺の代わりはいない。何度も言っているように、お前には才能がある。しかし、俺という存在がいなければ、その才能は花開く前に蕾《つぼみ》のまま腐ってしまうことになるだろう。素質馬も、名調教師がいなければ並の馬にしかなれないってことだ。新しい才能は次々と生まれてくる。遠回りしているうちに若い力に追い越され、手に職のないただのおっさんになった男をいくらでも知っている」

言葉を切った藤堂が、新しい煙草をくわえた。菊田のライターを遮り、自分で火をつける。

「夜の世界には、ふたつのタイプしかいない。それは、ひと握りの成功者とその他大勢の落伍者《らくごしゃ》だ。サラリーマンなら、そこそこに頑張り、そこそこの役職につき、そこそこの成功を手にすることが可能だ。だがな、水商売は利益を生み出す経営者になって初めて、成功者といえる。四十にも五十にもなって、チーフだサブマネだなんて言ってられないだろう。転職するにも、その歳になってからでは潰しが利かん。お前も、その他大勢の落伍者になりたいのか？」

藤堂の言うことは、身につまされる話ばかりだった。

工務店を経営している父親の跡を継《つ》いだ者、鮨《すし》屋の板前になった者、カメラマンの専門学校に進学した者……昔、立花とつるんでいた友人達が費《つい》やしている時間は、技術という将来の貯金となっている。

が、保証のない夜の世界で費やす時間は、トップにならないかぎり単なる浪費になってしまう。

少しも不安がないといえば嘘になるが、悲観はしていない。

「ご心配して頂くのはありがたいことですが、俺は大丈夫です。絶対に、落伍者にはなりませんから。それに、そんなに自信があるのなら、なぜ、俺の好きなようにさせてくれないんです？　俺が、社長を脅かす存在になることを、恐れているとか？」

敢えて、挑発的な発言をすることで退路を断《た》った。いま口にしたように藤堂に肩を並べるまでになるには、生半可《なまはんか》な決意では通用しない。

「思い上がるな。お前如《ごと》きが、俺の視界に入ることができるとでも思ってるのか？」

藤堂が、唇の端を吊り上げ、鼻を鳴らした。

こめかみが軋《きし》み、頭が熱を持つ。

たとえ風俗王だろうが、夜のカリスマだろうが、神でも悪魔でもない。藤堂といえども、脳みそがふたつあるわけでも手が四本あるわけでもない。

自分と同じ、皮膚を切れば赤い血が出る人間だ。

「それは、社長の考えです。俺の考えは違います」

「なら、お前の考えとやらを聞かせてもらおうか」

「五年、いや、もっとかかるかもしれませんが、社長の歳になったときにはもっと大きな男になるつもりです」

室内の空気が、氷結したように張り詰めた。菊田が弾かれたように青褪めた顔を向けた。

「これは傑作だ」

藤堂が、腹を抱えて笑った。

頭の血管が、はち切れそうになる。握り締めた拳。目の前の藤堂の大きく開いた口にぶち込みたい衝動を必死に抑えた。

藤堂を超える。もちろん、暴力の意味ではない。人脈、資産、権力……すべてにおいて、藤堂の上に立つつもりだった。

「俺の歳になるまでだと？　そんなに長く、この業界で生きてゆけるつもりか？　俺は、飼い主の手を咬《か》もうとする犬は殺す主義でね。もっとも、俺が手をくださずとも自然に潰れるだろうがな。まあ、好きなようにやってみればいい」

藤堂の顔から笑いが消えた。刺すような視線。肌がひりつく。心がぞくぞくする。

初めて、この男を真剣にさせた。たとえ刹那でも、自分と同じ土俵へ下りてきた。

「わかりました。好きにします。今度お会いしたときに、社長が同じセリフを言えるかどうか愉しみにしてます。長い間、お世話になりました」

立花は腰を上げ、深々と頭を下げた。踵を返し、ドアへ向かった。

「おい、立花」

歩を止め、振り返る。宙に放物線を描いた黒革の長財布が肩に当たり、足もとで札束が顔を覗かせた。

「四十万入っている。実働以上の額になるはずだ。金に困ってるんだろう？　俺からの餞別《せんべつ》だ。くれてやる。遠慮せずに取っておけ」

財布を藤堂に投げつけようとした右腕。堪え、ジーンズのヒップポケットにしまった。

立ち上がり、もう一度、無言で頭を下げた。

今日、藤堂に投げかけられたどんな言葉よりも、屈辱に胸が抉《えぐ》られた。

いま、この瞬間に決意した。

近い将来、必ず、黒い太陽になってみせるということを。

第三部

〔1〕

皮膚を切り裂く冷たい外気に感覚を失った指先。薄いグレイのセロファンを張ったような曇り空。お屠蘇《とそ》気分が抜けきらない間延びした空気。そここの店の玄関につけられたしめ飾《かざり》。店先のワゴンに積まれた福袋。

いつもはガキどもの無軌道なエネルギーに満ち溢れている渋谷の街並みも、通行人の歩調も、時差惚《ぼ》けしたようにどこか間が抜けていた。

今日は一月四日。会社の仕事始め。といっても、年始の挨拶回りがほとんどで、通常のテンポを取り戻すのは翌週の月曜日からだ。

が、夜の世界は違った。

クリスマス、大晦日《おおみそか》、正月……様々なイベントが続く年末年始は、風俗、水商売の店にとってはやりかたひとつで書入《かきい》れ時となる。

正月早々からソープ嬢やキャバクラ嬢にしか相手にしてもらえない寂しい人間は、思いのほかに多いのだ。

立花は宮益坂《みやますざか》沿いの雑居ビルのエントランスに足を踏み入れる。一階は旅行代理店。目的の場所は二階の喫茶店……「モンテカルロ」だった。

生臭《なまぐさ》いモップのにおいが充満するエレベータに乗り込んだ。二階。

「いらっしゃいませ」

自動ドアを潜《くぐ》った。茶髪の女……立花とそう歳の変わらないウエイトレスが気怠《けだる》げな声を投げてくる。

ルックスは並。スタイルは中の上。髪を黒く染め直し化粧を控え目にし、笑顔を絶やさず健康的な色気を売り物にすれば、そこそこは客を取れるようになるだろう。

いまのケバい仏頂面《ぶっちょうづら》では通用しない。

ケバい女がだめだと言っているわけではない。彼女は、派手さを売りにするにはルックスが地味過ぎボディが貧弱で、ひと言でいえば華《はな》がないのだ。

無意識に鑑定モードに入っていた思考を止め、ガラ空《あ》きの店内に首を巡《めぐ》らせた。

フロアの最奥。窓際のテーブルに、ウエイトレスに負けないくらい気怠い仕草で煙草を吸っている女で視線を止めた。

「奈緒さん」

立花は小さく片手を上げながら、女……奈緒のテーブルに歩み寄った。

奈緒が、びっくりしたような顔で立花を見上げた。

無理もない。整髪料でびっしりと撫《な》でつけたオールバックの髪、モスグリーンのダブルスーツに黒革のロングコート。

目の前でコートを脱ぎ席に着く男は、彼女の記憶の中のどこか垢抜けないTシャツにジーンズ姿の青年ではなかった。

「俺はコーヒー」

ウエイトレスに注文し、立花はマールボロのメンソールをくわえた。

「半年振りだね」

ゴールドのデュポンの上蓋《うわぶた》を跳《は》ね上げる。小気味のいい金属音が鳴り響く。炎で穂先を炙り、奈緒に微笑みかける。

「立花君、変わったね」

奈緒が、立花の髪型や服装をまじまじとみつめながら、狐に摘まれたような顔で言った。

もちろん、彼女は、容姿や服装のことだけを言っているのではない。

相手に向ける眼差し、煙草を吸う仕草、フランクな物言い。

半年前の立花は、すべてにおいて力み、硬さがあった。

よく言えば実直。悪く言えば愚直。父、真一に生き写しだった。

一番の違いは、女にたいしての見方。いまの立花は、街で、デパートで、レストランで、そして、この喫茶店でも、女をみかけるたびに商品として通用するかしないかに意識が働いた。

少なくとも、こういうふうにキャストに微笑みかけるなど、ミントキャンディ時代には考えられなかった。

あのときの誓いを果たすためには、変わらざるを得なかった。

奈緒のほうはといえば、立花の知っている彼女と違い、顔色が悪く顔立ちも凡庸《ぼんよう》にみえた。

しかし、それは、彼女がノーメイクであり、ダウンライトの下ではなく陽の光を受けているせいだとわかった。

奈緒にかぎらず、水商売の女は、朝外で会うのと夜店で会うのは印象が違うものだ。

「奈緒さんこそ、少し痩せたんじゃないの？」

「まあ、いろいろとあってね。それより、話ってなに？　朝まで客とアフターしてたから、寝てないのよ」

いまは、午前十時四十分。キャバクラ嬢にとっては、真夜中同然だ。

「奈緒さん、ウチの店にこない？」

立花は、いきなり核心に切り込んだ。

睡眠不足で不機嫌な彼女には、前振りが長くなると逆効果だと思ったのだ。

「え？　ウチの店って、どういうことよ？」

奈緒が素頓狂《すっとんきょう》な声を上げ、身を乗り出してきた。

「俺、来月、渋谷でキャバクラをオープンするんだ」

「嘘でしょ!?」

「嘘なんか吐《つ》くために、正月早々から奈緒さんを呼び出したりしないよ」

「でも、どうやって？　お金とか、どうしたのよ？」

奈緒が驚くのは、当然のことだった。

ミントキャンディを辞めたあと、立花は求人雑誌の広告をみて様々なキャバクラに面接に行った。三軒、四軒、五軒……面接をした店長やマネージャーは揃いも揃って、履歴書に書かれた立花という名前を眼にした途端に露骨に顔をしかめた。

門前払いを食らった店が十軒を超えたときに、改めて藤堂の影響力の強さを思い知った。

立花は考えた。藤堂からのお触れが通用しない店はないかと。そして思いついたのが、藤堂観光の向こうを張るグループを探すということだった。

風俗専門誌を複数買い込み、キャバクラ関連のサイトを何時間もネットサーフィンすることで、キャロルカンパニーという会社の存在を知った。

キャロルカンパニーは藤堂観光ほどではないが、都内にキャバクラを二十五軒、ランジェリーパブをはじめとするセクシーパブを二十軒以上も抱えている大手風俗産業だった。

なにより立花の気を引いたのは、水商売、風俗関連の掲示板に書き込まれた内容だった。

書き込みによれば、キャロルカンパニーは、風俗界を独占状態にしている藤堂観光を急速に追い上げているらしい。

立花は、キャロルカンパニーの系列店の中で、ナンバー1の業績を誇る六本木のキャバクラ……ピーチクラブに飛んだ。

面接は、須磨《すま》という二十代後半のチーフ・マネージャーが行った。

アポイントもなしに駆け込んできた男がミントキャンディのホール長だったことを知った須磨は、すぐさま内線電話で店長を呼んだ。

店長は尾崎《おざき》といい、須磨よりも若くかなりの切れ者だった。

尾崎は、入社十日足らずでホール長に就任した十八歳の青年に興味を示した。

その若さと短いキャリアでホール長に抜擢された事実は、藤堂の眼鏡に適ったという証であり、即戦力で使える裏づけにもなる。

あわよくば、ミントキャンディのキャストを引き抜き、裏情報を仕入れることもできる。

立花は、期待に対して当たり障りのない応えかたをした。

尾崎に尾を振り過ぎれば、藤堂を刺激してしまう。藤堂に忠義を尽くし過ぎると尾崎に冷遇されてしまう。

立花が考えた末に取った行動は、恵美の引き抜きだった。

ミントキャンディを辞めてすぐに立花は、恵美を飲みに誘った。


――俺は、一年以内に必ず自分の店を持つ。その店では、恵美ちゃんを看板キャストにしようと思っている。そのためには、恵美ちゃんの協力がどうしても必要なんだ。

最初は冗談として受け流していた恵美も、立花の熱意に次第に身を乗り出してきた。

看板キャスト。それまでの彼女には、夢のまた夢の響きだったことだろう。

その「夢」を必ず実現させるという立花の話に、恵美が興味を示さないわけがなかった。

立花は、「夢」を「現実」とするためのシナリオを、熱く、自信に満ちた表情で語った。


――それで、私はなにをすればいいの?

飲み屋から出たあとに直行したホテルのベッドで、恵美は、情事の余韻《よいん》とアルコールで上気した顔を立花に向けて訊ねた。

――取り敢えずは、ミントキャンディを辞めて、俺が勤める店でナンバー1を目指してくれ。お前なら、きっとできる。

どの店も、男性スタッフとキャストが男女関係になるのを御法度《ごはっと》にしているのは、男の言いなりになり、店側のコントロールが利かなくなってしまうからだ。

立花は、水商売の掟《おきて》を逆利用した。

――本当に、ナンバー1になれるかな？

瞳を輝かせて問いかける恵美に、立花は力強く頷いた。

嘘ではなかった。

恵美は自分の魅力に気づいていなかっただけの話であり、磨けば千鶴クラスのキャストに負けない可能性を秘めたダイヤの原石であることを立花は知っていた。

藤堂にひと泡吹かせるには、ミントキャンディにダメージを与えることが一番の早道だった。

恵美よりも、ナンバークラスのキャストを引き抜いたほうが効果的なのはわかっていた。

が、いきなり奈緒やひなのに手をつけてしまえば、藤堂の逆鱗《げきりん》に触れるのは火をみるよりも明らかであり、逆に手痛いしっぺ返しを食ってしまう。

急がば回れ……藤堂に致命傷を与えるには、立花自身が力をつけることが先決だった。

待機専門の恵美は、はっきり言ってミントキャンディのお荷物キャストだ。

が、立花のひと言により、彼女は見違えるように積極的になり、ちらほらと指名が入るようになった。

とはいえ、店側が目の色を変えて引き止めにかかるほどの存在ではなく、恵美の辞意はあっさりと受け入れられた。

藤堂を刺激せず尾崎の要求に応えるという難題をひとまずクリアした立花は、ピーチクラブから渡されていた支度金とミントキャンディの給料のすべてを恵美に注ぎ込んだ。

まずは美容室に行かせ、それまで重々しいロングだった髪をショートにし、色も明るい茶系に染めた。

次に、金が続くかぎりエステに通わせ、肌を磨き、メイクの技術を習得させた。

たったそれだけのことで、恵美は別人のように変わった。いや、本来の彼女が姿を現しただけだ。

おかげで、金はすっかり底をついてしまったが、先行投資というやつだ。

数ヵ月後には、何十倍にもなって返ってくるという確信が立花にはあった。

真一の病院には、事情を話し支払いを待ってもらった。

病院側は難色を示したが、さすがに、植物状態の人間を放り出すわけにもいかず、来月には未納分も含めて支払うという条件付きで、渋々《しぶしぶ》と了承した。

その頃になればピーチクラブの給料と恵美の稼ぎがあるので問題はなかった。ピーチクラブの業績はミントキャンディといい勝負だったが、長瀬のいるピンクソーダには及ばなかった。

それでも、男性スタッフ八名、キャスト二十五名を抱える中箱クラスの店内は活気に満ち、常に客で溢れ返っていた。

ミントキャンディのときとは打って変わって、恵美のテーブルは弾けていた。くそ面白くもない客のジョークに手を叩いてはしゃぎ、無口な客には積極的に話題を振った。

政治、経済、芸能関係、スポーツ……テレビのニュース、ワイドショー、人気のドラマを録画し、朝刊紙、スポーツ紙、経済紙、週刊誌の見出しは切り抜いた。

朝までにそれらの情報源すべてに眼を通し、出勤前に恵美の頭に叩き込んだ。

ナンバークラスのキャストになるための三種の神器《じんぎ》は、ルックス、スタイル、会話だ。

その中でも、とくに会話は重要だ。どれだけ美人だろうと、どれだけグッドプロポーションだろうと、露出過多のアイドルのようにいずれは飽きられてしまう。

だが、会話が消費されることはない。銀座のクラブの一流ホステスが、五年も十年も客を繋ぎ止めておけるのも、卓越した会話術のおかげだ。

もっとも、ただ喋ればいいというものではない。中身のない会話は、逆に鬱陶《うっとう》しいだけだ。

客を虜にする会話というのは、時代の流れに乗ったもの……つまり、リアルタイムの情報をしっかりと押さえたものだ。

だからこそ、立花は、睡眠を削り、興味のない政治の動きや経済の流れを追っているのだった。

恵美は貪欲であり、そして優秀だった。その日に教え込んだことを吸収し、自分の言葉として接客時に応用していた。

彼女の変貌は、イメチェンしたことで自信がついたのもあるが、なにより、愛する男のため、というのが大きな原動力になっていた。

連日指名が相次ぎ、入店一ヵ月目で恵美はピーチクラブのナンバー3となった。三ヵ月目には、ついに二十五人のキャストを抑えて頂点に立った。

指名が入るほどに、彼女はますます美しくなった。

大躍進を続ける恵美とは対照的に、立花は一介のホールのまま燻《くすぶ》り続けていた。

焦りはなかった。というより、計画通りだった。ピーチクラブでの目的は出世ではなく、ノウハウを盗むことと資金稼ぎにあった。


――女は当たりで、男のほうは外れだな。

――店長も、恵美さんの手前、立花をクビにはできないだろうな。

――まあ、立花の功績は、彼女を引き抜いたってことだけだ。

――しかし、あれで本当に、ミントキャンディでホール長をやってたのかよ?

店での立花は、解雇されない程度に冴えない男を演じながら、陰で恵美をコントロールした。

男性スタッフの陰口は耳に入っていたが、聞き流した。以前なら、取っ組み合いの喧嘩になっていたことだろう。

が、一国一城の主《あるじ》になるためなら、どれだけ罵詈雑言《ばりぞうごん》を浴びせられようが一向に構わなかった。

――立花君。いったい、どうしちゃったのよ？　みんな、好き勝手なことを言ってるわよ。

ある日の夜、恋人にたいしての悪評に、恵美が心配げに訊ねてきた。

――店の宝は、お前ひとりで十分だ。俺まで宝になってしまったら、辞めるときどうする？

そう、立花は、その日がきたときのために、故意に、刺身のツマになることに決めたのだった。

恵美に言ったように、店のドル箱ふたりが同時期に辞めるとなれば、必ず恨みを買ってしまう。

しかし、立花がオマケに徹すれば、残る問題は、恵美がどうやってクビを切られるか、だけだった。

その日は、ふたりが入店して半年目に訪れた。

恵美がピーチクラブで稼いだ給料は既に一千万に達しており、キャバクラ経営のノウハウもほぼ完璧に盗んでいた。

キャスト十人程度の小箱ならば、十分にオープンできる金額だった。

立花は、恵美に泥酔状態で出勤することを命じた。店に出る前に、彼女にボトル一本のワインを飲むことを義務づけた。

寮住まいだった恵美は、立花の命令を忠実に実行した。

酒臭い息を撒き散らし、縺《もつ》れる呂律《ろれつ》で接客するナンバー1キャストに、男性スタッフもキャストも戸惑った。

あるときは勤務中にソファで熟睡し、あるときは客に執拗に絡んだ。

最初の二、三日はドル箱キャストに気を遣いやんわりと注意していた店側も、恵美の素行不良が一週間を超えた頃に、厳重注意を与え罰金を徴収した。

それでも彼女の素行は改まらず、ついにはピーチクラブで一、二を争うVIP客の頰を酔いに任せて張り飛ばすという事件を起こした。

これにはさすがに店側も激昂《げっこう》し、また、呆れ果て、恵美は十日間の謹慎処分となった。

立花はこのチャンスに、店への貢献という彼女の貯金を一気に使い果たす仕上げにかかった。

謹慎中の恵美を店に出向かせ、大勢の客の前で店長にたいして悪態を吐《つ》かせたのだった。

翌日、恵美は解雇を言い渡された。極上の刺身も、腐ってしまえばただの生ゴミというわけだ。

生ゴミ扱いになったのは、恵美だけではなかった。

皿に盛られた刺身を捨てるときに、ツマだけ残す物好きな人間はいない。

無能なボーイもまた、その三日後にお払い箱となったのだ。

立花の目論見《もくろみ》通りに、店側に未練を残させずにふたりは自由の身となった。

この業界では、未練は怒りに姿を変え、やがて、妨害という名の強大な敵になってしまう。

障害は、藤堂ひとりだけで十分だった。

「いいスポンサーをみつけたのさ」

立花は回想の旅を中断し、驚倒する奈緒に片目を瞑ってみせた。

口が裂けても、彼女の元の同僚で格下のキャストだった女がスポンサーだとは言えない。

「そういえば、立花君、渋谷のピーチクラブに勤めてたんじゃなかったの？　スポンサーって、そこの客？」

奈緒は思い出したように言うと、卑猥に捲れ上がった唇にストローを含み、アイスティーを吸い上げた。

夜の世界の噂は、昼の世界の何倍もの速さで駆け抜ける。

ライバル店で、期待の新人ホール長がうだつのあがらないボーイに凋落《ちょうらく》したこと、そして、待機専門のお荷物キャストが華麗なる変身を遂げたことは、とっくに藤堂の耳に入っていたに違いない。

「まあ、その話はいいじゃない。それより、返事を聞かせてよ」

「でも、どうして、千鶴じゃなくて私なの？　あなた、彼女に気があったんでしょう？」

奈緒がセーラムのメンソールをくわえ、窺うような視線を投げてきた。

千鶴という名に、微かに心がさざなみ立つ。立花は、胸奥で広がる小さな波紋を悟られぬよう、表情を変えずにデュポンの火を差し出した。

「もったいない、って思ったからさ」

立花は、吸差しを灰皿に押しつけた。まるで、千鶴への想いを揉み消すとでもいうように。

「もったいない？」

お得意の小悪魔フェイスを作り、首を横に倒す奈緒。この仕草に、何百人の男が時間と金を浪費したことだろう。

これから、この小悪魔の毒は藤堂のためではなく、自分のために使ってもらう。

「そう。ミントキャンディでは、奈緒さんの実力は半分も発揮できていない。考えてみてよ。ルックスもスタイルも話術も、千鶴さんなんかより奈緒さんのほうが明らかに上だ」

罪悪感など、感じる必要はない。


――ナンバー1キャストの私が、ただのボーイを好きになるわけないじゃない。


半年前のあの日。千鶴がいまのセリフを聞いたときに受ける傷とは比べ物にならないほどに、立花の心はどうしようもなく深く切り裂かれた。

「お世辞言っても無駄よ。前に誘ったときに、千鶴に義理立てして私を袖《そで》にしたくせに」

言葉とは裏腹に、奈緒は満更《まんざら》でもなさそうな顔をしていた。

「お世辞じゃない。俺は、奈緒さんこそナンバー1を勝ち取るべきだと思う。でも、あの店にいるかぎりは無理だ。ミントキャンディでは、奈緒さんが絶対に一番になれない理由があるんだ」

「それ、どういうこと？」

奈緒の眉根が訝しそうに寄った。

「千鶴さんは、社長の情婦なんだ」

胸に、切っ先鋭い刃物で突かれたような疼痛《とうつう》が走る。

「えっ……嘘でしょ!?」

「嘘じゃない。奈緒さんが言ったように、俺は彼女のことが好きだった。店を辞めたのは、それを知ったからさ」

奈緒を引き抜くために口にしている言葉だが、すべては偽《いつわ》りなき真実。掌の中で、マールボロのパッケージが音を立てて潰れた。

「だから、店側は千鶴さんに上客を付けようと躍起《やっき》になる。奈緒さんだって、週に十万落とす客と二万しか落とさない客がいたら、力の入りかたが違うはずだ。それと同じさ」

立花の言葉に、小悪魔の顔が悪魔のように険しくなった。

「そんなの、卑怯《ひきょう》よっ」

奈緒が絶叫し、テーブルを叩く。暇そうにトレイを鏡代わりに化粧直しをしていたウエイトレスが、生き生きとした眼を向けてくる。

「ウチの店には、奈緒さんの力が必要なんだ。奈緒さんなら、必ずトップを張れる。このままミントキャンディにいても、時間を浪費するばかりなのは目にみえている。思いきって、決断してみようよ」

立花は、ありったけの思いを込めた瞳で奈緒をみつめた。

彼女の力が必要なのは本当だった。ミントキャンディのハイレベルなメンバーでナンバー2を死守するというのは、並大抵のことではない。

が、必ずトップを張れるというのは嘘。

人気店のナンバー2が、小箱の店に移ったからといってナンバー1になれるとはかぎらない。

奈緒が千鶴を抜けないのは実力だ。藤堂は、情婦に肩入れするような甘い男ではない。

彼女は実力の半分どころか、全力を尽くした結果がナンバー2なのだ。

二番目に指名の多いキャストと言えば聞こえはいいが、裏を返せば二番手止まりのバイプレーヤーだ。

不思議なもので、奈緒だけではなくナンバー2はどこの店に行ってもナンバー2という場合が多い。

店を移って化けるのは、恵美のようなナンバークラスにさえなれなかったキャストがほとんどだ。

競馬に、万年二着馬と呼ばれるタイプの競走馬がいる。どんな馬場を走っても、どんなメンバーで走っても……そのレースがGＩであろうが条件戦であろうが、いつも二着という馬のことだ。

ようするに、詰めが甘いのだ。

たいして、未勝利戦で燻っていた馬が、あるレースで突然に大化けして連勝街道を突き進むというケースが多々ある。

立花が思うに、全能力を出し切っての万年二着馬と真剣に走ったことのない未勝利馬では、後者に上積みという名の才能があるぶんだけ、スーパーホースになれる可能性が秘められている。

そう、奈緒は、いまや押しも押されぬナンバー1キャバ嬢になった恵美を抜くことはおろか、影を踏むことさえもできないだろう。

新天地でも、彼女には万年二着馬という宿命が待っているのだ。

もちろん、口に出すことはしなかった。

トップになるのは、奈緒にかぎらず、ほかの女でもだめだ。恵美が千鶴を超えるキャストとなったときこそが、彼女の才能を見過ごしていた藤堂の鼻を明かしたことになるのだった。

「君さえいれば、ほかのキャストなんてどうだっていい」

昔、あれほど忌み嫌っていた二枚舌を、いつから使うようになったのだろう。

思考を切り替えた。とにもかくにも、目の前の獲物を落とすことをなによりも優先しなければならない。

「立花君には悪いけど、まだ、先のわからない店じゃない？」

ストローで氷を掻き回しながら、テーブルに視線を落とす奈緒。

駆け引き。わかっていた。だてに、毎晩のように客を手玉に取っているわけではない。

「たしかに、ウチは船出さえしていない。奈緒さんの言うように、先々どうなるかわからない部分があるのは認める。でも、先がみえてる店よりは、やり甲斐があると思うけどな」

「それはそうだけど、明日はどうなるかわからない世界だから、ある程度の保証は……ね？」

奥歯に物が挟まったような言い回し。どんな言葉を使っても、結局は金だ。

むろん、そのへんの対策は立てていた。

「奈緒さんの時給は、七千円だったよね？　ウチは、一万を出そうと思っている。君は、それだけの価値がある女だ」

弾かれたように、奈緒が顔を上げた。生肉を目の前に翳《かざ》されたライオンの瞳の輝き。

時給一万円というのは、ミントキャンディで千鶴が貰っている額と同じだ。

キャストの数が少ないだけに、彼女にそれだけの金を払っても問題はない。それに、古巣からかなりの数の客を奈緒が引き連れてくるだろうことを見込むと、十分にお釣りがくる。

立花は、スーツの内ポケットに入れていた封筒を抜き、テーブルに置いた。

「なに？」

白々しく、首を傾《かし》げる奈緒。この瞬間を待っていたのは、端《はな》からお見通しだ。

「百五十万入っている。支度金として、取っておいてくれ」

店舗の契約金、内装費、広告費、人件費、酒代……ほかにも、オープンまでに諸々の金が飛ぶ。百五十万はいまの立花にとって余裕で出せる額ではないが、奈緒が入店すれば少なくとも彼女ひとりで月に三百万前後の売り上げが計算できる。

それだけではない。奈緒が抜ければ、ミントキャンディは三百万の売上ダウンとなるのだ。

まさに、一石二鳥というやつだ。

「ビールをふたつ」

封筒をじっとみつめる奈緒を横目に、ウエイトレスに告げた。

立花は、ひと足はやい祝杯を上げるつもりだった。

［2］

「それは、あっちへお願いします」

立花は、打ちっ放しのコンクリート壁を指差し、最後に運ばれてきた荷物……ボックスソファの設置場所を搬入業者に指示した。

間が抜けていた空間が、瞬時に引き締まった。

「キャバクラらしくなったじゃないか」

恰幅《かっぷく》のいい躰を仕立てのいいスーツに包んだ岡宮《おかみや》が、店内を満足そうに見渡した。

立花は、岡宮の視線を追った。

L字型のフロア。壁際に沿ったコバルトブルーのボックスソファ。ソファと並列するカウンター。カウンターの背後のキャビネット。壁と同じ打ちっ放しのコンクリート床。有線から流れるユーロミュージック。ボルトイン式のダウンライト。

岡宮の言うように、一ヵ月前に比べると十七坪のフロアはそれらしくなった。

といっても、バーの箱を居抜きで借りたので、ソファと客席の間を仕切るパーティション以外は、そのまま流用していた。

一から調度品を揃えることを考えると格段に安い費用で済み、壁も床も元から打ちっ放しだったので内装を入れる必要もなかった。

ソファやパーティションにしても、リサイクルショップで中古を購入したので、市価の数分の一で済ませることができた。

「店の名は、決めたのかい？」

「はい。フェニックスにしました」

不死鳥。どんな困難に見舞われても、決して死にはしない。その願いを込めて、フェニックスにしたのだった。

「いい名前じゃないか。ピーチクラブのような俗っぽさもないし、洒落てるよ」

「ありがとうございます。本当に、なにからなにまでお世話になりました」

立花は、岡宮に深々と頭を下げ、礼を述べた。

「なぁに、お安いご用さ。たっちゃんには、いろいろと世話になったから、これくらいのことは当然だ。それに、私は君の可能性を信じている。必ず君は、将来、天下を取る男だ。いわば、先行投資というやつだ。そのときは、何十倍にして返してもらうさ」

岡宮が立花の肩を叩き、ノーフレイムの眼鏡の奥の瞳を細めた。

岡宮は、立花がミントキャンディを辞めたあとに働いていたピーチクラブの常連客だった。

彼は恵美の指名客で、二日と置かずに店を訪れた。最初に指名を受けた夜に、岡宮が不動産会社の経営者であることを恵美から聞いた立花は、自分にでき得るかぎりの奉仕をすることに決めた。

当時既にナンバー1だった彼女は一日の指名本数も多く、一時間ではひとりの客に十分程度しか付けなかった。

ピーチクラブでは一ホールだった立花にはキャストを割り振る権限がなく、そこで考えたのは、恵美を岡宮のアフターにつき合わせるというものだった。

立花は、岡宮に閉店間際に訪れるように頼み、帰り際にそっと恵美との待ち合わせ場所が書かれたメモ用紙を手渡した。

恵美の休日には、月に一度の割合で店外デートをセッティングした。

ほかのキャストには口を出せない立花も、恵美なら自由に動かせるのだった。

あくまでもピーチクラブは腰かけで、独立の青写真を描いていた立花にとって、不動産会社経営という岡宮の仕事は利用価値があった。

キャバクラをオープンさせるのに、一番重要であり金がかかるのはキャスト集めと箱だ。

キャストは努力次第でなんとかなっても、箱はそうはいかない。

キャスト十数人、テーブル十二脚、男性スタッフ三人の規模のキャバクラを想定した場合、フロア、事務所、更衣室、厨房を合わせて最低限三十坪のスペースは必要だった。
立地条件にもよるが、三十坪クラスの箱を借りるとなれば四、五十万の家賃が、四、五百万の保証金がかかる。

ピーチクラブで恵美が稼いだ軍資金は、一千万とちょっと。つまり、約半分の金が消えてしまう。箱を借りたからといって、出費はまだまだ終わらない。

宣伝費や人件費、それに、経営が軌道に乗るまでの運営資金や毎日の酒代が手ぐすねひいて待っている。

その点、岡宮をうまく取り込むことができれば、先々の見通しが明るくなると考えたのだ。

藤堂に一歩でも近づくためなら、恋人を酒や食事につき合わせるくらいはどうということはなかった。


――いつも済まないね。しかし、売れっ子キャストの彼女が、こういっちゃなんだが、どうして一ボーイの君の言うことを素直に聞くんだろうか？

――じつは、店にはオフレコにしてほしいのですが、俺、近々独立を考えているんです。で、恵美さんは、ウチの店で働くことになっています。

このままでは、岡宮が自分と恵美の仲に気づいてしまう。そう思った立花は、仕方なしに打ち明けた。

どうせ、いつかは切り出さなければならないことだったのだ。

——なんだ。そういうことなら、もっとはやく言ってくれよ。

苦し紛《まぎ》れの告白が、結果的には立花にとって追い風となった。

岡宮は、会社移転の目的で競《せ》り落とした競売《けいばい》物件の地下一階を、破格の条件で貸してくれた。

五階建てのビルの一階から三階には岡宮の不動産会社が、四階には英会話教室が入っており、そして五階は貸事務所になっていた。

立花が賃貸契約を結んだ地下一階は三十坪強。通常五十四万の家賃を三十万ジャストにしてくれたのも助かったが、なにより、保証金の五百四十万を出世払いにしてくれたのが大きかった。

しかも、渋谷駅の南口から徒歩数分というロケーションも最高だった。

ほかに、馴染みの広告代理店を紹介してくれもした。

チラシ、ステ看、風俗誌、求人誌……どんなに素晴らしい箱が確保できても、店やキャストの宣伝を打ったり、そして男性スタッフも集めなければ始まりはしない。

が、まともにそれだけの広告を打てば二、三百万の金はすぐに飛ぶ。

広告代理店も、岡宮の口利きで定価の六掛けという特別待遇で契約してくれた。

もちろん、立花も、ただ恩を受けているだけではなかった。

いままで以上に、恵美とのアフターと休日デートを積極的にセッティングした。

だが、一線を越えさせることはしなかった。

嫉妬とは違う。

男という生き物は、憧れの女を手にするまでは惜《お》しみなく金を使うが、肉体関係を結んだとたんに財布の紐がきつくなる。

もっとも、本人の言葉通りに岡宮は、立花篤という男の可能性に賭《か》けているのであり、ナンバー1キャストの肉体が目当てならば、自分にではなく恵美に金を使えばいいだけの話だ。

岡宮がそこらの安っぽい男でないことはわかっていたが、万が一のために、恵美との関係は伏せていた。

自分以外に信じられる人間などいないということを、千鶴が教えてくれた。


「そういえば、肝心のキャストは集まったのかい？」

岡宮が思い出したように訊ねると、設置されたばかりのソファに腰を下ろし煙草をくわえた。立花も隣に座り、ライターの火を差し出した。

「恵美さんと奈緒さんを含めて、八人ってとこです」

「奈緒？　初めて聞く名前だね」

「昔、ちょっと知り合いだった女のコなんですけど、ウチの店にきてくれることになったんですよ」

奈緒に接触したのは三週間前……お屠蘇《とそ》気分の抜けきらない一月四日。

店の看板キャストにという殺し文句と支度金百五十万の魅力に負けた奈緒は、翌五日に立花の携帯電話に連絡を入れてきたのだった。

奈緒以外では、昨日までに求人誌をみて面接にきた十人のキャスト希望者の中から六人を採用した。

六人のうち四人はキャバクラ勤めの経験があり、ふたりは大学生とOLだった。

正直、六人とも容姿は並の域を出なかったが、頭数を揃えるためには贅沢は言ってられなかった。

並の容姿ならばまだましなほうで、不採用にした四人はとても客から金を取れる顔ではなかったのだ。

「その奈緒ってコは、かわいいのかい？」

「ええ。以前勤めていたキャバクラでは、ナンバー2だったんです」

「恵美ちゃんと彼女で、二枚看板ってわけか。でも、まだ少ないな。ふたりがどれだけ魅力的でも、相手にできる客の数はかぎられているからね」

立花も、同感だった。

テーブルは全部で十二脚。二十人弱の客が入る計算になり、最低でも十五人のキャストは必要だ。

「あと、十人はほしいところですね」

ぎりぎりの数のキャストしかいなければ、欠勤や遅刻をした際に客をひとりで飲ませることになってしまう。

キャストとは、もともとルーズで信用ならない生き物だ。ある程度のストックは、用意しておかなければならない。

だが、員数合わせに気を取られ、キャストの質を落としたくはなかった。

キャバクラは評判が命だ。オープン当初は物珍しさでそこそこの客が集まっても、恵美と奈緒以外が出涸《でがら》しのようなキャストばかりだったら、すぐに閑古鳥《かんこどり》が鳴くだろう。

水商売や風俗に通う客は欲望に忠実であるが故に、店のキャストに魅力がなければシビアに見切りをつけるものだ。

「私も、知り合いの伝《つて》を当たって女のコに声をかけてみようか？」

「とんでもない。お気持ちは嬉《うれ》しいのですが、そこまでおんぶに抱っこになるわけにはいきません。どうしても集まらないときは泣きつくかもしれませんが、できるかぎり、自分の力でやってみたいんです」

立花は、岡宮の好意を角《かど》が立たないようにやんわりと断った。

自力でキャストを集めたい気持ちは嘘ではなかった。ただし、それは岡宮に申し訳ないという理由とは違う。あとあとの流れを考えてのことだ。

物件や広告代理店を世話してもらった恩は売り上げで返していけばいいが、キャストはそういうわけにはいかない。

岡宮の息がかかったキャストとなれば、客の付け回しにしてもミーティングの際に檄《げき》を飛ばすにしても、なにかと気を遣ってしまう。

もし使い物にならなくても、おいそれとクビにもできない。

なによりも厄介なのは、岡宮の色が強くなり過ぎるということだ。

正直、岡宮に全面的なバックアップを願い出れば、資金面でも設備面でもいまよりも大きく勝負に打って出ることが可能だ。

しかし、それと引き換えに岡宮の発言力も大きくなる。

彼には、様々な面で感謝はしていた。が、店の方針に口出しされたくはなかった。

自力でフェニックスを壮大な城にして、藤堂超えを果たさなければ意味はない。

「そうか。若いのに、なかなか立派な心がけだな。困ったことがあったら、いつでも言ってきてくれ」

「ありがとうございます」

立花は礼を述べ、店内を見渡した。

オープンは二十日後の二月十四日……バレンタインデーだ。

キャストにチョコレートを持たせ、来店客すべてにプレゼントさせるつもりだった。

立花には、客の熱気で噎《む》せ返るような店内を休む間もなく動き回る自分の姿がみえるようだった。

［3］

茶髪のショートカットに黒のニットのワンピース。ルックスは七十点。スタイルは八十点。だが、歳がだめだ。若作りをしているが、三十はいっているだろう。

同じく茶髪のセミロング。黄色のキャミソールタイプのワンピース。ルックスは八十点。スタイルも八十点。これも、歳がだめだ。若作り女と逆に、若過ぎる。化粧でごまかしてはいるが、高校生に違いない。

未成年や家出娘は、使い物になるならない以前の問題だ。

八王子《はちおうじ》駅構内。コインロッカーを背にした立花は、改札口から溢れ出してくる人込みにサーチライトさながらに隈《くま》なく視線を巡らせた。

もちろん、立花のサーチライトが照射するのは女だけ……それも、二十歳から二十五歳くらいの中の上の容姿をした女だけだ。

ナンパとスカウトは違う。好みの女がいれば声をかければいいという問題ではなかった。左に視線をやった。自動券売機で切符を買う女。黒髪のロングヘア。身長百六十五、六。括《くび》れたウエスト。引き締まった足首。

歩を踏み出した。人波を掻き分けながら女の背中に駆け寄った。

「すみません」

警戒されぬよう明るく声をかける。女が振り返った。

「あ、人違いでした」

スタイルが九十点でもルックスが五点。

風俗ならばまだしも、キャバクラでは使い物にならなかった。

立花は退散し、腕時計に眼をやった。午後五時を、三分回ったところだった。

荷物の搬入が終わったあとに、岡宮と新宿の高層ビルのレストランで昼食を摂り、八王子に到着したのが三時頃。

スカウトの場に八王子を選んだのには、いくつか理由がある。

渋谷や原宿《はらじゅく》はAVやエステのキャッチが多く、揉《も》め事になる恐れがあった。彼らには尻持《ケツ》ちがついており、そうなれば厄介なことになる。

もっとも、ガキが主流の街なので、キャストのスカウト場に向いているとはいえない。

新宿や池袋は年齢層は上がるが、やはりキャッチが多い。しかも、同業が多く、その中には藤堂観光の専属スカウトマンも含まれており、渋谷、原宿よりも危険度は高くなる。

とくに池袋はミントキャンディのホームグラウンドなので論外だ。

銀座と六本木は女が高いので、端《はな》から頭になかった。

消去法で残ったいくつかの候補地のうち八王子を選んだのは、都心に比べて女が摩《す》れてないということと、ほとんど競合者がいないということだった。

じっさい、二時間のうちに三十人近くに声をかけ、結果に結びつかないまでも二十人以上は足を止めた。

これが新宿なら、足を止めるどころか気配を察しただけで小走りになってしまう。

都心と八王子の女の違いは、都会のスズメと田舎のスズメに餌《えさ》をやろうとしたときの反応によく似ていた。

もっと田舎に行けば成功率は高くなるかといえば、ある意味イエスである意味ノーだ。

たしかに仕事はスムーズに運ぶのかもしれないが、通勤の問題があった。

岡宮のラインで寮に使うワンルームマンションを何部屋か用意はしているが、夜の世界に足を踏み入れるという決断以外に、引っ越さなければならないというもうひとつの決断に迫られる。

ほかにも、質の問題がある。純朴と言えば聞こえはいいが、裏を返せば垢抜《あかぬ》けないということ。

その手のタイプを好きな客も多いのは事実だが、問題は、垢抜けないイコール刺激にたいして免疫がないということだ。

田舎から上京してきたトップアイドルが、人気の絶頂に結婚、電撃引退するというのはよくある話だ。故郷が田舎であればあるほどに、その傾向は強い。

街全体が顔見知りのような閉ざされた街しか知らない女が、ファッション雑誌から飛び出してきたような男達にちやほやされるのだから、自分を見失ってしまうのも無理はない。キャストも同じだ。せっかく時間と金をかけて、さあこれから、というときに客に熱を上げて辞められてしまったら、笑い話にもならない。

その点、八王子ならば通勤は不可能ではないし、都心に出てきて舞い上がるほどに閉ざされた街でもなく、ちょうど、都合のいい条件が揃っているのだ。

といっても、それはほかの地域に比べたらの話であり、スカウトは楽な仕事ではなかった。

まず第一に、ナンパとは違い年齢や容姿に制限がある。そして次に、条件をクリアした女がいても、足を止めさせ、喫茶店に誘うというのが至難の業《わざ》だった。

スカウトに関するこれらの知識は、ピーチクラブ時代に培《つちか》われたものだ。

店長の尾崎は、新人キャストを確保することに貪欲な男だった。

毎日のように営業前の時間を使ってボーイを交替で外に行かせ、スカウトもどきの仕事をやらせていた。

もともと尾崎は、ピーチクラブに配属される前は親会社であるキャロルカンパニーのプロのスカウトマンだったので、もどきといえども、彼にノウハウを叩き込まれたボーイ達はみな、スカウトに関してはセミプロ級だった。

――女に声をかけるときには、自分の好みは捨てろ。

尾崎の口癖だった。

彼が言うには、好みの女を追っていると、同タイプのキャストばかりが揃いバラエティが失われ、その結果、偏《かたよ》った客しか足を運ばなくなり店が衰退してゆくという。

――十人の客がいれば、十人の好みがあると思ったほうがいい。

たしかに、客の好みは、美人系、かわいい系、セクシー系、癒《いや》し系、元気系と、千差万別だ。

尾崎は二十三歳という若さなのに、経営力に優《すぐ》れていた。客あしらいもうまく、キャスト受けもよく、立花の眼からみてキャバクラで同じ店長という立場にいる菊田よりも上だった。

――俺なんか、藤堂さんや長瀬に比べたら、凡人《ぼんじん》もいいところだ。

これも、尾崎の口癖だった。

尾崎が凡人ならば、自分はどうなる？

尾崎の凄さを知れば知るほど、藤堂や長瀬の偉大さを思い知らされるのだった。

彼らの顔を頭から追い払い、立花は無心に声をかけた。

急いでますんで。無視。あ、そういうのいいから。駆け出す女。俺の女になにやってんだよ？　無視。無視。キャッチでしょ？　駆け出す女。無視。無視。無視。

「なんですか？」

ようやく、歩を止めてくれた女。ふっくらした頬。百五十そこそこの身長。寸胴《ずんどう》体型に穿いた似合いもしないローライズのジーンズ。

よく言えばポッチャリ系、悪く言えば小太り。使えないほどではないが、ヘルプ要員がせいぜいといったレベルだった。

が、贅沢は言ってられない。

質を重視したかったが、とにもかくにも、頭数を揃えなければ話にならない。

「モデルさんかなにか、やってるの？」

オープンまでの時間がなく焦っているとはいえ、自分の口から出た言葉に驚きを隠せなかった。

「とんでもない」

女が、嬉しそうな顔で手を振った。

「いや、本当は仕事でほかの女の人に声をかけてたんだけど、君があんまりかわいいもんだから、つい、ほかのコを放りっぱなしにしてきちゃったよ」

深くは、考えないことにした。自分の言動をいちいち振り返っていたら、いますぐ、自分自身を叩きのめしたくなってしまう。

「お仕事、大丈夫なんですか？」

瞬間、立花は声を失った。まさか、ここまであっさり信じてしまうとは、呆れて物が言えなかった。

「平気さ。それより、今日は買い物の帰り？」

気を取り直し、立花は質問を投げた。

「そう。渋谷に行ってきたの」

買い物帰りが聞いて呆れる。おおかた、ナンパ目的で街をぶらついていたのだろう。

「ところでさ、ちょっと時間ある？」

「うん。今日は、帰るだけだから」

気味が悪いくらいに、とんとん拍子《びょうし》に話が進んだ。もっとも、この程度の女なら自分でなくても、そこそこ見栄《みば》えのする男が声をかければ尻尾《しっぽ》を振ってついて行くに違いない。

「じゃあ、そこの喫茶店で……」

立花は、言いかけて言葉を呑み込んだ。

改札口から出てきたひとりの女に、視線を奪われた。

歳の頃は二十一、二。ノースリーブの白いミニのワンピース。セミロングの黒髪。低過ぎず高過ぎずの程よい身長。すらりと伸びた手足。腕にはピンクのヴィトンのバッグ。ネコ科の動物を彷彿《ほうふつ》とさせるきつ目の顔つき。

「あ、ごめん。用事思い出しちゃった。暇《ひま》なときに、電話ちょうだい」

立花は名刺を女に手渡し、背を向けると駆け出した。

確実に落ちそうな女をみすみす手放す結果になったが、仕方がない。

あれほどの上玉《じょうだま》をやり過ごせば、あとあと、絶対に後悔するのは眼にみえている。

女の派手なファッションや容姿から、夜の商売の可能性があったが構わなかった……というより、そのほうがやりやすいとも言えた。

同業であれば、現在の店の不満を聞き出し、それ以上の条件を提示することで話がスムーズに運ぶ場合が多い。

だが、それは燻っているキャストのケースであって、千鶴やピンクソーダの冬海のようなトップクラスになれば話は違ってくる。

しかし、あの女は水商売ではないという確信が立花にはあった。

あれだけの容姿をした女なら、ナンバークラスであるのは間違いない。そしてナンバークラスのキャストは、事情がないかぎり電車を使ったりはしない。

水商売でなければ、エステティシャンか？　美容部員か？　それとも、ブティックの店員か？　意表を衝《つ》いて消費者金融や通信機器会社のOLという可能性もある。

あれやこれやと思惟《しい》を巡らせながら、サイドから女に歩み寄った。

どんな職業をやっていようが、まずはファーストコンタクト……足を止めさせることが重要だった。

勝負をかけたい上玉が現れたときのために、立花はある小道具を用意していた。

「あの、すみません」

立花は、スーツのポケットに突っ込んだ手を、歩調を緩める女の顔前に差し出した。

「落とし物だよ」

女が足を止め、声の主に顔を向けた。

彼女の視線が、立花の掌に載る、煙草のパッケージほどの大きさのピンク色をしたカエルの縫いぐるみに注がれた。

渋谷の輸入雑貨店の店先で売られていたものをみたときに閃き、レジに直行したのだった。

女の次の反応に、第一関門を突破できるかどうかがかかっていた。

「かわいいっ。けど、私のじゃないわよ」

「知ってるよ」

女がカエルから視線を立花に移し、ぷっと噴き出した。

第一関門は突破した。ここで眉を吊り上げ歩き出すようなタイプなら、キャバクラ嬢には向いてない。

高級志向、大衆志向と方針は店によって様々だが、しょせんは、酒席での酔客相手のサービス業だということ。一にも二にも、ノリが必要だ。

「いま、帰り?」

言外に夜の商売かどうかを見極める質問を投げかけながら、立花はさりげなくカエルの縫いぐるみを女に手渡した。

少しでも、女の足を止めておくための小技だった。

「どうして? なにかのアンケートかなにか?」

警戒している、というよりは、興味津々の表情で女が訊ねてくる。

「そう。美女の行き先を訊ねるアンケートなんだ」

「おかしな人」

ふたたび、女が噴き出した。摑みはOK。ここからが勝負だ。

「化粧品? エステ? まさか、AVじゃないでしょうね?」

そういう業者にいつも、声をかけられているということだろう。

どうりで、あしらいがうまいはずだ。

キャッチセールスやスカウトマンに声をかけられ慣れている女には、ふたとおりのタイプがいる。無視して通り過ぎるタイプと気を持たせるタイプ。

女が後者であるのは間違いなく、ここは、へたに遠回しな作戦でいくよりも直球勝負のほうがいいだろう。

「ブー。どれも外れです。俺、今度、渋谷にキャバクラをオープンするんだ」

「え？　あなた、キャバクラの社長？」

驚愕に見開かれた女の眼には、好奇のいろが宿っていた。

立花は優越感に心をくすぐられながら顎を引いた。

キャバクラの社長という呼び名のもとには、藤堂と同じ立場なのだ。

「歳はいくつ？」

「十九」

「嘘！　私よりふたつも下じゃない」

女は二十一。恵美と同い年だ。

「へぇ、青年実業家ってわけね。で、その実業家さんは、まさか、私にホステスになれって言うんじゃないでしょうね？」

「ピンポーン、大正解。俺は、君をぜひ、ウチのキャバクラにスカウトしたいと思って声をかけたんだ」

「えー、私がキャバクラのホステス!?　冗談でしょう？」

女のリアクションで、水商売でないことは判明した。

「俺は本気だよ。君なら、間違いなくナンバー1になれる資質がある」

恵美に奈緒に女。これでは、ナンバー1が三人になってしまう。

だが、奈緒のときのように、口から出任せを言ったわけではない。女なら、恵美を抜ける可能性が十分にあった。

「ナンバー1？　やだ。私、お水になんか興味ないわ」

口ではそう言ってるものの、女が歩を踏み出す気配はなかった。

ここは、押しの一手で喫茶店に連れ込むしかない。

「わかってるって。俺に、十五分だけ時間をくれないかな？」

「だめだめ。私、キャバクラで働く気ないから」

「それでもいいから。十五分だけ、お茶につき合ってよ。こんな美人と立ち話で別れるのは、残念だからさ」

女が、立ち話で別れるのが惜《お》しいほどの上玉であるのは本当だ。

が、それは、個人的に、という意味ではなく、あくまでドル箱としてだ。

「またまた。かわいいコなんて、いくらでもいるでしょう？」

満更《まんざら》でもなさそうな表情で、女が言った。

「そのかわいいコよりもいい女だから、君に声をかけたのさ。変な下心はないって」

我ながら、よく口が回るようになったものだ。しかし、いまの立花には、罪悪感や自己嫌悪に苛《さいな》まれている暇はなかった。

とにかく、この女は、絶対にフェニックスに必要だった。女がいれば三枚看板となり、あとのキャスト達がぱっとしなくてもなんとかやってゆける。

「わかったわ。信じてあげることにする。でも、十五分だけよ。それと、お水になる気はないからね」

「承知致しました」

立花は冗談めかした口調で言うと、恭しく頭を下げた。地面に向けられたその顔は、つい数秒前までとは一転して獲物を目の前にした肉食獣のように険しくなっていた。

☆　☆

「で、梨花《りか》さんは、なんの仕事してるの？」

立花は、運ばれてきたばかりのコーヒーを啜《すす》り、マールボロのメンソールに火をつけた。

八王子駅南口前の喫茶店。薄暗い照明に古ぼけたテーブル。こぢんまりしたレトロ趣味の店内の客席は、会社帰りのサラリーマンや駅ビルに入っているテナントの店員らしき女達で九割方埋まっていた。

炭焼きコーヒーが一杯九百円。テーブル数は少ないが、この値段で駅前という場所柄《がら》回転率がはやいことを考えると、かなりの利益が出ているに違いなかった。

ミントキャンディを辞めて独立を志《こころざ》してからの立花は、喫茶店やレストランに入るたびに、ついつい、客の入りや収支に頭がいってしまう。

「なにをやっているようにみえる？」

梨花が、カップの中のミルクティーをスプーンでクルクルと掻き回しつつ質問を質問で返した。

「さあ、見当がつかないな」

切られた時間は十五分。クイズごっこにつき合っている暇はない。

店内に入って既に五分が経過していた。その間の収穫は、女の名前が梨花だとわかったことだけだ。

「こうみえても、私、歯科助手なんだ」

「えっ、本当!?」

演技ではなかった。声をかける前からあれこれと巡らせていた予想は、すべて大きく裏切られた。

「みんな、そうやってびっくりするけど、歯科助手をやってるコって、思ってるほど堅くないよ。っていうか、遊び人が多いし」

「じゃあ、梨花さんも派手に遊んでるんだ?」

個人的興味の質問ではなかった。立花は、この質問を呼び水に目的の会話への移行を狙っていた。

「派手に遊ぶほどのお金なんてないよ。歯科助手なんて、歯科医と違ってお給料安いんだから」

きたきた。立花は、心でほくそ笑んだ。

「彼氏とか、出してくれないの?」

どさくさに紛れて質問した。

これも、個人的興味ではない。このくらいの年齢になれば、なにをやるにも親より彼氏が障害物となる。

「いま、彼氏いないもん。あんまりうるさいこと言うから、捨てちゃった」

それは賢明な判断だ。

もちろん、口には出さなかった。

「でもさ、羽振りは結構よかったから、ちょっと惜しいことしたなって感じかな」

「みた感じ、そんなに困っているようにはみえないけどな」

「とんでもない。春物の洋服だってほしいし、新作のバッグだってほしいし、友達とのつき合いだってあるし、旅行だってしたいし……。証券会社に勤めてる友達なんてさ、お給料もボーナスも私なんかより全然貰ってるんだから」

立花が水を向けた途端《とたん》に、彼女の口から不満の種が堰《せき》を切ったように溢れ出してきた。

――不満の種を引き出したら、たっぷりと栄養を与えて大きくしてやれ。

尾崎の教えが蘇る。

「どうしても、そういうふうにみえないんだよね。だって、梨花さん、ブランド物で固めてるし」

「カードに決まってるじゃない。おかげで、月末になるとポストを覗くのが怖くって」

「ウチの女のコ達も、梨花さんと同じようにカード信者が多くってね」

「あら。たくさんお金を貰ってるから、カードを使う必要はないんじゃないの？」

「だからこそ、使っちゃうのさ」

「どういうこと？」

梨花が、怪訝《けげん》そうに首を傾げた。

「ほら、彼女達って、売れっ子じゃなくても三、四十万の給料を貰うから、気が大きくなってついつい浪費するんだよ」

「売れっ子じゃなくて、そんなに貰えるの⁉」

梨花が素頓狂な声を上げた。

撒《ま》き餌《え》に誘い寄せられる梨花。ここで、焦ってはならない。

「三、四十万なんて、この世界じゃゴミみたいなもんだよ。ナンバークラス……つまり、指名の多いキャストになると、梨花さんと変わらない歳のコが百万や二百万は普通に稼ぐからね」

敢えて、淡々とした口調で言った。さも、当然であるとでもいうように。

じっさいに、千鶴や恵美は、二百万以上の給料を稼いでいた。

「百万、二百万を普通に……それって、感覚がおかしくなっちゃうわよ」

梨花が切れ長の瞼を見開き興奮気味に言った。

「たしかに。毎晩のように極上寿司に特上カルビ食って、シャネルだエルメスだヴィトンだって三十万も四十万もするバッグや百万近いコートを買って。自分で買うコはまだましなほうで、ほしいものを客にねだって、稼ぎはちゃっかり貯金ってタイプも多いけどね」

立花は、ため息を吐き、首を竦めてみせた。

呆れたふうを装いながら、キャバクラ嬢になれば高収入が得られるということをさりげなくアピールした。

――ウチのラーメンは最高だと店主に言われたときと、あの店のラーメンは最高だと第三者から言われたときと、どっちのほうが信憑性があるかを考えてみろ。スカウトも同じだ。キャストになったときの利点を並べ立てるよりも、まったく関係のない話のときに間接的に伝えたほうが効果は絶大だ。

「あのさ、そのコ達って、何時から何時まで働いてんの？」

尾崎の言葉を裏づけるように、梨花は身を乗り出し、瞳を輝かせていた。

針に食らいつくまで、あと少し。立花は、逸《はや》る気持ちを抑えた。

「早番のコは七時から一時までで、遅番のコは八時から二時までだけど」

涼しげな顔で言いながら、立花は煙草の吸差しを灰皿で消した。

「遅番なら、診療時間が終わってからでも間に合うし……。ねえ、私も、彼女達みたいに稼げるかな？」

独り言を呟いていた梨花が、バツが悪そうな顔で訊ねてきた。

「ああ。梨花さんなら、ちょっと仕事を覚えれば一ヵ月目から百万くらいは狙えるよ。でも、お水はやりたくないんでしょう？」

餌をぶらつかせたあとに、押さずに引く。急がば回れというやつだ。

「そうだけど、それだけお金が貰えるなら考えちゃうよ。だって、歯科助手の約半年分のお給料を一ヵ月で手にできるんだから」

梨花がメンソール煙草を取り出し、火をつけた。

約束の十五分はとっくに過ぎていたが、彼女が席を立つ気配はなかった。

「腰かけ気分でやってみる？」

立花は、軽いノリで話を振った。

——いまどきのキャストは、昔とは違う。子供を食わせるため、旦那の借金を肩代わりするため……そんな理由で夜の世界に足を踏み入れる女はいない。暇だから、ブランド品を買いたいから、海外に行きたいから。そんなもんだ。


今度は、藤堂の声が蘇る。

「そうね。いやなら、やめればいいいんだもんね」

梨花が、自分に言い聞かせるように呟いた。

「そうそう。やめるのは自由だからね」

たしかに、やめるのは自由だ。が、初日から指名が入って売り上げが伸びれば、そんな気はさらさらなくなるのがキャストの性《さが》だ。

もちろん、立花も、ただ黙ってみているつもりはなかった。最初の一週間は、積極的に客を付けてやるつもりだった。

「じゃあ、やってみようかな。ねえ、いつからオープンなの?」

立花は、小躍《こおど》りしたい気分を懸命に抑えた。

「二月十四日のバレンタインデー。できれば、オープンから参加してくれると嬉しいな」

「あと三週間くらいか。うーん、どうしようかな」

梨花が、ティーカップを両手で包み込むようにして考える顔つきになった。

「正直、君がいるのといないのとでは、オープニングの華やかさが全然違ってくるんだ」

それは、本当のこと。フェニックスがロケットスタートを切れるか切れないかは、梨花にかかっていると言っても過言ではなかった。

「さすがは若くしてキャバクラの社長をやるだけあって、口がうまいわね」

「君という女性を語れば、誰だって口がうまく聞こえるさ」


――お前の気の強さと頭の回転のはやさは業界向きだ。本人の意思とは関係なしに、夜の世界でしか生きてゆけない者がいる。まるで、黒い太陽に向かって歩いているようにな。


不意に、藤堂の声が聞こえた。

「負けたわ。わかった。二月十四日から、お水をやればいいのね」

小鼻に皺を寄せ、大口を開けて笑う梨花。この快活でありながら蠱惑《こわく》的な笑顔が、どれだけの数の客を虜にするかを考えただけで、立花は胸が躍った。

「じゃあ、いろいろと説明したいことがあるから、オープンの最低一週間前からは店に顔を出してほしいんだ。もちろん、そのぶんの日当は出すから」

挨拶のしかた、水割りの作りかた、煙草の火の出しかた、客との会話……梨花をナンバークラスのキャストにするために教え込まなければならないことは山ほどある。

本当は、一週間でも足りないくらいだった。だが、彼女ならきっとやってくれるという確信が立花にはあった。

「時給は、いくら出してくれるの?」

「研修期間の一週間は三千円だけど、オープンしてからは六千円だ」

「えー! 六千円も!?」

立花は大きく頷きながら、心でニンマリとした。

梨花クラスの女なら、奈緒と同額の一万円を払っても惜しくはない。

慣れてくればキャスト同士の会話で安く使われていると気づくだろうが、そのときは素直に時給をアップしてやればいい。

ハンバーグがご馳走だと思っている子供に、わざわざステーキや焼き肉の存在を教えてやることはない。

「来週あたりから、どう?」

梨花が、満面に笑みを湛えて頷いた。


――本人の意思とは関係なしに、夜の世界でしか生きてゆけない者がいる。

また、藤堂の声が聞こえた。

いまの俺にとっては、最高の褒め言葉ですよ。

立花は、心で藤堂に語りかけた。

［4］

店内に足を踏み入れた立花は、カップルで賑わっている客席に視線を巡らせた。

カウンター席で視線を止めた。ダウンライトの琥珀色に染まる猫背気味の背中。覇気《はき》のないその後ろ姿は、半年前となにも変わっていなかった。

立花はカウンター席に歩み寄り、余計にしょぼくれた印象を与える撫で肩を叩いた。

「お前……立花か？」

ビールをちびちびと舐めていた大滝が振り返り、三週間前の奈緒と同じように驚きを隠せないといった表情で訊ねてきた。

「ご無沙汰しています。お忙しいところ、お呼び立てしてすみません。バランタインのピュアモルトをふたつ。俺はロックで。大滝さんは？」

立花はスツールに座るなりバーテンに告げ、大滝に顔を向けた。

大滝は大のスコッチ党で、ミントキャンディにいるときも、菊田や神崎の眼を盗んでは店の酒を飲んでいたことを立花は知っている。

が、だからといって、彼が不真面目な男、というわけではない。

その逆だ。水商売の店長クラスといえば、生活も容姿も派手でどこか崩れた感じなのが普通だが、大滝は違った。

滅多なことではタクシーを使わず電車で移動し、衣服も地味なものを好み、道を歩いている姿をみれば、そこらのサラリーマンと区別がつかなかった。

暇をみつけてはゴルフやカラオケに繰り出す菊田や神崎と違って、立花の知るかぎり、大滝には趣味というものが見当たらなかった。

強《し》いて言えば、酒を飲むこと。これもまた、サラリーマン的だった。

夜の世界は、もちろん不真面目では務まらないが、真面目過ぎても務まらないというのが昼の世界と決定的に違うところだ。

つまり、ほどよい遊びと臨機応変さがなければ、ときには1＋1が5にも10にもなるような非常識な世界で生きてはゆけない。

大滝が菊田に追い抜かれてしまったのは、その謹厳実直さが仇《あだ》となったのだ。

「いや、俺はビールがあるから……」

「半年振りの再会じゃないですか。ここは、俺に奢《おご》らせてください」

辛気臭《しんきくさ》い顔でビールを飲まれていたら、前向きな話などできはしない。

「そうか。じゃあ、お前と同じものを貰おうかな」

「ロックをふたつ」

立花はバーテンに告げると、大滝に微笑んでみせた。

「しかし、お前、変わったな。キャロルのピーチクラブで働いてるんだってな?」

奈緒には、フェニックスで働くことを口止めしていた。ミントキャンディには、彼氏と結婚するからという見え透いた理由で辞表を出させていた。

後日、奈緒から聞いた話では、さすがにお荷物だった恵美のときとは違い、最初に神崎が、次に菊田が、最終的には藤堂自らが乗り出して説得に当たったらしい。

店のナンバー2のドル箱キャストが抜けたダメージを考えれば、それも無理のないことだった。

立花が恵美や奈緒に箝口令《かんこう》をしいているのは、藤堂にバレてしまえば妨害される恐れがあるからだった。

東京のど真ん中でキャバクラをオープンするので、いずれわかることではある。

ただでさえ、狭い業界だ。客やキャストの噂で、藤堂の耳に入るのは時間の問題だ。

だが、飛び立つ前に邪魔をされたくなかった。飛び立ったあとならば、揉め事が起こっても仕方がない。

が、立花は、いったん空に羽ばたけば、少々の雨風では落ちない自信があった。

大滝は、立花の目論見をまだ知らない。

電話をかけたのは昨日。ひさしぶりに、ふたりで飲みましょう。大滝は、立花の誘いにふたつ返事で乗った。

藤堂に冷遇されている憂《う》さを晴らしたいという目的もあるのだろうが、大滝の声音から立花は、彼がなにかを期待しているだろうことを感じ取った。

恐らく彼の期待は、ピーチクラブから引き抜きの声がかかったのではないか、というものに違いなかった。

「ああ、あの店、お払い箱になったんですよ」

「お払い箱？　なにか問題を起こしたのか？」

「いいえ。もともと、ピーチクラブには長くいるつもりはありませんでしたから」

「というと？」

立花は、怪訝な顔で訊ねてくる大滝に名刺を差し出した。

「フェニックス、代表取締役……。お前、まさか……」

驚愕の表情を向ける大滝に、立花は頷いてみせた。

「はい、来月の十四日に、キャバクラをオープンするんですよ」

立花の言葉を聞いた大滝の顔に複雑ないろが浮かんだ。

当然だ。

立花がミントキャンディに入店した当時の大滝は店長だった。

新人のホールと店長の立場をキャバクラ嬢にたとえれば、ナンバークラスとヘルプ要員くらいの開きがある。

それが、僅か半年そこそこで立場が逆転したのだから、大滝が戸惑うのも無理はない。

「オープンするんですよって……お前、開店資金とかキャストとか、どうしたんだ？」

「まあ、そのへんはいろいろと。それより、大滝さん。ウチの店で、店長をやってもらえませんか？」

立花は大滝の質問をはぐらかし、本題を切り出した。

岡宮や恵美のことを、いま、話すわけにはいかない。誘いを断られたときに、嫉妬に駆られた大滝が藤堂にチクらないともかぎらないからだ。

「俺が、お前の店で店長を!?」

一瞬、輝きかけた瞳がすぐに曇《くも》った。

立花には、大滝の感情の揺れが手に取るようにわかった。

菊田に抜かれてチーフ・マネージャーに降格した大滝は、この先、ミントキャンディにいても現状維持が精一杯……へたをすれば、神崎にも追い落とされるかもしれない。

新しい店からのヘッドハンティングは、大滝にとって願ってもない話だ。

が、それは、自分以外の店なら、という前置きがつく。

店長に復帰できるとはいえ、ついこないだまで顎で使っていた男の下で働くことになるのだ。

「ええ。ウチの店には、大滝さんの力が必要なんです」

嘘ではない。ただし、それは、店長としてではなく事務能力にたいしてだった。

正直、大滝には営業力やキャストの管理は期待できず、また、やらせるつもりもなかった。

だが、収支計算を含めた経理全般の地味な業務はお手の物だ。

店長という肩書きで大滝を釣り上げ、体《てい》のいい事務兼ホールに仕立て上げれば、電卓を弾くことしかできない経理を雇い入れる必要はなく、人件費の面でも一石二鳥だった。

「そう言ってもらえるのは嬉しいが、それは、ちょっとまずいだろう」

大滝が、バーテンから受け取ったスコッチのグラスを軽く翳し、喉を鳴らしながらうまそうに飲んだ。

「どうしてです？」

立花も、グラスを宙に翳しながら訊ねた。

「どうしてって……そんなことをしたら、社長に悪いじゃないか」

「大滝さん。どこまでお人好《よ》しなんですか？　社長が、あなたにどんな仕打ちをしたか忘れたんですか?」

大滝の場合、お人好し、というよりも、気弱といったほうが正しい。

いかにも罪の意識を感じているふうを装っているが、本音は、藤堂に牙を剝くのが怖いだけの話だ。

「忘れちゃいないさ。だがな……」

「いいですか? 社長は、わけのわからない理由で菊田さんを店長にし、大滝さんをチーマネに降格させた。新人だった俺からみても、納得がいきませんでしたよ」

「俺はいま、そのチーフ・マネージャーでもないんだ」

「え?」

「お前が辞めてすぐに、神崎と入れ替わりになったのさ。情けない話だろう?」

大滝が、自嘲的に笑った。

「じゃあ、大滝さんはサブマネに?」

力なく頷く大滝をみて、同情よりもチャンスという気持ちになった。

「だったら、なおさらじゃないですか。だいたい、社長は大滝さんを過小評価し過ぎです。誰がどう考えたって、神崎さんが大滝さんの上に立つのはおかしいですよ」

立花は、大滝の不満を煽り立てるように言った。

「こればかりは、俺も納得できない。神崎なんて、俺からみればまだまだ青二才だ。キャストの教育も、客への接しかたもなっちゃいない。このままじゃ、店はだめになってしまう。ま、俺には関係のないことだがな」

大滝が、吐き捨てるように言った。

そうともいえない。はっきり言って、店を切り盛りする力は大滝より神崎のほうが上だ。

「そうですよ。そんな店、やめちゃいましょうよ。大滝さん。ミントキャンディへの義理立てなんかやめて、ウチにきてくださいよ。フェニックスは、これからの店です。俺と大滝さんで、フェニックスを日本一のキャバクラにしましょう」

「立花……お前、本気なのか？」

大滝の澱んだ瞳に、みるみる生気が漲った。

「大滝さんの店長就任の前祝いとして、乾杯」

立花が翳したスコッチのグラスに、束の間逡巡していた大滝が自分のグラスをそっと触れ合わせてきた。

［5］

胡蝶蘭《こちょうらん》やバラで埋め尽くされた店内。壁際に並べられたボックスソファから立花をみつめる三十四の瞳。キャストが十五人。男性スタッフがふたり。

決して十分とは言えないが、短い期間でよくぞここまできたものだ。

梨花を含めて、立花は八王子でのスカウト活動で七人のキャストを獲得した。

男性スタッフのほうは、大滝と、そしてもうひとりは鶴本《つるもと》という立花と同じ十九歳の男だった。

鶴本は、スタッフ募集の貼り紙をみて履歴書もなしに飛び込みで現れた。

それは、ちょうど、彼の前にキャバクラ勤めの経験がある二十四歳と二十二歳のふたりの面接を終え、どちらを採用しようかと迷っているところだった。

鶴本の職歴は、ファーストフード店のアルバイト、新聞店の拡張員、エステティックサロンのキャッチセールスマンと、サービス業や営業を渡り歩いてはいるものの、ふたりと違い水商売は未経験だった。

立花が経験者のふたりではなく鶴本を雇ったのは、その積極性だった。

いきなりアポイントもなしに飛び込んできたことといい、履歴書も持参していなかったことといい、普通なら、門前払いにするところだったが、立花は、彼の非常識だがエネルギーに満ち溢れた部分に魅力を感じた。

反対に、経験者組はキャバクラに関しての知識こそあったが、どこかしら妙にこなれた雰囲気があり、立花にはそこがひっ掛かった。

中途半端に経験があるので、そつなく仕事をこなしながらも適当に息を抜く、という気がしてならなかったのだ。

立花が目指しているのは、三振を恐れてのヒット狙いでちまちま打率を稼ぐのではなく、たとえ四打席連続でボールにバットが掠《かす》らなくても、五打席目に値千金《あたいせんきん》のホームランを打つ……そんな勢いと刺激に満ちた店だった。

しかし、この選択は、経営者として大きな賭けでもあった。

経験者組はそれなりに戦力として読めるが、鶴本は、一歩間違えばまったく使い物にならない恐れがあった。

面接に現れた三人すべてを雇えれば理想だったが、キャスト獲得を最優先にしたので、男性スタッフに回す人件費に余裕がなかった。

ホールの仕事なら自分が何人ぶんかの働きをする自信はあったが、キャストはそうはいかない。

立花は、鶴本の未知の可能性に賭けたのだ。

「いよいよ、明日はフェニックスのオープンだ。都内だけでも星の数ほどあるキャバクラ業界で生き残れるかどうかは、君達の力にかかっている。六本木のピンクソーダ、新宿のルージュダンサー、池袋のミントキャンディ。この三店は、東京でトップ3の売り上げを誇るキャバクラだ。東京でトップ3ということは、日本でトップ3ということだ。俺は、一日もはやく、この三強の一角を崩したい。そして、ゆくゆくは現時点でナンバー1のピンクソーダに代わって、フェニックスを日本一のキャバクラにしたい」

恵美が熱っぽい眼差しでみつめ、梨花が持ち前の明るい笑顔で頷く。ほかのキャスト達も、口々にざわめきながら瞳を輝かせていた。

が、奈緒だけは、敵愾心に満ちた視線を恵美に向けていた。


——ちょっと、立花君。あれ、どういうことよ!?

ミーティングの前。恵美の姿をみつけた奈緒は、驚きを隠せないといった表情で訊ねてきた。

彼女の驚きの理由は、元の同僚がフェニックスにいるということだけではなかった。

――あら、奈緒さん。おひさしぶり。

ミントキャンディ時代の垢抜けず、どこかおどおどとした印象とは違い、洗練され、自信に満ちた恵美の姿をみて、奈緒は挨拶を返すこともできずに、狐に摘まれたようにぽっかりと口を開けていた。

奈緒が呆気に取られるのも、無理はなかった。

彼女の知っている恵美は、歯牙《しが》にもかからないような地味で目立たない存在だった。

容姿だけではなく、自分と同等に……いや、上から見下ろすような余裕たっぷりとした恵美の振舞いに、我が眼を疑うのは当然のことだった。

「じゃあ、ここで、みなに簡単な自己紹介と意気込みを話してもらおうか。俺が指したら、前に出てきてくれ。まずは……」

立花は、恵美、奈緒、梨花の三人を視界から外した。

女優のクレジットの順序と同じで、彼女達の誰をトップバッターに選んでも角《かど》が立つ。

最初は無難に、一番期待薄のミキを指差した。

ミキが、肉マンを彷彿とさせる頬を上気させ、みなの前に歩み出た。

「はじめまして、ミキです。私は、以前、上野《うえの》のレイニーというお店で働いてました。新しいお店で心機一転頑張りますので、よろしくお願いします」

つまり、二流のキャバクラで使い物にならなかったということ。

立花は拍手を送りながら心で毒づき、久美《くみ》を指差した。

彼女は昼間、事務機器のOLをやっている。ミキと違ってルックスもスタイルも平均点はクリアしているが、性格が暗いのがネックだ。いまも、俯き加減にボソボソと喋っている。

次は錦糸町《きんしちょう》の性感ヘルスでナンバークラスを張っていた百合香《ゆりか》。

眼が細く鼻も低めでお世辞《せじ》にもかわいいとはいえないが、彼女の売りはなんといってもその豊満な肉体だ。

奈緒が、百合香の胸に視線を投げる。彼女もグラマラスな肉体を売りにしているが、百合香と比べれば月並みにみえてしまう。

面接時の話によれば、彼氏の同僚が百合香の働いていた店に行ったことで風俗勤めがバレてしまい、キャバクラ嬢への転身を決意したという。

肉体だけでは通用しないキャバクラでは、ヘルス時代のように簡単にナンバークラスにはなれないだろうが、変に気取らず九十センチを超える乳房を武器にすればそこそこの指名は取れるはずだ。

「笑子《しょうこ》でぇーす。以前は、居酒屋で働いてました。居酒屋では紅一点で、野獣の中のウサギちゃんとか呼ばれてましたけど、きれいどころのみなさんの中に入ったら、バラの中のペンペン草みたいに霞《かす》んでしまいそうでどうしようかと困ってます。でも、ペンペン草なりに、頑張ってひとりでも多くのすけべおやじのハートを摑めるように頑張りまーす」

エネルギーとユーモアに溢れた笑子の挨拶に、キャスト達がプッと噴き出した。

その源氏名の通りに、彼女は笑顔を絶やさず、また、彼女の周囲も笑顔が絶えなかった。

じつのところ立花は、この笑子には期待していた。

飛び抜けてスタイルがいいわけでも美貌の持ち主でもないが、とにかく、彼女は愛嬌《あいきょう》があり、笑顔がよかった。

それに、自己紹介でもわかるように、居酒屋の酔客を相手に鍛《きた》えたのだろう抜群のギャグセンスを持っていた。

会話術だけならば、恵美、奈緒、梨花のトップ3と互角《ごかく》……いや、上回っているかもしれなかった。

いままでのキャストの中で一番の拍手を受けながら、笑子が席に戻った。

真奈美《まなみ》、モモ、星見《ほしみ》の平均点トリオが自己紹介を終え、リノの番になった。

「リノです。新宿のキャバクラで働いていました。よろしくお願いします」

手短《てみじか》な挨拶。それまで興味なさそうにしていた恵美と梨花が、顔を上げた。

彼女はミントキャンディのひなのと同タイプで、モデルと言っても通用するくらいの、ルックスとスタイルの持ち主だった。

八王子の駅で声をかけ喫茶店に連れ込むことに成功したときには、正直、四人目のナンバー1候補が誕生したと飛び上がらんばかりに喜んだものだ。

しかし、その歓喜は、席に着いて向かい合った瞬間に落胆に変わった。

とにかく、リノは笑子と対照的に無口で無愛想《ぶあいそう》だった。小一時間ほど喫茶店にいたのだが、ただの一度も彼女は笑わなかった。

これでは、最初はリノの容姿に惹《ひ》かれて指名してくれた客も、席が弾けず、離れてしまう。

じっさい、彼女の働いていた新宿のキャバクラ……ラルフでは、ナンバー5止まりだったらしい。

リノは、まさに美人なだけではキャストは務まらないという典型だが、逆を言えば、それでナンバークラスになれるのは、やはり飛び抜けた容貌のおかげだ。

リノに興味を示していた恵美と梨花は、彼女の挨拶を聞いたとたんにそっぽを向き、髪や爪《つめ》をいじり始めた。

あの喋りでは恐るるに足らず。ふたりとも、多分、そう思ったに違いない。

リノの自己紹介が終わり、ルリ、ミナミ、鈴音《すずね》、佐和子《さわこ》の可もなく不可もなくの四人が続き、いよいよ、残るはフェニックスの三本柱だけになった。

立花に指された奈緒が立ち上がり、キャストや男性スタッフの眼を十分に意識しながら歩み出てきた。

さすがに、このクラスになるといままでの十二人のキャストとは違い、歩きかたひとつ、髪の掻き上げかたひとつで周囲の視線を集める華があった。

豊満な乳房を強調する、胸もとに深い切れ込みの入ったレモンイエローのキャミソールドレスが眼に眩しかった。

奈緒を見慣れている大滝はともかく、鶴本の頬肉はだらしなく弛緩《しかん》していた。

「奈緒です。池袋のミントキャンディの時代には、ここにいる恵美ちゃんのヘルプなどに助けられ、常にナンバー2の座をキープすることができました」

いきなり、恵美にたいして強烈なジャブを放つ奈緒の発言に、立花の胃は収縮した。

「フェニックスでは、いつまでも恵美ちゃんもヘルプ要員というわけにはいかないでしょうから、他人に頼らず、自力でナンバー1を取れるように頑張ります」

店内の空気が、ピンと張り詰めた。

ふたりの過去を知らないキャスト達も、さすがに奈緒の棘と毒が盛り沢山の挨拶を耳にし、表情を強張らせていた。

ふたりの関係を知っている大滝などは、嫁と姑《しゅうとめ》の間に挟まれた気弱な婿《むこ》のようにオロオロとしていた。

立花は、恵美に眼をやった。周囲の浮き足立った空気をよそに、彼女は穏やかな笑みを湛えつつ席に戻る奈緒に拍手を送っていた。

「じゃあ、次」

悠然と歩を進める恵美をみて、キャスト達が口々にざわめいた。

背中がざっくりと開き太腿に深いスリットの入った黒のチャイナドレスから覗く透けるような白肌と、アンクレットの巻かれた引き締まった足首が艶《なま》めかしさを際立たせていた。

「明日から、みなさんとともに働くことになった卑弥呼《ひみこ》です」

新しい源氏名に恥じない女王の貫禄とおくゆかしさが、恵美の全身から溢れ出していた。

改めて、変貌した恵美を目の前にした奈緒の表情が険しくなった。

ミントキャンディに勤めていたときよりも十キロはシェイプアップされた肉体、ほっそりとした小顔によく似合うショートヘア……なにより、昔の彼女とは表情が違った。

リノが整った顔立ちの美人……つまり、マネキン人形のような無機質な美人であるならば、恵美は西洋絵画に描かれている女性のような奥深い表情をしている美人といえよう。

もしここに藤堂がいれば、奈緒よりも、恵美をみて口惜《くちお》しく思うに違いない。

「奈緒さんには、ミントキャンディで働いていたときにずいぶんとお世話になりました。ミントキャンディと同規模のピーチクラブというお店で、奈緒さんが取れなかったナンバー1に五ヵ月間連続なったことで、ようやく恩返しができた思いです」

口調こそ穏やかだが、恵美の言葉は奈緒のそれを上回る挑発的なものだった。

奈緒の表情がみるみる強張り、血の気が消え失せた。

ほかのキャスト達は水を打ったように静まり返り、大滝は彫像さながらに固まり、鶴本はこの先が怖いとばかりに下を向いた。

恵美が、涼しい顔で席に戻ろうとしたときだった。

「ちょっと、あんた、私に喧嘩売ってるわけ!?」

般若《はんにゃ》の如《ごと》き面相になった奈緒が、恵美に詰め寄った。

「あら、私は、奈緒さんに感謝の言葉を述べただけよ」

恵美が、白々しい笑顔で応戦した。

「ヘルプだったくせに、私を侮辱《ぶじょく》する気?」

「私の挨拶、聞いてなかったの? それは、ミントキャンディでの話でしょう? 老人ホームのお年寄りじゃないんだから、いつまでも、昔話に耽《ふけ》らないでくださる?」

小馬鹿にしたように、奈緒にちらりと嘲りの籠った視線を投げる恵美。奈緒の唇が黒紫色に染まり、小刻みに震えた。

恵美と奈緒では、役者が違った。正直、恵美がここまで芯《しん》の強い女だとは思わなかった。

「生意気言ってんじゃないわよっ」

金切り声を上げ、恵美に摑みかかる奈緒。立花は、慌ててふたりの間に割って入った。

「奈緒さん、落ち着いて」

「どいてよっ」

「恵美さんと喧嘩したいんなら、売り上げで勝負しろよっ」

立花の怒声に、奈緒がびっくりしたように口を噤んだ。

無理もない。つい数ヵ月前までは、自分に話しかけることさえできない立場にいた男に一喝されたのだから。

内心、立花はふたりの争いを歓迎していた。

キャスト同士が仲良しこよしでは店の繁栄は望めない。

だが、オーナーである自分の威厳を知らしめなければ、キャスト達に示しがつかなくなる。

それに、いくら競争意識が必要だといっても、オープン前に店が険悪な雰囲気になるのはまずい。

「さあ、ふたりとも、席に戻って。次、梨花さん」

恵美と奈緒の喧嘩を遠巻きにみていた梨花が、跳ねるような足取りで自分の隣に並び立つ。

膝下までのハーフタイプのジーンズに左肩が露出したニットのセーター。

梨花にかぎらず、キャスト達はみな春先のような薄着の服の上にコートを羽織《はお》って店にきている。

それまで恵美を睨んでいた奈緒が、梨花に視線を移した。恵美もまた、ほかのキャストの挨拶のときとは違い、彼女のことを気にしているようだった。

トップを張ってきたふたりの嗅覚が、梨花がそう遠くない将来に自分を脅かす存在になると嗅ぎつけたのだろう。

「梨花です。私、お水初めてなんですけど、すっごい怖いところなんですね。正直、ビビっちゃってます」

言葉とは裏腹に、弾ける笑顔の梨花から臆しているふうはまったくみられなかった。

「でも、一日もはやく奈緒さんや卑弥呼さんのようなキャストになれるように頑張ります」

奈緒が、露骨に不快な顔になった。一方の恵美は、平静を装ってはいるが内心穏やかでないだろうことが立花にはわかった。

「私、なんかあなた好き」

唐突に立ち上がった笑子が、席に戻る梨花に握手を求める。

「笑子ちゃんも、おもしろくて最高。また、思い出しちゃった」

梨花が、大口を開けて笑った。

なるほど。陽気なふたりは、案外、気が合うのかもしれない。

「みなさん、ご苦労様でした。最後に、明日からのオープンに備えて、俺から話がある。キャバクラ経験者は新人に戻ったつもりで、未経験者は心して聞いてほしい」

立花は、いつもより低めの声で言うと、厳しい表情でキャスト達を見渡した。

オープン前のミーティング。

経営者としてキャストにナメられないため……キャストが仕事をナメないため。

ここで立花は、きっちりと釘を刺しておくつもりだった。

もうひとつの目的は意識改革……彼女達の気持ちを鼓舞《こぶ》できるかどうかで、店の売り上げは大きく左右される。

十五人いるキャストの中で、いまのままで通用するのは恵美と奈緒くらいのものだ。

「キャバクラと野球。俺は、このふたつには共通点が多いと思っている。キャストは野球選手と同じで、フェニックスというチームの中にいても、しょせんは自営業者だ。チームが優勝しても、その優勝に貢献していない選手の年俸はダウンする。つまり、店がどれだけ繁盛《はんじょう》しても、指名が取れなければ給料は稼げない。ここで、指名を取るにはどうしたらいいかを話しておこう」

髪の毛先をいじっている奈緒以外は、自分の話に真剣に耳を傾けていた。

もっとも、恵美の場合は、恋人のために全体の士気を乱さないようにと気を遣ってくれているのだ。

「まず第一に、テーブルに着いた客全員に惚れることだ」

「そんなの無理無理。リチャード・ギアみたいな素敵なおじさまだったら別だけど、脂ぎった禿《はげ》や下心みえみえのすけべじじいに惚れるなんて、ナメクジを好きになれってことと同じですよ」

笑子の言葉に、キャスト達が爆笑した。

「もちろん、本気で惚れろと言ってるわけじゃない。疑似恋愛だ。女優は、ドラマや映画で好きでもない相手と……ときには、それこそナメクジみたいな男優と恋愛しなければならない。タイプじゃないからといって共演を拒否するのは勝手だが、そんなことをしていたら、そのうち仕事が回ってこなくなる。女優として名を売るには、吐き気を催《もよお》す相手を愛《いと》しくてたまらないという瞳でみつめ、胸に抱かれ、キスをし、場合によってはベッドシーンを演じなければならない。そう、演じるんだ。ただし、上《うわ》っ面《つら》の芝居じゃだめだ。その客についている時間は、その客だけをみつめ、その客だけの話に耳を傾け、その客だけのために語りかけるんだ。初恋の相手でもいい、片想いの相手でもいい、彼氏のことでもいい。とにかく、目の前の客のことを最愛の男だと思って、全身全霊の芝居を打つんだ」

立花は、拳を握り締め、声に力を込めた。

キャスト達が、身を乗り出した。さっきまで、気のない素振りをみせていた奈緒も、毛先をいじる指先を止め、立花の演説に真剣に聞き入っていた。

「君達は、共演相手を虜にする女優だ。だが、本物の女優に比べれば、キスしたり抱かれたりしなくていいぶんだけ、楽なものだ。ふたつ目は、初来店のときに、客の顔、名前、仕事、趣味を覚えるんだ。愛する男のことなら、自然に覚えられるはずだ。そして、二回目に来店したときには名前で呼んで、積極的に客の趣味に関することを質問しろ。大部分の客は感激し、このコは俺に気があると勘違いするだろう。一度目で次の来店時の指名を確実なものにし、二度目で指名を取った客を固定客にする。ここまでくれば、三ヵ月は店に足を運んでくれる。三つ目は、指名客にまめに電話を入れるということだ。初来店の翌日にお礼を言う。ここでは、よほどの信頼関係が築けてないかぎり、店に誘ってはだめだ。営業に利用されていると思って客が退《ひ》く場合があるからな」

そこここから聞こえる乾いた音。キャスト達がメモ用紙やレポート用紙にボールペンを走らせる音だ。

その大部分は、キャバクラ未経験組だ。とくに、久美は、試験前日の授業さながらに思い詰めたような顔で右手を動かしていた。

生真面目なのは大いに結構なことだが、彼女に関しては遊び心が必要だ。

お通夜《つや》の参列者みたいな湿っぽい顔でテーブルに着かれても、酒がまずくなるだけだ。

反対に、鶴本の視線に気づき、わざと胸もとをはだけて反応を愉しむ百合香は、もう少し真剣さがほしい。

自慢のバストが通用するのは最初だけ。客の心を惹きつけてははぐらかすノウハウを身につけなければ、先々苦労するのは自分自身だ。

「二度目の来店後からは、暇をみつけるたびに電話をしたほうがいい。店への誘いをかけてもよし。同伴を頼んでもよし。声が聞きたくなったと甘えてもよし。奈緒さん。みんなに、営業コールのかけかたを伝授してやってくれないか？」

「えー、私が？」

いきなり立花に話を振られた奈緒が、びっくりしたように自分の顔を指差した。

恵美が不服そうな眼を向けてきたが、無視した。

自己紹介での恵美との揉め事や梨花という新たなライバル候補の出現で、奈緒は腐り気味だった。

それは恵美も同じだろうが、彼女の場合は、仕事が終わってから部屋でゆっくりと機嫌を取る時間はいくらでもある。

ここで奈緒に優越感を与えて、明日からの仕事に気分よく向かってほしかった。

ご機嫌取りだけで奈緒を指名したのではない。ミントキャンディの時代も、営業コールのまめさと巧みさにかけては、彼女の右に出るキャストはいなかった。

「社長に頼まれちゃ、しようがないよね」

そう言いながらも、ご満悦の表情で立ち上がる奈緒。

「あくまでも、私のやりかたなんだけど、社長が言ったように、とにかくまめに電話をすること。男って単純馬鹿だからさ、ちょっと甘えた声を出してやったら、その日のうちに飛んでくるから。でも、いくらまめに電話をかけたほうがいいからって、会社や自宅はNGだよ。上司や家族……とくに奥さんにバレたら足止め食らっちゃうから。こんなもんでいい？」

奈緒が振り返り、立花をみた。

得意げにベラベラ喋っているようにみえて、奈緒はしっかりと計算している。

ラーメン屋が秘伝の出汁《だし》の取りかたを隠すように、肝心なポイントはすべて伏せている。

たとえば、甘えた声を出したら効果的だと言いながら、そのセリフの内容については一切触れていない。

だが、明日から競い合うライバルに手の内をみせないのは当然のことだ。それくらいは、立花も端《はな》から計算のうちだった。

奈緒が発言することで、みなの頭に営業コールの重要性がインプットされる……それだけで、十分だった。

「ありがとう。奈緒さんのアドバイスに少しだけ補足すれば、メールはだめだ。たしかにメールのほうが電話料金が安いし鬱陶《うっとう》しくないから楽かもしれないが、インパクトが違う。君達だって、彼氏からメールが届くより、電話がかかってきたほうが嬉しいだろう？」

立花は、ひとりひとりの反応を窺った。

納得度を測るというより、彼氏がいるかいないかを探ることが目的だった。

表情で、真奈美とモモは確実に彼氏がいるとわかった。

正直、あまり戦力として期待していないので、興味はなかった。

立花が一番気になる女性……梨花は、にこやかに笑っているだけで、表情では判別がつかなかった。

本人は彼氏と別れたと言っていたが、よりを戻したのかもしれないし、また、新しい恋人ができた可能性もある。

彼女ほどの女なら、黙っていても男のほうが放ってはおかないはずだ。

金の卵に害虫がついたら洒落にならない。

もちろん、管理は厳しくしていくつもりだった。が、小学生ではあるまいし、その気になれば、店の眼を盗んでいくらでも男くらい作れるものだ。

「ポイントの四つ目は、喋り上手よりも聞き上手になれということだ。無口で陰気な客の場合は別だが、たいていは自慢話が好きな客ばかりだ。喋りに自信がなくても、聞き役に徹していれば指名は増えてくる。ただし、聞き上手と無口は違う。ぶっすり押し黙ったキャストを相手にしていたら、酒がまずくなってしまうからな」

とくに、リノを意識しながら言った。

八王子の喫茶店で面接をしているときも、彼女の発した言葉の七割ははいといいえだった。

キャバクラの客の主流になるサラリーマンは、職場では気を張り詰め、家庭では疎外され、日々、孤独感と闘っている。

彼らが求めているのは、美しいマネキン人形ではなく自分の冗談にウケ、苦労話に同情し、自慢話に驚嘆してくれる血の通った人間なのだ。

「私、気をつけなきゃ」

両の人差し指で作ったバッテンを唇に当てる笑子に、クスリと笑い声が上がる。

「君は、喋りと明るさが取り柄《え》だ。そのままでいい」

笑子に関しては、聞き上手になることで長所が消える恐れがあった。

いまも彼女のリアクションに何人かのキャストが口もとを綻《ほころ》ばせたように、笑子には他人の心を和ませる天賦《てんぷ》の才があった。

「社長、ひどいよ。それじゃまるで、能天気なお気楽娘みたいじゃない」

唇を尖《とが》らせる笑子。もちろん本気で抗議しているわけではない。

むしろ、この状況を、おいしい、と思っているに違いなかった。

「能天気でもお気楽娘でも、指名を取った者勝ちだ。五つ目……最後のポイントは、客と一線を超えてはならない、ということだ」

一線って、セックスのこと？

頼まれたって、客になんかヤラせないわよ。

タイプのお客さんなら、わからないかも。

みながロ々に好き勝手なことを並べ立てた。

今度は、百合香を意識して言った。

「男……オスは、動物をみてもわかるとおりに狩猟本能が強い生き物だ。肉体を許したとたんに、本能が新しい獲物を求めて疼《うず》き出す」

恵美が探るような視線を向けてくる。

視線の意味……あなたもそうなの？

「客は、焦《じ》らして、焦らして、焦らしまくるくらいでちょうどいい。なあ、君のいた性感ヘルスは一時間いくらだった？」

立花は、百合香に訊ねた。

「一本です」

「聞いたか？　フェニックスのセット料金は九千円だ。女のコの裸をみて、触って、ヌイてくれて、それでウチと千円しか変わらない」

因みに、ミントキャンディは一万円だった。キャストが同レベルという前提で言えば、千円の差は大きい。九回通えば、一回ぶんのセット料金が浮くのだ。

「ヌクだなんて、社長、生々しいんだから」

「ヌイてくれるどころか、裸をみることもできない会話だけのキャバクラに、客はなぜ足を運ぶと思う？」

笑子の冷やかしを受け流し、立花は梨花を指差した。

「えっと……それは、キャストをクドきたいからでしょ？」

「そうだ。クドく……つまり、君達とホテルに行きたいからだ。すべてがそうだとは言わないが、まあ、全然その気がない客はいない。だから、絶対に、伝家の宝刀を抜いたらだめだ。抜いてしまった瞬間に、それは宝刀でもなんでもなく、珍しくもないただの刀に成り下がってしまう」

ついさっきまでの騒々《そうぞう》しさが、潮が引くように静まった。

「とりあえず、オープン前の心得はここまでだ。まだまだほかにもいろいろとあるが、それは、働きながら覚えていけばいい。いま言った五つのポイントをしっかり頭に刻み込んでいれば大丈夫だ。なにか、質問がある者は？」

梨花とミキ……期待度トップと最下位のホステスが揃って手を上げた。

最初に、ミキを指名した。

「あの、お洋服は、自前なんですか？」

期待度に比例するつまらない質問だ。

「基本的にはそうだが、一応、店でも何着かは用意している」

「こういうデザインはだめだとか、決まりはあるんですか？」

「原則では、ミニスカートのスーツだ。持ってなければ、店の物を着てもらうことになる」

「色合いとか……」

「そういう話は、このあと大滝店長から説明があるから、そのときにしてくれ」

ミキの質問を遮り、立花は梨花に視線を移した。

オープン前夜の大事な全体ミーティングを、こんなくだらない質問で無駄にしたくはなかった。

「社長。どうしたら、トップになれますか？　私、絶対にナンバー1になりたい」

挑むような視線。梨花の顔からは、お馴染みの快活な笑みは消え去っていた。

弾かれたように、恵美と奈緒が梨花に顔を向けた。

立花は、内心でほくそ笑んだ。

こういう質問を、待っていたのだ。

自分と梨花は、考えが似ていた。

「闇の世界を煌々《こうこう》と照らす、夜の太陽になれ」

立花の言葉に、梨花が息を呑み、切れ長の眼を見開いた。

彼女もまた、黒い太陽を目指す宿命のもとに生まれてきたのかもしれない、と立花は思った。

第四部

［1］

ユーロミュージックと嬌声《きょうせい》の渦を泳ぐように、二番テーブルにビールを、四番テーブルにおしぼりを運ぶ。

「あと、八番にチャームをお願いします」

まっ直ぐに天に伸びた笑子の右腕が視界を掠める。

立花は、フルーツをトレイに載せて九番テーブルに向かう大滝に声をかけ、六番テーブルに飛んだ。

「このエッチな社長さんに、シャンパンをお願いしまーす」

「エッチはよけいだろう、エッチは」

ちょび髭《ひげ》を上唇に蓄えた四十絡みの客が、笑子の太腿を掌で摩《さす》った。

「ほら、それがエッチだって言うの」

ちょび髭客の額を掌ではたき、笑子がケラケラと笑った。

「痛てて……。まったく、初対面の大事なお客様になんてことするんだ、お前は」

言葉とは裏腹に、ちょび髭客は嬉しそうだった。

笑子のキャラクターだから通用するスキンシップ。ほかのキャストが同じことをやったら険悪な空気になるだろう。

席に着いて二十分そこそこで、笑子は客の心をしっかりと摑んでいる。

「ありがとうございます。すぐに、お持ちします」

立花は頭を下げ、カウンターへ向かう。

フェニックスでは、男性スタッフに、ビール一本のオーダーにも、ありがとうございます、の言葉をかけることを徹底させていた。

「三番、灰皿交換だ」

焼酎のボトルと枝豆を七番テーブルに運ぶ鶴本に、擦れ違い様に命じた。

三番テーブルの恵美は、和服姿の偉そうな客の蘊蓄《うんちく》に相槌を打っている。

柏木圭介《かしわぎけいすけ》。時代小説の旗手。客がトイレに立った隙《すき》に、瞳を輝かせる恵美の報告を聞き、立花は思わず握り拳を作った。

小説とは無縁の自分でさえ、柏木圭介の名は知っていた。
二、三年前に文学賞の頂点である花柳賞《はなやぎ》を取ってからの彼は、ワイドショーのコメンテーターの仕事を複数抱える文化人として、歯に衣《きぬ》を着せぬ鋭い舌鋒《ぜっぽう》と知的な語り口が世のおばさま方に受け、文壇界の枠を飛び越えた華々《はなばな》しい活躍をしていた。
柏木を固定客にすれば、かなりの売り上げが見込める。また、恵美にはそれだけの技量があった。

「ちょっと、立花君」

シャンパンを手にフロアに戻ろうとした立花の背にかけられる不機嫌そうな声。振り返った。声の主は奈緒だった。

腕組みをして壁に凭《もた》れかかり、眉間に険しい縦皺を刻んでいる。

「おい、客はどうしたんだ?」

彼女は、七番テーブルで大学生と思《おぼ》しき若い客を相手にしているはずだった。

「いま、トイレに行ってるわ。それより、ひどいじゃない。なんで私にあんな貧乏人を付けて、恵美には売れっ子作家を回すのよ?」

「なんだ、そんなことか。あれは、俺が付けたんじゃない。場内指名だ」

「見え透いた嘘を吐《つ》かないで」

「嘘なんか吐くわけないだろう。信じられないなら、柏木さんに直接訊《き》いてみるか? 卑弥呼さんを指名したんですか? ってな」

「ふざけないでよ。そんなこと、できるわけないじゃない」

奈緒が不貞腐《ふてくさ》れたように唇を尖《とが》らせ、まなじりを吊り上げる。

彼女は、あの上客は恵美が自力で勝ち取ったということをわかっているはず。しかし、認めたくないのだ。社長のサポートのおかげだと思い込みたいに違いない。

奈緒は恐れている。そして愕然としている。ミントキャンディのヘルプのときとは見違えるような恵美の容姿に、振る舞いに、接客術に。

恵美には、柏木以外にも、ピーチクラブ時代の常連客の本指名が入っている。

指名が二本の恵美にたいして、奈緒は立花が回した客がひとりだけ。

彼女が不機嫌になり焦るのも無理はない。

「奈緒さん。まだオープンして二時間だ。いくらでも、巻き返せるチャンスはあるさ」

立花は奈緒の肩に手を置き、宥めるように言った。

「巻き返せるですって？　それじゃまるで、私が彼女を意識しているみたいじゃないっ。冗談じゃないわよ。ナンバークラスの私が、どうしてあんな格下と比べられなきゃならないのよ！」

立花の手を振り払い、奈緒が背を向けフロアへ歩き出した。

どうやら、彼女のプライドを傷つけてしまったようだ。

立花も苦笑いを浮かべつつフロアに戻った。

「嘘だよ、笑子ちゃん。いくらカラスの頭がいいからって、そこまではねぇ」

「嘘じゃないってば。そのカラス、前に私に追い払われたのを根に持ってて、仕返ししてきたのよ。もう、ほんと、怖かったんだから」

笑子が客の肩を叩き、眼をまんまるにして口角沫《こうかくあわ》を飛ばした。

取るにたらない話ではあるが、とにかく、六番テーブルは弾けまくっていた。

「お待たせいたしました」

シャンパンを置き、客にわからないように笑子に片目を瞑ってみせ、テーブルを離れた。

「もう、中井《なかい》さん、冗談ばっかりなんだから」

四番テーブル……梨花で視線を止めた。

恰幅のいい躰を仕立てのよさそうなモスグリーンのスーツに包んだ客……中井は、柏木ほどではないにしろなかなかの上客だった。

立花は、梨花、久美、真奈美の三人を顔見せの挨拶に行かせた。根暗な久美と地味な真奈美では、当然、相手にはならなかった。中井は、迷うことなく梨花を指名した。

そう、端《はな》から立花は、中井を彼女の顧客にするつもりだったのだ。

「七十センチを超える大物を釣り上げたんだけど、なんだか、かわいそうになっちゃってな。それで、リリースしてやったのさ」

「七十センチだなんて、すっごぉーい。中井さんって、優しいのね。でも、その日の夜は、逃がした魚が夢に出てきたでしょう？」

中井のくそ面白くもない釣りの話に、身を乗り出し瞳を輝かせて耳を傾ける梨花。

これだけでもたいしたものだが、ただ聞いているばかりではなく、驚き、持ち上げ、冗談めかした口調で合いの手を入れるあたりは新人離れしていた。

笑子にも言えることだが、とても生まれて初めてだとは思えない堂々とした接客ぶりだった。

「お客様。卑弥呼さんがくるまでの間、ほかにどのコかお呼びしましょうか？」

立花は一番テーブルの客……横島《よこしま》に伺《うかが》いを立てた。横島は、柏木の前に恵美を本指名していた客だった。

歳は柏木とそう変わらないようにみえるが、吊しのスーツに腕に巻かれた安物の腕時計、そして踵を踏み潰した革靴が、細い客だと教えてくれた。

柏木に恵美が付いてからおよそ二十分。本来なら、そろそろ横島のテーブルに戻すところだが、ルリとミナミのヘルプで場を繋いでいた。

先のみえている横島よりも、今後も多大なる利益が見込める柏木を優先するのは経営者として当然の選択だ。

「いや、いい。それより、卑弥呼ちゃんはいつくるの？」

横島が、腕時計をちらちら気にしながら訊ねてくる。

あと二十分で、彼のセットタイムは終わる。延長する金もないのだろう。

「申し訳ございません。五分ほどで参りますので」

嘘。十分は、恵美を三番テーブルから離すつもりはなかった。ラスト十分になったあたりで、横島の機嫌を取ればいい。

極端な話、お気に入りのキャストが一時間のうちに二十分しか付けなくても、最初と最後に隣に座っていれば、たいていの客は満足するものだ。

が、同じ二十分でも、最初に続けて使い果たしてしまえば、不満になるのが客という生き物なのだ。

「いらっしゃいませーっ」

鶴本の潑剌《はつらつ》とした声に振り返る。現れた客をみて、立花は息を呑んだ。

ゆうに百八十センチを超えていそうな長身。筋肉質の躰を包むベージュのタートルネックのセーターに白のカシミヤのジャケット。ズボンは黒の革パン。

カジュアルな服装が、陽に灼けた肌によく似合う。

立花だけでなく、キャスト達の視線が一斉に男に注がれた。自分が付いている客の存在などすっかり忘れ、黄色い声を上げる大馬鹿者もいる。

しかし、今回だけは、彼女達を責めることはできない。

「あ、風間《かざま》選手だ!」

笑子が立ち上がり大声で叫び、百合香、ミナミ、佐和子の三人がアイドルの追っかけさながらに頬を上気させていた。

そう、いま、キャストの注目を一身に集めているのは、人気Jリーガーの風間俊一《しゅんいち》だ。

さすがに恵美と奈緒は、風間をちらちらと気にしてはいるが、客を差し置くようなまねはしない。

驚くべきは梨花だ。プロのキャバクラ嬢のふたりならまだしも、素人《しろうと》同然の彼女が客のことを考えアイドルサッカー選手に無関心を装うのは口で言うほどたやすいことではない。

「いらっしゃいませ。ご指名の女のコはいらっしゃいますか?」

立花は風間に微笑みかけながら、このVIP客のテーブルにキャストの誰を顔見せに行かせるかに目まぐるしく頭を回転させた。

キャストの誰を、というよりも、恵美、奈緒、梨花の三人の中の誰を、といったほうが正しい。

厄介なのは、三人の誰を選んでも外しても角が立つということだ。

三人とも顔見せから外すという手もある。それならば不満も出ない。

だが、そこらのサラリーマンに比べて二度目の来店をさせるのが遥かに難しい風間を常連客にするには、それだけの魅力があるキャストを付けなければならない。

となれば、現状ではやはり、恵美、奈緒、梨花の誰かということになる。

いっそのこと、彼女達三人を順番に顔見せに行かせるのがいいかもしれない、と立花は考えた。

風間は、フェニックスのトップ御三家を一度に付けるだけの価値がある最上級の客だ。

しかし、恵美はまずい。彼女は既に、風間と同じ人気商売である柏木を接客している。

同じキャストの指名客に主役がふたりいると、いずれ、どちらか一方が店を離れてしまう。

彼らは、どこへ行っても自分だけが王様気分でちやほやされることに慣れているので、少しでもほかの客がいい扱いをされていると我慢ならないのだ。

結論。風間には梨花と奈緒と、そして恵美の代わりに……。

立花は、八番テーブルに眼をやった。場を盛り上げようと一生懸命に喋る客の隣で、無表情に頷くリノ。

やはり、見栄えがよくても彼女ではだめだ。視線を、六番テーブルの笑子に移した。

客と一緒になって、風間の話題で盛り上がる笑子。普通、自分の付いたキャストがほかの男にうつつを抜かしていたら怒るものだが、笑子の客からは嫉妬に駆られ不愉快になっている様子は窺えなかった。

彼女と客の関係は、疑似恋愛というよりもよき親友といった感じになっていた。

疑似恋愛といっても、それはキャスト側の目線であり、客の立場からすれば本物の恋愛と同じだ。

だからこそ、男の影に嫉妬もすれば怒りもするのだ。

笑子には驚かされっ放しだが、これには舌を巻いた。

それでもまだ恵美の代わりは務まらないが、彼女以外に代役がいないのも事実だ。

立花は、素早くフロアを見渡した。

現在空席なのは、五番テーブルと十一番テーブル。四番テーブルには梨花が、七番テーブルでは奈緒がそれぞれの客を相手にしていた。

五番テーブルでは、どちらが風間に付いても近過ぎる。

「では、お席へご案内……」

「あのコ、なんて言うの？」

立花が十一番テーブルへ足を向けようとしたときに、風間が四番テーブルに視線を投げて訊ねた。

「梨花さんのことですか？」

「その、梨花さんってコを頼むよ」

「ご指名ということで？」

「ああ」

当然、といった表情で頷く風間。

心で、安堵の息を吐く。救われた。顔見せで誰かが指名を受ければ、ほかのふたりから不満の声が出る。

が、風間は席に座る前に梨花を指名したのだから、誰にも文句は言えない。

「梨花さんに、これを頼む」

立花は、11の数字が書き込まれたメモ用紙を鶴本に手渡した。

「いいか？」

ふたりのやり取りを遠巻きにしていた大滝が、ロッカー室に続く通路に立花を促した。

「なんですか？　いま、忙しいんですよ」

「梨花さんのテーブルの客、まだ、五分くらいしか経ってないぞ。ヘルプでしばらく繋いでからでも、いいんじゃないのか？」

大滝が、眉根を深刻そうに寄せて言った。

いつも暗く難しい顔をしているので、彼の眉間には普通にしていても深い縦皺が刻まれていた。

「Jリーグ一の人気選手の指名ですよ？　ヘルプでお茶なんか濁《にご》しているうちに帰ったらどうするんですか？」

「客に有名も無名もないだろう。四番テーブルの客だって、オープンから足を運んできてくれているんだから」

大滝の諭《さと》すような物言いが、癪に障った。

そんなんだから、あんたは出世できないんだ。

喉もとまで込み上げた罵声を呑み下す。

「月に百万単位の金を落としてくれる客と一緒にできますか？」

「しかしな、五分で指名キャストが別のテーブルに行くというのは、ちょっと問題だろう？　せめて、十五分は……」

「大滝さん。この店では、あなたは俺の上司じゃないんですよ？」

立花は、冷え冷えとした瞳を元上司に向けた。

「なんだと？」

薄くなった頭頂を薄桃色に染め、珍しく大滝が熱《いき》り立つ。

「あの……どうするんですか？」

鶴本がメモ用紙を手に、困惑した顔で立ち尽くす。

「なんだ、まだいたのか？　はやく行け」

弾かれたように、鶴本が四番テーブルに駆ける。

「おい、立花。どういうことだと訊いてるんだ」

風間のテーブルへ向かおうとした立花の腕を、大滝が摑んだ。

「そのまんまの意味ですよ。俺は経営者で、あなたは店長。店の方針は、俺が決めますから」

立花は毅然とした口調で言うと、腕を振り払い踵を返した。

なにかを言いかけた大滝が口を噤《つぐ》む。もともと、気弱な男なのだ。

「あ、それから」

立花は立ち止まり、首を後ろに巡らせる。

「今後、立花って呼び捨てにするのはやめてください」

唇を嚙み俯く大滝を残し、チャームとミネラルウォーターをトレイに載せて十一番テーブルへと急いだ。

後味の悪さが胸に広がる。が、相談役気取りの大滝を野放しにしていると、鶴本やキャスト達に悪影響を及ぼしてしまう。

少し言い過ぎたのかもしれないが、ケジメは必要だ。

「本日は、ご来店ありがとうございます。私、当店のオーナーをやっております立花と申します」

立花は、ほかの客の耳に入らぬようにトーンを落とした声で名乗り、名刺を差し出した。

オープンして二時間強の間に、名刺を渡した客はこれでふたり目だった。ひとり目は、恵美を指名した柏木だ。

本当は全員の客にそうして回りたいところだが、ホールも兼任しているので余裕がなかった。

「まだ若くみえるけど、いくつ？」

「十九です」

「へぇ、俺より四つも下で社長なんて凄いな」

風間が涼しげな眼を見開き、口笛を吹いた。

二十三歳の若さで三億円プレイヤー。

凄いのは、風間のほうだった。

だが、四年後の自分は、そう思わないだろう。藤堂が二十三歳のときには、風間と同等の金を稼いでいたのだ。

「いえ、私など、まだまだです。当店は、インターネットかなにかでお知りになったのですか？」

訊ねながら、横目で四番テーブルを窺う。客に気づかれぬように、さりげなくメモ用紙を梨花に手渡す鶴本。

梨花が客の耳もとでなにかを囁き、席を立った。

いやな客がきたわ。店長からの命令なの。あー、憂鬱。

研修時に教えた、席を離れるときの決まり文句。そのいずれかを使ったに違いない。

因みに、もとの客の席へ戻ったときのセリフは、やっぱり、ここが一番落ち着くわ、または、ふー、疲れた、だ。

もちろん、別のセリフでも構わない。ようするに、客に、あなたが一番よ、と思わせればいいのだ。

「いや、知り合いから聞いたんだ」

チャームのアーモンドを、頑丈そうな歯で嚙み砕きつつ風間が言った。

フェニックスは今日がオープン日なので、客の紹介はありえない。

風俗雑誌かなにかで、情報を仕入れた知り合いから聞いたのだろうか？

気になったが、初来店の客に根掘り葉掘り訊ねるわけにもいかない。

風間のもとに足を運ぶ梨花を、奈緒が剣呑な視線で追う。柏木のグラスに水割りを作る恵美の表情も険しくなっていた。

上客を既に確保している恵美はまだましだが、奈緒にはあとがない。

ふたりだけではない。羨望、嫉妬、怒り、驚愕。アイドルサッカー選手の眼鏡に適った梨花の背中には、キャスト達の様々な思惑が絡んだ視線が注がれた。

梨花は、不穏な空気に恐れをなすどころか、恵美や奈緒に勝ち誇ったような微笑みを投げていた。

ただひとり、笑子だけはにこやかな表情で親友を見送っていた。

いつまで、その友情が続くのか見物だった。一ヵ月経っても同じ眼差しを梨花に向けているようなら、笑子もそこまでの女だ。

決して、彼女に肩を並べることはできないだろう。

しかし、梨花というのは絵になる女だった。彼女が目の前を通り過ぎるだけで、そこだけがぱっと華やいだ。

恵美にも、華はあった。が、どちらかといえばしとやかで気品に満ちた恵美のオーラは、梨花の醸《かも》し出すそれとは質が違った。

さしずめ、恵美が桜の美しさなら梨花は薔薇《ばら》の美しさといったところだ。

「ご指名ありがとうございます。梨花です。よろしくお願いします」

梨花がすらりと長い足を折り、笑顔で首を横に倒す。

この仕草は、キャストによってはカマトトっぽくみえたり、また、ちっとも似合わずに気味が悪いだけで客に嫌悪感を与える場合もあるが、彼女はもともとさっぱりした気性で、なおかつ魅力的な容姿をしているので、その心配はなかった。

「はい、どうぞ」

ソファに腰を下ろした梨花が、風間におしぼりを渡す。

「お客さん、東京アルカディウスの風間選手でしょう？」

「サッカーに、興味あるの？」

風間が、馴れた様子で訊ねる。

これまでに、何百回となく同じ質問をされたに違いない。

「全然。どっちかっていうと、野球のほうが好きです」

梨花の言葉に、立花の表情は強張った。

「お、言うね。でも、気に入ったよ。俺を前にしたら、ゴールキーパーのポジションしか知らない女のコが俄《にわ》かサポーターになっちゃうんだからね」

立花は、胸を撫で下ろす。同時に瞠目した。

風間の言うように、そのジャンルを代表する人間の前でほかのジャンルを好きだと口にするのは、そうそうできることではない。

脳裏に、あるひとりの女の顔が浮かんだ。

ピンクソーダの冬海。彼女は、やはりあけすけに物を言うタイプだ。

だが、ふたりの決定的な相違点は、冬海がすべてをわかった上での確信犯であるのにたいして、梨花は天然だということだ。

どちらがいい悪いではない。計算でそれができる冬海も凄いと言えるし、自然にできる梨花も凄い。

だからといって、梨花が冬海と同レベルという話にはならない。

現時点でのふたりは、容姿は互角としても、経験、実績、話術においてプロ野球と高校野球ほどの開きがある。

梨花が勝《まさ》っている点があるとすれば、ほぼ完成された冬海にたいして上積みが残されていること……つまり、キャストとしての成長力だけだ。

しかし、可能性とは曖昧なもので、上積みのグラフが冬海レベルに到達する保証はない。

冬海どころか、奈緒にさえ肩を並べることができないかもしれないのだ。

伝説のキャストになれるか並のキャストで終わるかは、その類《たぐ》い稀《まれ》なる素質を活《い》かせるかどうかにかかっている。


——才能なんて、使わなければ無能なのと同じだ。

藤堂が、自分にかけた言葉がいまになって身に沁《し》みる。

「そんな私でも、風間選手のことは知っていたんですよ。サッカーのことはよくわからないけど、ほかの選手と違って華があると思います」

「君みたいないい女に、そう言ってもらえるのは光栄だね」

「あちこちのお店で、同じことを言ってるんでしょう？」

「そんなことないって。いろんな店に行ってるのは事実だけど、君みたいにかわいいコには滅多《めった》に当たらないからね」

風間の言葉に、隣のテーブルで聞き耳を立てていた百合香が露骨に顔をしかめた。

恵美やリノならばまだしも、彼女のルックス程度では不愉快になる資格はなかった。

「またまた、きれいな女のコは掃《は》いて捨てるほどいるくせに」

「掃いて捨てるほどはいないけど、ひとりだけ、魅力的な女性がいたな」

「気になるなぁ。誰ですか？」

身を乗り出す梨花の瞳には、好奇以外の感情が含まれていた。

「君と同じ仕事をしている女のコだよ」

「キャバクラ嬢？」

風間が頷くと、梨花の顔色が微かに変わった。

「凄い美人なんだけど全然気取ってなくて、話がおもしろくて……俺も結構あちこち回ってるけど、あんなコ初めてだな」

梨花同様に、立花も身を乗り出した。

「へぇー、どこの店の女のコなんですか？」

「飲み物を頼まなくてもいいの？　社長さんが、痺《しび》れを切らしてるぜ」

「あ、ごめんなさい。お飲み物は、なにになさいます？」

舌を出し、梨花が急にかしこまった表情で訊ねる。

この初々《ういうい》しさだけは、恵美にも奈緒にも出せはしない。

「じゃあ、この店で一番高いワインのボトルを入れてもらおうかな」

「本当に!?　やっぱり、風間選手ってすごーい」

無邪気に手を叩きはしゃぐ梨花をみて、奈緒が眉尻を吊り上げる。隣席……それまで声高に喋っていた百合香の客が、同じ男として肩身が狭いのかバツが悪そうに黙り込んだ。

「あの、当店では、マルゴーの95年物しか用意できないのですが、よろしいでしょうか？」

立花は、浮き足立つ心とは裏腹に、申し訳なさそうに伺いを立てた。

マルゴーの95年は、フェニックスのオーダーリストの中で最も値の張る酒で十万円もする。ミントキャンディでさえ、このクラスの酒は月に一本出るかどうかといったところだった。

だが、年間三億を稼ぐ風間からみれば屁《へ》でもない金額に違いない。

「ああ、構わないよ。君は、なににする？」

「私も、マルゴーを頂いてもいいですか？」

「もちろん」

憎らしいほど様《さま》になっている笑顔で頷く風間。

梨花の大胆な発言に、立花は肝を冷やした。

ホストクラブの世界では、売り上げを伸ばすために客の酒をガンガン飲んでボトルを空けるという手法がシステム化されているが、キャバクラではそこまで徹底していない。

これは、ホストとホステスの性の違いが関係している。

男なら売り上げをアップさせる目的以外にも酒に強いことがひとつの魅力にもなるが、女の酒豪は敬遠されがちだ。

ほかにも、アルコールが入った途端に男にだらしなくなる女がいるというのも理由のひとつだ。

それに、ホステスの場合はホストと違って、男の見栄《みえ》を利用してお酌攻撃で客のグラスを重ねさせるという手が使える。

女のコにいいとこをみせようと、下戸なのに酒を呷って正体を失う男も珍しくはない。

だが、中にはホスト顔負けのキャストもいる。

立花が知っているキャストでは、奈緒がその口だ。

ミントキャンディ時代の彼女は、積極的に客の酒を飲みドリンクバックを稼ぐタイプだった。

だが、梨花の場合は駆け引きでそうしているのとは違う。

純粋な好奇心で口にした言葉だからこそ、風間も気を悪くしないのだ。

「あと、チーズとかフルーツとか、適当に頼むよ」

「かしこまりました」

立花は十一番テーブルを離れ、三番テーブルの前で鶴本を呼び止めた。

「十一番の風間さんに、マルゴーとフルーツの盛り合わせ、それからチーズとサラミを頼む」

故意に大きめの声で告げ、三番テーブルを盗みみる。

水割りを口に運びながら聞き耳を立てる柏木。立花は心でほくそ笑む。

ミネラルウォーターお願いしまーす。ツメシボください。胃薬ありますか？　アイスチェンジお願いします。

立花は、テーブル、カウンター、厨房、ロッカールームを飛び回った。

「いつまでそうやっているつもりですか？　考え事はあとにして、はやくフロアに出てください」

ロッカールーム……冥《くら》い顔で壁に凭れかかっていた大滝をせっつき、胃薬を手にした立花はとんぼ返りで二番テーブルの久美のもとへ向かった。

「お客様。大丈夫ですか？」

立花は、胃薬の袋を客に渡しながら訊ねた。

「いや、たいしたことはないんだけど、急にチクチク痛んでね」

油が付着する作業服を着た客が、卵みたいにのっぺりとした顔をしかめ、薄い眉を八の字に下げた。

久美のように陰気なホステスを相手にしていたら、胃痛のひとつも起こるだろう。

「この薬、よく効《き》きますから。久美さん」

立花は、沈んだ顔で俯く久美にミネラルウォーターを目線で指した。

暗いだけではなく、気が利かない女だ。今夜はオープンプライスの半額料金とはいえ、こんな調子では四千五百円の価値もない。

待機用テーブルに視線を投げる。物欲しそうなミキと眼が合う。ほかのキャストは全員指名やヘルプに付いており、現在フリーなのは彼女だけ。容姿に劣るミキが余るのは当然の結果だった。

「二番にヘルプだ。場を盛り上げてこい」

立花は待機用テーブルに歩み寄り、彼女の耳もとで囁いた。

ほかのキャストの倍近くはありそうな大きな顔に笑みを湛え、ミキが頷いた。

ベストな選択とは言えないが、あの卵顔の客に別のテーブルに付いているキャストを回す価値はなかった。

とりあえず、ふたりの女に囲まれていれば悪い気はしないだろう。

もうひとりの心配の種……八番テーブルに眼をやった。

相変わらず客が一方的に喋り、リノは無愛想な顔で相槌を打っているだけだった。

一番テーブル同様に席は弾けていなかったが、それでも、客がうんざりしている様子はなかった。

腐っても鯛《たい》。久美と違って、リノは飛び抜けた容姿に救われている。並の女があんな態度を取っていたら、客はキャストをチェンジするか怒って席を立つかのどちらかだ。

つまり、リノには、観賞するだけでも金を払う価値があるということだ。

だが、いつまでもそれで通用するほど水商売は甘くない。

最初のうちは毛並みの美しさやみかけのかわいらしさで人気を集めていた犬も、芸がなければすぐに飽きられるのと同じだ。

ようやく復帰した大滝が、肩を落として灰皿を交換していた。

「おい、ちょっと」

フルーツの皿を片手に載せて十一番テーブルに急ぐ鶴本を呼び止め、厨房へ促した。

冷蔵庫を開け、タッパーに詰められたメロンとイチゴを取り出し三切れずつ皿に加えた。

「量、間違ってました？」

首を傾《かし》げる鶴本。

「マニュアル通りじゃだめだ。客によって使いわけろ」

言い残し、フロアに戻った。

一番テーブル。ルリとミナミ……ヘルプふたり組の話も上《うわ》の空に、横島が三番テーブルの柏木を恨めしそうな眼でみていた。

横島は、明らかに不機嫌モードに入っている。

「卑弥呼さんを一番へ」

立花は、メモ用紙を大滝に渡した。ポケットの中には、全卓の番号が入ったものを何枚かずつ入れていた。

大滝はもう進言することもなく、その代わり返事をすることもなく三番テーブルへ向かった。

「マルゴーをお願いします」

恵美が大滝に注文を出す。柏木の風間にたいしてのライバル心。思わず、頬が緩んだ。

「いらっしゃいませーっ」

鶴本の活きのいい声が、心地好く鼓膜を撫でる。残るは五番テーブルだけ。これで、満席ということになる。

スタートとしては、これ以上ない最高の滑り出しだ。

「いらっしゃい……」

振り返った立花は自動ドアから現れた男をみて、我が眼を疑った。

「オープンから、大盛況じゃないか」

芥子色《からしいろ》のスーツのポケットに両手を突っ込み客席を見渡しているのは、紛れもなく藤堂だった。

「お客様。ご指名の女のコは、お決まりですか？」

「いいんだ。この人は客じゃない」

我を取り戻した立花は、鶴本の肩に手をかけ前に歩み出た。

「おいおい、ずいぶんだな。オープン祝いに、客としてきたつもりだがな。それとも、俺に飲ませる酒はないとでも？」

藤堂が、うっすらと笑みを湛えながら余裕の表情で言った。

「とんでもない。いま、お席へご案内致しますので、こちらへどうぞ」

立花は平静を装い、藤堂に背中を向けると五番テーブルへ先導した。

正直、動揺し、混乱していた。

どうして、藤堂が？　もちろん、オープン祝いに駆けつけたなどというセリフは信用できない。ならば、単なる視察か？

が、あの藤堂が、いくら元従業員がオープンした店とはいえ、いちいち気にして足を運ぶとは思えない。

きっと、なにか魂胆《こんたん》があるに違いない。

目の前を通る藤堂を、恵美と奈緒がぽっかりと口を開けて見送った。

無理もない。自分が元働いていた店の経営者が、客として訪れたのだから。

しかも、そんじょそこらの経営者とはわけが違う。ヘルプ要員だった恵美など言葉さえ交わしたことがないほどの超大物だ。

彼女達だけではない。マルゴーの注文を受け厨房に向かいかけていた大滝が足を止め、全身の血を抜かれたとでもいうように蒼白な顔で立ち尽くしていた。

「なかなか、いい店じゃないか？　それに、お前もいい面構《つら》えになった」

席に着いた藤堂がフロアを見渡し、それから、自分の顔を直視した。

この余裕は、どこからくる？　自分など、恐るるに足らずということか？

「ありがとうございます。藤堂様。ご指名の女のコはいらっしゃいますでしょうか？」

立花は、不快な感情から意識を逸《そ》らし仕事に徹した。

いまはその瞳に自分の姿が映っていなくても、無視できないほどに大きな存在になり、振り返らせればいいだけの話だ。

「そうだな……」

キャストを無機質な瞳で物色する藤堂。息を止め、彼の唇を凝視した。

梨花だけは、指名されたくなかった。

唐突なる来店の魂胆。キャストの引き抜き。藤堂の性格なら、十分に考えられた。

「あの美しい女性……」

鼓動が跳ね上がる。

「彼女を呼んでもらおうか」

藤堂の視線の先……恵美。立花は胸を撫で下ろし、小刻みに息を吐き出した。

恵美なら、藤堂がどんな餌をぶら下げても寝返ることはない。

「かしこまりました」

一番テーブルの様子を窺った。

恵美は、ようやく横島のところに戻ったばかりだ。しかも、セット時間の残りは十分しかない。いますぐに恵美をほかのテーブルに移そうものなら、さすがに横島もキレてしまうだろう。

「お飲み物は、なにになさいますか?」

「ご祝儀代わりだ。一番高い酒を入れればいい」

「ありがとうございます。卑弥呼さんがくる間、別の女のコをお席に付けますので」

三本目のマルゴー。風間や柏木のときのように嬉しくはなかった。

この客がフェニックスに利益をもたらすのは今夜だけ。気を抜けば、ワイン数百本ぶんの損失を被《こうむ》る可能性があった。

立花は頭を下げテーブルを離れた。呼吸が乱れ、額にはうっすらと汗が滲《にじ》んでいた。

しっかりしろ。なにを呑まれている? お前はもう、彼の下ではなく、正面で対峙《たいじ》する立場にあることを忘れるな。

自分に繰り返し言い聞かせつつ、立花は5の数字の入ったメモ用紙に「十分後」と書き込んだ。

一番テーブルの灰皿を交換しながら、新しい灰皿の下にメモ用紙を忍ばせる。

横島の眼を盗み、伝言を読んだ恵美が微かに瞼《まぶた》を見開いた。

しかし、元上司、それも風俗王と呼ばれる大物の指名にその程度の表情の変化しかみせない彼女は、フロアの片隅で目立たぬように小さくなっている大滝よりも遥かに肚《はら》が据《す》わっている。

次に、十番テーブルで百合香のヘルプに付いている鈴音《すずね》に五番テーブルのメモ用紙を手渡す。

チャンス到来とばかりに顔を輝かせる鈴音。あわよくば、金離れのよさそうな上客をモノにしてやろうと考えているのだろう。

彼女を鮨屋でたとえるなら回転寿司。親しみやすいが、一流客には見向きもされない。鈴音はわかっていない。安全牌《ぱい》だからこそ、ヘルプに選ばれたことを。期待しているキャストを、藤堂に付けるわけにはいかない。

「ウーロンハイお願いしまぁす」

客の腕にスイカのような乳房を押しつけながら、百合香が鼻にかかった声で言った。

「ありがとうございます」

鼻の下の面積を倍に広げた客に頭を下げ、立花はカウンターに入る。

「俺のこと、なにか言っていたか？」

氷をぶち込んだタンブラーに麦焼酎とウーロン茶をブレンドする立花の耳もとで、大滝が囁き声で怖々と訊ねた。

「いいえ、なにも」

「そうか。多分、俺の様子を窺いにきたんだろう。なにを仕かけてくる気なんだ……」

五番テーブルを怯えた眼でみながら、大滝が呟いた。

案外、自惚《うぬほ》れの強い男だ。

藤堂がフェニックスに足を運んだ目的はただひとつ……自分だ。

ほかに気になる存在がいるとすれば、せいぜい恵美くらいだろう。

ミントキャンディでナンバー2を張っていた奈緒でさえ、彼の視界には入っていない。

地味でうだつが上がらない元サブ・マネージャーのことなど、歯牙《しが》にもかけていないに違いない。

「心配しなくても、大丈夫ですよ。単なる気紛れでしょう。それより、店が終わったら一杯奢らせてください」

「え……いいのか？」

それまで死人のように澱《よど》んでいた大滝の瞳が輝いた。

鞭《むち》ばかりではなく、飴《あめ》も与えてやらねばならない。

こんな男でも、人手不足のフェニックスには必要だ。

「ええ。レジをお願いします」

立花は大滝に命じ、カウンターを出た。

「十番に頼む」

鶴本にウーロンハイを載せたトレイを渡し、レジへ足を向けた。

さっきまでの不満顔が嘘のように、頬肉を弛緩させながら財布から一万円札を抜く横島。

ラスト十分で、機嫌を直してくれたようだ。

「今日は、あまり、卑弥呼さんがお相手できなくて申し訳ございません。これに懲《こ》りずに、また、お越しください」

立花は横島を見送り、五番テーブルに向かった。

「お客さん、芸能プロダクションかなにかの人でしょう？」

鈴音が、藤堂のワイングラスをルビー色に染めながら訊ねた。

「ん？　そんなに、胡散臭《うさんくさ》くみえるか？」

「そうじゃないですけど、サラリーマンにはみえないしぃ、普通の仕事にもみえないしぃ」

最大限に自分がかわいくみえる表情や声音で、鈴音は必死にアピールしていた。

だが、どんなに頑張っても、カーネーションはバラにはなれない。

「公務員かもしれないだろう?」

藤堂の軽口に、鈴音が演技ではなく本気で爆笑していた。

自分が知っている、氷でできた刃物のように冷たく切れ味鋭い男とは別人のように、鈴音を相手にしている藤堂はウィットに富み柔和な印象だった。

立花は、彼の底知れぬ懐の深さに驚嘆すると同時に恐怖心さえ覚えた。

「おひさしぶりです。社長。卑弥呼です」

主役の登場に、急に鈴音のテンションが下がった。

「これは、驚いた。見違えるようないい女になったな。噂には聞いていたが……さすがは、ピーチクラブでナンバー1だっただけのことはある」

恵美を眼にした直後に、藤堂の顔つきが一瞬険しくなったのを立花は見逃さなかった。

いや、店に足を踏み入れたときから、彼女の変貌振りに眼を見張っていたに違いない。

だからこそ、わざわざもとの部下を指名したのだ。

コンマ数秒でも不快ないろを表情に浮かべたということは、恵美に脅威を感じた証……つまり、自分の存在を認めたということに繋がる。

「まあ、ひどい。以前は、いい女じゃなかったと言っているようなものですよ」

「そうじゃない。より磨かれたと言いたかっただけだ」

「だとしたら、磨いてくれたのは、ウチの社長ですわ」

唇に優婉《ゆうえん》な微笑を湛える恵美が、立花に意味ありげな視線を流す。

ふたたび、藤堂の眉間に縦皺が刻まれる。

してやったり。立花は、この場で彼女を抱き締めたい気分だった。

「磨かれたのは、外見だけじゃないようだな」

すぐに、いつものクールフェイスに戻った藤堂が口角を吊り上げた。

「どうも、ご無沙汰してます、社長。きてたんですか?」

自分が呼ばれたと思い振り返った立花は、藤堂に笑顔で頭を下げる風間をみて、胸騒ぎに襲われた。

「ああ。元部下のオープン祝いに駆けつけたってわけだ」

立花は、風間と藤堂の顔を交互にみた。

どうやらふたりは、旧知の間柄のようだ。鼓動が次第に激しくなる。

「なるほど。だから、フェニックスを勧めたんですね?」

風間の声に、立花は耳を疑った。

藤堂が、風間にフェニックスを勧めた? なにがどうなっているのか、わけがわからなかった。

風間は、最低、月に百万の売り上げを見込めるVIP中のVIPだ。藤堂からすれば、毎月、百万の現金をくれてやるようなものだ。

「これからも、贔屓《ひいき》にしてやってくれ。冬海のほうには、俺からうまく言っておく」

——ひとりだけ、魅力的な女性がいたな。

不意に、風間の声が蘇る。

そう、彼が梨花に言っていたその魅力的な女性とは、冬海のことだったのだ。

ということは、風間はピンクソーダの顧客ということになる。

「藤堂さん、どういうおつもりですか？」

強張る声で、立花は訊ねた。

「風間君。東京アルカディウスと中学のサッカー部が試合をやったとして、エースストライカーの君が中学側のチームに入ったら、結果はどうなる？」

「50対0が、50対2になるかもしれませんね」

「なっ……」

立花は絶句した。脳内が沸騰《ふっとう》したように熱くなり、視界が赤く染まった。

「ありがとう。今度、試合を観に行くよ。チェックだ。心配するな。金はちゃんと払うから」

風間に向けた顔を立花に戻し、藤堂が席を立つ。今度は、恵美が声を失う番だった。

それも、無理はない。彼女は、席にも付いていないのだ。

「俺からのご祝儀を、大切に使えよ」

藤堂は、テーブルに戻る風間の背中を顎でしゃくりつつ、財布から無造作に抜き取った十数枚の一万円札を屈辱と怒りに打ち震える立花の胸ポケットに捩《ね》じ込んだ。

「あ、そうそう」

思い出したように振り返った藤堂が、立花の耳もとに唇を近づけた。

「正直、恵美には驚いた。彼女は、いいナンバー2になるだろう」

言い残し、藤堂は立花の肩を叩き、十一番テーブルの梨花に意味深な視線を投げて歩を踏み出した。

藤堂がフェニックスを訪れた本当の目的……背筋に冷たいものが走った。

ユーロミュージックもキャストの嬌声も客の馬鹿笑いも……その一切が、鼓膜から遠ざかった。

［2］

真一のもとを訪れたのは、約三ヵ月振りのことだった。

立花の過ごした三ヵ月間は三年の月日が流れたように劇的に変化していたが、この病室の時間《とき》の流れは三ヵ月前となにも変わっていなかった。

「会いにこれなくて、ごめんな」

立花は、全身に管を通された父から眼を逸らし、ベッド脇のパイプ椅子に腰を下ろした。

気にはなっていた。毎晩、ベッドに入るたびに真一のことが頭に浮かんで眠れなかった。

病室にこそ入らなかったが、この三ヵ月間、数えきれないほど病院の前に足を運んでは引き返すことを繰り返した。

真一に顔を合わせるには、あまりにも自分は変わり過ぎた。

水商売の世界に足を踏み入れたときは、入院費を稼ぐためという大前提があった。

それは嘘ではない。が、いまは違う。

もし、働かなくても入院費を払えるだけの金があっても、夜の商売から足を洗うことはしないだろう。

真一ほど、裏表のない人間を立花は知らなかった。たとえ相手と軋轢《あつれき》が起きる結果になろうとも、心にない言葉を口にすることはなかった。

それに引き換え、自分はどうだ？

目的を果たすために二枚舌を使い、おだて、乗せ、見込みがないと判断すれば冷たく突き放す。口をつく言葉はどれも打算に基づいたものであり、駆け引き抜きの純粋なものはなにもない。自分自身でさえ、自分の口から出た言葉を信じることができなくなっていた。

いったい、どこでボタンをかけ違えてしまったのだろうか。

立花は、薄闇をバックにした窓ガラスに映る自分の姿に眼をやった。

半年前まではTシャツにジーンズ姿の青年は、いまや、イタリア製のブランドスーツを着こなし、腕にシルバーのブレスを巻き、指にプラチナの指輪をつけるいやらしい男になってしまった。

身なりのきらびやかさとは対照的に、立花の眼はどうしようもなく冥く翳っていた。

「ほら、ジャイアンツに強力な外国人選手が入団するらしい。四番バッターだらけになっちまったな。これで勝てなきゃ、また、ボロクソに言われるぜ」

立花は俯いたまま、スポーツ新聞の一面を真一の顔前に翳した。

真一に接するときだけは、口調も、表情も、昔の自分に戻れた。

だからこそ、顔をみることができなかった。

なぜなら、本当の意味で、自分が昔に戻れないことがわかっていたからだ。

「俺は……」

立花は、口を噤み、真一の手を握り締めた。

まだ、あんたの息子でいていいのか？

心の中で問いかけ、立花は腰を上げた。

［3］

いつもの優婉《ゆうえん》な女性とは別人のように、恵美が髪を振り乱し、激しく腰をグラインドさせた。

普段はしとやかな恵美と、情事の際に恍惚の表情でよがり声をあげながら快楽を貪る姿とのギャップに、つき合い始めの頃は興奮し、日に何度も肌を重ね合ったものだ。

いまでは、週に一、二回……それも、義理のセックスだけだった。

恵美に、魅力がなくなったわけではない。

ほんのりと朱《あけ》に染まった白い肌はきめこまやかで、抱き締めると躰に吸いつくようだった。

金をかけさせただけのことはあり、無駄肉の一切が削《そ》ぎ落とされ、思わず見惚れてしまいそうな完璧なボディラインをしていた。

彼女の客は、誰も彼もが恵美とベッドをともにすることを夢みている。

どんなに通い詰めても金を落としても叶《かな》わない客達の夢……恵美の肉体を、自分はいつでも、好きなときに、思う存分堪能することができる。

そう思うと、優越感に浸れた。だが、それだけだった。

結局自分は、恵美を愛していない。自分が磨いたという事実にひとり悦《えつ》に入り、みなが血眼《ちまなこ》になってクドこうとする女を独占しているという満足感に浸る。

恵美にたいしての感情は、それ以上でも以下でもなかった。

もちろん、自分のために誠心誠意尽くす彼女を愛《いと》しく思うときもある。

だが、それは愛ではない。いや、愛であっても、恋愛感情ではなく、兄妹愛に近いものだった。

その証拠に、もし、恵美が客の誰かと肉体関係に陥っても、まず最初に気にかけるのは、店を辞めはしないか、ということだ。

本当に愛していれば、そんなことよりも先に、躰中の血液が沸騰し、理性を焼き尽くされ、なにはともあれ相手の男をぶちのめしに向かうことだろう。

あのときが、そうだった。


——あなたと、同じ男として比べられると思って？


彼女のひと言は、自分に立ち上がれないだけのダメージを与えた。

人を愛するということは、人を憎むことと同義語だということを、立花は知った。

立花は、服装の上からは想像のつかない豊満な乳房が目の前で弾むのをぼんやりと眺めながら、千鶴の面影に思いを馳せた。


——正直、恵美には驚いた。彼女は、いいナンバー2になるだろう。

不意に、藤堂の声が蘇る。

藤堂の鋭敏な嗅覚は、恵美でも奈緒でもなく、梨花に反応していた。

気が気ではなかった。手段を選ばない男。藤堂がその気になったら、どんな手を使ってでも梨花を奪い取りにくるだろう。

藤堂が札束攻勢をかけてきたら、いまの自分に勝ち目はない。

梨花がキャバクラ嬢になると決意したのも結局は金だ。恵美のように、自分に尽くすために働いているわけではない。

奈緒を引き抜くために、立花が使った金は百五十万。悪くはない金だが、梨花クラスの女にならば、藤堂は桁《けた》がひとつは違う金額を提示するだろう。

絶対に、それだけは避けなければならない。

梨花は十年に一度現れるか現れないかの逸材だ。

昨日の彼女の仕事振りをみて、立花は確信した。あと二、三ヵ月もすれば、誰も彼女に追いつくことができなくなるだろう。

「なに……を考えてるの?」

恵美が立花に覆い被さり、息を弾ませながら耳もとで訊ねてくる。

恵美が果てたことに、立花は初めて気づいた。

「なにも」

立花は、ヘッドボードに手を伸ばし、煙草をくわえた。恵美が、ダンヒルのライターを差し出してくる。

「嘘。ずっと、上《うわ》の空じゃない。私には、わかるんだから」

そう、恵美はわかっている。自分の心が、ここにないことを。

「そんなことないって。気にし過ぎだ」

立花は、表情の変化を悟られないように、紫煙を天井に向けて吐き出した。

「梨花ちゃんのこと?」

唐突な恵美の問いかけに、思わず噎《む》せそうになった。

「なにを馬鹿なこと言ってるんだ」

「だって、あっちゃん、ずっと梨花ちゃんの席ばかり気にしているんですもの」

「変な勘繰《かんぐ》りはよせよ。彼女は水商売が初めてなんだ。気にしてあたりまえだろう?」

「キャバクラ未経験のコなら、ほかにも一杯いるじゃない。でも、彼女は特別って感じ」

恵美の嫉妬に、次第に神経がささくれ立つ。が、顔には出さなかった。

梨花がダイヤの原石に違いなくても、より一層輝くには、恵美の存在が必要だ。ふたりが鎬《しのぎ》を削ることで、フェニックスは空高く羽ばたくことができる。

「親だって、子供の性格によって接しかたを変えているだろう? 放りっぱなしで平気な子供もいれば、なにかと手のかかる子供もいる。それと同じだ。梨花は気紛れな面がある。だから、気にかけているのさ」

梨花にたいしての期待と才能を、口にするわけにはいかない。

恵美は、たしかに尽くしてくれている。自分のためなら、泥を被り、毒を喰らうことも厭《いと》わないだろう。

しかし、それは、己だけを一心に愛してくれている、という前提があっての話だ。愛する男の眼がほかの女に……ましてや、ライバルであるキャストに向いているとなれば話は違ってくる。

キャバクラ経営で一番恐ろしいのは、キャストの不満だ。

開店前の更衣室などで、不満の芽は質《たち》の悪いウイルスさながらに急速に増殖し、最悪の場合、大量流出に繋がることもある。

不平不満の芽を早期発見して摘み取るには、同じ立場の同性の協力が必要になる。できれば、キャスト達に信望の厚い女性がベストだ。

その意味では、恵美は最適だった。彼女は、奈緒のように人を見下したような物言いはしないし、優しいお姉さん、という雰囲気がある。しかも、キャストとしての実力も兼ね備えている。

立花は、オープン前から恵美には苦情処理係の役割を命じていた。

キャスト達の愚痴《ぐち》や文句を聞き出し、同意しているふうを装いながらさりげなく説得する。謀反《むほん》の計画があれば逐一報告する。

どこの店も、男性スタッフの上司がキャストのマネージャーを兼ねていることが多い。

だが、恋人関係になっている場合を除いて、彼女達は本当に悩んでいることは信頼するキャストに漏らすものだ。

有言実行するためには……フェニックスを日本一のキャバクラにするためには、恵美は必要不可欠なビジネスパートナーだ。

「信じていいの？」

恵美が立花の胸に頬を乗せ、上目遣いを投げてくる。

「あたりまえだ。俺の眼に映っているのは、お前だけだ」

立花は、脳裏を過《よぎ》る真一と千鶴の顔を慌てて打ち消し、恵美の肩を抱き寄せる。

罪悪感の悲鳴から意識を逸らし、ゆらゆらと立ち昇る紫煙を虚《うつ》ろな視線で追った。

「嬉しい。でも、嘘はいやよ。もし、あっちゃんに好きな人ができたら、隠さずに教えてね。面倒を起こしたりしないから。ただ、会って、確かめてみたいの。私が負けているかどうかを」

いつも、会っていたさ。

立花は、心で呟いた。

あのときの恵美は、千鶴の足もとにも及ばなかった。

が、いまは違う。

恵美がもし、ミントキャンディに戻ったなら、トップを争うことになるだろう。

自分の店の看板キャストという贔屓目ではなく、恵美は千鶴と並んでも見劣りしない女になった。

じっさい、同じフロアで仕事をすれば、互角の勝負をするに違いない。

それだけ、恵美はいい女になった。千鶴との差を詰めた。

しかし、それはあくまで客にたいしての比較で、自分の中のふたりは、あの当時と同じに、ナンバー1キャストとヘルプ要員の開きがあった。

初恋の相手は、将来、忘れ得ぬ存在になるという。いまでは、その気持ちがよくわかる。

ずいぶんと、遠くの存在になってしまった。彼女の家に招かれ、食事を作ってもらったり他愛《たあい》もない話で盛り上がっていたことが、もう、十何年も昔のことに思えた。

が、千鶴との距離が開くほどに、心の中で彼女が占める割合は大きくなった。

あんなにひどい言葉を浴びせかけられたというのに、千鶴を憎むことができなかった。憎むどころか、彼女の面影は日を追うに連れ色濃くなっていった。

騙されていてもいい。藤堂の情婦でもいい。嗤《わら》われてもいい。

それでも、もう一度千鶴と肩を並べたかった。無邪気な笑顔で、鈴の鳴るような声で名前を呼んでほしかった。

「前から、訊こうと思ってたんだけど……」

恵美が、立花の胸に上半身を預け、好奇を宿した瞳でみつめてきた。

温かで柔らかな膨らみが、立花のみぞおちのあたりで形を変えた。

「なにを？」

「あっちゃんってさ、変わったよね」

「変わった？」

「うん。ミントキャンディにいたときは情熱的な人だと思ったけど、いまは、すごく冥くて冷たい眼をしている」

「きらいになったか？」

「そんなわけないでしょう？　あなたは、私を一流にしてくれた。あっちゃんがいなければ、いままで燻《くすぶ》っていたと思う。好きよ。大好き。でも、昔のあなたも好きだった。ねえ、社長との間に、なにがあったの？　私でよかったら、なんでも言って」

慈《いつく》しみ深い聖母の瞳で立花をみつめる恵美。

「なにがって……なにもないさ」

立花はヘッドボードの灰皿で煙草の吸差しを消し、眼を閉じた。

そう、なにもなかった。

ひとりの馬鹿な男が、悪女を天使だと思い込み、真実という刃《やいば》に切り裂かれ、絶望の淵《ふち》を彷徨《さまよ》っただけの話。

「ならいいけど。私、心配なの。あっちゃんが、どこかへ行ってしまいそうな気がして……」

「心配するな。俺は、どこへも行きはしない」

立花は、恵美の髪の毛に指を滑らせ、小さく頷いてみせた。

恵美が唇をへの字に曲げ、立花の胸に顔を埋めると肩を震わせ咽《むせ》び泣いた。

リズミカルなメロディが、恵美の嗚咽に絡みつく。

「ほら、鳴ってるぞ」

立花は、ナイトテーブルで着信ランプを明滅させる携帯電話に視線を投げた。

「いいの。どうせ、お客だから」

「馬鹿なことを言うな。俺のために、フェニックスでもナンバー1になってくれるんだろう?」

恵美が半べそ顔で頷いた。

こんなに不安げな彼女をみるのは初めてのことだった。

勘のいい恵美だから、なにかを感じ取っているのだろう。

彼女の不安は、当たっている。

いま、立花の視界に映っているのは、黒い太陽に続く一本道だけだ。

たとえその先になにが待っていようと、立ち止まることも振り返ることもできない。息が続くかぎり……躰が動くかぎり、走り続けるしかなかった。

結果、堕ちるところまで堕ちても、構わなかった。

純白だと信じていた女が漆黒であるとわかったとき、いままでの自分なら、懸命に白に戻そうとしたことだろう。

だが、一度黒く染まった花びらが決してもとの色に戻れないと悟ったとき、立花は誓った。

彼女が白に戻れないのなら、自分が黒く染まることを……千鶴と一緒に堕ちることを。

そう、一緒に。別々の道を歩いていても、自分と千鶴が行き着く場所は、同じなのだ。

「もしもし？　あ、こんばんは。ううん、大丈夫。いま、テレビを観てたところ」

いままでの泣き顔が嘘のように、けろりとした表情で電話に出る恵美。

プロに徹していると言えばそれまでだが、女とはわからない生き物だ。

立花は、リモコンを手に取りテレビのスイッチを入れる。

「いま、ちょうど、私も橋本《はしもと》さんに電話を入れようとしていたところなの」

恵美は言うと、立花に向かって片目を瞑ってみせた。

橋本は、ピーチクラブ時代の彼女の常連客であり、二日と置かずに通い詰めていた旅行代理店の経営者だ。

超ＶＩＰではないにしろ、月に三十万は落とす太い客だ。

離陸したばかりで乗客の少ないフェニックスには、ぜひともほしい客だった。

「嘘じゃないわ。本当よ。だって、橋本さん、連絡くれないから。ほかにいいコが、できたんじゃないかと思って」

恵美が拗ねたように言いながら、立花の股間をまさぐり始めた。

まさか、橋本も、電話の向こう側で憧れのキャストが男のペニスを扱《しご》いているとは思わないだろう。

「え……いまから?」

恵美の手の動きが止まった。

橋本にデートにでも誘われているに違いなかった。

「あ、ごめん。明日、朝から東京駅に母を迎えに行かなければならないの。その代わり、店に出る前に一緒に食事でもどう?」

デートの誘いを、同伴にすり替える恵美。さすがは、ピーチクラブでナンバー1を張っていただけのことはある。

「うん。じゃあ、五時に新宿ね」

恵美は電話を切ると、ふたたび手を上下させながら妖艶《ようえん》な微笑みを向けてくる。

「ねえ、もう一回しよ?」

言うがはやいか、恵美が立花の股間に顔を埋めた。

立花は天を仰ぎ、眼を閉じた。

瞼の裏に、千鶴の顔が浮かんだ。

［4］

ミントキャンディの電飾看板を前にした立花の胸に、数年振りに里帰りをしたような郷愁《きようしゆう》が広がった。

いまは六時。キャスト達は、もう出勤していることだろう。が、千鶴に会いにきたわけではない。


——社長は、いま、池袋のお店に行ってます。


藤堂観光の女性秘書の言葉を聞いた立花は、大滝に開店前の全体ミーティングを頼み、すぐにフェニックスを出た。

オープン以来の四日間、フェニックスは連日盛況を極めた。

現在、ナンバー1は七十九本の指名を取った恵美で、二位には六十九本の指名の梨花、そして三人目は四十一本の指名で奈緒と笑子が並んでいた。

恵美の一位は予想通りとして、奈緒を抑えてナンバー2の座をキープしている梨花はたいしたものだった。

期待はしていたが、一ヵ月目からここまでやるとは思わなかった。

そしてもうひとり、忘れてならないのは笑子の大躍進だ。

独特のユーモアのセンスと底抜けの明るさで、実力派の奈緒と肩を並べるとは驚きだ。

その奈緒は、指定席であるはずの二番手のポジションさえ取れずに、ナンバー3の座にしがみついているのが精一杯だった。

嬉しい誤算。梨花と笑子の存在は、恵美と奈緒の立場を脅かし、その結果、ベテラン勢の尻に火がつきフェニックスの推進力に繋がる。

今夜、大事なミーティングを犠牲にしてまで古巣を訪れたのは、宝を守るためだった。

立花は小さく息を吸い、歩を踏み出した。地下へと続く階段の両脇は鏡になっている。

鏡の中で、半年前とは別人の男が階段をゆっくりと下りてゆく。

呑まれるな。自分はいま、フェニックスのトップとしてここへきている。藤堂と、立っているステージは同じなのだ。

オープン初日の夜。藤堂が帰ってから何度も繰り返した言葉を心で呟いた。

自動ドアにかかるCLOSEDの札。構わず、WELCOMEのマットに足をかけた。

音楽のない空間に、モータ音が鳴り響く。大滝を追い落とし新マネージャーになった神崎が、開店前の訪問者をみて大きく瞼を見開いた。

立花は、素早くキャスト達に視線を巡らせた。

ミーティング中の彼女達は、闖入者《ちんにゅうしゃ》の存在にある者は興味を示し、ある者は不審な表情になり、ある者は無関心を決め込んでいた。

千鶴がいないのは、ひと目でわかった。

立花がいた時代とは、大幅にメンバーが入れ代わっており、半分以上は知らない顔ばかりだった。

なかなか粒揃いだったが、千鶴やひなのを超えるような飛び抜けた存在は見当たらなかった。

「おい、立花。なんの用だ？　いま、ミーティング中だぞ」

半年振りだというのに、挨拶もなしに神崎が血相を変えた。

「社長は？」

立花も、なんの前振りもなくいきなり切り出した。

「あ？　お前、なに言ってんだ？」

神崎が肩を怒《いか》らせながら歩み寄ってくる。

キャストの手前、虚勢を張ってはいるが、彼が昔とは眼つきも服装も違う元部下に臆《おく》しているのはすぐにわかった。

「社長に会いにきたんですよ。あなたに用事があるわけじゃない」

ふたりのやり取りをみていたひなのが、珍しくくすりと笑った。

そういえば彼女は、神崎とは反《そ》りが合わなかった。

「なんだと!?　てめえ……」

立花は、神崎の胸を押し、社長室へと向かった。

「おいっ、待てっ。立花、てめえ」

追い縋る神崎を無視して、社長室の前で歩を止めた。まさか、ふたたびここを訪れることになるとは思ってもみなかった。

ノックをした。少し間を置き、薄く開いたドアの隙間から、菊田がびっくりしたような顔を覗かせた。

「立花じゃないか？　どうしたんだ？」

菊田が、訝しげに眉をひそめて訊ねてきた。

が、さすがに神崎のように大人気なく敵意を剝《む》き出しにしたりはしない。

「ご無沙汰してます。藤堂さんに、お話があります」

「お話って……お前、アポイントは？」

「いいえ。今日、事務所のほうに電話をしたら、こちらへ伺っていると聞きましたもので」

「だったら、もう一度、明日連絡を取り直して出直してくるんだな」

「先日、ウチの店に藤堂さんがいらっしゃって、私が対応しました。逆は、認めてくれないんですか？」

「立花……お前、自分でなにを言ってるのか……」

「いいから、中へ入れろ」

菊田を遮る声……藤堂。菊田が、渋々とドアを開き立花を室内へと招き入れた。

「いきなり、お邪魔して……」

正面。応接ソファに深く身を預け、足を組む藤堂の隣……視線を移した立花は、声を呑み込んだ。

それは、品のいいベージュピンクのスーツに身を包んだ千鶴も同じだった。

唇を半開きにし、まるで宇宙人にでも遭遇《そうぐう》したような顔で立花をみつめていた。

半年前の自分しか知らない彼女がそうなるのは、無理もなかった。

千鶴はといえば、昔と変わらず、哀しいほどに美しかった。

「申し訳ございません」

藤堂に視線を戻し、立花は頭を下げた。

「ま、堅苦《かたくる》しい挨拶は抜きに座れよ。千鶴とも、久し振りなんだろう？」

藤堂が、自分の存在など意に介していないとでもいうように、気を悪くしたふうもなく、ソファに右手を投げた。

ふたりが肩を並べるシチュエーション。以前の自分なら、眼にしただけで内臓が焼け爛《ただ》れるほどに熱く燃え盛っていただろう。

いまは違う。ただ、どうしようもなく心が冷えきっていた。

「いえ、結構です。すぐに帰りますので」

抑揚のない声。無機質な瞳……目の前にいる男と同じ。

千鶴が、微かに戸惑いのいろを浮かべたのを立花は見逃さなかった。

彼女には、もうひとりの藤堂がみえているに違いなかった。

「そうか。で、なにか俺に言いたいことでも？」

「単刀直入に言います。ウチの梨花を引き抜こうだなんて考えは捨ててください」

千鶴には聞かせたくない言葉だったが、気にしている余裕はなかった。

いまは、触れることも匂いを嗅ぐことも叶わぬ絵の中の花よりも、自分の庭を彩《いろど》る花に水をやり、光を与えるほうが重要だった。

藤堂が、パッケージから取り出した煙草を持つ手を宙で止めた。

「ほう。これはまた、いきなり、なにを言い出すかと思えば。お前に、引き抜き云々《うんぬん》を口にする資格があるのか？」

奈緒のことを言ってるのだろう。たしかに、先に仕かけたのは自分だ。が、枯れかけた花とこれからの花を同じ尺度で考えるわけにはいかない。

「あなたは、地位も金も人脈もある人だ。地位も金も人脈もない人間のやることに、いちいち目くじらを立てることはないでしょう？」

「おい」

藤堂が、菊田と千鶴に目顔で合図を送った。ふたりが腰を上げ、ドアへ向かった。

「拳銃で撃たれたらマシンガンで蜂の巣にする。それが、俺のやりかたでね」

ふたりの姿がドアの向こう側に消えるのを見届けた藤堂が、煙草に火をつけ、紫煙を口の中で弄《もてあそ》びながら言った。

「つまり、俺を潰しにかかると」

「自惚《うぬぼ》れるな。俺にとってのお前が、拳銃の脅威を与えているとでも思っているのか？」

「社長、知ってましたか？　どんなに威力がありの性能のいいマシンガンも、当たらなければただの鉄《てっ》塊《かい》ですから」

立花は言い残し、踵を返した。

「立花」

歩を止め、首を後ろに巡らせた。

藤堂が、ぞっとするような冷たい眼差しで見据えていた。

「なんです？」

「前言を撤回しよう。半年だ。半年以内に、お前を潰す」

瞬間、背筋に冷たいものが走った。

ハッタリを言う男ではない。これまでの人生で、藤堂は、口にしたことのすべてを実現してきた。だからこそ、彼のひと言には説得力があり、心底、恐怖を感じた。

「オープン一周年記念には、また、遊びにきてください」

立花は、薄く微笑み頭を下げ、社長室を出た。

フロアへと続く廊下に佇む影……千鶴。

ふたりの視線が交錯する。なにかを訴えるような彼女の瞳を、立花は冥い瞳でじっとみつめ返しながら、表情ひとつ変えずに通り過ぎた。

「立花君……」

振り返りたい衝動をぐっと堪え、立花はフロアに出た。

わかっていた。

いまさら振り返ったところで、あとへは引き返せないということを……。

第五部

〔1〕

「オープンして約一ヵ月。みんなが頑張ってくれたおかげで、フェニックスは最高のスタートが切れた。本当に、ありがとう」

立花は、開店時と同じキャスト達の三十の視線を受けながら、みなに礼を述べた。

十五人という数は変わらなくても、ふたりのキャストが入れ替わっていた。

フェニックスを辞《や》めたのは……というよりも、立花が辞めるように持っていったのは、二流のキャバクラで働いていたミキと、とにかく陰気な久美《くみ》だった。

容姿が劣るだけでなく話術もなにもないミキと、その場を瞬時に通夜《つや》状態にする久美は、何度かヘルプや顔見せでチャンスを与えたが、結局、ひとりの指名も取ることができなかった。

商売である以上、利益を生《う》み出さないキャストを雇い続けるわけにはいかなかった。

ミキと久美の代わりに店に入ったのが、晴海《はるみ》と幸見《ゆきみ》だった。

ふたりは笑子の友達であり、容姿は並だが彼女同様に底抜けに明るいキャラクターで、中途入店にもかかわらず指名を二本ずつ取っていた。

店の総売上は、二月十四日のオープンから三月末までの、実日数およそ一ヵ月半でミントキャンディとほぼ変わらない千八百万弱……新参店にしては上々過ぎる滑り出しで、人件費と諸経費を差し引いても数百万の純利が出る。

もっとも、ご祝儀《しゅうぎ》的売り上げも多く含まれているので気は抜けない。

二ヵ月目からが、本当の意味で実力が試される勝負月だ。

「ここで、売上上位者のトップ5の表彰を行う」

フロアの空気が張り詰める。上位五人には、五位から一位に対して、二万、四万、六万、八万、十万と、金一封《いっぷう》が出ることになっていた。

この日のために、キャスト達はいやな客相手にも愛想《あいそ》を使い頑張っているといっても過言ではない。

彼女達の原動力は、金だけではない。

名誉。そう、月初めに行われる表彰の場で、ほかのキャストを見下ろすことでえも言われぬ優越感に浸ることができるのだ。

「第五位は、リノさん。指名本数五十八本、売上金額百二十八万三千円」

うっとりするような完璧なスタイルを白いスーツに包んだリノが、無表情に立花のもとへ歩み出た。

たとえ一位になっても、彼女はいまと同じ能面を崩さないことだろう。

これだけの素材なのに五位に甘んじているのは納得できないが、逆に言えば、これだけ客に媚びを売らない無愛想さでトップ5に名を連ねているのだからたいしたものだ。天は二物を与えずとは、まさに彼女のためにあるような諺《ことわざ》だ。

「おめでとう。じゃあ、スピーチを」

立花は金一封をリノに手渡し、みなの前へと促した。

「これからも頑張ります」

パラパラとした拍手。無愛想なのは、客にたいしてだけではない。

立花の知っているかぎり、リノが親しくしているキャストはいない。

相変わらずサービス精神のサの字も見当たらないスピーチに、セックスをしているときの彼女もこんなに無表情なのだろうか、などと立花はくだらないことを考えた。

「第四位は、奈緒さん。指名本数百三本。売上金額二百三十一万四千円」

思い切り不機嫌な顔の奈緒が、渋々《しぶしぶ》腰を上げた。

当然だ。誰よりもナンバー1になることに強い執着心《しゅうちゃくしん》を燃やしていた彼女は、ナンバー1どころか、トップ3にも入れなかったのだ。

「さあ、スピーチを」

不貞腐《ふてくさ》れる奈緒を、立花は促した。

「はっきり言って、不満よ。勘違いしてほしくないのは、四位という順位にじゃないから。この数字は、私の実力じゃないってこと。だって、私に回ってくるのは細いお客さんばかりで、どんなに頑張っても延長なしのセット料金が精一杯だし……。いくら私でも、材料が悪ければいい料理は作れないわよ。恵まれた素材を与えられる人達はいいわねぇ」

奈緒が、恵美と梨花に皮肉っぽい視線を投げながら言った。

「奈緒さん、まるで店側が彼女達を贔屓《ひいき》しているみたいな言い方じゃないか」

立花は、すかさず釘を刺した。

奈緒は、お世辞にも人望が厚いとは言えない。現に、奈緒をみるキャスト達の眼は冷ややかだった。

だが、その発言が自分の感じている不満とリンクした場合、好き嫌いは無関係になる。

不満分子が振り撒《ま》く質《たち》の悪いウイルスが、キャスト達に伝染することは十分にありうるのだ。

「あら、違うの？　私には、太い客は全部卑弥呼ちゃんと梨花ちゃんに自動的に振り分けられているようにみえるけど？」

胃袋が熱くなり、こめかみの血管が脈打った。図星《ずぼし》だからこそ、受け流すことができなかった。

「おい、いい加減に……」

「ストーップ、ストーップ。私の表彰の前に、湿っぽい空気にしないでくださいよ。ナンバー3なんて、もう、二度となれないかもしれないし、この瞬間をたっぷりと味わいたいんだから」

笑子が立ち上がり、大きく両手でバッテン印を作った。

重く張り詰めていた空気が、瞬時に和《やわ》らいだ。

奈緒が、毒気を抜かれたように小さく首を横に振り、席へ戻った。

笑子を前にすると、誰もが怒りを吸い取られる。

「ほら、社長、はやく、褒めてよ」

母親を急《せ》かす子供のように、笑子が立花の腕を引いた。

「わかった、わかった」

立花の眉間に刻まれていた皺もいつの間にか消え、口もとが綻《ほころ》んだ。

どこにでもいるおねえちゃんふうの笑子が、リノや奈緒を抑えてナンバー3の座を射止《いと》めるのも頷ける。

「第三位は、笑子さん。指名本数百十五本、売上金額二百四十五万四千円。おめでとう」

力士が懸賞金を受け取るときの手刀を切るポーズで金一封を受け取った笑子が、弾ける笑顔でみなの方を向いた。

「競馬で言えば超大穴。もし私に一万円を賭けていたら、百万円になったと思います。今月は人気馬になって期待されちゃうけど、私には賭けないほうがいいですよ。社長もね」

キャスト達の顔が柔和に綻び、奈緒が作った険悪な空気が一瞬にして霧散した。

笑子の独演会は続いた。小気味のいいテンポで、ポンポンとジョークを飛ばし、さながらフロア内はコメディの劇場と化した。

「で、私が思うに、お客さんは子供と同じで、甘やかし過ぎると増長して、厳しくし過ぎると離れて……だから、ほどほどがいいのよ、ほどほどが。かわいくないスケベな子供だけどね」

「さあ、もう十分だろう。席に戻った戻った」

立花は、まだ喋りたりなさそうにしている笑子の背中を押した。

「第二位は、梨花さん。指名本数百九十七本、売上金額四百三十二万九千円。おめでとう！　いやあ、よく頑張ったな」

立花は、満面に笑みを浮かべて拍手で梨花を出迎えると、八枚の一万円札の入った封筒を手渡した。

「一ヵ月目で、こんな成績が残せるなんて夢みたいです」

気取りなく大口を開けて笑う梨花。誰もが振り返るような整った美貌とは対照的なその気取りのなさが彼女の魅力だった。

「まずは、私をこの業界に入れてくれた社長に感謝します。それから、アドバイスしてくださったみなさんにも」

梨花が、ぺこりと頭を下げる。

それはそうだろう。

月収二十万にも満たない歯科助手が、二百万を超える金を手にするのだから。

奈緒の眉尻が吊り上がった。恵美も、奈緒に劣らず厳しい視線を向けていた。

「来月も、この調子で頑張ってくれ。さあ、いよいよ、第一位の発表だ。栄光のフェニックスのナンバー1キャストは、指名本数二百四本、売上金額四百五十二万三千円の卑弥呼さん。どうぞ、前へ」

いつにも増してシックかつセクシーに背中がざっくりと開いたワンピース姿の恵美が、客席を縫《ぬ》うようにして歩み出た。

キャスト達のほとんどが、憧憬《しょうけい》の眼差しを向けていた。

ナンバー1になったのが人望のない奈緒なら、こう温かい雰囲気にはならないだろう。

が、悪役がトップに君臨していたほうがいい場合もある。

キャスト達の反発心がエネルギーとなり、本来の能力以上の結果を生み出すことが多い。

反対に、恵美のように慕《した》われているキャストがナンバー1だと、抜いてやろう、蹴落としてやろうという気になれず、アイドルと親衛隊のような関係になってしまい、競争心どころか守《も》り立て役に回ってしまうのだ。

席へ戻る梨花と擦れ違う恵美は、互いに眼を合わせようとしなかった。

ふたりの周囲の空気だけが、針先で突っつけば弾けそうなほどに張り詰めていた。

「おめでとう、卑弥呼さん」

立花が手渡す封筒を浮かない表情で受け取る恵美。

オープンした店の初代ナンバー1。二百数十万の稼ぎ。

普通なら、笑いを嚙み殺すのに苦労することはあっても、冥い顔をする要素はなにひとつないはずだった。

しかし、立花には、恵美の表情が冴えない理由がよくわかった。

指名本数で七本の差。売上金額で約二十万の差。後ろを振り向けば、すぐそこに梨花が肉迫している状況が、恵美を驚愕させ、焦燥《しょうそう》感を募らせているに違いなかった。

驚愕という意味では、立花も同じだった。

梨花に底知れぬ可能性を感じ、期待はしていたものの、まさか一ヵ月目でここまでの数字を上げるとは思わなかった。

恵美の先月の数字は、かつての常連客の売り上げも含めたもので、正直、上がり目は見込めない。が、梨花は恵美とは違い、一切が初体験の手探り状態の中で残した数字なので、何倍もの価値がある。

二ヵ月目は、藤堂の言うとおり、恵美はナンバー2になる可能性が高かった。

「さあ、卑弥呼さん。スピーチを」

立花に促され、みなの前に立った恵美が小さく息を吸った。

「今月も、頑張りますのでよろしくお願いします」

はや口で言うと、そそくさと席へ戻る恵美。

味も素っ気《そけ》もない挨拶。まるで、リノをみているようだった。

「何様のつもりなのかしらね」

敵愾心に満ちた眼で恵美を睨みつけていた奈緒が、皮肉っぽい口調で言った。

瞬間、フロアの空気が凍てついた。

が、恵美の視線は奈緒にではなく梨花に向いていた。

もはや、恵美の眼中には、奈緒は入っていないのだろう。

梨花はといえば、隣席の笑子となにやらひそひそ話をし、ケタケタと笑っていた。

「先月、トップ5に入れなかった者はひとりでも多くの指名客を取れるように、そして、上位五人は気を緩めずにこの調子で頑張ってくれ。じゃあ、みんな、今夜もエンジン全開で行こう！」

勢いよく手を叩き、立花は全体ミーティングを締めた。

「社長。少し、お時間のほうを頂けますか？」

思い詰めたような表情の恵美が、周囲の耳を意識した言葉遣いで申し出てきた。

腕時計に視線を落とした。

午後六時四十分。オープンまで二十分。いやな予感に苛《さいな》まれながら、立花は頷いた。

「マネージャー。開店の準備、よろしく頼みます」

大滝に言い残し、立花は恵美と社長室に連れ立った。

「どうした?」

応接ソファに腰を下ろし、立花はゆったりとした口調で訊ねた。

口調とは裏腹に、山積したスケジュールに脳内は目まぐるしく回転していた。

晴海と幸見への接客対応の伝授、酒類の仕入れ、広告代理店との打ち合わせ、店頭に飾るキャストの写真撮影、売上計算に顧客台帳の整理……時間は、いくらあっても足りなかった。

しかし、恵美の相談事もうやむやにはできない。なんといっても、四百万の売り上げを叩き出すドル箱キャストなのだ。

「梨花さんのことなんだけど……」

恵美が俯きがちに切り出した。

「梨花がどうした?」

やはり、彼女のことか。

立花は、心で呟いた。そして、次に恵美が口にする言葉を予測した。

「私、彼女と一緒に仕事したくないわ」

これも、予想通り。胃がキリキリと痛み始めた。

「一緒に仕事したくないって……梨花とか? 奈緒さんの、間違いじゃないのか?」

立花は、惚《とぼ》けてみせた。

表面的に恵美といがみ合っていると思われているのは、奈緒だった。

いや、思われているだけではなく、じっさい、ふたりは反りが合わなかった。

しかし、恵美の中では、奈緒とはとっくに勝負付けが済んでいる。奈緒がなにをどう喚《わめ》いても、周囲は負け犬の遠吠《とおぼ》えだという眼でみており、恵美の女王の座は安泰《あんたい》だ。

だが、競《せ》り合う相手が梨花だと違ってくる。はやければ今月中にナンバー1の座を奪われる恐れがあり、しかも、売り上げだけではなく、梨花には人望もある。

ようするに、奈緒にたいしては持てている余裕が、梨花にたいしては持つことができないのだ。

「違うわ。奈緒さんとはいろいろあるけれど、まだ、彼女はそれをストレートに出すからましなの。梨花さんは、表面上は猫被っているけど、物凄い悪意を感じるわ」

「それは、ちょっと考え過ぎじゃないかな」

「彼女を庇《かば》うの？」

刺激しないように言ったつもりだったが、恵美の眉尻が微かに吊り上がった。

「いや、そういう意味じゃないんだ。梨花は……」

「そういう意味じゃなければ、どういう意味なのよ？　それに、梨花は梨花はって、ずいぶんと彼女にご執心《しゅうしん》ね」

悪循環。感情的になった恵美は、手がつけられなかった。

「なあ、恵美。落ち着いて聞いてくれ。いいか？　俺が梨花や奈緒に求めるのは売り上げだけだが、お前は違う。お前には、売り上げ以外のこと……たとえば、キャストの管理や店の経営方針について、いろいろと協力してもらいたいことがある。売り上げが伸びなくなったらさよならの、ただのキャストじゃないんだ。わかってくれよ」

一見、恵美とほかのキャストとを差別化しているふうを装いながら、その実、梨花に抜かれたときのことを想定して立花は言葉を選んだ。

「本当に、あなたのことを信じても……」

「社長！」

ドアが開き、鶴本《つるもと》が、血相を変えて飛び込んできた。

「ノックくらいしろ」

口ではそう言ってはみたものの、内心、安堵《あんど》の吐息を漏らしていた。

恵美の追及から逃れるいい口実ができたというものだ。

「すみません。急いで、お伝えしなければならないことがあって……」

「なんだ？」

立花の問いに、鶴本が恵美に視線を投げた。

「卑弥呼さん。悪いが、席を外してくれないか？」

続きは、家でね。

鶴本に聞こえないように立花の耳もとで囁いた恵美が、片目を瞑って社長室をあとにした。

「アップルハウスの隣の空店舗、知ってますよね？」

アップルハウスはフェニックスと通りを挟んだ向かい側にあるゲームセンターで、隣のビルの地下一階が約五十坪ほどの空《あ》きテナントとなっていた。

噂では、いま流行のインターネットカフェが入るらしい。

同業者が近所に店をオープンしたら売り上げに影響するので、立花は、半径二百メートル以内の建物で十坪以上の面積を持つ、一階か地下のテナントが空くたびに、不動産会社経営という岡宮のネットワークを利用して新しい店子《たなこ》の情報を仕入れていた。

フェニックスをオープンして、立花の耳に四件の空きテナントの情報が入ってきたが、そのうちの三件はコンビニエンスストア、レンタルビデオショップ、服飾関係の倉庫で、残る一件がいま話題に上《のぼ》っているインターネットカフェだった。

「ああ、それがどうした?」

「俺、さっき真奈美さんに言われて買い出しに行ったときに、おかしなものみちゃったんですよね」

「おかしなもの?」

鶴本が頷いた。

「ソファです」

「どうしてソファが、おかしなものなんだ? インターネットカフェに、ソファは必要だろう」

「いや、そうなんですけど、白革張りなのが気になって」

鶴本が、なにを言いたいのかがすぐにわかった。

絶対にないとは言えないが、インターネットカフェと白革張りのソファというのは、たしかにあまりピンとこない組み合わせだ。

「で、それだけじゃないんです。そこに出入りしているのが、派手な身なりをした奴ばかりなんですよ」

いやな予感が胸内で増殖する。

「同業か?」

低く押し殺した声で、立花は訊ねた。

「確信はありませんが、その可能性は高いんじゃないかと……」

キャリア一ヵ月そこそこの新人ボーイに確信がなくとも、立花の嗅覚《きゅうかく》は縄張りに侵入した外敵の匂いを嗅ぎ取っていた。

頭の中で、非常ベルが鳴り響く。

「そんな馬鹿なっ。岡宮さんからの情報では、あのビルの地下は大手カラオケチェーン店が経営するインターネットカフェが入るはずだぞ！」

「そんなことを言われても……」

立花の怒声に、鶴本が困惑した表情を浮かべた。

たしかに、一介のホールに話したところでなにがどうなるわけでもない。

「仕事に戻ってろ」

言い終わらないうちに、フロアに飛び出した。

「立花君。今月こそはいい客を……」

奈緒を押《お》し退《の》け、階段を駆け上がった。

フェニックスから僅か十四、五メートルの距離。アップルハウスの派手な電飾看板の隣……全面鏡張りのビルの前に停まる四トントラック。

立花は、荷台の中を覗き込んだ。キャビネットに数脚のテーブル……。

インターネットカフェに、キャビネットやテーブルがあっても不思議ではない。

自分に言い聞かせ、危惧の念から眼を逸らした。

視線が、引っ越し業者のトラックから十数メートルほど離れた路肩に駐車されているバンで止まった。

濃紺のボディに書かれた大京《だいきょう》酒店のロゴが不安感を掻き立てる。

インターネットカフェに酒があっても……。

慰めの言葉には、もう、説得力のかけらもなかった。

踵を返し、エントランスへ。階段を駆け下り、自動ドアを潜《くぐ》った。

「な……」

壁際に沿って並べられた白革張りのボックスソファ。フロアの中央に置かれた白のグランドピアノ。白い大理石造りのテーブル。白で統一された調度品と見事なコントラストをなす漆黒の絨毯《じゅうたん》
……立花は、絶句した。

慌ただしく動き回るブルーの繋ぎ服を着た数人の作業員に指示を出すふたりの男達……細身に顎鬚《あごひげ》を蓄えた長髪のほうが明るい黄色、もうひとりのガッチリとした体軀に左耳にピアスを嵌めている短髪のほうが紫色といった、派手なスーツに柄物のネクタイをぶら下げている。

ふたりとも、立花よりふたつか三つ上といったところで、揃って髪を金茶に染めていた。

百歩譲っても、サラリーマンにはみえなかった。かといって、ヤクザとも違う。

立花が懸念している可能性以外にあるとすれば、ホストくらいしか思いつかない。

キャストのことを考えるとホストクラブも歓迎できるものではなかったが、同業よりは遥かにましだ。
二、三十歩で行ける場所に、キャバクラなどオープンされたら死活問題となる。
「失礼ですが、どちら様ですか？」

顎鬚男が、出入り口で立ち尽くす立花を認めて歩み寄ってきた。

言葉遣いこそ丁寧だが、三白気味の眼には剣呑《けんのん》ないろを宿していた。

「ここは、なんの店だ?」

立花の声音は、自然と厳しいものとなっていた。

「その前に、私の質問に答えてくださいよ。他人の店にずかずかと入り込んできて、失礼にもほどがあるでしょうに」

顎鬚男がポケットに両手を突っ込み、肩を揺すりながら薄笑いを浮かべた。

「俺は、この近くでフェニックスというキャバクラを経営している立花というものだ」

込み上げる怒りを抑え、立花は名乗った。いまは、挑発に乗るよりも同業かどうかを確かめることが先決だった。

「ああ、フェニックスさんね。知ってますよ。これからは、ひとつ、お手柔らかにお願いしますよ」

人を食ったような顔で右手を差し出す顎鬚男。

暗に認めたも同じ……全身の血が逆流し、足もとから頭へと上昇した。

「ウチの店の存在を知りながら、目と鼻の先にキャバクラをオープンさせるなんて、どういうつもりだ? しかも、挨拶もなしで……筋道ってもんがあるだろう」

立花は、憤激に震える声を搾《しぼ》り出し、顎鬚男を睨みつけた。

「どうして、いちいちてめえに筋道通さなきゃならねえんだよっ。それとも、渋谷の街はてめえのもんだっていいたいのか!」

それまで黙っていたピアス男が、顎鬚男の横に並び立ち野太い声で吠えた。

「話を逸らすんじゃねえっ。お前らのやってることは……」

「おいおい、ずいぶんと騒がしいな。外にまで、怒鳴り合う声が聞こえてくるぞ」

立花の怒声を遮る、聞き覚えのある柔和な声音。

ゆっくりと、振り返った。

氷結する視線の先で、ブルドッグの絵柄が刺繡《ししゅう》されたトレーナーにグレイのジーンズ姿の男が、無邪気な微笑みを湛えて佇んでいた。

「長瀬……どうして、あんたがここに?」

立花は狐に摘まれたような気分に襲われた。

「すみませんでした。ですが、店長。こいつがいきなり店に乗り込んできて、ああだこうだぬかしやがるものだから……」

店長……ピアス男の訴えに、立花は耳を疑った。

「平《たいら》。これからはお前もサブ・マネージャーになるんだから、言葉遣いに気をつけなさい」

長瀬がピアス男……平を、穏やかな口調で諭《さと》した。

「あんた、ここの店長になったのか?」

動転する思考の整理がつかなかった。

長瀬は、ピンクソーダに勤めているのではなかったのか?

「あ、そうそう。紹介が遅れてしまったな」

目の前に差し出された名刺に印字された文字を、立花は視線で追った。

アミューズメントクラブ　ホワイトイヴ　店長　長瀬俊《しゅん》。

「本当はまっ先に君のところへ挨拶に行かなければならなかったのに、急な話でバタバタしてしまってね。立花君。君も経験者だから、わかるだろう？」

部下のふたりと違い、敵愾心を微塵も感じさせない長瀬が、屈託のない口振りで言った。

彼とこうして向き合っていると、怒りが吸い取られるような気がし、不思議と心が和《なご》んだ。

この、人を惹きつける魅力こそが、天才ホール長と呼ばれる所以《ゆえん》に違いなかった。

彼の術中に嵌まってはいけない。ここで和やかなムードになってしまえば、長瀬の思うつぼだ。


——半年だ。半年以内に、お前を潰す。


藤堂の宣戦布告が、鼓膜を不快に撫でた。

長瀬は、フェニックスを……自分を潰すために送り込まれた藤堂観光最強の刺客なのだ。

「だからといって、目と鼻の先に店を構えることはないだろうが」

緩みかけた頬を引き締め、立花は長瀬を睨みつけた。

「立花君。もっと、嬉しそうにしたらどうだ」

「なに？　それは、どういう意味だ？」

「俺が君の立場なら、きっと喜ぶと思う。あの風俗王を、本気にさせたということだからね。恐らく日本一だろうピンクソーダの売り上げを犠牲にしてまで、俺を送り込んだのは、君をひとりの敵として認めている証拠だ」

「ピンクソーダは、自分ひとりで支えていたとでも言いたそうな口振りだな」

皮肉を言ってみたものの、日本一のキャバクラの原動力として長瀬が重要な存在だったということは疑いようのない事実だ。

「その自負《じふ》はあるよ」

長瀬が、無邪気に笑った。

ほかの人間が言えば鼻持ちならないセリフも、彼が口にすればいやな気分にならなかった。

「冗談はさておいて……藤堂社長が君のために送り込んだのは俺だけじゃないんだ」

「それは、どういう意味……」

自動ドアのモータ音が、立花の声を遮った。

雪のように白い肌に気品を感じさせる目鼻立ち……凜《りん》としたたたずまい。

ガラス扉を潜り抜けてくるその女性を眼にした瞬間、立花の視界が青褪めた。

「よう、遅かったじゃないか」

長瀬が、女性に向かって微笑んだ。

「ごめんなさい。なかなかタクシーが捕まらなくって。あら、こちらの方、以前、ピンクソーダにいらっしゃったことがあるわね」

「ああ。彼は、当時、ミントキャンディに勤めていた立花君だ。いまは、フェニックスの社長をやっている」

「まあ、そうでしたの。私、このたび、ホワイトイヴで働くことになった冬海と申します。改めて、よろしくお願いします」

そこだけ空気が違うとでもいうように、冬海の周囲が華やいだ。

真冬の湖を彷彿とさせる彼女の透き通った微笑に引き込まれる自分に、立花は底知れない危惧の念に襲われた。

［2］

「いったい、どうなってるんだ?」

いつもは温和な岡宮が、珍しく顔を紅潮させて送話口にいら立った声を送り込んだ。

フェニックスの入るビルの最上階……岡宮コーポレーションの社長室。

上品なキャメル色のソファで身を乗り出すように腰かける立花は、貧乏揺すりで床を刻みながらアイスコーヒーの氷を奥歯で嚙み砕いた。

いらついているのは、岡宮だけではなかった。立花もまた、彼に負けないくらいに神経がささくれ立っていた。

——私、このたび、ホワイトイヴで働くことになった冬海と申します。改めて、よろしくお願いします。

新雪のように透き通った肌……気高《けだか》く、優婉《ゆうえん》な微笑み。加えて、その上品で隙のない口調。以前の垢抜けた話しぶりは演技だったということか。冬海は本当の自分とは正反対のキャラクターを装うことにより、カリスマキャストの地位を築いたのだろう。

アミューズメントクラブ、ホワイトイヴ。昨夜、初めて、立花は同業が斜向《はすむ》かいのビルにオープンすることを知った。

「それじゃ、話が違うじゃないか？　あのビルには、インターネットカフェが入るはずじゃなかったのか!?」

声を荒らげて電話の相手を責め立てる岡宮。

話が違うと岡宮を怒鳴りつけてやりたいのは、自分のほうだった。

フェニックスから半径二百メートル以内。十坪以上の床面積。一階か地下一階。

これらの条件に当て嵌まるテナントが空くたびに立花は、岡宮からどんな業種が物件のオーナーになったかの情報を貰うことになっていた。

フェニックスから距離にして十数メートル。床面積約五十坪。地下一階。

「あのビル」……渋谷フローレンスビルは、これらの条件にぴったりと嵌まっていた。

およそ一ヵ月前に立花の耳には、渋谷フローレンスビルの地下一階のテナントに空きが出るとの情報は入っていた。

問題なのは、岡宮から聞かされたのが偽情報だったということだ。

しかし、この怒りを岡宮にぶつけることはできない。

最高のロケーションの物件提供。五十四万の家賃を三十万にダンピング。五百四十万の保証金の出世払い。大手広告代理店への口利《くちき》き……フェニックスをオープンするに当たって、岡宮には様々な恩を受けた。

彼との出会いがなければ、ここまでとんとん拍子に事は進まなかったのだ。

貧乏揺すりだけでは飽《あ》き足りずに、テーブルの上を指先で叩いた。

——半年だ。半年以内に、お前を潰す。


頭に浮かんだ映像……願望を、必ず実現させる男。藤堂が、はやくも実力行使に出た。

「わかった。もう、君には頼まん」

乱暴に受話器をフックに叩きつけた岡宮が、大きくため息を吐《つ》きながら立花の向かいのソファに腰を下ろした。

「どうでした？」

立花の問いに、岡宮が渋い表情で首を横に振った。

「だめだ。話にならんよ。管理会社の人間も、店子はずっとインターネットカフェだと思っていたと言っているが、怪しいものだ」

「嘘を吐いている可能性があるということですか？」

岡宮が煙草をくわえ、頷いた。立花は、すかさずライターの火を差し出した。

「まあ、絶対にそうだとは言い切れないが、恐らく、藤堂観光にたっぷりと飴《あめ》をしゃぶらせてもらってるんだろう」

「金……ですね？」

ふたたび頷く岡宮。口裏合わせのために、金に物を言わせて目当ての物件の管理会社を抱き込む。

藤堂が、やりそうなことだった。

「こうなったらオーナーを説得して契約を反故《ほご》にしてもらうしかないが、たぶん、手は回っているだろうな」

立花も同感だった。物件にたいしての権限ならば、管理会社よりもオーナーのほうが強い。

当然、まず最初に攻略したに違いない。

「五百万くらいなら、なんとか包むことはできます」

「金で、寝返らせようというつもりかい？」

今度は立花が頷いた。

目には目を……手段を選ばない相手と渡り合うには、こっちもなりふりは構っていられない。

「それは、ちょっと難しいかもしれんな」

「五百万じゃ足りないってことですか？」

「まあ、十分ではないが、金のことだけが問題じゃない。影響力……気を悪くしないでほしいんだが、藤堂君と君を天秤《てんびん》にかけた場合、やはり、現況ではオーナーがどちらにつくかは明らかだと思うんだ。つまり、どっちに媚びを売れば順調に事が運ぶか、換言すれば、どちらを怒らせたらダメージを被るか。そういうことだと思うんだ」

岡宮は遠慮がちに、しかし、きっぱりと言った。

奥歯を嚙み締めた。掌の中の煙草のパッケージが、音を立てて潰れた。

わかっている。わかってはいるが、面と向かって言われたら気分がいいものではない。

いまにみてるがいい。藤堂よりも立花と、ふたりを知っている人間が口を揃えてそう言う日が必ずくる。

「社長は、そのオーナーと面識はあるんですか？」

「ああ。ほかの物件の管理をウチの会社に任されたことがあってね。あ、期待されても困るよ。藤堂観光との契約を反故にさせるほど、深いつき合いじゃないからね」

「いえ、そうじゃないんです。あのビルのオーナーの女の好みとか、そういう情報があれば、教えてもらいたいなと思いまして」

「そんなことを聞いて、どうするんだ？」

岡宮が、訝しげに訊ねた。

「幸い、ウチにはいろんなタイプの女のコがいますんで。金に転ばなくても、女に転ぶ奴はいるでしょう？」

岡宮の手前、さすがに恵美を差し出すわけにはいかないが、百合香あたりなら、オーナーに包むつもりだった五百万のうちから十万でも払ってやれば、喜んで肉体《からだ》を開くことだろう。

百合香のあの扇情《せんじょう》的なプロポーションで迫られたなら、土俵際でのうっちゃりも十分にありえる。

「立花君。君は、本気でそんなことを考えているのか？」

岡宮の眉間が、みるみる険しくなった。

「え……？」

「見損なったよ。君の店は、売春宿なのか？　私がなぜ、君に協力を惜しまなかったと思う？　恵美にたいしての下心だとでも？　もちろん、まったく彼女の存在が影響していないとは言わない。だがね、それ以上に、君の才能を買っていたんだよ。じゃなければ、毎晩のように地下に行って恵美をクドいてるさ。私がフェニックスのオープン以来、一度も店に足を運ばないのは、君と彼女に変な気を遣わせないためだ。私の中では、お気に入りのホステスと酒を飲むことより、君を……店を大きくすることが重要事項なんだ。いいかね？　たしかに、才能を伸ばすために野心という促進剤は必要だ。しかし、履き違えてならないのは、野心と卑劣《ひれつ》は違うということだ」

怒っているというより、岡宮の声音は哀しげだった。

ショックだった。岡宮を失望させたことにではなく、彼が哀しむ姿をみても、なにも感じなくなっている自分の心に……。

「すみませんでした」

立花は頭を下げ、席を立った。謝ることと、非を認めることはイコールではない。

これ以上は、時間の浪費。そう判断しただけの話だ。

「立花君。私は、ピーチクラブにいたときの君を買っていたんだ。それを、覚えていてくれ」

もう一度、頭を下げ、立花は踵を返した。

覚えておこう。甘ったれた昔の自分では、藤堂超えはおろか、虫ケラのように踏み潰されてしまうだろうことを。

［3］

そこここで上がる嬌声と歓声。ダウンライトの光を吸い込むきらびやかな宝飾品。デュポンの上蓋を撥ねる金属音にグラスを鳴らす氷の音。天井に立ち昇る紫煙のスパイラル。

フロアに渦巻く熱気と活気が、各テーブルにサーチライトのような視線を巡らせる立花の体温を上昇させる。

氷やチャームを載せたトレイを片手に忙《せわ》しなくホールをかけずり回る新人ホールがふたり。

「おい」

立花は、九番テーブルに向かう生島《いくしま》を呼び止めた。

「はい。なんでしょう？」

生島が直立不動で伺いを立てた。

「百合香を呼んでこい。俺は外で待ってる」

「わかりました」

高校球児さながらに躰を直角に折り曲げた生島が、弾かれたように踵を返した。

生島と、いま十一番テーブルで灰皿を交換している山城《やましろ》のふたりは、二回目の求人募集で採用したのだった。

客に胸を触らせていた百合香に生島が耳打ちするのを見届け、立花は自動ドアを潜った。

「社長。なんですかぁ？」

ほどなくすると、ざっくりと開いた胸もとから零れそうな乳房を揺らしながら百合香が現れた。

「なんですかじゃない。ここは、抱きキャバじゃないんだぞ？　客に、胸を触らせるのはやめろ」

「だってぇ、このパイパイちゃんのおかげで、百合香の売り上げ伸びたんですよぉ」

百合香が小首を傾げ、両脇から掌で乳房を掬《すく》い上げた。

先月と同じ日数分で比較すると、たしかに彼女の指名は倍近く増えている。

が、ひとつの欲望が満たされると更なる欲求が沸き上がってくるのが人間の性《さが》だ。

「それはわかっている。だがな、次はどうするつもりだ？　そのうち、服の上からだけでは満足できなくなり、じかに触れたくなる。許せば次は……というふうにエスカレートしてくるし、断れば不満になる。目的を達成してしまえば、客は金を落とすのが馬鹿らしくなり店から遠ざかる。そうでなければ、プラス何千円か払って風俗でヌイてもらったほうがましだと考え、やはり店から遠ざかる。どっちにしても、客はお前から離れるということだ」

「でも、キャバクラに通う客は肉体が目当てだって、いつも社長、そう言ってるじゃないですかぁ」

百合香が頬を膨らませ、両腕を交差させて乳房を抱えるような格好で上半身を右に左に捻った。

根っから、自分の肉体をアピールする癖がついてしまっているようだ。

「色を売り物にするなと言ってるわけじゃない。このコとホテルに行きたい。そう思っている客が多いのは事実だ。だが、色だけならば、どうやってもヌキ系のホステスにはかなわない。キャストには、彼女達にない武器……会話が必要なんだ。女優だって、そうだろう？　脱ぐだけでは、すぐに飽きられ仕事がなくなる。大女優というのは、濡れ場も演じるが、そこにはしっかりと裏打ちされた演技力がある。笑子をみてみろ。彼女は、会話だけであれだけの成績を残している。お前が、笑子の半分でも色以外のコミュニケーションを客と取ったら、ナンバークラスも夢じゃない」

やる気にさせようと、煽《おだ》て上げているわけではない。

この官能的なボディに会話術が付けば、奈緒あたりといい勝負をするようになるだろう。

フェニックスがこの勢いを持続するには……さらなる上昇飛行を続けるには、梨花、恵美、笑子、奈緒の四強に割って入ることのできるキャストを育てる必要があった。

その可能性があるのは、ほかには、現在ナンバー5のリノなのだが、彼女には、百合香とは違った意味の問題があった。

とにかく、早急に盤石《ばんじやく》な体制を敷《し》かなければならない。

二週間後には……。

階段を下りてくる足音。立花は、暗雲立ち込める思考をストップさせ、振り返った。

「あ、どうも、白井《しらい》様。いらっしゃいませ」

東日本橋《ひがしにほんばし》で衣類関係の卸《おろし》問屋を経営している白井は、梨花の指名客だった。

「リーちゃん、いる？」

頭の天辺《てっぺん》から突き抜けるような不快な声音で、白井が訊ねた。

「はい。白井様の来店をお待ちしておりました。仕事が終わったら、話がある。社長室にきてくれ」

白井を持ち上げつつ背後に首を巡らせて百合香に囁いた。

百合香の色仕かけはフェニックスではNGだが、使《つか》い途《みち》によっては大きな戦力になる。

藤堂の目論見を阻止するためには、彼女の力が必要だった。

「ご案内します」

立花は、脳内に浮かぶ岡宮の渋面を打ち消し、満足げに頷く白井を店内にエスコートした。それから、鶴本を呼び寄せメモ用紙を渡した。

「三番テーブルだ」

「えっ、またですか？」

鶴本が梨花を振り返り、眼をまん丸に見開いた。

七時の開店からおよそ二時間で、八本目の指名。十五分に一本の割合。十一席のテーブルのうち四席が梨花の指名客で占められているのだから、鶴本が驚くのも無理はない。

「ほら、さっさとお客様をテーブルへ案内しろ」

鶴本が客のもとへ駆けた。

「お客様、お席へご案内します」

「なんだ。リーちゃん、ほかの客についてるじゃない」

白井は鶴本に不満げに訴え、妬ましげな視線を三番テーブルに投げた。


——え……また、きたの？


美しい眉根を寄せた梨花の顔が蘇る。

はっきり言って、梨花は白井を疎んじている。彼女だけではなく、キャスト全員が白井を嫌っている。

自業自得だった。白井は、とにかく粘着質なのだ。

仕事はなにやってるの？　週に何回くらいくるの？　いつからきてるの？　みんなの評判はどうなの？　リーちゃんは彼のことをどう思ってるの？

白井は、必ず、ヘルプのキャストに、梨花が付いているほかの客について根掘り葉掘り情報収集を行う。

梨花が現れるまでの間、ねちねちと質問責めにあわされるキャストはたまったものじゃない。

そして、本命がテーブルに着いたら着いたで、まるで美人妻を持つ駄目亭主のようにぐじぐじいじいじと拗ねてみせる。

もし自分がキャストでも、白井のような男はごめんだ。

「すぐに、梨花さんはきますので、とりあえずお席へ行きましょう」

白井をあしらい七番テーブルに先導する鶴本。まだまだ素人っぽさは抜けきらないが、入店当時に比べると、ずいぶんと進歩したものだ。

「ちょっとの間、いい子にしててね」

梨花が、三番テーブルの客を子供のようにあやし席を立つと、白井の待つ七番テーブルに向かった。

進歩したのは、鶴本だけではない。

フェニックスオープン二ヵ月目、梨花も驚異的な成長をみせていた。

四月度……十五日目で、梨花は百四十本の指名を上げている。

月半ばでのこの数字は、かなりのハイペースだ。いまのこの時点で、先月の奈緒の数字を既に抜いているのだ。

並のキャバクラならば、残りすべてを全休してもナンバー1になれるだろう。

「白井さん、嬉しいわ。待ってたのよ」

ロッカールームで白井にたいして悪態《あくたい》を吐《つ》く女と同一人物とは思えないような浮き浮きした笑顔で、梨花が七番テーブルに着いた。

隣席……六番テーブルの恵美が、そんな彼女を露骨《ろこつ》に睨みつけた。

「ねえ、和島《わじま》さんは、人の陰口とか言う人をどう思う?」

「どうしたんだい？　卑弥呼ちゃん。唐突に？」

和島が、怪訝そうな顔で訊ねた。

たしかに、恵美の質問は唐突だった。それまでは、オリンピックの話題で盛り上がっていたので、和島が訝しむのも無理はない。

が、立花には、恵美がなぜ急に話題を変えたのかがわかっていた。

「私の知り合いに、表裏の激しいコがいるの。そのコ、お客さんや上司の前では陽気で屈託のないコを演じてるけど、とても陰湿なのよ」

「お客さんだって？　君の言っているコって、もしかして、ホステスのこと？」

「さあ、それはご想像にお任せするわ」

恵美が、七番テーブルをちらりとみやりながら言った。

以前の彼女は、こんなにいやらしい女ではなかった。少なくとも、他人を中傷するようなことはしなかった。

立ち振る舞いに品があり、すべての言動に余裕があった。

原因は梨花にある。今月の恵美は現在二百五十二万の売り上げで、梨花とは約三十万の差で二位の座に甘んじている。

二百五十二万といえば立派なものだが、恵美にとっては、それが三百万だろうとナンバー2であるかぎり意味がない。

そう、自分の目の前に梨花の背中がみえるという事実が、彼女から彼女らしさを奪っているのだった。

「どうやら、図星だな。なあ、誰なんだよ。その表裏の激しい陰湿なホステスって？　絶対に言わないからさ」

囁いていているつもりなのだろうが、しこたま酒が入っている和島の声はゆうに隣の席にまで聞こえた。

一瞬、梨花は恵美を鋭く睨みつけたが、すぐに白井に陽気な笑顔を戻した。

背筋に走る緊張。安堵の吐息を漏らし、視線を右……朗《ほが》らかな笑い声が上がる、一番テーブルに流した。

今夜も、笑子のテーブルはお祭り騒ぎだった。

彼女の売り上げは二百三十五万。現時点では、先月と同じ三位。が、先月と違うのは、二位との差がたった十七万しかないということだった。

それがまた、恵美を精神的に追い詰めている要因のひとつに違いなかった。

「だから、本当なんだってば。居酒屋をやる前に……」

「わかった、わかった。本当は、安西由比《あんざいゆい》の代わりに笑子ちゃんが売れっ子アイドルになるはずだったんだろ？」

百二十キロの巨漢の美濃《みの》が、太鼓腹を揺すりながら爆笑した。

安西由比は、二年前にイベントコンパニオン時代にスカウトされ、歌にドラマに大活躍の、いまをときめくトップアイドルだ。

なんでも、笑子は以前、彼女と同じイベント会社に所属していたらしい。

安西由比のデビューのきっかけとなったある清涼飲料水のイベントに、本当は彼女ではなく笑子が出る予定だったと聞かされたことがあった。

笑子の話では、前夜から急に高熱を出した彼女の代わりを務めた安西由比が、たまたま居合わせていた大手芸能プロダクションの社長の目に留まった……それが、売れっ子アイドルになるはずだったの根拠だ。

「あ、信じてないな？　ちょっと、あんた、笑ってないで美濃ちゃんに言ってやって」

笑子が、幸見の肩を小突いた。ふたりは友人同士だ。
二、三人連れの客には、笑子と幸見、またはもうひとりの友人である晴海との組み合わせで接する場合が多い。
どちらの組み合わせになっても、彼女達のテーブルは例外なく弾けるので、経営者の立場からすれば非常に心強かった。

「美濃さん。本当ですよ。笑子ちゃんは、安西由比がスカウトされたイベントに出るはずだったんですよ」

「ほら、聞いた？　私の言ったこと、嘘じゃなかったでしょうに」

どうだ、とばかりに腕を組む笑子。

「でも、熱を出さなくても、笑子ちゃんがスカウトされたとはかぎらないんだけどね」

幸見の言葉に、手を叩きウケる美濃。

「この、裏切り者め」

笑子が幸見に、拳を振り上げた。

「おっ、キャットファイトの始まりか！」

立花は薄く微笑み、一番テーブルから離した視線を店内に巡らせた。

奈緒、リノ、晴海、ルリ、ミナミ……。

今夜も、全卓満席だった。梨花と笑子の勢いに引っ張られるように、二位と四位という不満足な順位ではあるが、恵美と奈緒の売り上げ自体は先月より上回っており、ほかのキャスト達の数字も全体的に底上げされ、フェニックスは上げ潮ムードだった。

鶴本は着実に成長し、大滝も妙なプライドは捨てて、元部下を上司として受け入れ従順になった。

新人ホールもふたり入り、店に活気が出てきた。

すべてが、順風満帆だった。やることなすことが、怖いくらいにうまく嵌まった。

だが、立花には、両手放しで喜べない事情があった。

二週間後には、フェニックスの目と鼻の先にホワイトイヴがオープンする。

店長は長瀬。目玉キャストは冬海。日本一の売り上げを誇るピンクソーダの黄金タッグの揃い踏みだ。

この一週間、寝ても覚めても、そのことが頭から離れなかった。

ほかのメンバーにもよるが、冬海だけで七百万の売り上げが見込める。

七百万といえば、先月のフェニックスの総売上の半分以上の数字だ。

藤堂がわざわざ長瀬に任せる店だから、ほかのキャストもかなりの面子《メンツ》を揃えてくるに違いなかった。

正直、驚異だった。しかし、冬海以外のキャストには負けていない自信が……いや、上回っている自信があった。

むしろ、怖いのは引き抜きだ。もし、梨花か恵美のどちらかが引き抜かれたら、それだけで二、三百万の売上減となるのだ。

これからは、いままで以上にキャストに監視の眼を光らせなければならない。

梨花が大滝になにかを耳打ちし、席を立った。置き去りにされた白井が不服そうに大滝に唇を尖らせていた。

梨花が七番テーブルに着いてまだ十分も経っていない。別の指名客のテーブルに移るにははや過ぎる。

しかし、梨花はほかのどの指名客のテーブルにも着かず、ロッカールームへと消えた。

「社長……」

大滝が、困惑したような表情で歩み寄ってきた。

「梨花は、どうしたんです?」

「社長に話があると言ってます」

「いまですか?」

「ええ。なんだか、思い詰めたような感じでしたね」

「わかりました。フロアを頼みます。あと、二番テーブルに晴海をヘルプに付けてください」

立花は、一生懸命に喋る客の横で無表情にウーロン茶のグラスを傾けるリノをみやりつつ指示した。

「え、でも、彼女はいま……」

大滝が言葉を濁し、背後を振り返った。晴海が立花と同年代の大学生ふうの客を相手に弾けまくっていた。

さすがは笑子一派だけあり、盛り上げるのはお手の物だ。

「リノが付いている客は、製薬会社の営業主任ですよ？　細く短い大学生と違って、店を気に入ってもらえば、大学病院の教授連中を連れてきてくれるかもしれないでしょう？　とにかく、頼みましたよ」

立花は、大滝の肩を叩き、社長室へ向かった。

「どうした？　超売れっ子キャストの帰りを、客達が首を長くして待ってるぞ」

応接ソファに俯きがちに座る梨花に、軽口を飛ばした。いつもの彼女らしい陽気さはすっかり影を潜めていた。

五人の客を放りっぱなしにしてテーブルを離れたことを咎めるのは、いまの雰囲気では逆効果だ。

「私……店を辞めたいです……」

俯いたまま、梨花がぽつりと呟いた。

「おい……ちょっと待て。店を辞めるって、どういうことなんだ!?　なにか、不満なことでもあるのか？　原因を言ってくれ。なあ、梨花」

演技ではなく、立花は狼狽した。梨花の隣に座り、顔を覗き込むようにして呼びかけた。

「原因は、卑弥呼さんです。私にたいしての嫌がらせ、社長も、さっき彼女がお客さんに言っていたこと、聞いてたでしょう？」

――そのコ、お客さんや上司の前では陽気で屈託のないコを演じてるけど、とても陰湿なのよ。

脳裏に蘇る恵美のセリフ。

「ああ、あれか。考え過ぎだ。彼女は、別に君のことを言っていたわけじゃないさ」

説得力皆無の慰め。間違いなく恵美の言う「そのコ」とは、梨花を指していた。

「卑弥呼さんがトップクラスのキャストだからって、庇《かば》うんですか？」

梨花が、険しい表情で詰め寄ってきた。

「庇ってなんかいないさ。君だって、ナンバー1キャストじゃないか。せっかく指名がバンバン入って売り上げも伸びて、さあこれから、っていうときに、辞めるなんて言うなよ」

「私だって、仕事が楽しくなってきたところです。でも、もう、耐えられません。今夜のことだけじゃない。卑弥呼さんは、いろんなお客さんや女のコに、私の悪口を言い触らしているの。こんなんじゃ、続けたくても、続けられない……」

声を震わせた梨花が、唇を噛んだ。

「よし。卑弥呼さんには、俺のほうから言っておこう」

「そんなこと、やめてください。社長の前ではおとなしく言うことを聞いていても、陰でなにを言うかわかりませんから。あの人のほうこそ、表裏の激しい陰湿な人だわ」

梨花が、吐き捨てるように言った。彼女がこんなに誰かに怒りを露《あらわ》にしているのをみたのは初めてだ。

「じゃあ、どうすればいいんだ？　このままじゃ、また、今夜のようなことが起きてしまうだろう？」

立花自身も、ここいらで恵美に釘を刺しておいたほうがいいと思っていたところだ。

「卑弥呼さんがいなくなれば、問題は解決します」

それまで、伏し目がちだった梨花が、立花の眼を見据え、きっぱりと言った。

「それは、つまり……彼女を辞めさせろということか？」

立花は、うわずった声音で訊ねた。

「はい。そう取ってもらっても構いません」

女王争いの末期症状。売れっ子キャスト同士が対立の末に、相手を排除するために自らの辞意という切り札をちらつかせる手法はこの業界では常識だと聞かされていたが、まさか、こんなにもはやく我が身に降り懸かるとは思ってもみなかった。

「なあ、梨花。時給をアップしても……卑弥呼さんよりも高く払ってもいい。だから、考え直してくれないか？」

立花は、奥の手を出した。出さざるを得なかった。

こんなことが恵美に知れたら、大変なことになる。なにより、梨花が増長し、さらなる要求を突きつけてくる可能性があった。

しかし、ここでなんらかの手を打たなければ、梨花は本当に辞めてしまうだろう。

月に二、三百万の売り上げが確実に見込めるドル箱キャストが辞めるだけでも大ダメージなのに、万が一、噂を嗅ぎつけた藤堂にスカウトされてホワイトイヴで働こうものならば、倍の損失になる。

水商売の世界で、誰がどこの店を辞めただの誰がどこの店に入っただのの噂は、信じられないスピードで広がる。

それが、売れっ子キャストの動向ともなればなおさらだ。

入店当時の梨花なら、ほかの店に寝返る心配はなかった。だが、あのときの彼女といまの彼女は違う。

そう、梨花は変わった。フェニックスがオープンしてからの二ヵ月間が……ナンバー1キャストという地位が、快活な笑みの裏で彼女を密《ひそ》かに変貌させていた。

「たとえ、彼女の倍のお給料を貰っても卑弥呼さんが店にいるかぎり、私の気持ちは変わりません」

強い光を宿した瞳をみて、立花は梨花が時給アップの駆け引きをしているのでないことを悟った。

梨花が、金に拘《こだわ》らない無欲な女、というわけではなかった。むしろ、彼女はしたたかに計算している。

恵美が辞めた際にそのほとんどが彼女に流れてくるだろう膨大な顧客の数を考えると、倍の時給どころの話ではないことを。

どうすればいい。恵美を取れば梨花を失い、梨花を取れば恵美を失う。

とくに恵美は、これまで自分に尽くしてくれ、また、これからも、それは続く。

単なる売り上げだけを比較すると梨花のほうに振り子は揺れるが、恵美には、貢献というプラスアルファの付加価値がある。

なにより、ただでさえ岡宮に冷たい眼でみられているというのに、お気に入りの恵美を辞めさせたとなれば、このビルから追い出されてしまうことは必至だ。

どうすればいい？　いったい、どうすれば……。

四面楚歌《しめんそか》、八方塞がり、絶体絶命。ハムレットも、いまの自分ほど頭を痛めてはいないだろう。

「少しだけ、時間をくれないか？」

「もう、待てません」

「そんな無茶を……」

「無茶でもなんでも、これ以上我慢できないんです。いまここで約束してくれなければ、このまま帰ります」

毅然《きぜん》とした表情で言い切る梨花には、一分《いちぶ》のつけ入る隙もなかった。

右に左に、脳内の天秤がシーソーのように揺れた。どちらかが残ったときの、また、辞めたときのプラスとマイナスを目まぐるしく計算した。

恵美と梨花。フェニックスの先月のナンバー1キャストといま現在のナンバー1キャスト……どちらが抜けても損失は計り知れず、おいそれとは結論を出せなかった。

ただ、ひとつだけ言えるのは、悩んでいる理由の中に、恵美にたいしての情は一切入ってないということだ。

「わかった。卑弥呼さんに、辞めてもらおう」

絞り出すような声で、立花は言った。

「本当に!?」

社長室に入ってから初めて、梨花の瞳が輝いた。

「ああ……」

もう、立花の声は、ほとんど呻いているようだった。

嘘でも、その場凌ぎでもなかった。

天秤のはりが梨花に傾く決め手となったのは、ホワイトイヴの存在が大きかった。

恵美なら、なんとか諭し慰め、丸め込める自信があったし、それだけの関係を築いていた。

が、梨花は無理だ。恵美を選んだが最後、彼女は間違いなく敵となる。

しかし、そのあとはどうなる？　うまく恵美を納得させることができても、岡宮という難関が残っている。

八方をうまく納める方法……正直、いまはなにも考える余裕がなかった。

梨花を引き止めることイコール敵の売り上げアップを阻止することが先決だった。

ノックの音が、重苦しい沈黙を打ち破った。

「入れ」

「いいですか？」

百合香が、半開きのドアから顔を覗かせ窺うように言った。

「いま、取り込み中だ。それに、仕事が終わってからこいと言ったはずだぞ？」

できるだけいら立ちを出さないように気をつけたつもりだったが、ついつい、声が刺々《とげとげ》しくなった。

「すみません。いま、お客さんを送って躰が空いたばかりだったから、きちゃいましたぁ」

百合香がペロリと舌を出す媚びた仕草が、よけいに神経を逆撫《さかな》でした。

「ヘルプだってあるし、次の指名がかかるかも……」

「社長、私はもう大丈夫ですよ。約束してくれたから、これですっきりと仕事に戻れます。百合香ちゃん、どうぞ、入って。じゃあ、失礼します」

腰を上げた梨花が意味ありげに立花に目配せをし、百合香を招き入れ社長室を出た。

「取り込み中でしたぁ？」

梨花と入れ替わりに、百合香がソファに肉づきのいい尻を埋めた。

「いや、気にするな」

立花は、感情のスイッチを切り替えた。

百合香との話も、ある意味、梨花や恵美の問題と同じくらいに重要だった。

彼女の働き如何《いかん》で、九回二死からの逆転ホームランが打てるかもしれないのだ。

「君に、やってもらいたいことがある」

「私にぃ？」

「そうだ。百合香にしか、できないことだ」


——君の店は、売春宿なのか？


岡宮が吐き捨てるように言ったセリフが、鼓膜を不快に撫でた。

売春宿で結構。それでホワイトイヴのオープンを阻止できるのなら……藤堂の鼻を明かせられるのなら、女衒《ぜげん》にでもなんでも喜んでなろう。

立花は、カマトト顔で首を傾げる百合香をみつめながら、心で岡宮に宣言した。

［4］

いつものろのろしているエレベータの階数表示のオレンジ色のランプを、今日はやけにはやく感じる。

立花はため息を吐き、腕時計に眼をやった。午前四時十二分。店がはねてから、立花は鶴本を誘って飲みに出かけた。

ひとりで飲む気にはなれず、かといって辛気臭《しんきくさ》い大滝と顔を突き合わせるのは余計に気が滅入《めい》りそうでいやだった。

エレベータの扉が開く。自宅へ帰るのを、こんなに億劫《おっくう》に思ったことはなかった。


——卑弥呼さんがいなくなれば、問題は解決します。


鼓膜に蘇る梨花のセリフが、ただでさえ重い足取りに拍車をかける。

もう寝ていてほしいという気持ちと、はやく切り出さなければならないという気持ちが胸の中で綱引きする。

自室のドアの前で歩を止め、ネクタイを緩めた。ふたたび、唇を割って出るため息。今度は、一度目よりも長く、深かった。

意を決して、シリンダーにキーを差し込んだ。薄闇に包まれた玄関。恵美は、寝ているようだった。

明かりをつけずに、足音を殺して廊下を進んだ。

寝室に向きかけた歩を止め、リビングに爪先を変えた。

話は、明日の夜……いや、正確に言えば今夜、店が終わってからすればいい。

叩き起こされた寝起きの状態では、うまくいく話でも拗《こじ》れてしまう。

背後で、微かな物音がした。続いて、廊下の明かりがつけられた。

「遅かったね」

弾かれたように、立花は首を後ろに巡らせた。

立花のTシャツを着た恵美が、眠そうに瞼を擦りながら立っていた。太腿まで覆った裾の下には、下着以外になにも穿いていなかった。

「悪いな、起こしてしまって」

「ううん。いいの。どうせ、眠れなかったし」

「どうした？　なにか、心配事でもあるのか？」

「心配事っていうか……ちょっとね」

恵美が言葉を濁し、足もとに視線を落とした。

立花には、彼女の「ちょっと」がなんなのかの見当はだいたいついていた。

「一杯、やらないか？」

立花の誘いに、恵美が瞳を輝かせた。

ここで、はっきりさせておくいいチャンスだった。

リビングのソファに場を移すと、二脚のグラスとワインボトルを手にした恵美が隣に座った。

「おいおい、リシュブールじゃないか？　どうしたんだ？　こんな高いワインを」

「お祝いのために、買っておいたの」

「お祝い？」

「そうよ。ほら、フェニックスのオープン祝い、慌ただしくて、まだ、やってなかったでしょう？　だから、遅くなったけど、ふたりで乾杯しよう」

恵美が無邪気に笑い、真紅色に染まったワイングラスを差し出した。

まずい雰囲気になってきた。よりによって、こんなときに……。

それとも、わざとなのか？　彼女の勘《かん》は鋭い。自分の意図を読み取り、先手を打ってきたのかもしれない。

「あっちゃんの成功に乾杯」

恵美のグラスに、グラスを触れ合わせた。甲高い音が、胸に突き刺さる。

ワイングラスを傾ける。せっかくの高級酒も、まったく味がしなかった。

「私、これから、もっともっと頑張って指名取るからね」

「ありがとう……」

声が、掠れていた。最悪の展開だった。故意であろうがなかろうが、こんなに健気《けなげ》な彼女に店を辞めてくれなど、とてもじゃないが言えない。

「ホワイトイヴのことなんて、気にしないでいいのよ。私がいるかぎり、絶対にあなたの邪魔はさせないわ。立花篤を、日本一の風俗王にしてみせるわ。藤堂さんを超えるために……」

「もういい」

堪らず、立花は遮った。

「うるさかった？」

「いや……そうじゃなくて」

「どうしたの？　具合でも悪いの？」

恵美が、顔を覗き込んでくる。たしかに、具合は悪い。吐きそうなほどに、最悪な気分だ。

「やめて、くれないか……」

絞り出すような声で、立花は言った。

「わかった。うるさいなら、もうやめるわ」

「そうじゃない。やめてくれと言ったのは、店のことだ」

その瞬間、恵美の表情の動きが静止画のように止まった。

「あっちゃん……なに言ってるのよ。もう、冗談ばっかり」

恵美が、自分の肩を叩きながら強張っていた顔を綻ばせた。

「冗談じゃない……本気だ」

ふたたび、恵美の表情が凍てついた。

「ちょっと……それ、どういうことよ？　店を辞めろって……どういうことなの？」

「お前と、一緒にやってゆけないと言っているキャストがいる」

「梨花ね……あのコなのね？」

押し殺した声で、恵美が言った。掌の中で、ワイングラスが波打っていた。

「今夜、お前が六番テーブルの客に彼女の中傷を吹き込んでいるのを聞いたよ」

「だから？　私は、本当のことを言っただけよ。あのコ、あんな無邪気なふりして、腹の中じゃなにを考えてるのかわからないコよ？　みんな、あの女の棘《とげ》に気づいてないのよ」

「わかってるさ」

知っている。梨花という花には、棘どころか毒がある。だが、たとえ毒があろうとも、いまのフェニックスには彼女が必要だ。

「じゃあ、どうして、彼女の肩ばかり持つのよ!?　いまは、あの女に売り上げで負けてるわ。でも、まだ、今月は残り半分もあるわ。半月もあれば、必ず抜いてみせる……だから……お願い、そんなこと、言わないで……」

恵美の唇がへの字に曲がった。大きく開かれた眼に浮かぶ涙から、立花は顔を背《そむ》けた。

忘れかけていた感情が、胸奥で蠢《うごめ》いた。その感情は、いまの自分にとってプラスになりはしない。

誰かに同情しているうちは、あの男を超えることはできない。

自分が恵美と過ごした何倍の月日をともにした女でも、不利益になることであれば、彼なら眉ひとつ動かさずに切るに違いない。

「悪いが、もう、決めたことなんだ」

今度は、彼女の瞳を直視して言った。

「どうして……ひどいわ……私は、いままであなたのために尽くしてきたのに……。あなた、まさか、あの女と寝たの？　ねえ、そうなんでしょう!?　答えて！」

恵美がワイングラスをテーブルに叩きつけ、ソファから立ち上がった。

赤い飛沫《しぶき》が頰にかかり、鮮血のようにワイシャツを濡らした。

「そんなわけ、ないだろう？　俺が愛しているのは、お前だけだ」

甲高い衝撃音。頰に激痛が走った。恵美が白っぽく変色した唇をわななかせながら、掌をみつめていた。

「私を……なんだと思ってるの？　ほかの女を選んでおきながら……馬鹿にしないでよ！」

「そんなふうに、言わないでくれよ。俺だって、はらわたが煮え繰り返るほど頭にきてるんだ。でも、仕方がないんだよ」

立花は、爪を頭皮に突き立て、もう片方の手で作った拳を太腿に叩きつけた。

これは、演技ではない。もちろん、恵美にたいしてみせる意味合いもあるが、梨花には、本当に腹を立てていた。

たしかに彼女のおかげで、店はロケットスタートを切れた。が、その彼女が、上昇気流に乗ったばかりのフェニックスの片翼をもぎ取ったのも事実だ。

「そんなふうにも言いたくなるわっ。いい？　私は、負けたのよっ。憎らしい女に売り上げでも抜かれ、その上、愛する人も奪われた……私には、怒る権利もないわけ……」

不意に、恵美が両手で顔を覆ってソファに泣き崩れた。

「本当に、済まない。俺が経営者として力が足りないから、お前にこんな苦労をかけてしまって……。でもな、これだけは言わせてくれ。お前が、梨花に負けたんじゃない。負けたのは、俺だよ」

立花は声を詰まらせ、うなだれてみせた。横目で、恵美の様子を窺った。

「あっちゃんが負けたって、どういうことよ？」

自分の顔を覗き込む恵美。彼女の愛情を利用するなど、下種《げす》な男だ。

「俺がなぜ、梨花を選んだか……それは、彼女を信用していないからだよ」

俯いたまま、立花は力ない声で言った。

「信用していないコを、どうして選ぶの？　もっと、わかるように説明して」

相変わらず険《けわ》しい表情ではあったが、それでも、さっきまでよりはずいぶんと軟化してきた。

「お前を辞めさせなければ、自分が辞める。梨花は、俺にそう詰め寄ってきた。俺は、迷わず梨花を切ろうとした」

「そんなの、嘘よ」

ああ、嘘だ。そのときの自分は、ふたりを天秤にかけていた。

どっちを残せば、店に……そして自分にプラスになるかを。

「本当だ。だがな、梨花にそれを告げようとしたとき、あることが頭に浮かんだ。ホワイトイヴだ。梨花をクビにしたら、間違いなく藤堂さんのもとへゆく。それだけは、絶対に避けたかったんだ。卑劣な男だよ、俺は……」

唇を嚙み、きつく眼を閉じてみせた。

睫の震えまで計算している自分に反吐《へど》が出そうだった。

「私だって、ホワイトイヴに行くかもしれないわ」

彼女のひと言に、心拍が激しく乱れた。動揺を悟られないように、懸命に無表情を装った。

「お前は、そんな女じゃない。それに、もしそうだとしても、お前なら許せる」

立花は、ありったけの誠意を掻き集め、恵美をみつめた。彼女の瞳が、さっきまでとは違う質の涙で濡れた。

「あっちゃん……」

「恵美。俺を、日本一の風俗王にしてくれるか?」

「でも……私はもう、フェニックスでは働けないから、あなたの力になることができないわ」

「馬鹿だな。俺が、キャバクラ一軒だけの成功で満足するとでも思ってるのか? たとえフェニックスがミントキャンディやホワイトイヴの売り上げに勝っても、それは、藤堂さんに勝ったことにはならない。真の意味で彼を超えたと言えるのは、フェニックスが霞むような店を日本全国に構えたときだ。フェニックスが軌道に乗ったら、俺のやることは新たな店をオープンさせることだ」

「じゃあ……その店を私に?」

立花は、力強く顎を引いた。

次の目標が二号店を出すというのは、本当のことだった。

新店でフェニックス超えを狙っているというのも、本当のことだった。

が、その店のナンバー1が恵美であるという保証はどこにもない。

また、恵美がトップを取れる程度の店ならば、フェニックスを抜くのは難しい。

彼女には悪いが、立花の中で、ふたりの勝負付けはとっくに済んでいる。

つまり、フェニックス以上の繁盛店を作るには、梨花以上のキャストを連れてくるか、もしくは恵美クラスのキャストを最低でも三人は揃える必要があった。

「梨花に目に物みせてやるのは、なにも、フェニックスでなくても……いいや、むしろ、別の店のほうがいいと俺は思うんだ。二号店には、いまよりも金をかけようと思っている。もちろん、看板キャストは恵美、お前だよ。悪いが、その日がくるまで、耐えてくれないか？」

感極まった表情で恵美が頷いた。大粒の涙が、細くシャープな顎先を伝い彼女のワイングラスの中に波紋を作った。

看板キャストが、ひとりとはかぎらない。耐え忍んでも、その日がくるとはかぎらない。

心苦しかったが、この場は恵美を宥めることを最優先しなければならない。

へたに真実を並べ立てれば、話が拗れるのは目にみえている。

「わかった……あっちゃんを信じるわ」

鼻を啜《すす》りながら胸に飛び込んでくる恵美を、きつく抱き締めた。

立花の心に去来《きょらい》するのは、感動でも愛しさでもなく、月に二、三百万を売り上げるキャストの抜けた穴を、どう埋めるかという心配事だった。

［5］

ビルの壁面のガラスが照り返す朝陽に、立花は思わず眼を瞑った。

午前十時五分。あと二時間もすれば、街はランチタイムをどこで過ごそうかと徘徊するサラリーマンやOLの群れで溢れ返るのだろうが、立花にとっては真夜中も同然だった。

以前なら、心地好い朝陽を受けると躰中に生気が漲《みなぎ》り、今日一日の活力源となったものだ。

朝陽を心地好いどころか苦痛に感じ、晴天よりも曇り空に安らぎを覚えるようになったのは、いつの頃からだろうか？

小鳥の囀《さえず》りや頬を柔らかく撫でる風に気が滅入るようになったのは、いつの頃からだろうか？　立花はぼんやりと視線で追った。

眼を開けた。よちよち歩きの幼子の歩調に合わせてゆっくりと足を踏み出す若い母親を、立花はぼんやりと視線で追った。

慈しむような優しい眼差しで我が子をみつめる彼女の姿に、母……霧子の姿を重ね合わせた。

そして、霧子の反対側では、真一が幼き自分の手を引いていた。

チューブも酸素マスクもつけていない、元気な姿だった。

ふたりを交互に見上げ、無邪気な笑みを浮かべつつ盛んになにかを話しかける幼き自分。

立花は、幻影を視界から消し、ビルへと向かった。

日本橋大友《にほんばしおおとも》ビル。このビルの六階に、仲代《なかだい》はいる。

仲代は大日本陸運という、都内に十社のタクシー会社と四社の運送会社を所有する会社の代表取締役であり、ホワイトイヴがオープンする渋谷フローレンスビルのオーナーでもある。


——バッチリよ。あの、スケベじじいちゃん。私のパイパイにしゃぶりつきながら、約束したのぉ。藤堂には手を引かせるってぇ。


百合香から報告を受けたのは一週間前……恵美にフェニックスから身を引いてほしいと頼んだ翌日のことだった。

仲代が、毎週、銀座のスポーツジムに土日の午前中に通っていると嗅ぎつけた立花は、百合香を体験コースに行かせた。

彼女の話では、リラックスルームでひと息入れているときに、仲代から声をかけてきたという。汗ばんだ肉感的な肉体を薄いTシャツ一枚に包んだ女性がひとりでお茶を飲んでいる姿をみかければ、仲代でなくても声をかけたくなるだろう。

下心むんむんの中年男と、下心むんむんの中年男を嵌めようとする女……ふたりが、ホテルに行くまでに障害などあろうはずがなかった。

立花の読みは当たった。

金に転ぶ男と、女に躓《つまず》く男。この世の男には、ふたとおりのタイプしかいないと、誰かがなにかの本で書いていたのを立花は読んだことがあった。

仲代は、もちろん後者だった。

自分はどっちにも当て嵌まらない。そう言い切れたのは、昔の話だ。

蘇りそうになる暗鬱《あんうつ》な記憶を脳裏深くに封印した立花は、エレベータに乗った。六階。下りたらすぐに、大日本陸運の社名が印刷された自動扉が現れた。

「いらっしゃいませ」

派手な顔立ちをした二十四、五の受付嬢がカウンターから立ち上がり、容姿から受ける印象とは懸け離れた礼儀正しさで深々とお辞儀をした。

大きく弛んだワンピースの胸元から覗く谷間……礼儀正しい理由がわかった。

仲代の趣味なのだろう、カウンターから微笑みを湛えて出てきた受付嬢はミニスカートに網タイツという出で立ちだった。

が、あまりいい趣味ではない。派手なだけで、お世辞にもいい女とは言えない。それに、よくみると思ったよりも歳を食っている。

顔はある程度化粧でごまかせても、首の皺や手の甲のツヤは正直だ。
二十四、五どころか、三十を超えているのかもしれない。
最近の立花は、面接やスカウトの際に、まず、顔よりも胸よりも、この首と手の甲をみるようにしていた。

未成年や鯖読《さばよ》み女をみわける際に、偽造が可能な身分証よりも偽りのない真実を教えてくれることが多いからだ。

「仲代社長に会いにきたのですが」

「失礼ですが、アポイントはお取りになってますでしょうか？」

「いいえ」

「大変申し訳ありませんが、仲代からは、ご面会の約束のないお客様をお通ししないように言われているので……」

好みの女には見ず知らずでも誘いをかける男が、アポイントとは聞いて呆れる。

「立花と言ってもらえれば、お会いになってくれると思います」

「でも……」

「とりあえず、繋いでみてください」

立花は、カウンターの電話機の受話器を手に取り、受付嬢に渡した。受付嬢が、渋々とプッシュボタンを押した。

アポイントは取っていないが、仲代には、百合香を通じて上司がフローレンスビルの契約の件で会いに行くと伝えてあった。

立花は、ホワイトイヴの契約を反故《ほご》にした上で、フローレンスビルを押さえるつもりだった。仲代には百合香という餌を与えたので、交渉に使おうと用意していた五百万を店舗の手付け金に回すことができるのだ。

「いま、立花様というお客様がおみえになりましたけれど……はい、はい、わかりました。立花様。こちらへどうぞ」

どうせ断られると思っていたのだろう受付嬢が、バツが悪そうな顔で右奥のフロアに立花を促した。

左奥のフロアから聞こえる、無線タクシーの予約を受けつけるオペレーター達の声から察して、数十人はいそうな雰囲気だった。

「失礼します」

ノックに続き、受付嬢がドアを開けながら道を譲った。社長室に歩を踏み入れると、デスクに座った五十絡みの恰幅のいい男が肩と頬に受話器を挟んだまま、応接ソファを顎でしゃくった。

横柄《おうへい》な態度といいえらの張った下駄のような顔といい、仲代は工事現場の親方といった風情《ふぜい》だった。

立花は、不快な思いをぐっと堪え、ソファに腰を埋めた。

ここは我慢だ。いま、仲代に臍《へそ》を曲げられるわけにはいかない。

ホワイトイヴを撃退できるかどうか……逆転満塁ホームランを打てるかどうかは、彼の腹ひとつなのだ。

「そういうことで、よろしく頼んます」

仲代が受話器を置き、ソファに腰を下ろすと葉巻をくわえ、吸い口をねっとりとしゃぶりつつ値踏みするような視線を向けてきた。

葉巻とは不思議なもので、吸う人間を下品にみせたり上品にみせたりするものだ。

もちろん、仲代が前者であるのは言うまでもない。

「お忙しいところ、申し訳ありません。私、渋谷でフェニックスというキャバクラを経営している立花と申します」

「百合香から聞いている。で、俺になんの用だ？　忙しいから、はやく済ませてくれ」

ぶっきら棒に言うと、仲代が煙突のようにまったりとした紫煙を吐き出した。

どこまでも自分勝手で、横柄な男だ。これが客なら、即、出入り禁止にするのは間違いない。

「わかりました。では、本題に入らせてもらいます。社長さんが藤堂観光と契約されましたフローレンスビルの件ですが、私に賃貸の権利を譲ってほしいのです。社長さんもご存じかと思いますが、あそこは、ウチの店と目と鼻の先なんですよ」

「賃貸の権利を譲る？　俺が、君に？　なぜ？」

立花は、思わず、仲代の顔をまじまじとみつめた。

惚けているのか？　それとも、からかっているのか？　脳内で跳ね回る疑問符から意識を逸らし、立花はにっこりと微笑んだ。

「ウチの百合香さんに、言ってくれたじゃないですか？　藤堂観光との契約を破棄《はき》するって」

「ああ、そのことか。たしかに言ったたな」

「ですよね？　そこで、フロアが空きになると申し訳ないので、藤堂観光が契約していた物件をウチに貸してほしいんです。社長さんには、ＶＩＰルームを用意します。もちろん、お相手するのは百合香さんで、お好きなときにアフターに連れ出してもらって結構です」

取っつき難《にく》い男ではあるが、専属のキャストが酒の相手と下の世話までするのだから、悪い話ではないはずだ。

「悪いが、それは無理だな」

予想外の仲代の言葉に、立花は戸惑った。

目まぐるしく思考の車輪を回転させ、なぜにその言葉が吐き出されたかを考えた。

「もう、後に入るテナントがお決まりですか？　それとも、百合香だけではご不満とか？」

「わからん男だな。藤堂観光との契約を破棄する気はないということだよ」

「なんですって……」

不敵な笑みを浮かべる仲代の顔がモノクロに染まった。

「だから、藤堂君の店は予定通りオープンするし、君と賃貸の権利云々《うんぬん》の話をしても無駄だ」

「社長、それじゃ約束が……」

「立花君と言ったっけ？　君は、なにか大きな勘違いをしているようだな。俺が、いつ、そんな約束をした？」

ふてぶてしい表情で仲代が立花を見据えた。

「百合香とですよ。社長は、彼女に藤堂観光との契約を破棄すると言ったじゃないですか!?」

強い口調で、立花は抗議した。

別の女を紹介しろ。手付け金が五百じゃ足りない。

欲をかいた仲代に、その手の要求をされることはあるかもしれないとは覚悟していた。

だが、まさか、ここまでシラを切られるとは思ってもみなかった。

「ふん。あんな売女《ばいた》に叩いた軽口を、本気にしてるのか？　策士策に溺《おぼ》れる。君は、少し俺を甘くみ過ぎていたんじゃないか？　おつむの弱い女の色仕掛けで、俺が藤堂君から君に乗り換えるわけがないだろう？」

「あんた……最初から、そのつもりがなくて百合香を抱いたんだな？」

立花は、仲代を睨《ね》めつけながら言った。

「あたりまえじゃないか。安っぽい風俗嬢如《ごと》きに溺れて、藤堂君を裏切るほど俺は馬鹿じゃない」

「百合香は、風俗嬢じゃない。ウチの店のキャストだ」

キャストを風俗嬢呼ばわりする仲代に怒りを覚える反面、自嘲が込み上げてきた。

同時に、ここまで荒《すさ》んだ自分にも、まだ、ほんの僅か、汚れていない心が残っていたということに軽い驚きを覚えた。

だが、どちらにしても、百合香にあんなことを命じる下種な男に、風俗嬢云々を語る資格はない。

「じゃあ訊くが、股を開いて男を取り込もうとするのが、君の言うキャバクラ嬢のやることか？」

立花は、仲代を睨みつけたまま、唇を嚙み締めた。

悔《くや》しいが、返す言葉がなかった。たしかに、仲代の言うとおり、自分が百合香にやらせたことは、少なくともキャバクラのオーナーがキャストにたいしてやらせることではない。

「まあ、いい。それより、君は本気でこんな子供騙《だま》しの手で、藤堂君と渡り合えると思っていたのか?」

仲代の呆れたような物言いが、立花の神経を逆撫でした。

「どういう意味だ?」

「そのまんまの意味だよ。ランパブ、ホストクラブ、ソープ、デリヘル、性感マッサージ……俺はこうみえても水商売関係には顔が広いほうで、いままでに多くの成功者《カリスマ》をみてきた。みな、ひとかどの男達だったよ。藤堂君のことは若い頃から……いや、いまでも若いんだが、とにかく、昔からよく知っていた。彼が水商売の世界でオーナーデビューして初めて新宿にオープンしたキャバクラの客だったんだよ、俺は。はっきり言って、彼は店を大きくするためには手段を選ばない非情な男だったよ。こいつの躰には氷の血が流れているんじゃないかと、真剣に思ったほどだ。だがな、非情ではあっても、非道ではなかった。彼の血はどんなに冷たかろうと、汚れてはなかったよ」

テーブルの下で、握り締めた拳がぶるぶると震えていた。

体内で競い合うように暴れ回る屈辱と怒り……仲代にたいしてではなく、自分に向けられたものだった。

「さあ、帰ってくれ。いろいろと、忙しい身でね」

ソファから立ち上がった仲代が、テーブルに三枚の一万円札を投げた。

「プレイ料金だ。二万円を彼女に、一万円は君への斡旋《あっせん》料だ。取っておけ」

束の間、テーブルの上に冥い眼を向けていた立花は、金を手に取り半分に引き裂くと宙に投げた。

「き、貴様……」

すかさず、財布から抜いた三枚の一万円札を気色《けしき》ばむ仲代の足もとに放った。

「汚れた血が流れてても、汚れた金は受け取らない主義でね」

薄く微笑み、立花は踵を返した。

気息奄々《きそくえんえん》のプライドを、懸命に奮い立たせた。

本当は、仲代のひと言に、立花の心はズタズタに引き裂かれていた。

が、やりかたを変えるつもりはなかった。黒い太陽に向かう道はひとつではない。

汚れていようが非道と呼ばれようが、藤堂を叩き潰すことができれば、それでよかった。

第六部

〔1〕

「えーっ」

幸見と晴海がデュエットのように揃って声を上げ、奈緒が話にならないとばかりに小さく首を横に振った。

ルリやミナミ、鈴音や佐和子といった、普段はあまり自己主張をしない地味な四人組も、眉を顰《ひそ》めて珍しく嫌悪感をあらわにしていた。

「冗談じゃないという気持ちはよくわかる。だが、明日から、ホワイトイヴが目と鼻の先でオープンするということの重大性をわかってほしい」

立花は、不満顔のキャスト達を見渡しながら訴えかけた。

「そりゃ、大変なのはわかりますけど、どうして私達が客引きしなきゃいけないんですか？」

幸見が、唇を尖らせて言った。

「そうですよ。山城君や生島君がいるじゃないですか？」

晴海があとに続く。

「ウチは男性客を相手にしてるんだぞ？　むさくるしい男が立っているより、かわいい女のコに誘われたほうが、ちょっと寄ってみようかっていう気になるだろう？」

恵美がいなくなって一週間、危惧していた通りの展開になった。

トップクラスのキャストの抜けた穴は大きく、やはり売り上げは落ち込んだ。

といっても、恵美の客が梨花に流れたということもあり、売り上げ半減という惨事にまでは至らなかったが、それでも、三割は減っていた。

が、本当の試練はこれからだった。

明日は、ホワイトイヴのオープン日だ。競合店がいない状態で三割減なのだから、華々しく新店がオープンしたならばどれだけの損害を被るのか、考えただけでぞっとした。

その被害を最小限に食い止めるためには、新しいキャバクラオープンという話題性を凌駕《りょうが》する強烈なインパクトが必要だった。

営業前に三、四人のキャストを店先に並べる。営業中も空いているキャストを入れ替わり立ち替わり立たせて客を引かせる。

これが、立花の考えた対抗策だった。

店の周辺でキャストにチラシを撒かせるという営業はどこでもやっているが、距離と時間のロスタイムの関係で意外と効果がないものだ。

その点、店の前で扇情的な衣装を着たキャストから艶《つや》っぽい視線を送られたり、無邪気に微笑みかけられたりすれば、ついつい、寄って行こうかとなるものだ。

「私、ポン引きみたいなまねやだからね」

不意に、奈緒が吐き捨てるように言った。

瞬間、みなが彼女に賛同するような空気が流れたのを立花は見逃さなかった。

「ポン引き？　どういう意味だ？」

わかっていながら、立花は訊ねた。

「そのまんまの意味よ。外に立って客を捕まえるなんて、ポン引きと同じじゃない」

そこここで、奈緒に同調する声が上がった。

「人聞きの悪いことを言うな。いいことばかりを並べ立て、実際は法外な金を要求する店に放り込むのがポン引きだろう？　ウチは明朗会計のキャバクラだ。そんな詐欺《さぎ》まがいの店と一緒にするな」

「ポン引きじゃないのなら、売春婦かしら？」

「奈緒……」

「もう、いいじゃないですか。奈緒さん。社長の決めたことなんですから、従いましょうよ」

やんわりと、しかし、有無《うむ》を言わせない口調で梨花が言った。

奈緒は、一瞬、梨花を睨みつけはしたものの、すぐに視線を逸らした。

鶴本と大滝が、びっくりしたように顔を見合わせた。

バトルの始まり。きっとふたりは、そう予想していたのだろう。

無理もない。

フェニックス一鼻っ柱の強い奈緒が、後輩キャストに窘《たしな》められておとなしく引き下がるとは、誰も予想できなかったに違いない。

しかし、立花に驚きはなかった。

恵美がいなくなってから恩恵を受けたのは梨花だけであり、彼女以外のキャストにはほとんど客が流れることはなかった。

必然的に梨花とそのほかのキャストの売り上げの差は以前よりも広がり、完全に彼女の独走状態になっていた。

トップの梨花と二位の笑子の差は百五十万近くあり、三位の奈緒に至っては彼女の売り上げの半分にも届いていない。

いまや、鶴本以下のボーイ連中はもちろんのこと、マネージャーの大滝も梨花の顔色を窺っている有様だ。

他人《ひと》のことは言えない。

フェニックスのオーナーである自分もまた、梨花に接するときは細心の注意を払っていた。

梨花の気を損ねて辞められでもしたなら、フェニックスの存続に関わるからだ。

いま思えば、この状況が、彼女の狙いだったのかもしれない。

——あのお客さん、私、苦手です。席に付いてから帰るまで、いやらしい話ばかりするんですもの。

梨花がそう言えば、店にとってどんなに上客であっても、出入り禁止にしなければならない。

――できるなら、アルバイトや大学生みたいなフリー客は付けてほしくありません。

梨花がそう言えば、ほかのキャストが空いてなくても、無理やり指名客の席から引き離して細い客の相手をさせなければならない。

――私、十一番テーブルが落ち着いて喋れるんです。

梨花がそう言えば、先に十一番テーブルに客とともに向かおうとしていたキャストを呼び戻し、別のテーブルに促すことになる。

物腰こそ柔らかいものの、恵美がいなくなってからの梨花は、あらゆるわがままを言うようになった。

撥ねつけることは、そう難しくはない。ただ、梨花が臍《へそ》を曲げないか、店を辞めると言い出しはしないか、という危険が常につき纏《まと》う。

その危険があるかぎり、梨花は絶対だ。

少なくとも、フェニックスの中で、彼女の声は神の声……いや、キャバクラに於《お》いては神よりもナンバー1キャストの声が遥かに重い。

もっと言えば、神の声に逆らうことがあっても、梨花の声に逆らうことはできない。

梨花は、自分の影響力を……自分の存在価値を十分に認識した上で様々な無理難題をつきつけているのだ。

「社長。お化粧の時間があるから、もう、そろそろミーティングを終わりにして頂けますか？」

訊ねてはいるが、梨花は既に、立花が答える前に勝手に席を立っていた。

「ああ。じゃあ、みな、開店の準備だ。奈緒、笑子、リノは、早速、客の呼び込みに行ってくれ」

立花は、指名率の高い三人をまずは外に出すことにした。

オープン後時間が経てば客が立て込み、トップクラスのキャストを外すわけにはいかなくなるからだ。

「おい、優待券を渡してやってくれ」

鶴本が、セット料金千円引きのチケットが入った紙袋をそれぞれ三人の前に運んだ。

「ちょ……冗談でしょう？　どうして私が！」

奈緒が、紙袋の受け取りを拒絶して気色《けしき》ばんだ。

「私も、いやです」

無表情ながらも、珍しくリノが自己主張をした。

「お前ら……」

立花は、寸前のところで怒声を喉もとで止めた。

恵美の姿がフェニックスから消えて、負の要素ばかりが渦巻いている。

売り上げの面だけではなく、彼女の存在は大きかった。

あるときはキャスト達の不満の捌け口となり、また、あるときは会社側との交渉役となった。

どれもこれもが立花の意図によるものだが、恵美がほとんどのキャスト達に慕われていたのは事実
だった。

新女王の座についた梨花に人望がないのは、ここ数日間の店の空気が証明していた。

キャスト達は常に浮き足立ち、公然と不満を口にすることが多くなった。

トップになる前の彼女なら、恵美までとはいかないまでも、そこそこの人望を集められたはずだ。

しかし、立花がそうであるように、誰もが梨花の変貌を感じ取っていた。

一番、それが顕著《けんちょ》なのは、笑子との関係だ。

姉妹のように仲のよかったふたりが、談笑している姿を立花は久しく眼にしていなかった。

「さあ、行こう、行こう。イケメンを、逆ナンしようよ」

仏頂面《ぶっちょうづら》の奈緒とリノを明るく促し、笑子が先頭を切って外へと向かった。

さすがは、場の空気を読む天才だ。

刺々しい雰囲気に笑いが起こり、奈緒とリノの不満コンビが渋々ながら笑子のあとに続いた。

☆　☆

「いらっしゃいませーっ」

鶴本の溌剌とした声が響き渡る。開店から十分。本日の第一号は、笑子とともに腕を組んで現れた、四十絡みのサラリーマンふうの客だった。

「こちらへ、どうぞ」

鶴本に先導される笑子の客を、待機用テーブルに座るキャスト達が眼で追った。

とくに、梨花の視線はひと際厳しく感じられた。

太い客か？　細い客か？　彼女達がまっ先に考えるのは、客の懐具合だ。

ほかのキャストが上客を捕まえれば、そのぶん売り上げが伸びる。

指名本数を競っている相手の客のことなら、なおさら気にかかるのが人情だ。

梨花が興味を失ったように笑子の客から視線を切った。

並。そう判断したのだろう。立花も同感だった。

二番テーブルに座ってドリンクメニューを覗き込む客は、恐らく、中小企業の中間管理職といったところだろう。

スーツの生地、腕時計や鞄《かばん》のブランドで、少なくともエリートと呼ばれる部類でないことはわかる。

細い客とまで言わないが、月に二十万や三十万を落とすほどの経済力があるふうにはみえない。

せいぜい、週一の月四ペースでセット料金だけ、というパターンに違いない。

週に最低でも五万以上落とさない客の席には付きたがらない梨花と違って、笑子は客を選ばない。

タクシーでたとえれば、六百六十円のゴミと呼ばれる客でも厭《いと》わず乗客数を稼ぎ水揚げを増やす運転手と、ゴミを乗車拒否してロングと呼ばれる長距離客ばかりを狙う運転手の、ふた通りのタイプによく似ている。

もちろん、前者が笑子で後者が梨花であるのは言うまでもない。

どっちがいいとは言えないが、経営者として使いやすいのは笑子のほうであるのは間違いない。

「いらっしゃいませーっ」

大滝が、弾かれたように出入り口に飛んでゆく。立花も、あとに続いた。

背後でざわめくキャスト達。無理もない。社長とマネージャーを前に仁王立ちでふん反り返る初老の男……富士迫《ふじさこ》は、フェニックスの客の中でも三本指に入る超ＶＩＰ客だ。

富士迫は、伊豆《いず》や軽井沢《かるいざわ》に観光ホテルを十数軒経営しており、週二のペースでフェニックスを訪れている。

一度の来店で二十万は落としてゆくので、月に百六十万は使っている計算になる。

百六十万と言えば、並クラスのキャストの一ヵ月分の売り上げに相当し、容易に稼げる金額ではない。

そして、キャスト達がざわめくのは、この極太客が現在フリーだという理由からだ。

そう、富士迫は、恵美の指名客だったのだ。

もちろん、富士迫は、お目当てのキャストがいなくなったことを知らない。

というより、この業界では、指名キャストが辞めたことをすぐに伝えない風潮がある。

店によっては正直に教えているところもあるが、少なくともフェニックスは違う。

それはそうだ。大金を注ぎ込んだキャストが、ある日唐突にいなくなったなら、客は怒りと失望で、二度と店に足を運んでくれなくなってしまうからだ。

じっさい、辞めたキャストの指名客が現れた場合にどうするかというと、とりあえず最初は、体調を崩して休んでいると伝え、様子を窺う。

付け入る隙があるとみれば、指名客が好みそうな別のキャストをあてがってみる。

そして、二度目の来店時には、病気が長引いていると伝え、ふたたび、前回と同じキャストを席に付ける。

うまくいけば、その時点で客は指名替えをしてくれるのだが、半分は、店から離れていってしまうのが現実だ。

「あの、富士迫様。大変申し訳ないのですが、卑弥呼さんは、風邪を引いて今夜は休みを取らせて頂いているのですが……」

もちろん、ドル箱客に本当のことを言うはずはなかった。

「なんだ、彼女、いないのか」

途端に、富士迫が不機嫌な顔になる。

「すみません。その代わりといってはなんですが、今日は無料サービスで誰かほかの女のコを付けさせてもらいますので」

立花は、VIP客にだけ使う奥の手を出した。

今日一日のセット料金をケチれば、先々富士迫が落とすはずだった何十万、いや、何百万という金を失うかもしれないのだ。

「無料なのは嬉しいが、卑弥呼がいないんじゃねえ」

言葉とは裏腹に、富士迫の表情が、若干《じゃっかん》、和《やわ》らいだ。

この機を逃す手はない。

「富士迫様。これは、私のほんの気持ちです。誰でも、お好きなコを選んでもらって構いませんから」

立花の視線の先……富士迫の背後に、外で割引券を配っているはずの奈緒がいつの間にかいた。

「あそこに座っているキャストは、全員、指名待ちですから」

己の存在を無言でアピールする彼女を無視し、立花はフロアの奥の待機用ソファに右手を投げた。

奈緒では、富士迫を店に繋げない。彼は、肉感的な女はあまり好みではないのだ。

待機用ソファのキャスト達が、各々《おのおの》、自分が一番魅力的に映るポーズで座り、代打指名のチャンスを狙っている。

彼女達は、恵美が今夜だけではなく、永遠にこないことを……代打どころか、うまくいけばレギュラーになれることを知っている。

「左から二番目のコを頼むよ」

逡巡する間もなく、富士迫は梨花を選んだ。

恵美を指名しているときから、目をつけていたのだろうと立花は悟った。

富士迫の視線と唇の動きで、もう、既に梨花は自分が指名されたことをわかっているに違いなかった。

「かしこまりました。マネージャー。富士迫様を五番テーブルへご案内ください」

大滝に命じ、立花は待機用テーブルへ向かった。

「梨花さん。ご指名です」

誇らしげに席を立つ梨花の背中を、幸見と晴海がため息を吐《つ》きながら羨ましげな視線で見送った。

これで、梨花と二位以下の売上差はまた開くことになる。

そう、富士迫の興味は、今夜の一時間で恵美から梨花に移ることだろう。

「笑子さんの代わりに、上に行ってくれ」

幸見に外へ行くことを命じレジカウンターに戻ってきた立花を、奈緒があからさまに不機嫌な顔で睨みつけてきた。

「どうした？　お前もはやく上に戻れ」

「いつまで、外に立たせておくつもりよ？」

「あと、十五分ほどで誰か交替に上げるから、それまでに、頑張って客を引っ張ってこいよ」

「十五分？　冗談じゃない……」

立花は奈緒の腕を引っ張り、自動ドアの外へと連れ出した。

「もっと状況を読め。もう、客がふたりも入ってるんだぞ」

「だって、どうして、あの女が中にいて私が出るのよ!?」

「お前だけじゃない。三人一緒だっただろう？　それに、笑子はちゃんと客を連れてきてるじゃないか」

「そこらへんふらふら歩いているのは金なしばっかりで、笑子の客だってセットドリンクタイプじゃない」

奈緒の言うとおり、自動ドア越しに笑子と談笑する客のテーブルに、ちょうど鶴本がハウスボトルのウイスキーを運ぶところが見えた。

「たしかに、あの客は太くはない。だがな、もっと現実というものをみつめたほうがいい。お前の嫌がっている立ちんぼで客を摑まえ、お前が馬鹿にしているセットドリンクタイプの客の相手をしている笑子の売り上げはどうだ？　三位のお前の上にいるのが笑子なんじゃないのか？」

このひと言は、大きな賭けだった。

へたをすれば、恵美に続いて奈緒まで失ってしまうことになる。

かといって、奈緒の不遜《ふそん》な態度を放置し続ければ、別の被害を生み出す恐れがあった。

案の定《じょう》、彼女の眉尻が吊り上がり、表情が険しくなった。

「私が、あんなおしゃべり女に劣っているとでも言いたいわけ？　あのコを抜くなんて、いつでもできるわよ。ただ、私は、梨花に負けたくないだけよ。いい客ばかりあてがわれているあの女を超えるには、上客を狙うしかないじゃないっ」

立花は、小さく息を吐き、首を横に振った。

「また、それか？　いつも、お前はそうだな。自分の数字を、周囲の環境のせいにばかりしている。こんなこと言いたくはないが……」

用意していた言葉を出すかどうか、立花は逡巡した。

「なによ？　もったいぶらないで、はやく言ってよ」

「だから、ミントキャンディでもフェニックスでも、ナンバー1になれないんだよ」

「なんですって……」

奈緒が絶句した。

空気が凍《い》てつく音が、たしかに立花には聞こえた。

「プライドを持つことが悪いとは言わない。だが、プライドばかりではうまくいかないのが客商売というやつだ」

「偉そうな……」

奈緒の言葉を、複数の足音が遮った。

山城と生島が、ふたりの客を先導するように階段を下りてきた。

ふたりとも、梨花の客だった。

間を置かず、幸見が二十代後半の、リノが四十代の客を伴って現れた。

「いらっしゃいませ」

立花は四人の客を出迎え、奈緒を振り返った。

「ほら、俺と言い合ってる暇はないぞ。はやく、持ち場に戻るんだ。いらっしゃい……」

ふたたびの足音に、客だと思い階段を見上げた立花は、言葉を呑み込んだ。

「あら、招かれざる客って顔ね。それとも、このお店は女性客はお断りなのかしら」

冬海が、妖艶な微笑みを浮かべながら階段を下りてきた。

白肌に纏った水色のレースのワンピースが、涼しげで、凜とし、彼女の魅力をよく引き出していた。

「なんの用……あ、ちょっと……」

立花の脇を擦り抜け、冬海が自動ドアを潜った。

彼女が足を踏み入れた瞬間、店内が水を打ったように静まり返った。

大滝と鶴本が、フロアを駆け巡る足を止め表情を失った。

ふたりだけではなく、接客中のキャストも、指名待ちのキャストも、唖然とした顔をしていた。

客達は客達で、冬海のあまりの美しさに、すっかり視線を奪われている。

「あら、ごめんなさい。向かいのお店と、間違えてしまったわ」

冬海が恥ずかしそうに俯き、肩を竦めた。

眼を、そして耳を疑った。あまりにも堂々とした確信犯ぶりに、立花は怒りを通り越して呆気に取られるしかなかった。

が、客のほうは、そんなことはお構いなしに、唐突に現れた極上の女神に見惚れていた。

それは、梨花の隣で傾けていたグラスを宙に止めている富士迫も例外ではなかった。

梨花というフェニックス切ってのナンバー1キャストが目の前にいるにもかかわらずにだ。

キャストにとって、自分の指名客の興味がほかの女に移ることほど屈辱的なものはないだろう。

梨花の吊り上がった目尻が、それを証明していた。

「なんだ。ここの店のコじゃないの？　ねえ、どこの店？」

店に入ってきたときから既にほろ酔い加減だった幸見の客が、怪しい呂律《ろれつ》で言った。

まずい展開になってきた。そして、冬海が、いや、長瀬がそのまずい展開になることを狙って彼女を送り込んできただろうことは間違いない。

「ちょっと、ちょっと、こーんなにセクシーでいい女が隣にいるのに、満足できないわけ？」

冬海に集まっていた視線が、二番テーブルに移った。

立ち上がり、腰に両手を当てておどけた調子で腰を振る笑子。

歓迎しない空気の流れを断《た》ち切ったのは、やはり彼女だった。

笑子の笑顔が伝染し、客達の口もとが綻んだ。

いまのうちだ。

「お帰りください」

立花は冬海の耳もとで囁き、外へと誘った。

「とんでもないまねを、してくれたたな」

怒りをぐっと押し殺し、立花は言った。

「そう？　これくらい、彼らにとっては序の口よ」

相変わらずの妖艶な笑みに、思わず、立場と状況を忘れそうになる。

商売敵《がたき》の自分でさえこうなのだから、キャバクラ通いしている客が魂を抜かれるのも無理はない。

「藤堂さんと長瀬のことか？」

立花の問いには答えず、微笑みで躱す冬海。

「ホワイトイヴの、冬海さんですよね？　梨花と言います」

梨花が現れ、挑むような眼で冬海を見据えた。

その瞳には、私のことを知っているでしょう？　というプライドが窺えた。

「梨花さん？」

首を傾げる冬海に、梨花が血相を変えた。

明日から通りを挟んでしのぎを削る店のトップキャストの存在を、冬海が知らないわけがない。

冬海が梨花など眼中にないという態度を取るのもまた、プライドなのだ。

「さすがに、日本一のキャストは余裕ですね。でも、もうすぐ、あなたは二番目になりますよ。だって、私、あなたを抜きますから。なんて、私ったら、言っちゃった」

梨花がそれまでと一転した悪戯っぽい顔になり、それから、大口を開けて笑った。

大人の魅力に満ちた冬海とは対照的な、健康的な魅力に溢れる梨花。

真冬と真夏。雪と太陽。白と赤……ふたりの魅力は対極的な位置にあり、甲乙《こうおつ》つけ難《がた》かった。

が、ひとつだけ言えるのは、絶対女王の冬海を脅かすことができるのは、梨花しかいないということだ。

屈託なく笑う梨花を前に、冬海の眉尻が微かに上がった。

いつも余裕に満ち、滅多なことでは感情を表に出さない彼女のコンピュータに、僅かだが、狂いが生じたようだ。

「大変な自信ね。でも、それは無理だと思うわ」

穏やかに、しかし、きっぱりと冬海は言った。

既に、彼女の表情にはいつもの余裕が戻っていた。逆に、梨花の顔からは笑いが消え去っていた。

「なぜです？」

「Aという男性が、最愛の女性に世界で一番美しい薔薇を贈りました。Bという男性も、その女性を深く愛していました」

唐突に、冬海が、母親が幼子に童話を読んで聞かせるような口調で言った。

「女性のほうはと言えば、ふたりの男性のことを同じくらいに愛していました。そこで、女性は、心惹かれる花をプレゼントしてくれたほうの求愛を受けるつもりでした。Bの男性は、考えに考え抜き、山に行くたびに目に留めていた、急斜面の崖にひっそりと咲く草花を命懸けで摘みました。さて、女性は、どちらの求愛を受けたでしょうか？」

「Bの男性に決まっているじゃないですか。どんなに素晴らしく高価な花より、心の籠ったプレゼントのほうが胸に響くというお話ですよね？　そんなの、ありふれてます」

梨花が、小さく肩を竦めてみせた。

「そうね。答えは当たってるわ。でも、それは、Bの男性の贈った花に心が籠っていたからじゃないの。ただ単に、女性があまり薔薇を好きじゃなかっただけの話」

「ふーん。それで、冬海さんは、いったい、私になにが言いたいんですか？」

立花も、梨花に同感だった。

冬海がこのたとえ話で、なにを伝えたいのか、皆目見当がつかなかった。

「私が言いたいのは、あなたがBの男性なら、きっと薔薇を贈るということよ」

「そうですね。私なら、野花なんてあげませんね」

「だから、あなたが、私を抜くのは無理だと言ったのよ」

冬海が、口もとに薄い笑みを湛えながら言った。

「悪いんですけど、全然意味がわかりません」

「言ったでしょう？ Aの男性が贈ったのは世界で一番美しい薔薇だって。梨花さん。あなたがどんなに頑張っても、私以上に美しい薔薇にはなれないの。私を本当に超えたいのなら、少なくとも、あの、立ち上がっておどけていた彼女のように薔薇以外の花を目指すことね」

口を開きかけた梨花に背を向け、冬海が階段を上った。

相当にショックだったのだろうか、梨花は人形のような無機質な瞳で呆然と女王の背中を見送っていた。

「一緒に、くるんだ」

立花は梨花の細く華奢《きゃしゃ》な手首を摑み、階段を駆け上がった。

「あ、お疲れ様です……」

弾かれたように頭を下げてくる、山城と生島の間を擦り抜け通りに出た。

「待ってくれ」

タクシーに乗り込もうとする冬海を呼び止めた。奈緒の好奇の視線を感じたが、構わなかった。

「なにかしら？」

開いたドアに手をかけた冬海が振り返る。周囲のネオンが、彼女の横顔を妖しく染める。

夜の明かりが、本当に似合う女だった。

「梨花の顔を、よく覚えておいてくれ。近い将来、必ず、あなたは彼女の背中をみることになる。俺が、約束する」

冬海の顔が、微かに強張るのを見逃さなかった。

梨花が、驚いたように立花に眼を向けた。

「愉しみにしてるわ」

さっきと同じようにすぐにいつもの余裕を取り戻し、冬海がリアシートへ滑り込んだ。

「いま言ったこと、本当ですか？」

ぼんやりと闇に滲むテイルランプを見送る立花に、梨花がうわずった声で訊ねてくる。

「ああ」

梨花のためではない。自分のため。冬海を倒すこと即ち、藤堂超えの第一歩となるのだ。

「嘘じゃない。お前なら、彼女を抜ける才能がある。だが、才能も、活かしきれなければ無能と同じだ」

立花は、自分の言葉にはっとした。

いつの間にか、藤堂と同じようなことを口にしている。

「私は、どうすればいいんですか？」

「俺のことを信じて、言うとおりにしてくれればいい。絶対に、日本一のキャストにしてみせる」

恵美のときとは違い、その場凌ぎの慰めで言っているわけではない。

梨花には底知れない可能性がある。うまく才能を伸ばしてやれば、必ず、冬海以上の女王になれる。

そして、梨花とともに、自分も、日本一の風俗王になってみせる。

「私、社長のこと、信じます」

彼女の上気した顔をみつめ、立花は頷いた。

恵美の言うとおり、梨花は性悪女《しょうわるおんな》なのかもしれない。が、そんなことはどうだっていい。

周囲の光を片端《かたはし》から打ち消せるだけの実力……すべてに於いて優先するのは、それだけだ。

第一、性根が腐っているという意味では、自分も、他人のことをとやかく言う資格などなかった。

「ありがとう。さ、とにかく、仕事に戻ってくれ。これ以上、客を待たせるわけにはいかないからな」

頷き、梨花が踵を返す。一部始終を遠巻きにみていた奈緒が、怪訝な視線を投げてくる。

無視した。いまは、リリーフ陣の機嫌を取っている余裕はなかった。

「立花君」

梨花に続いて店に戻ろうとした足を止めた。立花の肩越しに顔を向けた奈緒が、大きく眼を見開いた。

ゆっくりと、奈緒の視線を追った。

「話があるの。少しだけ、つき合ってもらえないかな」

奈緒の表情の意味がわかった。

そこには、硬い表情の千鶴が立ち尽くしていた。

☆　☆

「ごめんね。忙しいところ。時間、大丈夫？」

千鶴が、席に向かい合うなり左腕に巻かれたシャネルの腕時計を指差して言った。

グレイのノースリーブのワンピース。パールピンクのルージュに揃いの色のマニキュア。薄く茶に染めたロングヘア。

昔より、幾分、千鶴はほっそりと痩せたような気がした。

だが、それは、やつれた、という感じではなく、また一段と磨かれ、美しくなった印象を受けた。

誰のために磨かれたのか……複雑な思いが、胸を過《よぎ》る。

「いらっしゃい。いつものでいい？」

カウンターの中から、ビヤ樽のような躰をした男……マスターが親しげに声をかけてくる。

立花は頷き、千鶴にメニューを差し出した。

「私はアイスティーで」

フェニックスから徒歩数分の喫茶店。ここは、立花が個人ミーティングの際によく利用している店だった。

「あまり時間はありませんが、少しなら大丈夫です」

立花の返事に、千鶴があるかなきかの戸惑いの表情を浮かべた。

彼女の困惑は、よくわかる。

全然平気です！　以前の自分なら、間違いなくそう言ったことだろう。頬を上気させ、弾んだ声で。

千鶴と会うことが……彼女が生活の、いや、人生のすべてだったあの頃の自分にとって、いまの発言はありえなかった。

「そう……じゃあ、お互いの近況報告は省いて、本題に入るわね。立花君、ウチの社長と、いろいろやり合っているみたいね」

一瞬、曇った顔になりかけた千鶴だったが、そこはさすがに売れっ子キャストであり、すぐに翳《かげ》りは消えた。

「やり合ってなんかいません。一方的にやられているだけです。ホワイトイヴの件、あなたも知っているでしょう？」

敢えて、あなた、と言った。彼女の名前を口にすることで、胸奥深くに封印していたなにかが蘇るのが怖かったのだ。

「知ってるわ。でも、先に奈緒さんや大滝さんを引き抜いたのは、立花君じゃないの？」

咎めるような千鶴の口調が、気に障った。

なぜそうなるのかがわかっているからこそ、よけいに腹立たしかった。

「ふたりにその気がなかったら、俺が引き抜きたくてもどうにもならないでしょう。つまり、彼らは、ミントキャンディに魅力を感じなかったということじゃないですか？　それより、今日、こうして俺に会いにきたのは、あなたの意思ですか？」

立花は、気分を害する原因を、単刀直入にぶつけた。

「それ、どういう意味？」

瞬時に、千鶴の顔が強張った。

「藤堂さんの指示ですか？」

「違うわ。私は、あなたのことが心配で、自分の意思できたのよ。お店には、体調が悪いからって休みを取ったの」

「そうですか。それはすみませんでした。でも、心配は無用です。あなたには、関係のないことですから」

敢えて、突き放すように言った。

「立花君。本当に、変わったわね。以前の君は、どこへ行ってしまったの？」

それは、あなたのせいですよ。

喉もとまで込み上げた言葉を、呑み込んだ。

――地位もお金も名誉もある彼と、地位もお金も名誉もないあなたと、同じ男として比べられると思って？

あのときの彼女のひと言で、自分の中でなにかが音を立てて崩れた。

彼……藤堂を見返してやろうと夜の帝王になることを……そして、いつか、千鶴を振り向かせることを誓った。

その気持ちは、いまでも持っている……というより、残っている、というほうが正しいのかもしれない。

最近では、自分がなぜ、藤堂の店を飛び出しキャバクラをオープンさせたのかさえ、わからなくなってきた。

千鶴への愛か？　それとも藤堂への敵対心か？　多分、両方なのかもしれない。

しかし、そのどちらにしても、そこに自分の野心が声高に自己主張しているのは間違いなかった。

「どこにも、行ってませんよ。俺は俺です。ただ、ウチの店と従業員を守らなければならないだけです。俺より、藤堂さんに言ってやったらどうですか？」

「あの人には、なにを言っても無駄よ。一度こうと決めたら、どんなことがあっても考えを変えない人なの。立花君だって、知ってるでしょう？　彼には、情に訴えかけても無意味だって」

「知ってますよ。ただし、俺だって考えを変える気はありませんよ。彼が非情だというのなら、俺はそれ以上に非情な男になるつもりです」

「私が、どんなに頼んでも？」

千鶴の哀しげに揺れる黒目がちな大きな瞳に、思わず、心が惑わされそうになる。

あのときの台詞を……藤堂の顔を、故意に鼓膜に、脳裏に蘇らせた。

「もう一度言います。あなたには、関係のないことです」

千鶴の表情の動きが止まった。

立花は、五千円札をテーブルに置き、注文した飲み物を眼にすることなく、眉ひとつ動かさずに席を立った。

振り返りたい誘惑に抗《あらが》い、歩を踏み出した。

［2］

恐れていた懸念《けねん》が現実のものとなった。

立花は、閑古鳥《かんこどり》の鳴く店内に不機嫌な視線を巡らせた。

一番テーブルの梨花と八番テーブルの笑子。埋まっているのは、このふたつのテーブルだけだった。

ぼんやりとする者、携帯電話を片手にメールを打つ者、髪の毛をいじり欠伸《あくび》をする者……待機用テーブルだけでは座り切れない数のキャスト達が、気怠い空気を醸《かも》し出している。

立花は、腕時計をみた。

午後八時十分。この時間帯なら、最低でも七割は埋まってなければならない。

オープン以来、順調に業績を伸ばしてきたフェニックスだったが、こんなことは初めてだった。

原因は明らかだった。

立花はフロアを出て、階段を上った。

「おい、どんな具合だ」

呼び込みをしている鶴本に、声をかけた。

「まずいっすね。ずっと、あの調子です」

鶴本の視線の先……通りを隔てた斜向かい。

花輪で溢れる店先に、ホワイトイヴの店名を意識してか、白いドレスに身を包んだ十人余りのキャストが華やかに居並ぶ光景は圧巻だった。

蜜に群がる蟻のように、次から次に客達がキャストに誘《いざな》われながら階段に吸い込まれてゆく。

フェニックスも百合香、晴海、幸見の三人を立たせてはいるが、数も質も明らかに負けていた。

「どうも、ありがとうございました」

「ちょっと」

客を送りに出てきた梨花を呼び止めた。

「ここに、しばらく立っていてくれないか？　いま、リノと奈緒も呼んでくるから」

ホワイトイヴの大攻勢に対抗するためには、こちらも切り札を出し惜しみせずに勝負するしかなかった。

「悪いんですけど、それはできません」

「できないって、なぜ？」

「そんなことしなくても、お客さんはきてくれますから」

「お前、この前、奈緒が反対したときに、後押ししてくれたじゃないか？」

「それは、指名の取れない女のコ達のためです。でも、私には、必要ないですから」

梨花の言葉に、百合香が弾かれたように振り返り、眉尻を吊り上げた。

「個人の売り上げも大事だが、店のことも少しは考えてくれ。それが、ナンバー1キャストの務めじゃないのか？」

「個人の売り上げが伸びることで、店には十分貢献できていると思いますけど？　社長は、売り上げがなくて外に出るコと、売り上げがあって外に出ないコの、どっちが店にとって重要だと考えてるんですか？」

挑むような梨花の瞳。瞬間、返事に詰まった。

腹立たしいが、彼女の言うことはなにからなにまでが、もっともだった。

たしかに、百合香がいくら積極的に客引きをしたところで、フェニックスにたいしての貢献度では、梨花の足もとにも及ばなかった。

しかし、この世界は、売上至上主義である反面、売り上げだけを追求し過ぎると手痛いしっぺ返しを食らうことがある。

現在の梨花は、ニトログリセリンだ。

優《すぐ》れた特効薬である反面、扱いを間違えれば少しの振動で大爆発を起こしてしまう。

「どっちも重要だ。いいか？　キャストは個人プレイヤーであると同時に、店というチームの所属だ。それを忘れるな」

立花は、百合香達の耳を意識しながら梨花に釘を刺した。

あとあと面倒な展開になるのは眼にみえているが、増長するトップキャストにきっちりと物が言えるところをみせることが、オーナーとしての自分には重要だった。

が、内心、ビクついてもいた。釘を刺すのも結構だが、それで、ドル箱を失ったら元も子もなくなる。

「そのチームも、スター選手がいなくなったら、存続できないんじゃないんですか？」

梨花は口もとにこそ薄い笑みを浮かべていたが、ネコ科の動物を彷彿とさせる鋭い瞳で立花を睨みつけてきた。

立花は、言葉を返せず、立ち尽くすしかなかった。

「もう、お店に戻ってもいいかしら」

立花は導かれるように頷き、踵を返す彼女の背中を呆然と見送った。

「どこのキャストも、ナンバー1ってのはわがままにできているもんだな」

立花は、声のほうを振り返った。

ポケットに両手を突っ込み、肩を竦める長瀬が悪戯っぽく片目を瞑った。

「なんだ。笑いにきたのか?」

「そんなに拗ねるなよ。女のコの様子見に表に出てきたら、ライバル店のオーナーとトップキャストが揉めてたってわけさ。いやでも、眼につくだろう」

その涼しげな顔と飄々《ひょうひょう》とした口調が癪に障った。

「で、なんの用だ?」

立花は、にこりともせずに冷たい声音で言った。

「笑う門《かど》には福来《きた》るって言うだろ? そんな眉間に縦皺刻んだ顔ばかりしてると、福が寄りつかないぜ? スマイルだよ、スマイル」

「余計なお世話だ。用事がないのなら、はやく帰ってくれ」

いま現在、フェニックスの客はひとりだけ。長瀬の肩越し……ホワイトイヴのキャスト達は、次々と客を連れ込んでいる。

この状況で、笑えるはずがなかった。

「わかった、わかった。邪魔者は退散しますよ」

長瀬がおどけた調子で片手を上げ、背を向けた。

「おい」

通りの中央で振り返った長瀬が、店に戻ろうとする立花を呼び止めた。

「このくらいで、潰れるなよ。もっと、俺をワクワクさせてくれ」

長瀬は真顔で言ったあと、最後にはいつもの人懐っこい笑顔に戻り、店へと駆け足で戻って行った。

「どいつもこいつも、勝手なことばかり言いやがって……」

立花は、拳を握り締め、吐き捨てるように言った。

無力感が全身を呪縛する。焦りばかりが先に立ち、空回りの連続だった。

経営者として少しばかりいいスタートを切ったからといって、いい気になり過ぎていた。

長瀬の言うとおり、このくらいの障害を乗り越えられないようでは、藤堂の名前を口にする資格もない。

負けはしない。絶対に……負けはしない。

呪文のように何度も呟きながら、立花は戦場へと歩を向けた。

☆　☆

しんと静まり返ったホールに、電卓を弾く硬質な音が鳴り響く。

つい一、二時間前まで大勢のキャストが座っていた待機用のテーブルで、立花はハウスボトルのウイスキーをオンザロックで呷っていた。

目の前では、大滝が、後退した生え際《はえぎわ》を掻き毟り渋い表情で日計表と睨めっこをしている。

「とりあえず、こんな感じですが……」

恐る恐る、大滝が日計表を差し出してきた。

立花は、客入り数と売上金額を視線で追いながら、空になったグラスを隣に座る鶴本に差し出した。

四杯目の琥珀色がグラスを満たした。飲んでなければ、やっていられなかった。

十時を過ぎたあたりから多少は客入りがよくなったが、それでも、昨日までとは比べようもなかった。

案の定、日計表に大滝が書き込んだ数字はひどいものだった。

通常の半額以下の売り上げ。しかも、そのほとんどが梨花の指名客によってのものだった。

これで店側はどんどん立場が悪くなり、梨花の発言力は増してゆく。

なにより、こんな状態がずっと続けば、冗談ではなく店が潰れてしまう。

警戒をしていたとは言っても、同業者の存在を甘く見過ぎていた。

両店に挟まれた通りを歩く客の大半は、フェニックスなど目に入らないとばかりに、ホワイトイヴに流れていった。

恵美の元指名客であり、昨日、新たに梨花を指名した富士迫が、フローレンスビルに入っていったのを生島が目撃している。

富士迫だけでなく、昨日、冬海がフェニックスに現れたときに居合わせた客の何人かが、斜め向かいのビルに足を運んでいたという。

――あら、ごめんなさい。向かいのお店と、間違えてしまったわ。


あのときの冬海の芝居が効いているのは、間違いなかった。

一番美しい薔薇の花を敵陣に送り込み、敵兵の魂を奪い去る。

さすがは藤堂だ。悔しいが、一枚も二枚も上だった。

が、それはあくまでも現時点での話であり、いつまでも、藤堂をカリスマ視するつもりはない。

いいようにやられているばかりではなく、立花も、ちゃんと次の手は考えてあった。

「明日から、セット料金をオールタイム六千円でいく」

「えっ……」

大滝が絶句した。

「いままでより、三千円も安くするってことですか？」

立花は、鶴本に頷いてみせた。

「社長、それでは、ほとんど半額じゃないですか。ウチは下町あたりの大衆店じゃないわけだし、あまり安めを売るのはイメージダウンになるのではないかと……」

大滝が、遠慮がちながらも拒絶反応を示した。

「売り上げは半減以下ですよ？　イメージダウンとか安めを売るとか、変なプライドにこだわっている場合じゃないでしょう？　いま、俺らがやらなきゃならないことは、どうやったらひとりでも多くの客を呼び戻せるかということです」

ミントキャンディにいたときから感じていたことだが、大滝は、妙なところにプライドを持ち、格というものに非常にこだわる男だった。

立花から言わせれば、彼が忌み嫌っているその大衆店の匂いを一番色濃く発散させているのが、大滝自身だった。

「ならば、せめて、あと二、三日様子をみませんか？　今夜はホワイトイヴのオープン初日だし、そうそういつまでもこの勢いが続くとも思えませんし……」

「なにを呑気《のんき》なこと言ってるんですか。敵は、予想外の攻勢を次々と仕掛けてきてるんですよ？　そんな悠長《ゆうちょう》に構えていたら、一気に潰されます。大滝さん。あなたも、藤堂さんの怖さは知ってるでしょう？」

「わかりました。でも、金額をそれだけ下げたぶん、相当に客数を増やさなければなりませんよ」

大滝に言われなくても、百も承知だった。

百万を売り上げるには、いままでなら百人でよかったが、これからは百六十人以上を集めなければならないのだ。

単にセット料金を下げるだけではなく、新たなる次の手が必要だった。

「わかってますよ。マネージャー、すぐに、二十着ほど、露出度の多いドレスを用意してもらえますか」

「露出度の多いドレスって……そんなもの、なにするんですか？　ウチのキャストは、衣装は全員自前ですよ」

大滝が、怪訝そうに眉をひそめた。

「そんなこと知ってますよ。トップ3以外……つまり、梨花と笑子と奈緒以外は、少しセクシー路線で行こうかと思いましてね」

新たなる手段……立花は、フェニックスの売りに「艶《つや》」を加えることを決めた。

なんやかや言っても、結局のところ、男という生き物は女の色香に弱いものだ。

指名の多いキャストイコール魅力のあるキャストは、色香を武器にする必要はない。

ただし、指名の少ないキャストイコール魅力のないキャストは、そんな悠長なことを言っていられない。

「社長、いくらなんでも、それはまずいですよ。ウチは正統的かつ王道のキャバクラであって、セクキャバとは違うんですよ？　そこまで、格を落とすことはないじゃないですか。第一、女のコ達が納得しませんよ」

大滝の言うことにも、一理はある。

店先に立つことさえあれだけのアレルギー反応を起こしていた彼女達が、立花の言葉をすんなりと受け入れるとは思えない。

しかし、あっちがケーキで勝負するならこっちは果物、犬を出してきたなら猫、というふうに、ホワイトイヴに流れた客を引き戻すには、違う魅力で勝負するしかないのだ。

「誰が、セクキャバをやると言いました？　セクシー路線と言っても、肉体を売りにするつもりはありませんよ。そんなことをしてホワイトイヴに勝っても、嬉しくはありませんからね」

本音だった。

ただ、単に数字が上回ればいいだけなら、セクキャバどころかヌキ系のサービスを始めればそう難しくはない。

が、いま、大滝に言ったように、それで藤堂の刺客を潰したところで、どうにもなりはしない。

剣で戦っている相手に拳銃を使うようなものだ。

藤堂超えを果たすためには手段を選びはしないが、それは、あくまでも、同じ条件下で、という前提があっての話だ。

「社長の説明を私は納得できても、彼女達には無理ですよ。露出の多い服を着ろなんて言ったら、みな、そういうふうに思いますって。そして、次はもっと刺激的な格好をしろと言われるんではないか、ボディタッチを勧められるんではないかって、いろいろな不安要素が頭の中を駆け巡ることと思います」

私は納得できても、と言いながら、大滝がちっとも納得していないだろうことはみえみえだった。

その不安要素とやらが、キャスト達ではなく彼の頭の中を駆け巡っているのだろうことも。

「とにかく、衣装の手配を早急にしてください」

「しかし……」

「大滝さん。これは、あなたに相談しているんではないんです。指示しているんです。頼みましたよ。おい、車を回してくれ」

立花は、大滝の言葉を遮り、鶴本を促すとソファから腰を上げた。

「わかりました。言われたとおりにやります。でも、ひとつだけ聞かせてください」

自動ドアを出ようとした立花の背中を、大滝の声が追ってきた。

「なんです？」

立花は振り返らずに訊ね返した。

「恵美……いや、卑弥呼さんの復帰は、ありえないんですか？　せめて彼女がいれば、ここまで客を取られることはなかっただろうし、キャストにもまとまりがあったはずです。それは、社長が一番、おわかりになっているはずじゃないですか？」

胸奥から、苦々しい気分が込み上げる。

恵美がいれば……そう思ったのは、一度や二度ではない。

しかし、梨花との天秤にかけた末に決めたことだ。

いまでも、立花は、自分の判断に間違いがあったとは思っていない。

大滝の言っていることは、ふたりを残せるという選択肢があった場合だ。

だが、究極の二者択一を迫られた状況下に於いては、より多くの売り上げが見込める梨花を選択し恵美を切ることになったのは当然の結果だ。

「卑弥呼が復帰すれば梨花が辞める。フェニックスの売り上げは、もっと減少してしまう。そうなったときに、マネージャー、あなたは、責任を取れますか？」

立花は首を後ろに巡らせ、抑揚のない口調で訊ねた。

「そうでしたね。卑弥呼さんが辞めることになったのも、もとはと言えば梨花さんが原因だというのをすっかり忘れていました。すみませんでした。こんなときこそ、私と社長が足並み揃えていかなければならないというのに……。貧《ひん》すれば鈍《どん》する。売り上げが落ちれば、すべてが悪い方向へと行ってしまいますね」

「マネージャー。心配は無用ですよ。もうしばらくの辛抱です。みててください。長瀬を……そして藤堂さんを、ひっくり返してやりますよ。このままでは、絶対に終わりませんから。俺の命に賭けても、絶対に。信じてくれますね？」

立花は、大滝の眼をぐっと見据えて言った。

その眼力の強さに気圧されたように、大滝が顎を引いた。

立花は頷き返し、店をあとにした。

階段を上り外へ。フローレンスビルから現れた男……長瀬。

「よう、いま、帰りか？　よかったら、一杯、飲んで行くか？　いい店、知ってるんだ」

長瀬が、夜通し働いた疲れなど微塵も感じさせない、例の人懐っこい笑顔で駅の方角を指差した。

長瀬といい冬海といい、敵であるはずなのに、憎悪も敵愾心も警戒心も霧散するような、思わず引き込まれそうになる魅力を持ち合わせている。

それらの魅力は、努力で身につけられるものではない。

やはり、ふたりは天才だ。改めて、そう思う。

彼らが天才なら、その上にいる藤堂は神なのか？

ならば、自分は……。

「長瀬さん。飲むのは、一ヵ月ほど待ってくれ。そのときは、あんたのヤケ酒と俺の祝い酒で乾杯しようじゃないか」

……黒い太陽になって、すべてを焼き尽くせばいい。

立花は、真顔になった長瀬に不敵な微笑みを投げ、鶴本が回した車へと乗り込んだ。

［3］

膝上丈のミニ、スリットの入ったスカート、胸もとや背中のざっくりと開いたドレス……フェニックスのキャスト達がなまめかしいコスチュームに衣替えして一週間が過ぎた。

フロアの半分を埋め尽くす客達の視線は、キャストの胸の谷間、スリットから覗く太腿、強調された腰のラインを濡れた筆先でなぞるように粘っこく這っていた。

セクシー路線に衣替えしてからの一週間、セット料金を下げたことも相俟《あいま》って、フェニックスの売り上げはいくらか持ち直した。

とは言っても、以前なら、十時を過ぎたこの時間帯は、最低、八割の席は埋まっていた。

価格を下げたぶん、一番のピークタイムに半入り程度では、採算が合わない。

が、ホワイトイヴオープン当初に、ひと組かふた組の客数にまで落ち込んだことを考えれば、贅沢は言っていられない。

よくぞ、ここまで持ち直したものだ。

もっとも、衣替えについては、大滝が予想した通り、キャスト達から物凄い拒絶反応を受けた。

セクシー路線とは関係のない従来の衣装のままを許されているトップ3のうちのふたり……奈緒と笑子までが猛烈に反対してきた。

梨花は、店側に味方をしてくれたというよりは、我関せず、といった感じだった。

彼女の場合は、自分に被害さえかからなければそれでいいのだ。

今回の路線変更を、快く受け入れたのは、百合香だけだった。

立花は、一番テーブルに眼をやった。

豊満な乳房を強調したドレスに身を包む百合香は、水を得た魚のように生き生きとしていた。

じっさい、彼女の指名数はここ四、五日で急激に伸びていた。

露出度の多い衣装となって、百合香の日本人離れした肉体が強烈な武器となっているのだ。

「ちょっと、やめてよっ」

五番テーブルで怒気を孕んだ叫び声とグラスの砕ける音が上がった。

瞬間、脳裏に真っ先に浮かんだのは奈緒の顔だった。

違った。立ち上がり、びっくりしたような顔で見上げる中年客を見下ろしているのは、意外にも、リノだった。

「な、なんだよ、いきなり。ちょっと、触ろうとしただけじゃないか」

「私はね、売春婦じゃないのよ！」

ポーチを客に投げつけ、リノが駆け足でフロアの奥へと消えた。

「おい、なにぼさーっと突っ立っているんだ」

立花は呆気に取られる鶴本に呼びかけ、同じく呆気に取られ口をあんぐりと開けてリノの背中を見送る客を顎でしゃくった。

まったく、どうなってる？

心で舌を鳴らしながら、立花はリノのあとを追った。

「入るぞ」

更衣室。開きっ放しのドアをノックし、ドレッサーに突っ伏すリノに声をかけながら足を踏み入れた。

「おい、どうした……」

「出て行って！」

振り向き様に、ブラシを投げつけてくるリノ。立花はダッキングで躱した。

瞳をまっ赤に……唇を白っぽく染め、太腿の横で拳を握り締めるリノを目の前に、立花は驚き、困惑した。

滅多なことでは感情を表さない彼女の、こんなに取り乱した姿をみるのは初めてのことだった。

「リノ、落ち着いて。お前らしくないぞ？　いったい、どうしたっていうんだ」

「どうしたもこうしたもないわっ。あの客、私の胸を触ろうとしたのよ!?」

減るもんじゃないだろう。

もちろん、口には出さなかった。

「そうか。客にもよく注意しておくから、ひとまず、フロアに戻って詫びてくれないか？」

「どうして、あんなスケベおやじに私が謝らなければならないのよ！」

リノが美しいアーチ眉を吊り上げ、ヒステリックに喚き散らした。

「頼むから、落ち着いてくれよ。そのスケベおやじも、大事な客に変わりはないんだ。お前も、いまのうちの状況を知ってるだろう？　どんなにいやな客でも、選《え》り好みしている余裕はない。わかってくれ」

訴えかける眼を、リノに向けた。

以前までの客入りなら、リノにああだこうだ言われるまでもなく、問答無用に出入り禁止にしたことだろう。

が、いまは、ひとりの客でさえも失うわけにはいかない。

「だからって、売春婦みたいなまねなんてできないわよ！」

リノは絶叫すると、更衣室を飛び出した。

「おい……」

追い縋ろうと振り返った立花の視界の先……ドアロに、笑子が佇んでいた。

「彼女の言うとおりだと思います」

珍しく、真剣な表情で笑子が言った。

笑っていないときの彼女の顔は、あまり記憶になかった。

「なんだ？　客はどうしたんだ？」

「私、社長のお考えがわかりません。どうして、女のコ達に、あんな格好をさせるんですか？」

咎める眼……咎める口調。

考えてみれば、彼女が自分にたいして非難めいた言葉を口にしたことはなかった。

外での客引きのときも、不満を募らせるキャスト達の中で率先《そっせん》して行動していたのが笑子だった。

「それは、説明しただろう。ホワイトイヴのオープンで、売り上げが激減した。なんらかの対抗措置を打たなければならなかったのさ」

「その対抗措置というのが、破廉恥《はれんち》な衣装を着せることですか？」

立花は、眼を伏せた。

笑子のことだけは、苦手だった。彼女を嫌い、というわけではなかった。むしろ、逆だ。立花は、これまで自分や店を救ってくれた笑子の飾《かざ》り気《け》のない天真爛漫《てんしんらんまん》な性格に魅力を感じていた。

が、それは、恋愛感情ではなく、どちらかといえば、姉にたいするそれに似ているような気がした。

だからこそ、彼女の前では、心のどこかに少しでも疚《やま》しい自分がいたなら、視線を合わすことができないのだった。

「社長は、突っ走るところはあるけど、正々堂々と戦う人だと思っていた。だから、私は、この前のお客さんの呼び込みのことだって、みんなが反対しても、率先してやってきました。陰では、社長の考えを伝え、庇《かば》ってもきました。それは、胸を張って言えることだからです。でも、今回のことは、社長を庇える自信がありません。だって、私自身が、納得できないことなんですから」

笑子のひと言ひと言が、胸に深く突き刺さる。

どうやら、自分の中には、まだ、良心らしきものが残っていたようだ。

「悪い。だがな、相手が胸を張って言えることをしてない以上、こっちだけ正当に、ってわけにはいかないんだよ。たしかに衣装は少々露出が激しくなってはいるが、それは、以前に比べて、というだけで、破廉恥ってほどじゃない」

「社長がそう思っているなら、もう、なにも言いません。ただ、これだけは覚えておいてください。清流に棲《す》んでいた魚は、濁った川には住めないってことを」

言い残すと、笑子が頭を下げ、踵を返した。

「清流に棲んでいた魚は、濁った川には住めない……か」

ひとり取り残された立花は、わけのわからない不安感に苛《さいな》まれながら、笑子の残した言葉を繰り返した。

［4］

「今月も、無事になんとか乗り越えることができたのは、みんなのお陰だ。フェニックスの片翼が欠けて、危うく転落するところだったよ」

開店前のミーティング。珍しく冗談を口にする立花をみつめる三十の瞳は、笑うことなく、真剣そのものだった。

無理もない。一ヵ月前にホワイトイヴがオープンした直後はパタリと客足が止まり、このままの状態が続けば閉店もやむなし、というところまで追い込まれた。

つまり、立花のジョークはいま口にするにはシャレになっていなかったのだ。

閑古鳥が鳴いていたときには店の雰囲気も暗く沈み、面と向かって口には出さないまでも、キャスト達が陰で移店の相談をしていたのを立花は知っていた。

現に、奈緒を含めた数人のキャストが、大滝に店の経営状態に探りのようなものを入れてきたという情報も入っていた。

それはそうだろう。自分がもし逆の立場なら、先行き不安になり、彼女達と同じ行動をしたに違いない。

が、セット料金のディスカウント、キャストを表に立たせての呼び込み、露出度の高いコスチュームへの衣替え……などなど、立花の巻き返しが功を奏し、なんとか、最悪の事態だけは免れた。

黒字が出るほど持ち直したわけではないが、それでも、立花は自腹を切って彼女達にひとり頭五万円の報償金を出した。

正直、いまの経営状態では、金一封など出している余裕はなかった。

しかし、目先の利益よりも、立花は将来の利益を取ることにした。

損して得を取れというやつだ。

なにをどう言おうが、キャバクラはキャストあっての物種だ。

彼女達のやる気ひとつで、店は繁盛もすれば衰退もする。

少しずつではあるが、好転の兆《きざ》しはあった。

そのうちのひとつが……立花は、ソファの端に遠慮がちに座る女性に視線を移した。

黒のドレス。軽く巻いた栗色の髪。濡れた黒目がちな瞳。ぽってりとした肉厚な唇……ゆりあは、二週間前に入った新人のキャストだ。

彼女は以前、六本木のシャンパングラスというキャバクラに勤めており、ナンバー1になれないまでも、常に売り上げトップ3には名を連ねていたらしい。

そんなドル箱が店を辞めた理由は、彼氏の存在だ。

キャバクラ勤めを知った彼氏が怒り狂い、店に乗り込み指名客に全治一ヵ月の怪我を負わせたという。

キャストには、ゆりあのように親や恋人に仕事を隠しているケースと、カミングアウトしているケースとがある。

前者の場合は、バレたときに厄介な問題となり、だからこそ、面接時には彼氏の存在の有無を必ず聞き出すようにしている。

なぜならば、彼氏に恋人の職業がバレるのは、そのほとんどが店側からの連絡絡みだからだ。

遅刻、欠勤、イベント関係のスケジュール確認……店側がキャストに電話やメールを入れる回数はなにかと多いものだ。

そんなとき、キャストに彼氏がいるとわかっていれば、店側も細心の注意を払って……たとえば、女性の名を使ってそれらしい文面で連絡を取ったりもするが、フリーだと思った場合は、当然、直接電話もかけるし、メールにも男名前でメッセージを残す。

だから、キャストには、面接のときだけではなく、入店後も、彼氏の有無を定期的にチェックするようにしているのだった。

決して、大袈裟でもやり過ぎでもない。その注意を怠ることで、月に数十万、もしくは数百万の利益を失うかもしれないのだから。

ゆりあは、フェニックスに入って二週間で、既に三十人の指名客を取っている。

彼女には、以前の店から指名客が流れているという強みもあるが、約半分は新規客を開拓している。

先月度の二週間だけで言えば、ゆりあは奈緒と並んで堂々のトップ3にランキングしていた。

彼女は、梨花やリノのような頭抜《ずぬ》けた美貌の持ち主ではなく、笑子のような卓越した話術があるわけでもなく、また、百合香のような肉体派でもなかった。

だが、ゆりあには、なんともいえないしとやかさがあった。その濡れた瞳でみつめられただけでぞくりとくるような……妖艶さと奥ゆかしさを併せ持つ女だった。

じっさい、ゆりあには、二十歳という実年齢よりも五つは上にみえる落ち着いた雰囲気があった。うまく彼女を育てれば、恵美の抜けた穴を埋められる可能性がある、と立花は考えていた。

しかし、好材料ばかりではなかった。

客とトラブルを起こしたリノは、翌日から店に出てこなくなった。携帯電話も繋がらず、三日間無断欠勤が続いたあとに高円寺《こうえんじ》にある彼女のマンションに出向いてみたら、もぬけの殻《から》だった。

そう、リノは、フェニックスを辞めた。

ゆりあという大型新人が入ったとはいえ、ナンバークラスのリノが抜けた穴は大きい。

先々は、ゆりあのほうがリノよりも指名が取れる見込みがあるといっても、三歩進んで二歩下がるといったところだ。

そして、もうひとつの心配ごと……立花は、キャスト達の座るソファで一ヵ所だけぽつんと空いたスペースに眼をやった。

「今日から、新しい月になる。常に頭に置いてほしいのは、付く席、付く席を弾《はじ》けさせれば、自然と売り上げもついてくるということだ。つまり、ひとりひとり接する客を大事にする。少々、度が過ぎたことをやってきても、それは酒の席でのことと大目にみてやる心の余裕を持ってほしい」

立花は、頭にリノの事件を思い浮かべながら、みなにやんわりと釘を刺した。

結局、リノだけではなく、あのトラブルでは客も失ったのだ。

「社長、ちょっと、いいですか」

鶴本が、立花の耳に口をつけて囁いた。

彼の強張った顔をみて、あとにしろ、という言葉を呑み込んだ。

「じゃあ、今月は、店にとってもみなにとっても最高の月にしよう」

ミーティングを終わらせた立花は、社長室へと鶴本を促した。

「どうした?」

立花は、鶴本に向かって応接ソファに右手を投げ、自らも腰を下ろした。

「梨花さんなんですが……電話が通じなくなってるんですよ」

「出ないのか? おかしいな。どうしたんだろう。具合でも、悪いのかな」

立花は煙草をくわえ、表情を曇らせた。

梨花はこれまでに、無断欠勤どころか、遅刻もしたことがない。

ナンバー1キャストになってからわがままになったとはいうものの、そのへんのケジメはきっちりとできていた。

だからこそ、連絡もなしにミーティングに現れないのが心配だった。

「いえ……出ないんじゃなくて、電話が契約解除されてるんですよ」

「なんだって!」

立花は叫び、携帯電話を取り出し、梨花の番号をプッシュした。

『オカケニナッタデンワバンゴウハゲンザイツカワレテオリマセン……』

脳みそが、フリーザーに放り込まれた果物のように音を立てて氷結した……携帯電話を持つ手が、彫像のように固まった。

「ど、どういうことだ？　昨日まで、繋がってただろうが⁉」

立花は、強い口調で鶴本を問い詰めた。

そう。昨夜、大滝が、月初めのミーティングの開始時間を伝えるために梨花の携帯電話にかけたときは、きちんと繋がったのだった。

大滝の横で収支計算をしていた立花の耳には、彼の携帯電話から漏れる梨花の声がたしかに聞こえた。

「さあ、俺に言われても……あ、携帯料金を払ってなくて、通話を止められているんじゃないでしょうか」

「だったら、『オキャクサマノツゴウニヨリツウワガデキナクナッテイマス』ってメッセージが流れるはずだ。おい、車を回せ」

「え？」

「梨花の家に行くんだ」

ここで、鶴本とああだこうだと時間を浪費している暇はなかった。

万が一、梨花が抜けた場合、フェニックスは絶体絶命の危機に陥《おちい》ってしまう。

それはそうだ。いまでは店の総売上の約半分は、彼女が占めているのだから。

「わかりました」

弾かれたように、鶴本がフロアへと飛び出した。

入れ替わるように、ノックの音に続き、大滝が現れた。

「鶴本が血相を変えて出ていきましたが、なにかあったんですか？」

「なにかあったどころじゃないですよ。梨花の携帯が不通になっているようなんです」

「なんですって……梨花の携帯が⁉」

立花は、頷きながら立ち上がった。

「昨日の電話で、引っかかるようなことは、なにかありませんでしたか？」

「いえ……特別には。しかし、どうして？」

大滝が、狐に摘《つま》まれたような顔で首を傾《かし》げた。

訊きたいのは、こっちのほうだった。

月に二百万を超える高収入。好きに振る舞える女王様の世界。押しも押されぬナンバー1キャスト。

男性スタッフは常に彼女の顔色を窺い、常に彼女の声に耳を傾ける。

キャスト達は常に彼女に羨望と嫉妬の眼差しを送り、常に彼女の振る舞いを気にかける。

いったい、なにが不満だというのだ？　蝶よ花よと育てられるこの状況に満足できないというのなら、ほかのキャスト達はどうなる？

「とにかく、梨花の部屋に行ってみます。店のほう、頼みましたよ」

立花は大滝の肩を叩き、社長室をあとにしてフロアに出た。

「おい」

更衣室に向かおうとする笑子を呼び止めた。

「なんです？」

露出過多のコスチュームへの衣替えの一件から、笑子とはしっくりいっていなかった。

啀《いが》み合っているわけではないのだが、以前のように、笑子が冗談を言ってくることもなくなり、どことなく、他人行儀になったという感じだった。

「この前は、悪かったな」

立花は、素直に詫びた。

こうやってはっきりと反省の意を口に出したのは、リノの事件の夜に笑子に咎められてから、今日が初めてだった。

いや、反省というよりも打算。梨花のいないフェニックスでは、繰り上がり的に笑子がナンバー1になる。

ゆりあという有望株が入店したといっても、まだまだ未知数な部分があり、なにより、梨花の抜けた穴はそうそう簡単に埋まるものではない。

ここは稼《かせ》ぎ頭《がしら》でもムードメーカーでもある笑子に、ひと踏ん張りもふた踏ん張りもしてもらわなければならない。

「ああ、もう、気にしないでください。私、なんとも思ってませんから」

「そうか。でも、お前の言うとおりになったな。リノの件だ」

「もう、過ぎたことですから。気にしてもしようがないですよ。前向きに行きましょう、前向きに」

笑子が、久し振りに彼女らしい屈託のない笑顔をみせた。

「そう言ってくれると救われるよ。だがな、まだ、過ぎたこととは言えないんだ。梨花の携帯が、止まってるんだよな」

「え……彼女の？」

笑子が、微かに眼を見開いた。

梨花のことを名前で呼ばないところに、現在のふたりの関係の冷え具合が現れていた。

「そう。無断欠勤なんて、いままでありえなかったしな。いまから梨花の家に行くんだが、彼女、なにか言ってなかったか？　路線変更に不満を持ってたとか」

「ううん。なにも。でも、彼女の場合は、リノちゃんとは理由が違うと思う」

「どういうことだ？」

立花は、笑子の口振りが気になり、身を乗り出した。

「だって、彼女は、露出の多いコスチュームを着ていたわけじゃないし……自分に被害がかかることなら別だけど、あのコは、無関係なことに悩んだりするタイプじゃないわ。昔の彼女なら、別だろうけど」

もとは一番親しかっただけあり、さすがに、よく梨花のことを見抜いていた。

しかし、それは同時に、別の不安が鎌首を擡《もた》げる結果になった。

路線変更への不満なら、まだ、なんとか対処のしようがある。

最悪の場合、梨花のためにもとのシステムに戻せばいいだけの話だ。

が、そうではないなにかが理由の場合は、厄介なことになる。

たとえば、ゆりあの存在。彼女が入店したときに、梨花の表情からはいかなる感情の変化も読み取れなかった。

だからといって、油断はできない。

なんといっても梨花は、ドル箱キャストの立場を盾に、恵美を店から追い出したという前科があるのだ。

今度も、ゆりあを排除するための牽制球という可能性も十分に考えられる。

「なるほどな。わかった。とにかく、行ってくる。店のほう、よろしく頼んだぞ」

「社長」

階段に向かいかけた立花の背中を、笑子の声が追ってきた。

「なんだ?」

「これ以上、彼女のわがままに振り回されないでください。今度こそ、本当に、女のコ達がバラバラになっちゃいますよ」

笑子の真剣な眼差しを、しばしの間、立花はみつめ返し、ゆっくりと頷くと踵を返した。

笑子が言外の意味で訴えようとしていることは、痛いほどわかる。

女王蜂だけでは、蜂の巣は成り立たないということを言いたいのだ。

しかし、女王蜂がいなければ、蜂の巣が成り立たないのも事実だ。

階段を駆け上った。

「待たせて、悪かったな」

店の前に横付けにされているメルセデス。リアシートのドアを開けて佇む鶴本に声をかけ、車内に乗り込もうとしたそのときだった。

ロールス・ロイスのリムジンが、重厚な排気音を轟かせながらフェニックスとホワイトイヴに挟まれた路地に乗り入ってきた。

それがまるで合図のように、斜め向かいのビル……フローレンスビルのエントランスに、ホワイトイヴの五人の男性スタッフが現れ勢揃いした。

列の中央には、長瀬がいた。

「なんの騒ぎですかね?」

鶴本が、スローダウンするリムジンを視線で追いつつ言った。

「さあ、なんだろう……」

リアシートのドアが開き降りてくる人影をみた立花は、声を失った。

闇夜に浮かび上がる純白のドレスに肩でひらめく幻想的なショール……髪をアップにして印象は違っているが、目の前でホワイトイヴの男性スタッフに頭を下げられているのは、間違いなく梨花だった。

なにがどうなっている? なぜ、梨花がホワイトイヴのスタッフに?

「おい、梨花」

脳内がパニックのまま、立花は通りに躍り出していた。

ゆっくりと振り返った梨花は、驚いたふうもなく、バツが悪いふうでもなく、それどころか、口もとにうっすらと笑みさえ浮かべていた。

「いったい、なにしてるんだ…?」

思いのままを……疑問のままを、口にした。

「なにって、みればわかるでしょう? 出勤してるんです」

「出勤って……店が違うだろうが、店が? え? どうなんだ?」

干涸《ひから》びた声で問い詰めた。

「私、今夜から、ホワイトイヴでお世話になるんです」

フルスイングされたバットで後頭部を殴られたような衝撃に、脳内がまっ黒に染まった。

「お……前、なにを……言ってるんだ？」

それだけ言うのが、精一杯だった。

「だから、私は今夜からホワイトイヴのキャストとして働くんです」

涙袋を膨らませ、小悪魔的な笑みを浮かべる梨花。

たとえれば、燃えるような恋愛の末に結ばれた最愛の女性に、唐突に別れを告げられた衝撃に似ていた。

「お前、店を移ることが、そんな簡単なことだと思ってるのか？」

「簡単なことだろう？　奈緒だってミントキャンディからフェニックスに移ったわけだしな」

聞き覚えのある声に、背筋が凍てついた。

「やっぱり、糸を引いてたのは、あなたですか？」

言いながら、立花は振り返った。

闇と同化するような漆黒のスーツを着た藤堂がリムジンのボンネットに浅く腰かけ、薄い唇を片側だけ吊り上げていた。

「いつからだ？」

立花は藤堂の瞳を見据えながら、背後の梨花に低く押し殺した声で問いかけた。

「卑弥呼さんと私のどっちを選ぶの、って、社長に迫ったときからよ」

「なんだって!?」

立花は、弾かれたように首を後ろに巡らせた。

いま頃気づいたの、とばかりに梨花が片目を瞑った。

梨花の顔がぐにゃりと歪んだ。眩暈《めまい》。立花は眉間を指で押さえ、頭を小さく何度も振った。

立っているのがやっとで、声を出すことができなかった。

束の間、呆然と立ち尽くしていた立花は、深呼吸を二、三度繰り返し、もう一度、藤堂に視線を戻した。

「あんた、俺を、嵌めたのか?」

立花は、怒りにうわずる声音で訊ねた。

梨花を使ってまずは恵美を追い出し、次に、その梨花を引き抜く。

約一ヵ月の間に、フェニックスの新旧のナンバー1キャストを相次いで辞めさせる。

それが偶然ではなく計画的だったというのか……梨花の怒り、恵美への対抗意識、そのすべてが、藤堂の描いたシナリオに則《のっと》った芝居だったというのか?

屈辱なんて、生易《なまやさ》しいものではない。

「言ったろう? 半年以内に、必ずお前を潰すとな」

ボンネットから下りた藤堂が歩み寄り、さっきまで浮かべていた薄笑いを顔から消し、ぞっとするような冷たい眼で睨みつけながら言った。

上等だ。やれるものならやってみろ。

そんなハッタリさえも、口に出す余裕がなかった。

口内から唾液が干上がり、両足が震えた。

いま、立花は、カリスマ風俗王の真の恐ろしい素顔を、みたような気がした。

☆　☆

階段が、地獄へ続いているように思えた。

うなだれ、虚ろな眼で自分の靴先の動きを追いながら、一歩ずつ、足を踏み出すのが精一杯だった。

いきなり、視界が流れて天井が現れた。

「社長、大丈夫ですか？」

真上から、心配そうな顔で鶴本が覗き込んできた。

どうやら、ステップを踏み外し尻餅をついたようだった。

「ああ」

鶴本の腕に縋り、立ち上がった。


――私、今夜から、ホワイトイヴでお世話になるんです。


鼓膜に蘇る梨花の声に、ふたたび足もとがふらついた。

「社長、今夜は、家で休んだほうが……」

「馬鹿言うな！」

思わず、声を荒らげた。

――言ったろう？　半年以内に、必ずお前を潰すとな。

店を放り出して家で寝込んだりしたならば、藤堂の思うつぼだ。気は進まないが、彼女と連絡を取る必要があった。

「あ、社長……」

立花は、フロアに駆け込み、社長室へと向かった。

物凄い形相をしていたのだろう、トイレの前でおしぼりを手に客を待っていた笑子と晴海が強張った顔で道を譲った。

社長室に入ってすぐに、立花は携帯電話を取り出し、恵美の番号ボタンを押した。

コール音が一回、二回……貧乏揺すりで床を刻みながら、立花は数えた。

「なにやってんだ……」

煙草に火をつけ、紫煙を荒々しく肺に送り込む。コール音は、既に六回を数えていた。

口に出し、それは恵美にたいしてではなく、自分にこそ相応しい言葉だということがわかった。

ミントキャンディを辞めてからフェニックスを船出するまでに、多大なる貢献をしてくれた恵美を、梨花と天秤にかけて無情にも切り捨て、今度は、梨花がいなくなったからといって呼び戻そうとしている。

ムシがいいというには、あまりにも身勝手過ぎる男だ。

コールが十回目を超え、電話を切ろうとしたときのことだった。

『はい?』

ノイズと喧騒《けんそう》に呑み込まれそうな恵美の声。

「俺だけど。いま、外か?」

『ええ。なんの用?』

恵美の素《そ》っ気《け》ない物言いが気になった。相当、機嫌が悪いようだ。

「こんな時間に、買い物か?」

そんなことはどうでもよかったが、話が話なだけに、いきなり、核心には切り込みづらかった。

『どうでもいいじゃない』

相変わらず、恵美は素っ気なかった……というより、嫌悪感丸出しだった。

「おい、どうしたんだよ? なんだか、お前らしくないぞ」

そう、いつもの彼女は、もっと柔らかく、包み込むような喋りかたをする。

少なくとも、こんな刺々しい声を聞いたことはなかった。

『私らしい私って、どういう私よ?』

「絡むなよ。ところで、俺、店をちょっと抜け出すから、いまから飯でも食いに行かないか?」

店を離れて食事などしている余裕はなかったが、なにはともあれ、恵美の機嫌を取らなければ話を進められない。

『それは、無理ね。私、いま、東京にいないの』

「東京にいないだと!? どういう意味だ?」

『あなたとは、別れるわ』

立花には、すぐには、恵美がなにを言っているのか言葉の意味がわからなかった。

「いま、なんて言った？」

『だから、あなたとは、もう、やってゆけないと言ったの』

ようやく理解できたときには、二の句が継げなかった。

梨花のショックが覚めやらぬ立花に、追い討ちをかけるような衝撃が襲いかかった。

「なにを言ってるんだ？　突然。エイプリルフールでもないのに、冗談が過ぎるぜ」

笑ったつもりだった……頬肉が、痙攣しただけだった。

『冗談なんかじゃないわ。本気よ』

「恵美……お前、本当に、どうしたっていうんだ？」

肉体と声が分離したような頼りなさ。携帯電話を落とさないように握っているのが、やっとだった。

『梨花さんから、すべて聞いたわ。私に言ってたことと彼女にたいして言ってたこと。ずいぶんと、違うじゃない』

「お前、梨花と話したのか……？」

『ええ。あなたが、私を切り捨て彼女を選んだことをね』

「藤堂……」

嚙み締めた奥歯から、干涸びた声が零れ出た。

――卑弥呼さんと私のどっちを選ぶの、って、社長に迫ったときからよ。

いつから嵌めていた、と訊ねたときに、梨花はそう言った。

藤堂の描いた絵図は、梨花を操り、恵美を追い出すだけではなかった。

梨花がホワイトイヴに移り、画策が明らかになった時点で、自分が恵美を呼び戻そうとすることを予測していたのだ。

なんという用意周到な男だ……肌が、鳥肌で埋め尽くされた。

「違う、誤解だ。これは罠だ。藤堂が俺を潰すために仕組んだシナリオなんだっ。な、恵美。信じてくれ……俺にはお前が必要なんだ。あんな女の言うことと、俺の、どっちを信じるんだ!? お前がいなければ、俺は抜け殻だ。頼む、恵美。俺を救ってくれ……」

プライドをかなぐり捨て、訴えた。

未練たらしい男と思われてもいい。

情けない男と思われてもいい。

恵美にまで、去られるわけにはいかなかった。

『「わかった。卑弥呼さんに、辞めてもらおう」』

唐突に、受話口から流れる聞き覚えのある声に、背筋に悪寒《おかん》が広がった。

聞き覚えがあって当然だった。いま、立花が耳にしているのは、ほかでもない、自分の声なのだから。

「お前、そのテープをどこで……」

訊いていながら、立花にはわかっていた。

『差出人不明の封筒で、送りつけられてきたのよ』

やはり、思ったとおりだった。

迂闊だった。というより、梨花に触手が伸びることにばかり気を取られ、また、立花自身も、恵美をフェニックスに復帰させる気などなかったことから、彼女はノーマークだった。

「恵美。落ち着いて聞いてくれ。俺は……」

『これ以上、私を傷つけないで。そして幻滅させないで。心配しないでも、藤堂さんの店に行ったりしないわよ。これが、私のあなたにたいしての最後の愛情よ。じゃあ……』

恵美は一方的に告げ、電話を切った。

無機質な発信音を垂れ流す携帯電話を片手に、立花はソファの背凭れに倒れ込むように身を預けた。

足の指先に至るまで、全身から力が抜けてゆく。

いま、火災が起きても、自分は、きっと同じ格好で焼け死んでゆくに違いない。

ノックの音。声を出す気力もなかった。

「社長、大丈夫ですか？」

鶴本が、遠慮がちに言った。

「卑弥呼も、店には戻ってこないそうだ」

立花は気怠げに首を巡らし、無感情に言った……というより、無感情にならざるを得なかった。

感情に少しでも眼を向けると、理性を失い、取り乱してしまいそうだった。

「そうですか……。でも、梨花さんも、社長に散々世話になっておきながら、ひどい女ですね。だいたい、社長にスカウトされなきゃ、いまでも安月給のまま……」

「もう、いい。無駄口を叩いてないで、仕事に戻れ」

可能なかぎりの平常心を掻き集めた。

どれだけ打ちのめされることがあろうと、従業員の前では泰然自若《たいぜんじじゃく》としていなければならない。

いまは同情的な顔をみせている鶴本も、いつ、無力なトップに愛想を尽かさないともかぎらない。

動揺している姿を、これ以上、みせたくはなかった。

「失礼します」

頭を下げ、社長室をあとにする鶴本の背中が消えると、立花は、深く長いため息を吐いた。

ふたたび、立花は抜け殻に戻り、当てのない視線を宙に彷徨《さまよ》わせた。

「彼女、ホワイトイヴに移ったんですってね？」

立花は、振り返らずに頷いた。

いま、笑子の顔をみたなら、鶴本のときのように、冷静さを保てる自信がなかった。

梨花も恵美もいないいま、心のどこかで、彼女を頼っている自分がいた。

「ああ」

「凹《へこ》んでます？」

「別に」

「かなり、凹んでますね。私の顔もみられないくらいだから」

含み笑い。笑子は、普段のあっけらかんとした振る舞いからは想像がつかないほどに、鋭い洞察力の持ち主だった。

「そうか」

掠れた声を搾り出し、立花は煙草をくわえた。

「こっちを、向いてください」

笑子の声に促されるように、ゆっくりと振り返った。

「ひどい顔をしてますね」

カルティエのライターを差し出しつつ、笑子が憐れみとも慈しみとも取れる瞳を向けてきた。

「寝不足と深酒の不摂生《ふせっせい》な生活だからな」

笑ったつもりだが、今度も、頬が強張っただけだった。

「私、いままで以上に頑張りますから。彼女が抜けた穴をどれだけ埋められるかわからないけど、フェニックスを支えてみせます。だから、社長。私の憧れてる、あなたのままでいてください」

「笑子……」

予期せぬ言葉に、立花は虚を衝かれた。

しかし、それによって、心に響くものはなかった。

理由は、笑子がどれだけ頑張っても、梨花の穴は埋められないだろうということがわかっているからだ。

心に響くどころか、瞬間、立花の頭には、笑子を恵美の代わりにしてどう利用しようかという打算的な考えまで過《よぎ》っていた。

人の好意を、なんとか自分の利益にならないかと模索する。

いつから、こんなにろくでもない男になってしまったのだろうか？

「ありがとう。そう言ってもらえると、心強いよ」

立花は立ち上がり、彼女の瞳をみつめた。

「笑子」

肩に手を置き、笑子の唇を奪った。

笑子の腕が首に絡みつく。互いに唇を貪り合う。

お前は、最低の男だ。

頭蓋内で、冷え冷えとした声が響き渡った。

最低の男で結構……いまの自分には、もう、誇り云々を語る精神的余裕はなかった。

第七部

［1］

「西武《せいぶ》デパート」前の歩道のガードレールに腰かけた立花は、道行く通行人を視線で追いながら、ブラックの缶コーヒーを傾けた。

人間観察をしようというわけじゃない。

頭の中では、一時間後と三時間後……午後二時と午後四時に、銀座のカフェで会う人物のことが渦巻いていた。

その人物に、すべてがかかっていると言っても過言ではない。

立花の描いたふたつのシナリオがうまく嵌まれば、一発逆転に成功する。

午後四時に会う人物は、笑子からの情報だった。

二週間前、フェニックスの社長室でキスをした夜、ふたりは結ばれた。

いまでは彼女は、献身的な犬となった。

男性経験が乏《とぼ》しいのは、ベッドの中の様子でわかった。

だからこそ、一度の契《ちぎ》りで自分の虜になった。

いまも、自分のために、あることで動いているのだった。

「お待たせ」

笑子が、立花の斜向かいに建つ朝空《あさぞら》銀行から手を振りながら出てきた。

「母親を見失った迷子って感じかしらね。それにしては、老けて眼つきの鋭い迷子だけど」

無邪気に笑いながらも、自分のネクタイの結び目を整えたり、スーツの裾の捲れを直したり……男と女の関係になってからわかったことだが、彼女は、ただ明るく朗らかなだけではなく、とても繊細で気の利く女だった。

笑子は一見、よく言えばポジティヴで、悪く言えばあっけらかん、とした性格にみられがちだが、じっさいの彼女は気遣いの人であり、神経を磨り減らし、胃薬を常備しているような線の細いタイプだった。

人間とは、表面からではわからないものだ。まさか、明朗快活が服を着たような笑子が胃薬を手放せないなどと、誰が信じるだろうか?

「俺はまだ十九だぜ？　老けたはないだろう、老けたは」

立花は、恋人同士の他愛のない会話につき合いながらも、笑子が肩から提《さ》げているショルダーバッグの膨らみ具合をさりげなくチェックしていた。

「迷子になるような幼子に比べたら、おじさんじゃない」

「まったくだ」

互いに、顔を見合わせて笑った。

が、立花の脳内では、目まぐるしく電卓が弾かれていた。

あのバッグの厚さなら、一千万はいっていない。いいとこ、七、八百万くらいだろう。

「ところで、いくら、下ろしてくれたんだ？」

金が目的だと、思われたくはなかった。

恵美もそうだったが、尽くさせるためには、お前に惚れている、というところをみせることが重要だった。

本当に、反吐が出る男になってしまった。

過去に、自分がみてきた、どんな下劣な男達よりも……。

「思ったより、少なかったの。六百五十万くらい。もっと頑張って貯めないとね」

たしかに、立花が考えていた額よりも少なかったが、水商売はフェニックスが初めてであり、キャバクラの前は居酒屋で働いていたことを考えると、立派なものだった。

ほかのキャストに比べ、ブランド物に興味のない笑子だからこそ、こつこつと貯めることができたのかもしれない。

「悪いな。従業員に、こんなことさせて。経営者として、失格だよ」

立花は、自嘲的な笑みを浮かべてみせた。

いまの自分は、計算尽くで喜怒哀楽を使い分けることができるようになってしまった。

怒っているとき、笑っているとき、それが本心なのか演技なのかが、ときどき、自分でもわからなくなってしまう。

どれが、本当の立花篤なのかが……。

「なに言ってるの、水臭いわね。それに、従業員だなんて言いかたはやめて。私は、あなたの女なのよ」

笑子が、立花の手を握って言った。

一度寝ただけで、すぐに女房気取りになる。それが、女という生き物だ。

「わかってる」

立花は瞳に感謝の色を込め、頷いた。

頭の中は、もう、一時間後に飛んでいた。

「これで、不動産屋さんへの入金は足りるの？」

「ああ、ありがとう。助かるよ」

笑子には、物件の契約時の保証金が不足しているという口実で、金の無心をしていた。

本当の理由など、言えるはずがなかった。

「ねえ、お茶でもして行こうよ。この近くに、新しいカフェができたんだって。私、下町育ちだからさ、そういうお洒落なところに憧れるんだよね」

「あ、悪い。これから、その不動産屋に行かなければならないんだ」

「じゃあ、私も一緒に行っていい？」

笑子が立花の腕を取り、子供のようにせがんだ。

「できればそうしたいんだが、ちょっと、新しい物件もみておきたいと思ってね」

焦りが顔に出ないように、立花はゆったりとした口調で言った。

「フェニックスの二号店を出すの？」

「まあな」

話の流れ上、そういうことにした。

将来、二号店を考えていないわけではないが、いまは、一号店を立て直すのに必死で、それどころではなかった。

「なら、なおさら行きたいな。女の眼からみたら、男の人では気づかない点が一杯あるものよ。それに、私は現役キャストだし。ね？　いいでしょう？」

執拗にせがむ笑子。もちろん、それが彼女の気立てのよさからきていることはわかっている。が、ずっとこの調子では、正直、先が思いやられてしまう。

笑子には、ままごと夫婦をするために近づいたわけではない。

野望を果たすため……藤堂超えを果たすための道具《ツール》のひとつ。

それ以上でも、それ以下でもなかった。

「今度、連れて行くよ。今日は、いろいろと忙しくてね」

「わかった。我慢する。その代わり、明日、仕事跳ねたら、どこかに連れてってね」

「ああ」

「約束だよ。嘘吐《つ》いたらハリネズミのーます」

立花の小指に小指を絡ませ、ケタケタと笑う笑子。

これまでは笑えていた彼女のジョークも、いまは、笑えなかった。

さっぱりしたみかけからは想像のつかない深い情念を持つ女……このまま笑子と長い関係を続ければ、必ず、束縛に入ってくる。

ある程度貢《みつ》がせたら、距離を置いたほうがいいのかもしれない。

立花の身を置く場所は女に囲まれた世界。笑子を脇役にしなければならないときもある。

つき合いが深まれば深まるほど、彼女はその扱いに耐えられなくなり、いろいろと口を出してくるに違いなかった。

「じゃあ、そろそろ行くから。今夜も、頑張ってくれよ」

立花は、笑子の頬に軽くキスをし、踵を返した。

ジゴロさながらのいまの自分をみたら、真一はなんと言うだろうか？

思考を止め、立花は空車のタクシーに右手を上げた。

黒い太陽になるには、感傷に浸っている暇はなかった。

☆　☆

自動ドアが開いた。弾かれたように出入り口に顔を向けた立花は、来店者の四十代半ばと思しき男性を眼に留め、軽く舌を鳴らした。

目の前のカップの底には、すっかり冷えたエスプレッソの暗褐色の水溜まりができていた。

携帯を手に取り、この銀座のカフェにきてから十数回目のリダイヤルボタンを押した。

『オカケニナッタデンワハ　パケットツウシンチュウカデンパノトドカナイバショニ……』

また、無機質なオペレータの声。ふたたび舌を鳴らし、携帯電話を切った。

腕時計に視線を移す。午後二時十五分。もう、約束の時間を十五分過ぎていた。

すっぽかされたか？

それはない、という思いと、当然だ、という思いがある。

煙草に火をつけた。ひと口吸っただけですぐに消し、右足で貧乏揺すりのリズムを取る。

「おい」

立花は、不機嫌な声でボーイを呼んだ。

「灰皿に吸い殻が溜まっているのに、交換しないのか？」

八つ当たり。たしかに灰皿には四本の吸い殻が溜まっていたが、目くじらを立てるほどではない。

待ち人が現れない不安が、立花をいら立たせた。

「大変申し訳ございません。ただいま、すぐに交換を致しますので……」

「だいたいな、サービス業をやっていながら……」

「いらっしゃいませ」

別のボーイの声。立花は、言葉の続きを呑み込んだ。客達の視線が、自動ドアを潜る女性に一斉に集まった。

彼女の周囲だけ、いつものようにパッと空気が華やいだ。

「お待たせ。タクシーが、なかなかつかまらなくって」

妖艶な笑みを浮かべる冬海を、立花は席を立って出迎えた。

「きてくれて、ありがとう」

さっきまでの不機嫌さが嘘のように微笑みを湛えた立花は、冬海に着席を促した。

「私はレモンティーで」

冬海が、優雅な仕草で椅子に腰を沈めながら言った。

ボーイが、あまりにも美し過ぎる彼女に見惚れ、注文票を手にぼうっと立ち尽くしていた。

「聞こえないの？」

「あ……レモンティーでございますね。ただいま」

我に返ったボーイが、注文票にボールペンを走らせ、踵を返した。

「銀座なんて、ずいぶんと久し振りだわ。あなたは、よくくるの？」

冬海がバージニアスリム・ロゼのピンクのボックスから抜いた煙草を、形のよい唇に挟んだ。

立花は、すかさずライターの火を差し出し、穂先を炙った。

「いや。渋谷、赤坂から、かけ離れた場所を選びたかっただけだ」

そう、冬海との密会を、藤堂観光の関係者にみられるわけにはいかない。

それは、フェニックスの関係者にも言える。立花は、冬海と会うことを、大滝をはじめとする誰にも話してはいなかった。

今日の友が、明日、敵にならないともかぎらないのだ。

「なるほどね。なかなか、用意周到ね。で、ライバル店の社長さんが、私に、なんの用事かしら？」

冬海は言うと、運ばれてきたレモンティーをひと口啜り、熱い、と舌を出し、眉をひそめた。

それがまた、彼女のような超美形がやると男心をくすぐった。

だが、そんな仕草さえも演技なのではないかと勘繰ってしまう。

立花は、テーブルに置いた小型のジュラルミンのアタッシェケースの上蓋を開け、冬海のほうに向けた。

「これって、なんのまね？」

アタッシェケースの中にちらりと視線をやった冬海が、艶のある唇に弧を描きつつ、物静かな口調で訊ねてきた。

「一千万ある。返済なしの支度金として受け取ってもらっていい。駆け引き抜きに言うが、これは、あんたをホワイトイヴから引き抜くための契約金だ」

立花は、笑子が下ろした六百五十万に、手もとにあった三百五十万を足した。

フェニックスの現在の経営状態を考えると、一千万の出費は痛手だが、ここで冬海の一本釣りに成功したら、ホワイトイヴの売上減にもなり、一ヵ月で十分にもとは取れる。

なにより、梨花を引き抜かれ恵美との関係を壊された報復として、これ以上のしっぺ返しはない。

「あなた、正気で物を言ってるの？」

冬海が、唇に手を当て、おかしそうに笑った。

胃袋が、激憤にチリチリと焼けた。

「なにか？」

立花は、感情の変化を悟られないように、穏やかな口調で訊ねた。

フェニックスの未来が……そして立花の未来がかかっている宝に悪印象を与えるわけにはいかない。

「立花君、あなたもキャバクラの経営者なら、相場ってものを知ってるでしょう？」

冬海の言葉の言外の意味……一千万程度では靡《なび》かないということか？

こんなときのために用意してきた五百万の入った書類封筒を、無言でテーブルの上に置いた。

「五百万だ。都合千五百万。一キャストの支度金としては、破格の額だと思うがな」

「笑わせないでよ」

それまで微笑み混じりだった冬海の表情が一変して、みたこともないような厳しいものとなった。

「え……？」

「あなたがみてきたそこらのキャストと、私を一緒にしないでちょうだいっ」

切れ長の目尻を吊り上げ、強い口調で冬海が言った。

その、周囲の客とボーイの好奇と驚愕の視線を集めるほどの大声に、彼女のカリスマキャストとしてのプライドが窺えた。

「じゃあ、訊くが、お前に見合う額は、いくらなんだ？」

肚を括った。

たとえサラ金に手を出してでも、冬海が満足できるだけの金を用意するつもりだった。

「私に見合うお金？　そうね、十億なら、考えなくもないわ」

冬海が、糸のような紫煙を吐き出しながら、立花の表情の変化を愉しむように、薄く冷たい微笑みを浮かべた。

「じゅ、十億だと⁉　冗談は……」

「冗談なんかじゃないわ。お金じゃ、動かないってことよ」

「じゃあ、なにだったら、動くんだ？」

怒声を喉奥に留《とど》め、立花は訊ねた。

「千鶴って女をこの業界から追放してくれるなら、フェニックスに移ることを考えてあげてもいいわ」

「な……」

立花は絶句した。

耳を疑った。まさか、冬海の口から千鶴の名が出るとは思わなかった。

それにしても、なぜ、千鶴を……。

漆黒に染まった立花の脳内に、いくつもの疑問符が跳ね回った。

千鶴の救済か冬海の獲得か……立花は、残酷な二者択一を迫る神を呪った。

☆　☆

「地位も名誉も財も築いたあんたが、どうして、彼女の追放を望むんだ？　しかも、千鶴さんは、店が違うだろうがよ」

なぜ？

冬海の真意がわからなかった。

「彼と私が男と女の関係だということを知ってる？」

冬海が、唐突に質問を質問で返してきた。

彼女の言う、彼というのが、誰のことかはすぐにわかった。

「藤堂さんとあんたが、つき合っているということか？」

冬海が、にこりともせずに頷いた。

しかし、余計に、わからなくなってきた。

ふたりが恋人関係だというのなら、万が一、千鶴を業界から追放したとしても、冬海はホワイトイヴからフェニックスに移店するのだろうか？

「で、それと、千鶴さんの追放の話が、なんの関係があるんだ？」

「彼はね、あの女のことが好きなのよ」

「え……藤堂さんが、千鶴さんを？」

信じられなかった。

昔、千鶴が、藤堂に憧れ的感情を抱《いだ》いていたことは知っていた。

藤堂もまた、彼女を妹のようにかわいがっていたことだろう。

が、藤堂は家庭の事情で家を飛び出してから人が変わり、氷の心の持ち主となった。

少なくとも、藤堂側には、恋愛感情はないはずだ。

「それはありえないな。彼は、色恋に左右される人間じゃない。藤堂さんの頭の中にはどうやって会社の利益を伸ばすか……それだけしかない」

立花は、自分に言い聞かせるように断言した。

愛を口にするなら系列店の拡大に精力を注ぎ、恋に走るならライバル店を蹴り落とす……それが、藤堂という男の生き様だ。

「私も、ずっとそう思っていた。私が池袋の店でくすぶっている頃、あの人はお客さんとして通ってくれていた。無口な人だった。キャストをクドくでもなく、仲間と騒ぐでもなく、ひとりで黙ってお酒を呑んでいた。不思議だった。お客さんっていうのはさ、日頃の憂《う》さを晴らしたり、女のコを誘ったり……多かれ少なかれ、目的があってお店にくるの。でも、あの人は違った。なにが目的で呑みにきているのかが、私にはわからなかった」

ティーカップの中の琥珀色をスプーンで掻き回しつつ、冬海が遠くをみるような視線で言った。

「店には、人気のあるコやかわいいコも大勢いたのに、あの人はひたすら私を指名して通い詰めていた。ある夜、ウチの店で働かないかって彼の口から聞いたときに、すべてを悟ったわ。猛さんは、端《はな》から私をヘッドハンティングする気だったんだってね」

猛さん、という呼びかたが、ふたりの関係を……冬海の藤堂への想いの深さを窺わせた。

「藤堂猛の名を聞かされたときに、信じられなかった。だって、一キャストの私でさえ、カリスマ風俗王の名は知っているくらいの有名人ですもの。店のスタッフにばれないように、変装までして通ってくれていたのよ。そんな雲の上の人に声をかけてもらえるだけでも夢のような気分なのに、彼は私に言った。お前は、必ず日本一のキャストになれる、って。天にも昇るような気持ちになったけど、同時に怖かった。彼の期待に応えられなかったらどうしよう……寝ても覚めても、そんなことばかりを考えていた。水割りの作りかたから人心掌握術まで、猛さんは付きっきりで教えてくれた。それこそ、マドラーを回すときの指先の動きから微笑みかたまでね。私も、必死でついていった。そう、この人についてゆけば、日本一のキャストになれるのも夢じゃない……そんな気がしたの」

藤堂のことを語るときの遠くをみつめる冬海の恥じらいのいろが見え隠れする澄んだ瞳は、立花が知っている妖艶かつ自信に満ち溢れたカリスマキャストのものではなく、ひとりの少女のそれだった。

「有言実行ってやつか。立派なもんじゃないか」

皮肉ではなく、立花は心底からの気持ちを口にした。

「そうね。猛さんの女として恥ずかしくないように……その一心だけだった。自分でも、よく、彼の期待に応えられたと思うわ」

「なのに、どうして、千鶴さんを？」

夢も叶えた。藤堂も手に入れた。

それでもなお、冬海には満たされないなにかがあったというのか？

「たしかに、私は日本一と言われるキャストになったわ。でもね、彼の中で一番になれなかった……」

冬海の瞳から動きと色が失われ、まるでガラス玉のようになった。

「俺の知ってるかぎり、少なくとも、藤堂さんのほうには、彼女にたいしての想いはないはずだがな」

立花は、うわずる声を、必死に抑えた。

冬海を、慰めようとしているわけでも、自分に、言い聞かせようとしているわけでもなかった。


――私と社長はつき合ってるっていうこと。


「考えてもみろよ。あの男が、誰かを損得抜きで愛するわけないだろう？」

塞がりきれていない心の傷に爪を立てる千鶴の声を振り払うように、立花は言った。

「そうね。じっさいに、あの人にとっての私は打算の対象よ。将来のドル箱キャストを自分のものにするために、私を抱いたの。それが藤堂猛という男の生き方なら、少しもいやじゃない。でも、違った。彼にも、打算や損得抜きで愛せる女性がいた。それが、千鶴なのよ」

手に持つアイスコーヒーのグラスの中で、氷が鳴った。

千鶴が藤堂観光に入るきっかけとなったのは、親の借金が原因だった。

藤堂は、相談にきた千鶴にたいし、金を都合する代わりにキャバクラで働くことを条件とした。

千鶴は、藤堂を、好青年だった昔とは別人のように変貌したと嘆いた。

立花もまた、そう信じて疑わなかった。

違った。

藤堂は、千鶴をそばにいさせるために、自分の店に雇い入れたのだ。

「だとしてもだ」

立花は、思考のチャンネルを暗鬱モードから切り換えた。

「どうして、そこまでやる必要がある？　そんなに、藤堂さんに惚れているのか？」

「たしかに、私はあの人にぞっこんよ。でもね、勘違いしてほしくないのは、やきもちを焼いているんじゃないってこと。許せないだけ。猛さんが、私よりも彼女に魅力を感じているという事実が」

「それを、やきもちと言うんじゃないのか？」

「違うわ。そこらの女をみる眼がない男が彼女を選んでもなんとも思わないけど、彼は別。猛さんほど、あらゆるタイプの女性をみてきた人はそうそういないと思うし、魅力ある女性を見抜くことにかけては右に出る人はいないんじゃないかしら。そんな人が、私じゃなくて彼女を選んだ。これが、どれほど屈辱的なことなのかわかるかしら？」

ようやく、納得できた。

冬海が傷ついたのは、嫉妬ではなくプライドだったのだ。

恐らく冬海は、少なくともカリスマキャストと呼ばれるようになってからは、自分の存在を脅《おびや》かす女性と出会ったことはなかったに違いない。

千鶴に売り上げで負けているわけではないが、藤堂という日本一の客の心が彼女に向いているという事実が許せないのだろう。

「あんたが千鶴を許せないという気持ちはわかったが、俺にどうしろと？」

「彼女を、フェニックスに移籍させるのよ」

「なんだって!? 千鶴さんをウチに？」

立花は身を乗り出し、大声で訊ね返した。

そうなるのも、無理はない。

自社グループのドル箱キャストがライバル店に移籍……それも現在引き抜き合戦をしているフェニックスとなれば、藤堂が黙っているわけがない。

藤堂云々の前に、義理を重んじる千鶴がそんなことをするわけがないし、なにより、三下り半を突きつけた自分のもとで働くわけがない。

「そうよ。彼女があなたの店で働くことになれば、猛さんも黙っているわけがない。かわいさ余って憎さ百倍で、どんなことをしてでも千鶴を業界から追放しようとするわ」

「それはそうかもしれないが、千鶴さんが納得するわけないだろう」

「あなた次第で、彼女はフェニックスで必ず働くわ」

「俺次第で？　それは、どういう意味だ？」

「立花君。仕事に関しては冴えてるけど、女心には鈍感《どんかん》なのね。彼女は、あなたに惚れてるのよ」

「まさか」

立花は、一笑に付《ふ》した。

千鶴が、自分に惚れている？　それがありえないことは、立花自身が一番よくわかっていた。が、心のどこかで動揺している自分がいた。

「本人の口から、はっきりと聞いたんだ。藤堂さんが彼氏であり、俺なんか視界にも入らないとな」

自分に言い聞かせるように言った。

「それは、あなたを守るためよ」

言葉を切り、冬海はベビーピンクのパッケージから取り出した煙草に火をつけると、形のいい唇を窄《すぼ》めて糸のような紫煙を吐き出した。

「なんだって？」

「ミントキャンディに、私と彼女の共通の友人がいるの。蘭花《らんか》っていうコなんだけど、以前は、同じ店で働いていたのよ。千鶴は蘭花に相談していたみたい。私が彼を好きになればなるほど、危険な目にあわせてしまうって。彼というのは、あなたのことよ。そして、あなたを危険な目にあわせる人物というのは、猛さんのこと」

千鶴がそんなことを……俄《にわ》かには、信じられなかった。

藤堂が自分に危害を加えることを恐れ、だから、あのとき、あんなにひどいことを言ったというのか？

「知っていたのよ、彼女は。猛さんの、自分にたいする想いがどれだけ強いのかを」

冬海のひと言、ひと言が心に染《し》み入るたびに、針山に座らされている気分になった。

千鶴は、自分のために……。なのに、なんということをしてしまったのだろうか？

一切の感情を捨て、非情な道へ、非情な道へと突き進んでいった。

いまでは、真一を地獄へ追い込んだ唾棄《だき》すべき夜の世界にどっぷりと浸かり、自分でも、なにを忌み嫌っていたのか、軽蔑していたのか、わからなくなってしまった。

「あんたの言うとおりだとして、千鶴さんがフェニックスにくるとしよう。藤堂さんは激怒し、彼女を潰しにかかってくるだろう。が、俺が負けなければ、千鶴さんを追放することにはならないだろう？」

「だから、負ければいいのよ」

「どういう意味だ？」

「千鶴を解雇するのよ」

その源氏名のように冬の海を彷彿とさせる冷たい瞳を向けながら、冬海が言った。

「なんだって!?　あんた、本気でそんなことを言ってんのか？」

冬海が、ほっそりとした形のいい顎《あご》を小さく、しかし、力強く引いた。

「あの人は、一度裏切った人間を迎え入れるようなことは絶対にしない。それは、私についても同じよ」

瞳孔《どうこう》に穴が開くような強い視線が、彼女が本気であることを証明していた。

冬海を獲得するために千鶴を引き抜き、すぐにクビにする。

それをやれば、日本一の利益を運ぶキャストを手に入れることができる。

高みに上らせておいて梯子《はしご》を外す。藤堂と同じではないか？

梨花を使って恵美を辞めさせ、直後にホワイトイヴに移籍させるという卑劣なやりかたと……。

第一、魂が燃え尽きるほどに愛したことのある女性に、そんな仕打ちができるはずがない。

愛したことのある、と過去形にしたのは、捨てられたと思ったから。

違った。千鶴は、自分に好意を持っていてくれた。自分の身を案じてくれ、敢えて、ひどい言葉を投げかけたのだった。

が、遅かった。

時間《とき》を巻き戻すには、なにもかもが、遅過ぎた。

「もし、万が一の話だ。俺がそれをやったとして、あんたがフェニックスにくる保証というのは、どこにある？　いざとなったら知らん顔をすることくらい、いくらでもできるだろう」

万が一、と仮定の話にしながらも、冬海の企みに乗ろうとしている自分に、立花は底なしの嫌悪感を感じた。

「私は、そんなことはしないわ。わかったの。彼女がいなくなっても、猛さんが私をひとりの女性としてみてくれることはないって。キャストとしてナンバー1になるのなら、別に、彼の店にいる必要はないし……いいえ、別の店でそうなったほうがいいわ」

濡れた唇を噛み締め、鋭い視線で立花を見据える冬海をみて、立花は、彼女の言葉に嘘はないと判断した。

藤堂が自分ではなく千鶴を選んだという事実にプライドを傷つけられた冬海は、藤堂観光以外の店で利益を上げることで目に物をみせてやろうとしているに違いなかった。

妥協も情もなき復讐心……改めて思う。

女とは、恐ろしい生き物だ。

「もう一度訊くが、千鶴さんを引き抜くだけではだめなのか？　彼女と一緒に働いて売り上げで差をつけるっていうのも、面白いと思うがな」

一縷《いちる》の望みを託《たく》し……祈るような気持ちで冬海に水を向けた。

ふたりがフェニックスで働けば千鶴を嵌める必要もなくなるし、ナンバー1コンビの加入ということで、恵美と梨花のツートップ体制のときよりも売り上げアップは確実だ。

「あの女と同じ空気を吸って仕事なんてできないわ。とにかく、私が言ったとおりにしなければ、フェニックスへの移籍話はなしね。どうするの？　私があなたの店で働けば、月に一千万単位の売り上げがプラスされるわよ」

月に一千万の売り上げ……目の眩むような数字だった。

一千万といえば、現状のフェニックスでの全キャストが上げる売り上げとどっこいどっこいだ。

なにより、ホワイトイヴが一千万の売上減になるのが大きい。

キャバクラのオーナーである以上、たしかに冬海の加入は夢のような話であり、藤堂超えを目指す自分にとっては千載一遇《せんざいいちぐう》のチャンスだ。

しかし、これだけは、やってしまえばもう、人間として後戻りができなくなってしまう。

「悪いが、それはできない」

立花の返答に、冬海の表情が微かに強張った。

「そう。もったいないわね。せっかく、あの人の鼻を明かせるチャンスだったのに。まあ、いいわ。はい、これ……」

冬海は、自分の名刺の裏に十一桁《けた》の電話番号を書くと財布から抜いた五千円札とともにテーブルに残して席を立った。

「千鶴の新しい携帯番号よ。気が変わったときのために、置いて行くわ。あ、お釣りはいらないから」

「おい、待てよ……」

自分の声を振り切るように、冬海は早足で出口へと向かった。

立花は、名刺を握り潰そうとしかけたが思い直し、千鶴の携帯番号に虚《うつ》ろな視線を落とした。

☆　☆

——よく陽に灼けてて、四角い顔をしてるわ。存在感十分だから、すぐにわかると思う。

銀座のカフェ。笑子の言葉どおりに、窓際の席で新聞を開く近江隼人《おうみはやと》の存在は際立《きわだ》っていた。

赤銅色《しゃくどういろ》の肌、短く刈り込んだ頭髪、恰幅のいい躰を包んだタータンチェックのジャケット……笑子からは五十二歳と聞かされていたが、四十代前半といっても通用する若さだった。

「近江さんですよね?」

立花はテーブルに歩み寄り、一応、念のために確認した。

「そうだが……君が、立花君か?」

近江が新聞紙から顔を上げ、若干《じゃっかん》、嫌悪感の込められた眼を向けた。

「お忙しいところ、お呼び立てして申し訳ございません」

立花は頷き、席に着いた。

「同じ物を」

注文を取りにきたボーイに、立花は近江のコーヒーに視線を投げつつ言った。

「時間がないので、単刀直入に訊かせてもらう。梨花が水商売をやっているというのは本当かね？」

近江が、苦虫《にがむし》を嚙《か》み潰したような顔で訊ねてきた。

「ええ。お父様にこういうことをお話しするのは気が引けるのですが、渋谷のホワイトイヴというキャバクラで働いています。その前は、私のフェニックスという店で……。やはり、キャバクラです」

「梨花が、キャバクラで働いていただと!?」

近江の眼の縁《ふち》が赤く染まり、こめかみの皮膚を血管が隆起《りゅうき》させた。

近江は、梨花の父親だった。

彼は都内で貸ビル業やリゾートホテルを経営するやり手の実業家だった。

幼い頃から梨花は、口ごたえをすると容赦なく平手で殴《なぐ》られるほどのスパルタ教育を受けて育てられたという。

これは、関係が良好だった時代に笑子が梨花から聞いた話であり、高校生の頃も門限は七時と決められていたらしい。

社会人となり実家を離れてからは父親もあまり干渉《かんしょう》しなくなったというが、夜の勤めとなると別だ。

現に梨花は、父親に発見されるのを恐れ、キャバクラ専門誌などの営業活動は一切NGだ。

「もう、数ヵ月になりますかね」

唐突に、近江がテーブルに拳を叩きつけた。カップから溢れたコーヒーがソーサに茶褐色《ちゃかっしょく》の水溜まりを作った。

「どうして、もっとはやく私に連絡をしなかったんだ！」

まるで赤鬼のように顔面を怒張させた近江が、唇をわなわなと震わせた。

「そう言われましても、娘さんは未成年ではありませんし、親御さんの許可を取る必要はありませんから」

「だったら、なぜ、いまになって言うのだ⁉」

「娘さんの移ったホワイトイヴという店の評判が、あまりにも悪いので心配になったのです。まあ、彼女はいろいろと頑張ってくれましたし、仲のよかった女のコも心配しているんです。娘さんの実家の連絡先を教えてくれたのも、その女のコなんです」

立花は、親切心を装《よそお》い、眉根を寄せた悲痛な顔で近江をみつめた。

――彼女が一番恐れるのは、父親にバレることでしょうね。まず、店を辞めさせられるのは間違いないわ。

ベッドで立花の腕を枕代わりにしながら、笑子は気味がよさそうに笑った。

そう、近江に会った目的は、一にも二にも梨花を潰すことにあった。

「評判が悪いって、どういうふうに？」

案の定、近江が身を乗り出してきた。

「これは噂なのですが、ホワイトイヴ……娘さんが働いている店の名前ですが、なんでも、裏で客を取らせているらしいんですよ」

「裏で客⁉　まさか……」

近江が絶句し、大きく眼を見開いた。

「あくまでも、噂の域は出ませんがね」

いつまでも子離れできない馬鹿親を動かすには、客を取らせている、という噂があることを教えるだけで十分だった。

近江が手に持つコーヒーカップの中で波打つ黒褐色の液体が、彼の心中を代弁していた。

「どこだ⁉　梨花が働いている店はどこなのかを教えるんだ！」

周囲の客の視線が、一斉に立花達のテーブルに集まった。

「みせものじゃない！」

相当にいらついているのだろう、近江が野次馬達を一喝した。

思惑通りの展開に、立花は心でほくそ笑んだ。

「これを、差し上げておきます」

立花は、用意してきたとっておきの小道具をテーブルの上に置いた。

「なっ……」

絶句する近江の視線の先……露出度の多いドレスを着て妖しげに微笑む梨花の写真入りの名刺。

フェニックスとホワイトイヴの両店に出入りしている客から仕入れたものだった。

「なんだっ、この写真は！」

叫ぶと同時に席を蹴った近江が、マタドールに突進する闘牛のように店を飛び出した。

これで、藤堂に借りの半分は返せた。

残る半分は……。

立花は眼を閉じた。

瞼の裏の漆黒に、過去の様々な映像が浮かんでは消えた。


――彼女は、あなたに惚れてるのよ。


つい二、三時間前の冬海の言葉が立花の胸を締めつけた。

その言葉を、ずっと待っていた。求めていた。

だが、あのときとは、立場も状況も、すべてにおいて違っていた。

静かに、眼を開けた。

立花は、しばらくの間、携帯電話を虚ろな瞳でみつめたのちに、震える指先で十一桁の番号をプッシュした。

コール音が刻まれるたびに、ひとつ、またひとつ、感情を胸の奥底へと封印した。

『はい。もしもし』

受話口から流れる千鶴の声。

「立花ですが……いまから会ってもらえませんか?」

もう、昔の自分には引き返せなかった。

［2］

二十代前半と思しき若いカップルが、ひとつのケーキを仲睦《むつ》まじくフォークで突っついている。

尽きぬ話題、零れる笑顔……好きな相手の微笑みをみつめているだけですべてが事足りていたあの頃の自分なら、理解はできた。

いまは違う。いつの間にか、恋愛さえも道具にしようとする自分がいた。

口を衝くのは偽りの言葉だけで、眼差しひとつ、仕草ひとつをとっても、なにひとつとしてそこに真実はなかった。

立花は、近江と別れたのちにカフェを出て、同じ銀座の炭焼きコーヒー専門店に場所を移した。

コーヒーを飲みたかったわけじゃない。この店を選んだのは、店内が暗く、表情が読みづらいということが理由だった。

悟られてしまうのではないか、という気持ちがどこかにあった。

ウチの店で働いてくれないか？

それが心からの申し出なら、疚《やま》しいことはなかった。

彼女をそばにおいておきたい。彼女と同じ空間で働きたい。

その気持ちに、嘘はなかった。

が、そこにあるのが、彼女にたいしての純粋な愛なのかと訊かれたなら、イエスと言い切れる自信はなかった。

――彼女をこの業界から追放したら、フェニックスに移ってもいいわ。

千鶴を取るか？　冬海を取るか？

究極の二者択一……冬海は、自分に、魂の売買を申し出てきた。

そして、その悪魔の囁きに応じようとしている自分がいた。

コーヒーカップを口もとに運んだ。ただ苦いだけと感じるいまの自分には、銘柄は関係なかった。

――篤。仕事なんて、なにをやってもいい。ただ、金を追う男にはなるな。目的が金になれば、魂が腐ってしまう。お前にだけは、いつまでも人の心というものを持っていてほしい。母さんのように、腐り切った人間になるんじゃない。

記憶の中の真一の声が、立花を精神的に追い詰める。

本当に、母の魂は腐っていたのか？　腐り切った人間だったのか？　立花は、真一の声に初めて疑問を感じた。

また、そんな自分に、激しい自己嫌悪が襲ってきた。

なにかしらの、理由があったのかもしれない。

子供には窺い知ることのできない夫婦間の問題や出来事があったのかもしれない。

どうして、母にだけ原因があったと言い切れる？　たしかに、男を作って駆け落ちした行為は許されるものではない。

しかし、真一にも原因があったのでは……。

思考のチャンネルをオフにした。

いったい、なにを考えている？

己の人生の大部分を犠牲にして母に尽くしてきた真一を疑うなど、そこまで、汚れ、堕《お》ちてしまったというのか？

「お待たせ」

いきなり、頭上から降ってくる声に、立花は弾かれたように顔を上げた。

「忙しいところを、すみません」

立花は、向かいの席に千鶴を促し、ウエイターを呼んだ。

カプチーノを注文する固い表情の千鶴をみつめながら、立花はどう切り出すかに思惟《しい》を巡らせた。

「ううん。いいの。今日は、休みを取ってきたから」

「そう。どうです？　仕事のほうは、順調にいってますか？」

「ええ。順調よ。神崎さんも、ずいぶんとチーマネぶりが板についてきて、店のほうも業績が伸びてきたの」

神崎ともよく揉めた。もう、ずいぶんと昔の話のような気がする。

「山根《やまね》さんは、まだ、通っているんですか？」

山根は、大手都市銀行の支店長で、千鶴の常連客の中でも最もディープな客のひとりだった。

二日と間を置かずに店を訪れ、オープンからラストまで居座り続け、ずっと千鶴をクドいているのだった。

ラストまでいるのは、彼女をアフターに連れ出すのが目的であり、立花は山根が来店するたびにヤキモキしたものだ。

が、いま、山根のことを訊いたのは単なる場繋ぎに過ぎなかった。

山根に嫉妬していたあの頃の自分は、まだ、純粋と言えた。

「奥さんにバレて大変なことになったみたいで、最近はお店に顔を出さなくなったわ。ねえ、立花君……」

千鶴が言葉を切り、運ばれてきたカプチーノに口をつけた。

「そんなことを訊くために、私を呼び出したんじゃないんでしょう？　なにか、話があるんじゃないの？」

千鶴の純粋過ぎる瞳が、立花の口を重くしていた。

「千鶴さんは、まだ、藤堂さんのことを好きですか？」

「どうしたのよ、いきなりそんなことを訊くなんて変な人ね」

顔では笑っていたが、彼女の頬の筋肉は強張っていた。

「俺がミントキャンディを辞めた理由は、知ってますよね？　正直、傷つきました。いや、傷ついたなんてもんじゃないですね。地獄に叩き落とされた気分でした。あなたに、惚れてましたからね」

立花は、せつなさに翳る冥い眼で彼女をみつめた。

冬海を獲得するために千鶴をフェニックスに引き抜く。

たしかに、それが目的で切り出したことだった。

が、千鶴への想いは……張り裂けそうな胸の痛みは嘘ではなかった。

千鶴が小刻みに震える唇で深く息を吸った。

「ごめんなさい」

「謝るということは、やはり、藤堂さんのことを……？」

不安げな声音。白々しく、そして嫌らしかった。


——私が彼を好きになればなるほど、危険な目にあわせてしまう。


冬海から聞かされた千鶴の本音。

彼女が好きだったのは藤堂ではなく自分だったということを知っていた。

が、冬海の言葉をすべて信じているというわけではなかった。

千鶴に藤堂を裏切らせるためにでっち上げた作り話なのかもしれない。

心のどこかで、画策を忘れている自分がいた……本気で、千鶴の心に訴えかけている自分がいた。

しっかりしろ。お前が彼女と向き合っているのは、縒《より》を戻すためじゃない。

藤堂観光のドル箱キャストを引き抜き、ホワイトイヴ及び藤堂猛に打撃を与えるためだった。

失った一千万の売り上げが目と鼻の先のライバル店に流れたとなれば、ホワイトイヴの存続問題にかかわってくる。

冬海だけではない。立花の仕かけにより、恐らくナンバー2の座を確保するだろう梨花も退店するのは間違いなかった。

両方のシナリオがうまく運べば……ツートップを一度に失うことになるホワイトイヴの経営状態はかなり苦しいものとなる。

フェニックスを潰すために通り越しに同業店をオープンさせるという露骨な手段に出てきた藤堂にとって、逆にその同業店……ホワイトイヴが潰されたとなれば、これ以上の屈辱はないはずだ。

「ううん。違うわ。あれは……嘘だったの。ミントキャンディに入店した当時のあなたは、不器用で融通《ゆうずう》が利かなくて……でも、とても純粋だった。そんなあなたが、藤堂さんを意識して、どんどん変わっていった。野心に燃えて純粋さを失ってゆく立花君を、みてられなかったの。それだけじゃないわ。あなたは、凄い勢いで伸びていった。彼は、立花君を買っていると同時に、心のどこかで恐れていたわ。あの人は、そういう人なの。だから、私は、彼とあなたを引き離そうと思った」

千鶴の黒目がちな瞳が揺れていた。

「どうして、そこまで俺のことを？」

立花の瞳も揺れていた。

駆け引きでも演技でもない。

彼女への胸奥《きょうおう》に封印し続けた想いが、涙腺を熱く灼いた。

千鶴が、少し間を置いたのちに、思い切ったように言った。

「あなたのことが……好きなのよ」

冬海の言うとおりだった。

彼女は、自分のために、わざと、突き放す言葉を言ったのだった。

この胸の震えは？

千鶴からの告白に感激しているのか？　シナリオ通りに事が運んで歓喜しているのか？

あるいは、その両方なのか？

あまりにも心が汚れ過ぎて、立花には、自分の感情を分析することさえできなかった。

「どうしていま頃、そんなことを……遅過ぎる、もう、遅過ぎるよ……」

立花は、絞り出すように呟いた。

喉から剝《は》がれ落ちるような……罅《ひび》割れ、乾ききった声だった。

言った端から、後悔した。

相手に真摯な気持ちを求め、咎めるには、立花の計画は、卑しく、軽蔑すべきものだった。

「わかってる。ごめんなさい。すぐにあなたに連絡を取って、あれは嘘だったと伝えようとしたことは、一度や二度じゃなかった。でも、携帯電話を手にするたびに、思い直したの。少なくともあのときは、そうすることが立花君のためだと思っていた。違った。あなたは、私が考えている以上にはやいスピードで夜の世界の住人になっていった。ライバル店で働いて、揚げ句の果てには店まで出して……彼から危害を加えられないようにとやったことが、立花君を追い詰める結果になってしまった。後悔しても、しきれないわ」

「俺は追い詰められてなんかいませんよ。いまは藤堂さんにやられっ放しだけど、必ず、ひっくり返してみせますから」

「私が言いたいのは、そういうことじゃないの。あのときなら、まだ、違う道を歩むこともできた。でも、私が立花君を突き放したことで、あなたの瞳には、黒い太陽へ続く道しか入らなくなった……眼つき、髪型、喋りかた、仕草、服装……以前の、私の好きだった立花君は、どこにもいなくなった

「……」

千鶴のカプチーノのカップを持つ指先が、小刻みに震えた。

「もう、俺のことは好きじゃない。そういうことですか？」

「いまのあなたは、好きになれない。でも、いまのあなたは、あなたじゃない。君の胸の中にいるはずの立花君のことは、大好きよ」

彼女の言葉が、鋭利な刃物のように立花の胸に突き刺さった。

自分に比べ、なんと大人で、きれいな心の持ち主なのだろうか？

「ありがとう。じゃあ、俺の中にいるはずの立花篤の頼みをきいてくれませんか？」

立花は、ひとつ大きく息を吸い、本題を切り出しにかかった。

「なに？　改まった顔で」

「あなたに、ウチの店にきてほしい」

「え……？」

千鶴が、まるで宇宙人が目の前に現れたとでもいうような顔を立花に向けた。

「千鶴さんと、また一緒にフェニックスで働きたいんだ」

潤む瞳で、立花は千鶴に訴えた。

この瞬間だけは彼女ひと筋だった頃の……混じり気のない、純粋な頃の自分だった。

「それ……本気で言ってくれてるの？」

千鶴の黒目がちな瞳が揺れていた。

「ああ、本気だ。いまでも、俺はあなたのことが好きです」

嘘じゃない。二枚舌でもない。心の奥底に埋もれていた想いを、立花は感情の赴くままに解き放した。

少なくとも、そこには、冬海獲得の打算はひとかけらもなかった。

これまで、ずっと眼を逸らし続けてきた千鶴への想い。

ミントキャンディを辞めてからは、記憶の一部が消えた……というよりも消した。

そうしなければ、心が壊れてしまったことだろう。

いや、もう既に断片は壊れていた。しかし、全部ではなかった。

自ら愛した女性の存在を消去した。喜怒哀楽を葬り去り氷の心を手に入れることで、生きた屍《しかばね》になることだけは免れた。

牙を抜かれ尻尾《しっぽ》を垂れた犬の生よりも、立花は、兄弟犬を咬み殺してでもボスの座に君臨しようとする荒々しくも勇ましい猛犬の生を選んだ。

細々と長く地味に咲く野花よりも、華々しく咲いて派手に散るバラの生を選びたい。

「立花君、とても、嬉しいわ。でも、自分が、なにを言っているかわかってる？　私がイエスと言ったら、あなたにとって大変なことになるのよ？」

「藤堂さんのことなら、心配はいりませんよ。昔の俺とは、違いますからね。そう簡単には、潰されませんよ。少なくとも、あなたには指一本触れさせません。それは、約束できます」

そう、指一本、触れさせはしない。

藤堂が動く前に、自分が千鶴のクビを切ってしまうのだから。

本当に、それでいいのか？　自分を信じ切っている彼女にたいして、そんなにひどいことができるのか？

それをやってしまえば、売り上げは上がることだろう。藤堂の鼻を明かせることだろう。

だが、「人間」ではなくなってしまう。

愛する女性を餌《えさ》に利益を貪《むさぼ》り、目的を達すれば生ゴミのように使い捨てる。

そんなことができるのは、人間ではなく鬼畜だ。

「彼は、そんなに甘くはないわ。どんな手段を使ってでも障害物は取り除く。それは、わかってるでしょう？」

「ええ、わかってます。だけど、俺だって、昔の俺じゃないんですよ。いつまでも、藤堂さんを恐れてばかりはいられません」

そう、昔の自分は、こんなに非情な人間ではなかった。

不器用だが、少なくとも、人を欺いたり、陥れたりできはしなかった。

「本気なの？」

立花は、千鶴の瞳を見据えたままゆっくりと、しかし、力強く顎を引いた。

「ずっと、待っていたのかもしれない……あなたが、そう言ってくれるのを……」

消え入り、掠れる声音……千鶴の頬に涙の轍《わだち》ができた。

「フェニックスに、きてくれますね？」

千鶴が、瞳に涙を潤ませながら頷いた。

「ありがとう……本当に、ありがとう」

コーヒーカップを持つ指先が、声が、唇が震えた。

千鶴ともう一度、仕事ができる。もう一度、以前のように……。

胸を打ち震わせている自分は、本当の立花篤なのか？　それとも、変貌した立花篤なのか？

そもそも、本当の自分とは？　変貌したと思っているいまの自分こそが、もともとの自分ではないのか？

いままで本当の自分だと思っていた人物こそが偽りで、偽りだと思っていた自分こそが真の姿ではないのか？

立花は眼を閉じ、頭の中を無にした。

考えても仕方のないこと。

どちらが真の自分かは、いずれわかるだろう。

千鶴を取り、冬海を蹴る。

冬海を取り、千鶴を蹴る。

そのどちらかを選択した瞬間に、答えは出るのだから。

［3］

「千鶴さん、五番テーブルだ」

立花は腕時計に視線を落とし、鶴本にメモ切れを渡して言った。

五組の指名客。十分刻みの席の移動。指名客から指名客へ。

フェニックス移籍初日から、千鶴は八面六臂《はちめんろっぴ》の活躍だった。

現在のナンバー1とナンバー2の笑子とゆりあの指名客がそれぞれ二組ずつだということを考えると、千鶴の人気ぶりがいかに凄いかがわかる。

指名客の中には、立花の知った懐かしい顔もいた。

五組のうちの三組が新規で、二組がミントキャンディ時代の客だった。

フロアの中央に佇《たたず》み店全体の動きを見渡していた立花は、五番テーブルでの千鶴の接客ぶりを眼を細めてみつめた。

客に媚びることなく、色を売ることなく、聞き役に徹し、絶妙の間で口を挟む。

千鶴は、立花の知っている彼女と、なにも変わっていなかった。

六番テーブル。隣の席で笑子とともにふたり連れの客を相手にしている奈緒の顔は、不機嫌そのものだった。

立花には、彼女が不愉快になっている理由がわかっていた。

ミントキャンディでナンバー2の座に甘んじていることに我慢ならず、立花の誘いに乗って移籍してきた奈緒だったが、まさか、新天地でそのときのナンバー1キャストである千鶴とともに働くことになるとは夢にも思わなかったに違いない。

もっとも、千鶴がいない店に来てからも、奈緒がトップに立つ瞬間はただの一度もなかった。

最初は恵美に阻まれ、次は梨花に抜かれ、ふたりがいなくなったら笑子に先を越され、あとから入ったゆりあにも負けている。

止《とど》めは、千鶴の出現だ。

奈緒のストレスもわからなくもないが、同情はしない。

ボーイもキャストも、この世界では学歴も資格も一切通用しない実力至上主義だ。彼女が一番になれないのは、環境のせいでも運が悪いわけでもない。

結局、奈緒にはそれだけの魅力がないのだ。

厳しいようだが、それが現実だった。

千鶴の加入を快《こころよ》く思ってないのは、どうやら奈緒だけではなさそうだった。

奈緒の隣……笑子にしては珍しく、しんみりとした席だった。

いつもなら、彼女のテーブルからは笑いが絶えず、そこだけコミックパブかなにかと見紛うほどの盛り上がりかたをしている。

笑子からからしさを奪っているのは、これもまた、千鶴だった。

——私、あの女の人、あまり好きになれないわ。

——彼女が自己紹介をしているときのあっちゃんの眼は、経営者がキャストをみる眼とは違ったわ。

千鶴がフェニックスのスタッフ及びキャストの前で入店の挨拶をした日の夜、社長室に現れた笑子は、嫉妬のいろを湛えた瞳で言った。

女の勘は鋭い。笑子が、千鶴にたいしての自分の想いを見抜いても、なんの不思議もなかった。

また、隠そうとも思わなかった。

藤堂に引き抜かれてフェニックスからホワイトイヴに移った梨花は、一週間前、親に乗り込まれて店を辞める羽目《はめ》になった。

その時点で、笑子の役目は終わったのだ。

不気味なのは、この一週間、藤堂からも長瀬からも、なんの動きもないことだった。

恵美の一件から、背後で糸を引いているのが自分であることは、容易に想像がつくはずだった。

にもかかわらず、なんのアクションも起こしてこないというのは、どういうことなのだ？

なにを企んでいる？

藤堂の逆襲……引き抜き防止に備えて、立花は常にキャストの動向に眼を光らせていた。

もちろん、ひとりではすべてのキャストに眼が行き届かないので、数人単位のグループにわけて、大滝、鶴本、生島、山城の四人をそれぞれの担当として付けていた。

可能なかぎり、出勤前の用意が始まる時間帯……午後五時頃から六時までの間にそれぞれの受け持つグループのキャスト達の携帯に電話を入れさせ、開店前の男性スタッフだけのミーティングの際に状況報告を義務付けていた。

そこでなにか不透明なこと……連絡が取れなかったり、欠勤を申し出てきたりしたキャストがいた場合には、開店前に必ず自宅を訪ねさせることにしていた。

とくに売り上げ上位のキャスト……交際している笑子を含めて、ゆりあや奈緒は立花自らが担当についた。

そこまでしても、辞めたり引き抜かれたりを完璧に防げるわけではなかったが、なにもやらないよりはましだった。

「社長」

二番テーブルに焼酎のボトルを運び終わった鶴本が、歩み寄り耳を近づけてきた。

「七時半と八時半の二回、彼女に電話を入れてみたのですが、携帯の電源がずっと切られっ放しで繋がりませんね。どうしますか？　客足が落ち着いたら、家を覗いてきますか？」

いま、深刻そうな表情で鶴本が報告しているキャストは、百合香だった。

百合香は、昨日から連絡が取れなくなっているのだった。

「放っておけ。これからピークタイムだ。百合香に構っているわけにはいかない。辞めたければ、辞めればいいさ」

立花は、突き放すような口調で言った。

これが笑子やゆりあならば、鶴本に言われるまでもなく自宅に車を飛ばしたことだろう。

しかし、百合香はその豊満な肉体に頼り過ぎて接客が疎《おろそ》かになり、最近では指名本数が週に一、二本と急激に落ちていた。

もし、ホワイトイヴが百合香に手を伸ばしたとしても、立花が引き止めに動くことはない。

それでも百合香は、月に十本前後の指名を取っているのだからお荷物キャストとまではいかないが、あの営業スタイルでは、そのうち、問題を起こす恐れがあった。

問題を起こすキャストには共通点がある。

それは、指名を取りたいがためにすぐに客に肉体を開くということだ。

百合香が、まさにそのタイプだった。

「仕事に戻れ」

鶴本が踵を返した。立花は、頬に視線を感じた。フロアの端。客がトイレから戻ってくるのをおしぼりを持って待つ千鶴が、振り返り、自分をみつめていた。

喉の奥が詰まったようになり、呼吸が苦しくなった。

不意に、わけもなく涙が溢れそうになった。

そんな自分に立花は動転し、慌てて視線を逸らした。

いったい、どうしたというんだ？　たしかに、千鶴を愛していた。が、それはもう、昔の話だ。

たとえいまも彼女に気があったところで、それでどうなる？


——猶予《ゆうよ》は一週間から二週間ってところね。さすがに、一日や二日でクビにしたら、猛さんが疑うかもしれないでしょう？


千鶴の移籍が決まったことを伝える電話での、冬海の冷たい声音が蘇る。

自分は、意を決して飛び込んできてくれた千鶴を、地獄へ叩き落とそうとしているのだ。

「いらっしゃいま……」

来客を出迎えようとした大滝の表情が凍てついた。

立花は、千鶴から離した視線を背後に移した。

「よう、大盛況じゃないか」

黒スーツに身を包んだ長髪の男……長瀬が、いつもと変わらぬ無邪気な笑顔で片手を上げた。

「ちょっと、困りますっ」

血相を変えた大滝が、長瀬の前に立ちはだかった。

「おいおい、今日は客できたんだ。きな臭《くさ》い話はなしだ」

「なにを勝手なことを……」

「やめろ、ふたりとも」

立花は、長瀬の存在に気づき飛んできた鶴本と大滝を制した。

「お客様、テーブルにご案内します」

「社長っ」

「いいから、お前は黙ってろ」

鶴本を一喝《いっかつ》し、立花は長瀬を一番テーブルに先導した。

各席で接客しているキャストとテーブル間を駆け回るボーイが、びっくりしたような顔で長瀬の姿を追った。

目と鼻の先でしのぎを削るライバル店の店長が客として現れたのだから、それも無理はなかった。

「ご指名のコは、いらっしゃいますか?」

立花は、ほかの客にするのと一切変わりなく、長瀬に接した。

気紛れに、呑みにきたとは思えない。堂々と引き抜きにきたとも思えない。

梨花の件で、なにかを言いにきたに違いなかった。

が、金を払って遊びにきている以上、それを口に出すまでは、一客として接するつもりだった。

「千鶴さんを頼もうかな」

少しの迷いもなく、長瀬は言った。

立花が、戸惑うことはなかった。

藤堂の意を汲んで現れたということが、はっきりしただけの話だ。

ただ、なにが目的なのかは相変わらずわからなかった。

「かしこまりました」

「してやったりの気分か？」

ひとまず席を離れ、千鶴のもとへ向かおうと踵を返した立花の足が止まった。

「それは、どういう意味でしょう？」

振り返り、立花は惚け口調で言った。

さっきまでの微笑は影を潜め、長瀬の顔は厳しいものとなっていた。

「正直言って、ホワイトイヴとしても、藤堂観光としても、ふたりを失ったことは大ダメージだ。だが、あの人は、やられっ放しでは終わらない。必ず、受けたダメージを何倍にもして返す人だ。今回の一件で、お前は藤堂社長を本気にさせた。そうやって、あの人は、牙を剝いてくる敵を潰してきた。立花君。肚を決めておいたほうがいい」

「その言葉、そっくり返すよ。あんたをメッセンジャーにした誰かさんに言っておいてくれ。これで終わりと、思わないほうがいい、とな」

立花は、言葉遣いを一変させ、長瀬を通して藤堂に宣戦布告をした。

ハッタリではないのだろう。藤堂がこのまま黙っているとは思えず、なにかを企んでいるのは間違いなかった。

しかし、立花には、冬海引き抜きという最高の隠し球があった。

藤堂の企みがなんであろうと、それを打ち壊せるだけの衝撃を与える自信があった。

「そう伝えるのは構わないが、俺はメッセンジャーじゃない。どうしてもお前に伝えたくて、自分の意思でここへきたのさ。社長は、今夜のことはなにも知らない」

「それはご丁寧に、ありがとう。でも、なぜ、そこまで俺を気にする？」

「顔を合わせりゃいがみ合っちゃいるが、目の前からいなくなると、寂しいと思ってな」

長瀬が、茶化しているわけでも皮肉っているわけでもないのは、冥く翳りを帯びた瞳をみればわかった。

藤堂の企みとは一体……。

「俺のことより、自分の店の心配でもするんだな」

立花は広がりかける不安を無視して、長瀬にそれだけ言い残すと一番テーブルを離れた。

入れ違いに長瀬のもとに向かう千鶴が微笑みかけてきた。

立花は、堪らず眼を逸らした。

どうすればいい？　自分は、どうすれば……。

立花は、心の中で答えなき問いかけを繰り返した。

［4］

立花は、五杯目のタンブラーを傾けた。いつもなら二、三杯呑《の》んだらほろ酔い加減になる立花だったが、今夜は、何杯グラスを重ねても酔えそうになかった。

千鶴がフェニックスに入って今日で二週間目……一週間以上も出勤率の多い笑子とゆりあのトップ

2を抜き去り、いまでは堂々のナンバー1キャストとなっていた。

ミントキャンディの時代と同じで、千鶴が客に営業をかけることはなかった。

それでも、彼女の偽りなき接客は客のハートをしっかりと摑み、一日に最低五人の指名を取り、十人を超える日も珍しくはなかった。

「同じやつ」

立花は、グラスの底でカウンターを叩き素っ気なくウォッカトニックのお代わりを要求すると、腕時計に眼をやった。

午後八時二十分。千鶴との待ち合わせまで、代官山《だいかんやま》のダーツバーを選んだ。

今日、千鶴は店を休んでいる。渋谷で会わなかったのは、オーナーとトップキャストが営業時間中にツーショットでいるのはあまりにも目立つというのが理由だった。

千鶴を切るべきかどうか、呼び出しておきながら、いまだに迷っていた。

しかし、もう、タイムリミットだ。ここで決断しなければ、冬海獲得の目はなくなってしまう……即ち、藤堂にダメージを与えることができない。

一方で、これで十分ではないか、という思いもある。

冬海ほどではないにしろ、千鶴とて押しも押されぬナンバー1キャストだ。

彼女をミントキャンディから引き抜いただけでも、十分なダメージを与えられるはずだ。

この二週間、迫りくる期限に不眠症になるほどに悩み、苦しんだ。

が、同時に、惚れ抜いた女とともに空間を共有するのは、至福のひとときでもあった。

――明日中に、あの女を切って。それができなければ、私の移籍話はなかったことになるわ。

昨日、立花の携帯電話にかかってきた冬海からの電話。答えがみつからないまま、とりあえずは千鶴を呼び出した立花だった。

「いらっしゃいませ」

ウォッカトニックを作っていたバーテンが、立花の肩越しに会釈《えしゃく》を投げた。

振り返らずとも、客が誰なのかはわかった。

「どうしたの？　店を休んで会わないかだなんて。今日の来店予定のお客様に、迷惑がかかったじゃない」

言葉とは裏腹に嬉しそうに声を弾ませた千鶴が、立花の隣のスツールに腰を下ろした。

「毎日顔をつき合わせていても、ゆっくり話す機会がないんで」

立花は、無理に拵《こしら》えた笑顔で千鶴を出迎えた。

「私も、彼と同じの貰うわ」

千鶴にバーテンが頷き、新しいタンブラーを取り出した。

「どうですか？　ウチの働き心地は？」

「みな、凄くいいコで助かってるわ。なかには、あまり歓迎してくれない人達もいるけど、それは、どんな店でも同じだから」

あまり歓迎してくれない人達……奈緒と笑子のことに違いなかった。

目の上のたんこぶと立花との密な関係。彼女らふたりはそれぞれに、千鶴を敵対視している理由が違う。

が、千鶴の存在を疎ましく思っているのは同じであり、中途入店でトップの座に居座られたらなおさらのことだろう。

「そうですか。でも、さすがですね。一週間以上もハンデがあるのに、トップに立つんだから」

立花は、心に用意していたものとは程遠い言葉を投げかけた。

「ううん、私だけの力じゃないわ。立花君をはじめとするボーイのみなさんが、気持ちよく働かせてくれているおかげよ」

バーテンから受け取ったウォッカトニックのタンブラーを宙に翳しつつ、千鶴が唇に弧を描《か》いた。

立花がタンブラーを触れ合わせると、キン、という甲高い音が鳴った。

ほかのキャストが口にしたら白々しかったり卑屈に聞こえる言葉も、彼女が言えば素《す》のままに受け取れるから不思議だった。

これも、俗にお水と呼ばれる女性とは人種が違うような彼女の人柄なのだろう。

その人柄が千鶴の人気の秘訣であり、立花が惹《ひ》かれた部分でもある。

「どうしたの？　恥ずかしいじゃない」

立花は、無意識に千鶴をみつめていたことに気づいた。

はにかむ彼女をみて、これから自分がやろうとしていることに胸が搔き毟られる思いだった。

「でもさ、時間《とき》の流れって凄いよね。私の中の時計では、立花君の印象は、とんがってて、誰彼なく見境《みさかい》なく嚙みついて、呆れるくらいにまっすぐで、信じられないほどに正直で……水商売をどこか憎んでいるような雰囲気をヒシヒシと感じたわ」

千鶴がタンブラーをちょっとずつ傾けながら、遠い眼差しで言った。

隣にいる自分など眼に入らないとでもいうように……まるで、過去の人を語るように……。

そう、肩を並べてグラスを傾け合っている相手は立花篤であっても、千鶴の記憶の中の立花篤ではないのだ。

「いまは、どうですか？」

恐る恐る、立花は訊ねた。

人の心を失った自分の印象を、最愛の女性の口から聞くのが怖かった。

が、訊かずにはいられなかった。

「そうね。いまの立花君は、尖っているというよりは触れるものすべてを切り裂くナイフという感じで、見境なく嚙みつくというよりも相手の弱点を探し、自分の気持ちを隠すようになり、ときには妥協することを覚えたようにみえるわ。なにより、水商売にたいしての憎悪、というものを、一切、感じなくなった。その代わり、自分を憎んでいるようにみえる」

千鶴のひと言、ひと言が、刻印のように立花の心に刻み込まれた。

「立花君。あなたを変えてしまった原因が私のあのときのひと言なら、それが嘘だったとわかったいま、戻ることはできないの？」

千鶴が、立花の瞳を覗き込みながら言った。

「とても飼い主に懐《なつ》いている犬がいました。その犬は、あるとき、旅行中に飼い主とはぐれてしまいました。一ヵ月、二ヵ月、三ヵ月……その犬は、必死になって飼い主を探しました。しかし、飼い主と再会することはできませんでした。半年……一年が過ぎ、そのうち、その犬は野犬の群れに入ってしまいました。周囲からは忌み嫌われる野犬ですが、彼らには彼らなりの絆《きずな》があります。その犬が野犬グループのボスになったある日、ふたたび同じ地に旅行にきた飼い主と再会しました。飼い主は涙を流し、我が犬を抱き締めました。そして、当然のように、我が犬を家に連れて帰ろうとしました。しかし、その犬は、ほんの微かに尻尾を振っただけで、飼い主に背を向けて去って行ってしまいました。その犬は、飼い主のことを忘れたと思いますか？　嫌いになったと思いますか？　答えはどちらもノーです。その犬は、飼い主のことを覚えていたし、嫌いになったわけでもありません。嫌いになるどころか、ひさしぶりに嗅いだご主人の匂いが、懐かしくさえありました。ならば、なぜか？　はぐれている間に、その犬は野犬になってしまったから……ただそれだけの理由です。飼い主が嫌いで捨てたのではなく、離れてしまったのが不可抗力であったとしても、そんなことは関係ないんです。だけど、一度野犬になってしまった犬は、もう二度と飼い犬には戻れないんです。もう、二度とね」

「その野犬が、立花君、君なの？」

立花は、どうしようもなく冥い瞳で頷いた。

「昔の自分に戻りたくなるときがないと言ったら、嘘になります。でも、純粋な頃の立花篤に戻るには、あまりにも、心が汚れ過ぎました」

スタッフやキャストを駒のように扱い、好意を寄せてくれる女性を利用して消耗品のように使い捨てる。

百合香には、ホワイトイヴとの契約を反故《ほご》にさせようとビルのオーナーに肉体を開かせた。

すべては、権力を握るため。

こんなに薄汚れた自分が、どうやって、昔に戻れるというのか？

「立花君、気持ちはわかるけど、人間は犬じゃないのよ。君がどんなことをやってきたか知らないけど、やり直すのに、遅過ぎることなんてないと思うな。戻れるよ。きっと、あの頃の立花君に」

いいま、冬海を引き抜くためにあなたを切ろうとしている俺でも？　立花は、喉まで出かかった言葉を呑み込んだ。

言い出すには、絶好のタイミングだった。

「千鶴さん」

改まった口調で、立花はスツールごと千鶴に向き直った。

「ん？」

「フェニックスに入って、後悔していませんか？」

無邪気な顔を向ける千鶴のあまりにも純粋な瞳に、用意していたものとは違う言葉が口をつく。

どうした？　なぜ、はっきりと言わない。明日から、出てこなくてもいい。お前はクビだと、そう告げるために呼び出したんじゃないのか？

わかっている。わかっているが、自分の中のなにかが、それを口にさせてくれないのだ。

「ううん、少しも。愛する人のそばにいられる。女にとって、それ以上の幸福はないのよ」

はにかむ千鶴をみて、立花の中で張り詰めていた糸がふっつりと切れ、愛《いと》しさに胸が支配された。

立花は千鶴の手を、そっと掌で包んだ。

「ありがとう」

脳内で責め立ててくる声……無視した。

もう、あと戻りはできない。

千鶴への愛を選んだことで、日本一のカリスマキャスト獲得は夢に終わった。

本当に、それでいいのか？

それでいい。

冬海がいなくとも、必ず、藤堂超えを成し遂げてみせる。

立花は、自分に言い聞かせるように、何度も、何度も千鶴に頷いてみせた。

［5］

酔客が振り撒くアルコールの残り香《が》が鼻孔を刺激する。

夜の街には、昼間とは違った独特の気怠げなエネルギーが充満していた。

腕時計の針は、午後十一時を十分回ったところだった。

千鶴と別れた立花は、渋谷に戻ってきた。

あのあと、立花は千鶴を抱いた。

誘ったのは、立花だった。

二度と心変わりをしないように、彼女の肌の温《ぬく》もりを、しっかりと腕に刻み込んでおきたかった。

千鶴は立花の胸の中で華奢な躰を震わせ、泣いていた。

彼女の涙が、立花にほんの少し昔の自分を思い出させた。

が、思い出したからといって、あの頃の自分に戻れるはずもなかった。

いまの自分にできる範囲で、千鶴を愛すだけだ。

野心を捨てたわけではない。

藤堂に代わって風俗王となるためには、手段は選ばないつもりだった。

しかし、千鶴にたいしてだけは、血の通った男でいたかった。

下種《げす》な男にだけは、なりたくなかった。

渋谷へ足を運んだのは、フェニックスに顔を出すためではない。

立花には、別の目的があったのだ。

彼が、そこにきているのは、冬海から聞いていた。その冬海にも、伝えなければならないことがある。

「社長、おはようございます……」

通りを渡ってホワイトイヴの建物に足を向ける立花をみて、呼び込みをやっていた鶴本が挨拶の続きを呑み込んだ。

「ちょっと、困ります」

ライバル店のオーナーの到来に、呼び込みをしていた男性スタッフが血相を変えて立ちはだかった。

店先にいたキャスト達は、事情がわからず男性スタッフと立花の顔を怪訝そうに交互に見比べていた。

「お前のとこのオーナーを、ウチの店に入れたことがある。この前は、長瀬が客としてナンバー1キャストを指名した。なのに、俺は門前払いか？」

「そういうことを言われましても……」

「どけ」

立花は男性スタッフを片手で払うと、ホールへ続く階段を駆け下りた。

「もうちょっと、行儀のいい訪れかたをしてもらいたいもんだね」

ドアを開けた瞬間、男性スタッフからインカムで連絡を受けたのだろう長瀬が、出入り口で待ち受けていた。

「あんたを快くフェニックスに出迎えた俺は、ホワイトイヴで出禁《できん》か？」

「誰かを指名して綺麗に遊んで行くだけなら、俺も快く受け入れるよ」

「じゃあ、藤堂さんを指名するよ。いるんだろう？」

「いるにはいるが、それは無理だな。基本的に社長は、アポなしの面会は受けない」

「お前には関係のない話だ」

「どういう意味だ？」

「俺は、社長同士の話があると言ってるのさ。たかが店長のあんたに、つべこべ言われる筋合いはない」

「なんだと？」

長瀬の表情が、瞬時に凍てついた。

「天才だなんだと言っても、しょせん、あんたは、藤堂さんの使い走りということだ。悔しかったら、一国一城の主《あるじ》になってみるんだな」

立花は、敢えて、挑発的な言葉を投げかけた。

たしかに、長瀬は水商売という夜の世界で、類《たぐ》い稀《まれ》なセンスを持っている。

しかし、本人に言ったように、自分は経営者であり、長瀬は雇われ人だ。

仕入れ、集客、スタッフとキャストの教育……トップは、一社員と違いすべてにおいて責任を負わなければならない。

フェニックスをオープンしてからというもの、立花には、長瀬が経験したことのない修羅場を潜ってきたという自信があった。

長瀬との次元の違いを、みせつけてやりたかった。

長瀬は、じっと立花の瞳を見据えた。その瞳に、微かに屈辱のいろが浮かんでいるのを立花は見逃さなかった。

「行けよ」

長瀬が、瞳を見据えたままフロアの奥へ右手を投げて道を譲った。

立花は、無言で歩を進めた。

「おい」

長瀬の呼びかけに、立花は歩を止めた。

「俺がお前と対等の立場になるまで、潰されるな」

立花は小さく頷き、ふたたび歩を踏み出した。

社長室のものらしきドアは、フロアの裏の通路にあった。

ノックもせずに、立花はドアを開けた。

「礼儀をもっと教えておくべきだったかな」

白い革張りのソファでコーヒーを飲みながら書類に眼を通していた藤堂が、たいして驚いたふうもなく、唇に薄い笑みさえ浮かべていた。

「俺は、あなたに教えてもらったとおりにすべてを実践《じっせん》しているだけですよ」

「一本取られたな。ところで、なんの用だ？　お前も知ってのとおり、俺は時間に追われている男でね」

「藤堂さん。あなたは、恵美と梨花を潰した。俺は千鶴さんと梨花を潰した。これで、おあいこです。もう、引き抜き合戦はやめませんか？」

打倒藤堂を、諦《あきら》めたわけではない。

ただ、これ以上、無意味な争いは避けたかっただけだ。

「おあいこ？　お前、奈緒を引き抜いたことを忘れたのか？」

「じゃあ、奈緒をお返ししましょうか？」

立花は、皮肉交じりに言った。

「いや、終わったキャストはいらない。その代わり、俺は底抜けに明るいお嬢さんを貰った」

「なんだって!?」

立花の脳裏に、ひとりの女性の顔が浮かんだ。

しかし、彼女は、今日は出勤していたはずだ。

携帯電話を取り出し、フェニックスの番号をプッシュした。

二回目のコール音で、ダンスミュージックと客の喧騒《けんそう》とともに鶴本の声が流れてきた。

「俺だ。笑子に代わってくれ」

『笑子さんは、具合が悪いとかで、早上がりしましたけど』

「早上がりだと？　何時だ？　何時に上がった!?」

とてつもなく、いやな予感がした。

『たしか、十時頃だったと思いますが……なにか？』

「いや、いい。また、あとでかける」

立花は電話を切り、続けて笑子の携帯電話にかけた。

コンピュータの無機質なアナウンス。いやな予感が増殖した。

「携帯の電源を切るように、指示を出している」

リダイヤルボタンを押そうとした立花の指先が止まった。

「いま、なんて言いました？」

「奈緒の代わりに、笑子というキャストを貰ったと言ったんだよ。千鶴とお前の関係を言ったら、顔色が変わっていたよ。こっちが拍子《ひょうし》抜けするほど、あっさりと移店の申し出を受け入れたよ」

すぐには、声が出せなかった。

整理のつかない頭で、笑子とのこの数日間のやり取りを思い起こした。

たしかに、千鶴が入ってから、笑子との関係はしっくりいかなくなった。

また、立花としても、彼女とずっとやっていく気はなく……というより、もともと恋愛感情はなく、敢えて、千鶴への想いを隠す気はなかった。

そのときの立花に、笑子にスカウトの手が伸びるという危惧はなかった。

千鶴が入店するまでは、笑子がナンバー1キャストであったのは事実だ。

しかし、冬海、梨花、恵美、千鶴などの真のトップと比べると、笑子は暫定トップの感は否めない。

故に、笑子に関してはガードが甘くなっていたのかもしれない。

「いつからです？」

梨花、恵美のときと同様に、立花の声は干涸び、掠れていた。

「そんなもの、千鶴が引き抜かれてからすぐに決まってるだろうが。しかし、お前も、案外、抜けているよな」

藤堂が、侮蔑的ないろの籠った視線を向けて嘲笑した。

こめかみの裏が熱を持ち、胃がキリキリと痛んだ。

「まあ、あのお祭り女も、俺が鍛えれば梨花クラスには持っていくことができる。お前がなにを仕かけてこようが、俺には、少しのダメージも与えることはできない」

奥歯が砕けるほど、強く顎を噛み締めた。指骨が折れるほど、強く拳を握り締めた。

今日、紳士協定を結ぼうとのこのこ藤堂に会いにきた自分が、情けなく、恥ずかしかった。

変貌しただなんだと言っても、まだまだ、甘過ぎた。

藤堂猛という夜の王を相手にするには、非情になりきれていなかった。

「俺を怒らせたことを、あなたはきっと後悔しますよ」

立花は、ある決意を込め、藤堂をぐっと見据えた。

「まだ、わかってないようだな。俺に牙を剝《む》いた代償が、お祭り女の引き抜きだけで済むと思ってるのか？」

藤堂が立花の宣戦布告に動じたふうもなく、それどころか、余裕の表情で言った。

――立花君。肚を決めておいたほうがいい。

長瀬がフェニックスを訪れたときの忠告が、鼓膜に蘇る。

「生き残るのは俺かあなたか、愉しみにしてますよ」

強張る頬の筋肉を従わせ、立花は口もとに笑みを湛えてみせた。

頭は下げずに、踵を返した。

「いままで、よく頑張ったな」

背中に追いすがる挑発的な声を置き去りにして、立花は社長室を出た。

☆　☆

ホワイトイヴを出た立花は、ビルのエントランスを抜け、大きく深呼吸をした。

張り詰めた空気が充満する社長室から解放された立花には、スモッグ塗《まみ》れの渋谷の夜気さえも新鮮に感じられた。

「社長、大丈夫でしたか？」

通りの向こう側から声をかけてくる大滝を無視して、立花は渋谷駅に歩を向けた。

陸橋を上り、手摺《てすり》に背中を預けた。

空を見上げた。ひとかけらの煌《きら》めきさえない漆黒に彩られた夜空をみつめる立花の瞳は、負けないくらいに冥かった。

眼を閉じ、胸の奥から湧き上がる声に耳を傾けた。

自分に浴びせかけられた自分からの罵詈雑言《ばりぞうごん》を、甘んじて受け入れた。

自分自身にたいして、正当化するつもりはなかった。

いや、するつもりがないもなにも、できなかった。

結局、最後に選んだのは自分だった。

自分は、夫と子供を捨てた母となにも変わらなかった。

皮肉にも、尊敬し、救おうとしてきた真一を地獄に叩き落とした母と同じことを、これから自分はやろうとしているのだ。

眼を開けても、相変わらずの暗闇が視界を覆い尽くしていた。

立花は、携帯電話を取り出し、電話帳に登録している番号を呼び出した。

寒々と胸に響き渡るコール音を、立花は闇空を見上げながら数えた。

三回目で、コール音が途絶えた。

「もしもし、千鶴さん。俺です」

立花は、もう一度眼を閉じ、息を止めた。

いま、本当の意味で、立花篤にさよならを告げた。

［6］

「いらっしゃいませーっ。ご指名の女のコはお決まりですか？」

三十代前半くらいの三人連れの客……新規のグループ客を、鶴本が元気よく出迎えた。

「みな、冬海さんで」

中でも一番金回りがよさそうな男が、当然のように言った。

三人とも、既にどこかで呑んできているようだった。

今日はクリスマス・イヴ。街中は、酔客達で溢れ返っている。

三メートルの特大ツリー、フロア中を埋め尽くすポインセチアの鉢植え、サンタコスプレのキャスト達、小気味のいいシャンパンの開栓の音……フェニックスも、今夜はクリスマス・イベントでいつにも増して盛り上がっている。

「冬海さんを一本ですね」

鶴本が、復唱しながら立花に意味ありげな視線を送った。

嘘みたいですね。

彼の眼は、そう語っていた。

無理もなかった。イベント・デーは通常の倍近くの来客があるとはいえ、ロッカー室を縮小して増やした十五席のうち、十席は冬海の客で占められていた。

残りの五席を、ゆりあが三席、その他のキャストが二席とわけあっているという状況だった。

冬海をホワイトイヴから引き抜いて、今日で約五ヵ月が過ぎた。

入店初日から、冬海は期待に違《たが》わぬ規格外の実力を発揮した。

ホワイトイヴ時代からの顧客を根こそぎ引っ張り、また、日本一のカリスマキャストの看板力で新規客を驚異的スピードで開拓し、移店一ヵ月目に八百本強の指名を獲得した。

冬海の出勤は月に二十日間だから、一日計算にすると四十本の指名を取り、売り上げはひとりで二千万近くも稼いでいた。

店全体の売り上げは、相乗効果もあり、冬海が加入する前の三倍にもなっていた。

フェニックスの売り上げが上昇カーブを描くのと反比例するように、ライバル店のホワイトイヴは衰退してゆき、半月前には、ついに閉店に追い込まれた。

そう、冬海獲得に成功したことで、立花は、藤堂が天才秘蔵っ子の長瀬を配して万全の態勢でフェニックス潰しの目的でオープンしたホワイトイヴを潰したのだ。

いつものダンスミュージックではなくクリスマスソングの流れる店内は、三十人を超える客の熱気で溢れ返っていた。

キャストも、オープン時の十五人から二十人に増えていた。

この五ヵ月で入店した新人キャストの五人は、揃って優秀だった。

さすがに冬海を脅かすまでの女のコはいないが、現在、ナンバー2のゆりあクラスは何人かいる。

宿敵に勝利し、店の経営も順風満帆ときている。

本来なら、フェニックスの男性スタッフとキャスト全員で、派手に祝勝会でも開くところだった。

もしくは、藤堂観光に足を運んで、勝ち誇った言葉のひとつでも投げるところだった。

が、不思議と、そんな気分にはなれなかった。

立花は、十五卓の席を見渡した。

そこにいるはずだった花はなくなった。冬海という豪華な薔薇をそこに活《い》けるために、自分がこの手で摘んだのだ……。

一番テーブルの冬海がこちらを見て微笑んだ。

——私の言う通りにして正解だったでしょ?

立花には、彼女の瞳がそう語っているように思えてならなかった。

思考を仕事モードに切替えた。

もう、終わったことなのだ。いまさら、くよくよ考えてもどうなるものでもない。

山城が三人連れの客を十一番テーブルに案内するのを見届けつつ、鶴本は生島を呼んだ。

「ヘルプは彩《あや》ともねと晴海だ。晴海は、あの金主《きんしゅ》に付けろ」

テキパキと指示を出す鶴本。立花からみても、客と場面を読んだ見事な振り分けだ。

付け回しは、一見、簡単なようにみえるが、どの客に誰を付けるかの判断は非常に重要である。

彩ともねは、新入りキャストの五人の中でもゆりあと張り合うほどの容姿と素質を持っている期待株だ。

たとえば、いまの場合、恐らく全員の金を支払いそうな男に彩かもねを付けると考えがちだが、ふたりより落ちる晴海をヘルプに指名したのには理由がある。

ほかのふたりは業界では枝と言って、今後、自分の金で遊びにくる可能性があり、今夜は金主への義理で冬海を指名しているが、それが、ずっと続くわけではない。

だからこそ、晴海のように場繋ぎ的なヘルプではなく、彩ともねという上玉で心を摑む作戦に出たのだ。

金主の目的はどちらにしろ冬海なので、誰がヘルプに付こうが関係ない。が、連れは違う。適当なお荷物キャストをあてがってしまえば、自分の金で遊びにこようという気にもならないだろう。

かといって、晴海がお荷物というわけではない。

彼女は場持ちがよく、客を飽きさせない接客術を持っている。

笑子がいないいま、フェニックスにとって晴海は欠かせないお祭りキャラだった。

客が店に入って席に着くまでの数分間に様々な条件を考え合わせて相応《ふさわ》しいキャストを付けるというのは、相当に頭の回転がはやくなければできることではない。

フェニックスオープン直後に入店したばかりの鶴本は勢いだけのボーイだったが、いまでは立派なホール長へと成長した。

ボーイも、新たにふたり増えて、立花を除く男性スタッフは六人になった。

「あの野郎、どうして指名の多いふたりを付けるんだよ。この忙しいときに。ったく、わかってないんだから」

大滝が、首を傾《かし》げながらぶつぶつと呟いていた。

わかってないのは、あんたのほうだ。

口には、出さなかった。

いまは店長の大滝も、その席に座っていられるのも今月一杯……あと数日だ。

年が明けたら、鶴本を店長に指名し、大滝のクビを切るつもりだった。

彼が経理の面などでフェニックスオープン時から貢献してくれたことには感謝しているが、もう、役目は終わった。

新人ボーイの中に、前職が税理士事務所勤務という青年がいるのだ。

事務業が必要なくなれば、キャストの管理能力も付け回しの才能もない中年男に用はなかった。

かわいそうだが、感謝だけで無能な男を雇い続けて行けるほど、経営というものは甘くない。

今年一杯は、いい夢をみてくれ。

立花は心で大滝に語りかけ、社長室に歩を向けた。

終章

「来シーズンは、巨人、優勝できるといいな」

読売ジャイアンツが主軸バッターに戦力外通告を出したことが一面に報道されているスポーツ新聞を真一の顔前に翳しながら、立花は語りかけた。

この病室での自分と、フェニックスでの自分とのギャップは、あまりにも大き過ぎる。

ミントキャンディの時代は、真一の忌み嫌う水商売の世界へ入ったことに罪悪感はあっても、ギャップを感じたことはなかった。

いまでも、チューブを鼻に通され横たわる真一の寝顔をみると、罪悪感は感じる。というより、以前よりも大きくなった。

ただ、罪悪感の質が違った。

いまは、水商売の世界を云々ではなく、自分自身が、真一が忌み嫌う人間そのものになってしまったことに罪の意識を感じた。

が、問題なのは、胸を痛めているわけではないということだ。

それがまた、立花を気分的に落ち込ませる原因となっていた。

「俺は、初恋の女性を自分の欲のために裏切り、紙屑のように捨てた。俺のために、自分が進んで悪者になるような心のきれいな人をだ。その代わりに、俺が得たものは、藤堂猛という男の店を潰したことだ。それだけで彼を超えたとは思わないけど、フェニックスとホワイトイヴの戦いには勝った。藤堂さんと言えば、この業界では知らぬ者はいない有名人だ。野球でたとえれば、イチローみたいなもんだ。その男に、とりあえずは勝ったんだ」


立花は、真一の手を取りながらなにかに憑かれたように喋り続けた。

自分のやってきたことを語れば語るほど、虚しさが募った。

「息子が一人前になって、嬉しいか？　そんなわけないよな」

自嘲的な笑い……立花は腰を上げ、窓辺へと歩み寄った。


——フェニックスに冬海さんが入ったと聞いて、なぜ、立花君が私をクビにしたのか理由がわかったわ。あなたを、恨んだりはしない。ただ、もう、私の知ってる立花君は戻ってこないんだな、と思うと、哀しくなっただけ。


電話での千鶴の底なしに寂しげな声が、耳に焼きついて離れなかった。

立花は、指で押し広げたブラインドの隙間から、空を見上げた。

今日は、快晴だ。なのに、立花には病室に射し込んでいるはずの陽差しがみえなかった。

「親父……太陽はどこだ？」

立花は、薄曇りにみえる空を見上げながら、答えるはずのない真一に呟くように訊ねた。

バイブレータが胸で振動した。立花は、ポケットから携帯電話を取り出し通話ボタンを押した。

『もしもし!?　社長っ、大変です！　さっき刑事がきて、何ヵ月か前に、百合香が売春するように社長に強要されたと訴えている件について、話があると言っていたのですが……』

大滝の逼迫《ひっぱく》した声が、携帯電話のボディを震わせた。

百合香は、もう、二ヵ月以上前からフェニックスに出ておらず、自然退職のような扱いになっていた。

たしかに百合香は、ホワイトイヴとの契約を反故にさせるために、自分に命じられて物件のオーナーと寝た。

——俺に牙を剝いた代償が、お祭り女の引き抜きだけで済むと思ってるのか？

藤堂の思わせ振りな警告の意味が、ようやくわかった。

千鶴を引き抜かれた報復にカリスマ風俗王が取った手段は、笑子の引き抜きだけではなく、百合香の懐柔《かいじゅう》作戦だったのだ。

売春防止法違反——百合香が証言している以上、フェニックスが営業停止に追い込まれるのは間違いない。

強がりではなく、恐怖も怒りもなかった。

ただ、どうしようもない徒労感と虚無感が胸にぽっかりと穴を開けた。

「痛み分けか……これで、振り出しってわけだ」

立花は、自分の名を呼び続ける携帯電話のスイッチを切り、もう一度空を見上げ、藤堂に語りかけた。
今度は、太陽の姿がはっきりとみえた。
闇に覆われた世界でしか輝くことのできない、漆黒の太陽が……。

注　この作品はフィクションであり、登場する人物、および団体名は、実在するものといっさい関係ありません。月刊『小説ＮＯＮ』（祥伝社発行）二〇〇四年五月号から二〇〇六年二月号まで連載されたものに、著者が刊行に際し、加筆、訂正したものです。

――編集部

キリトリ線

あなたにお願い

この本をお読みになって、どんな感想をお持ちでしょうか。次ページの「100字書評」を編集部までいただけたらありがたく存じます。個人名を識別できない形で統計処理したうえで、今後の企画の参考にさせていただくほか、作者に提供することがあります。

あなたの「100字書評」は新聞・雑誌などを通じて紹介させていただくことがあります。採用の場合は、特製図書カードを差しあげます。

次ページの原稿用紙（コピーしたものでもかまいません）に書評をお書きのうえ、このページを切り取り、左記へお送りください。電子メールでもけっこうです。

なお、メールの場合は書名を明記してください。

〒一〇一―八七〇一
東京都千代田区神田神保町三―六―五　九段尚学ビル
祥伝社　書籍出版部　文芸編集　編集長　辻　浩明
電話〇三（三二六五）二〇八〇
E-mail : nonnovel@shodensha.co.jp

○本書の購買動機
（新聞、雑誌名を記入するか、☑をつけてください）

□　　　新聞　　　誌の広告を見て
□　　　新聞　　　誌の書評を見て
□好きな作家だから
□カバーに惹かれて
□タイトルに惹かれて
□知人のすすめで

○最近、印象に残った作品や作家をお書きください

○その他この本についてご意見がありましたらお書きください

100字書評／黒い太陽

住所

職業

E-mail

※携帯には配信できません

なまえ

年齢

祥伝社の新刊情報等のメール配信を

□希望する
□希望しない

黒《くろ》い太陽《たいよう》
平成十八年三月二十日　初版第一刷発行
平成十八年七月　十　日　　　第六刷発行
著者　新堂《しんどう》冬樹《ふゆき》
発行者　深澤健一
発行所　祥伝社《しょうでんしゃ》
〒一〇一―八七〇一
東京都千代田区神田神保町三―六―五
電話　〇三―三二六五―二〇八一（販売）
〇三―三二六五―二〇八〇（編集）
〇三―三二六五―三六二二（業務）
印刷　萩原印刷
製本　ナショナル製本

ISBN4-396-63261-4 C0093
祥伝社のホームページ　http://www.shodensha.co.jp/